아메리카나 1

아메리카나 1

치마만다 응고지 아디치에 장편소설

황가한 옮김

Americanah
Chimamanda
Ngozi Adichie

민음사

우리의 다음 세대,
은디 나아비아 니루 톡스, 치솜, 아마카,
치네둠, 캄시욘나, 아린제에게.
올해로 여든 번째 생신을 맞은
나의 멋진 아버지께.
그리고 언제나처럼, 이바라에게.

차례

1권

2권

1부

일러두기

나이지리아 토착어와 피진 잉글리시는 굵은 고딕체로 표기했고,
원문에서 강조 또는 인용을 나타내기 위해 사용한 이탤릭체는 가는 고딕체로
표기했다. 250여 개 부족이 사는 나이지리아에서 실제 사용되는 언어는
500여 가지에 달하며 공용어는 영어다.

1

여름의 프린스턴은 아무런 냄새가 나지 않았다. 우거진 나무의 고요한 초록빛, 깨끗한 거리와 웅장한 저택, 미묘하게 바가지 씌우는 가게, 조용하고 한결같은 후천적인 우아함의 분위기도 좋았지만 이페멜루가 가장 매력적이라고 느낀 것은 바로 이 냄새의 부재였다. 어쩌면 그것은 그녀가 잘 아는 다른 미국 도시들이 뚜렷한 냄새를 가졌기 때문인지도 몰랐다. 필라델피아에서는 퀴퀴한 역사의 냄새가 났다. 뉴헤이븐의 냄새는 무관심이었다. 그리고 볼티모어는 짠물, 브루클린은 햇볕에 데워진 쓰레기였다. 하지만 프린스턴에는 냄새가 없었다. 그녀는 이곳에서 깊은숨을 들이쉬길 좋아했다. 그리고 이곳 주민들이 깍듯이 예의를 지키며 운전하다가 나소가(街)의 유기농 식품점 밖에, 또는 일식집 밖에, 또는 피망 맛을 포함한 오십 가지 맛을 파는 아이스크림 가게 밖에, 또는 야단스러운 직원이 입구까지 뛰어나와서 맞이하는 우체국 밖에 최신형 자동차를 주차하는 모습을 구경하길 좋아했다. 그녀는 엄숙한 학구열이 지배하는 캠퍼스, 덩굴에 꽁꽁 묶인 고딕식 건물들, 어스름한 밤이 되면 모든 것이 으스스하게 변하는 광경을 좋아했다. 그중에서도 가장 좋았던 점은 이 부유한 안락의 도시에서 본래의 자신과 전혀 다른 인물을 연기할 수 있다는 사실이었다. 신성한 미국인 무리에 끼어도 된다고 특별히 허락받은 사람, 확신으로 온몸을 치장한 사람을.

하지만 머리를 땋으러 트렌턴까지 가야 하는 건 마음에 들지 않았다. 프린스턴에서 흑인 머리 전문 미용실을 찾길 기대한다는 건 말이 안 되는 얘기였다. 그녀가 본 몇 안 되는 흑인 주민은 피부색이 아주 옅고 머리카락도 거의 직모에 가까워서, 땋은 머리를 한 모습을 상상할 수 없을 정도였다. 그런데도 타는 듯이 더운 어느 날 오후 프린스턴정션 역에서 기차를 기다리던 그녀는 왜 프린스턴에는 자신의 머리를 땋을 수 있는 곳이 없을까 생각했다. 핸드백 속의 초콜릿은 이미 완전히 녹아 있었다. 플랫폼에는 그녀 말고도 기차를 기다리는 사람이 몇 명 더 있었는데 모두가 짧고 얇은 옷을 입은, 호리호리한 백인이었다. 그중에서 가장 가까운 곳에 선 남자는 아이스크림콘을 먹고 있었다. 그녀는 예전부터 미국인 성인 남자가 아이스크림콘을 먹는 것, 특히 미국인 성인 남자가 공공장소에서 아이스크림콘을 먹는 것은 약간 무책임한 행동이라고 생각했다. 마침내 기차가 끼익 소리를 내며 역으로 들어오자 남자가 그녀를 돌아보며 "빨리도 오네요."라고 말했다. 대중교통이 주는 실망감을 함께 겪은 낯선 이들이 서로에게 느끼는 친숙함이 담긴 말투였다. 그녀는 그에게 미소로 답했다. 앞으로 빗어 넘긴, 그의 희끗희끗한 뒷머리는 머리카락이 없는 곳을 가리기 위한 우스꽝스러운 연출이었다. 교수임이 분명했지만 남의 시선을 별로 의식하지 않는 것으로 보아 인문학 전공은 아니었다. 아마 화학 같은 확실한 학문이었으리라. 예전 같았으면 그녀는 "제 말이요."라고 응수했을 것이다. 사실 전달보다는 동의 표명을 위한 미국인 특유의 표현. 그러고는 혹시 블로그에 쓸 만한 말이 나오나 보려고 그와 대화를 나누기 시작했을 것이다. 사람들은 자신에 관한 질문을 받으면 기꺼워했고 자기 얘기가 끝나도 그녀가 아무 말도 하지 않으면 자발적으로 이야기를 더 했다. 정적이 흐르게 두지 않도록 훈련되어 있었기 때문이다. 그들이 그녀에게 무슨 일을 하냐고 물으면 그녀는 모호하게 "일상생활 블로그를 운영해요."라고 말하곤 했다. 왜냐하면 "저는 익명으로 「인종 단상 혹은 (과거에는 니그로로 알려졌던)미국인 흑인들에 대한 비미국인 흑인의 여러 가지 생각」이라는 블로그를 운영해요."라고 말하면 그들이 불편해할 것이었기 때문이다. 하지만 예전에는 몇 번 말한 적이 있었다. 한번은 기차에서 옆자리에 앉은 드레드록 머리를 한 백인 남자에게 말했다. 그의 머리카락은 끄트머리에 금색 보풀이 인 낡은 노끈 같았고, 그의 해진 티셔츠는 어찌나 경건한 분위기를 풍기던지 그가 전투적 사회 운동가이며 훌륭한 외부 기고가가 될 것 같다는 확신을 줬다. "인종 문제는 완전히 과대 포장 돼 있어요. 흑인들은 깨달아야 해요. 이제는 계층 문제, 가진 자와 못 가진 자의 문제만이 중요하다는 걸." 그는 그녀에게 차분히 말했다. 그녀는 이 말을 포스트의 첫 문장으로 쓰고 "드레드록 머리를 한 미국인 백인 남자라고 해서 전부 다 흑인 편은 아니다."라는 제목을 붙였다. 그리고 비행기 옆자리에 끼어 앉았던 오하이오주 출신 사내에게도 같은 말을 한 적이 있었다. 중견 간부일 거라고 그녀는 확신했다. 헐렁한 디자인의 양복, 옷깃만 색깔이 다른 셔츠가 그 근거였다. 그는 "일상생활 블로그"라는 게 무슨 말인지 알고 싶어 했고 그녀는 그가 갑자기 데면데면해지거나 "중요한 건 인류가 하나라는 거예요."처럼 방어적인 뻔한 말로 대화를 끝내리라 예상하며 설명해 주었다. 하지만 그는 도리어 이렇게 말했다. "입양에 대해서는 안 쓰세요? 이 나라에서는 아무도 흑인 아기를 입양하려 하지 않아요. 혼혈아 말고 흑인 아기 말이에요. 흑인 가족조차도 흑인 아기를 원하지 않는다고요."

그는 자신과 아내가 흑인 아이를 입양했더니 마치 그들이 수상쩍은 명분을 위해 순교자가 되기로 한 사람들인 양 이웃들이 쳐다보더라고 말했다. 이 사내에 관해 쓴 "옷 못 입는 오하이오 출신 백인 중견 간부가 늘 당신이 생각하는 사람인 건 아니다."는 그달에 가장 많은 댓글이 달린 포스트였다. 그녀는 사내가 그 글을 읽었을지 아직도 궁금했다. 부디 그랬길 바랐다. 그녀는 곧잘 카페나 공항이나 기차역에 앉아 낯선 이들을 바라보며 그들의 삶을 상상하고 그중 누가 자신의 블로그를 읽었을까 추측하곤 했다. 이젠 예전 블로그라 불러야겠지만. 그녀가 며칠 전 올린 마지막 포스트에는 지금까지 댓글이 274개 달렸다. 모든 독자들. 달이 갈수록 늘어 갔던, 그녀의 블로그에 링크를 걸고 엮인 글을 썼던, 그녀보다 아는 게 훨씬 많았던 그들은 늘 그녀를 두렵게도, 신나게도 만들었다. 가장 많은 댓글을 다는 사람 중 한 명이었던 ID '레즈비언데리다'는 이렇게 적었다. 제가 이 정도로 충격을 받을 줄 몰랐네요. 뭔지는 몰라도 "삶에 변화"를 주실 작정이라니 행운을 빌게요. 하지만 빨리 블로그계로 돌아오세요. 님의 불경하고, 위협적이고, 재밌고, 생각할 거리를 제공하는 목소리가 중요한 주제에 대해 얘기할 수 있는 진정한 소통의 장을 만들었으니까요. 통계 수치를 줄줄 읊고 댓글에 '구상화하다' 같은 단어를 사용하는 레즈비언데리다 같은 누리꾼들은 이페멜루를 긴장하게 만들었고 그 결과 신선하고 인상적인 글을 쓰고 싶어 조바심이 난 그녀는 시간이 갈수록 소재를 찾아 남들의 이야기를 시체처럼 파헤치는 독수리가 된 듯한 기분을 느끼기 시작했다. 때로는 인종과도 별로 상관이 없었다. 때로는 자신의 의견과 다르기도 했다. 블로그를 쓰면 쓸수록 그녀는 확신을 잃어 갔다. 포스트를 하나 쓸 때마다 자신을 둘러싼 껍질이 한 꺼풀씩 벗어져서 마침내 발가벗은, 거짓된 자아만 남은 것 같았다.

아이스크림 먹는 사내가 기차에서 옆자리에 앉자 그녀는 대화를 피하기 위해 트렌턴에 도착할 때까지 자기 발 가까이에 있는 갈색 얼룩, 누군가가 흘린 프라푸치노에 시선을 고정했다. 트렌턴 역의 플랫폼은 흑인들로 북적였는데 그중 대다수가 짧고 얇은 옷을 입은 뚱뚱한 사람들이었다. 겨우 몇 분간의 기차 여행이 만들어 내는 차이가 그녀는 여전히 신기했다. 미국에 온 첫해에 뉴저지 트랜짓 사(社)의 기차를 타고 펜 역에 가서 지하철로 갈아타고 우주 고모가 사는 플랫랜즈까지 갈 때 대부분이 날씬한 백인들은 맨해튼에서 내리고 열차가 브루클린 깊숙이 들어갈수록 대부분이 뚱뚱한 흑인들만 남게 되는 모습을 보고 그녀는 충격을 받았다. 하지만 그들이 '뚱뚱하다'고 생각하진 않았다. '덩치가 크다'고 생각했다. 왜냐하면 친구 기니카가 그녀에게 제일 먼저 가르쳐 준 것 중 하나가 미국에서는 '뚱뚱하다'가 나쁜 말이라는 것이었기 때문이다. 그 말은 '키가 작다'나 '키가 크다' 같은 단순한 묘사가 아니라 '멍청하다'나 '후레자식'처럼 도덕적 판단을 내포했다. 그래서 그녀는 자신의 사전에서 '뚱뚱하다'를 지워 버렸다. 하지만 거의 십삼 년 만인 지난겨울에 '뚱뚱하다'가 돌아왔다. 슈퍼 계산대에서 그녀 뒤에 선 남자가 "뚱뚱한 인간들은 저딴 걸 먹을 필요가 없는데."라고 중얼거린 순간에. 그때 그녀는 특대형 봉지에 든 토르티야 칩 값을 지불하고 있었다. 그녀는 놀라고 약간 언짢아서 그를 흘끗 쳐다보고는 이 생판 모르는 사람이 그녀를 뚱뚱하다고 판단했다는 사실이야말로 블로그에 올리기에 완벽한 소재라고 생각했다. 이 포스트에는 '인종, 성별, 신체 치수'를 태그로 달 작정이었다. 하지만 집에 돌아와서 거울 속 진실을 마주하고 보니 자신이 너무 오랫동안 외면해 왔음을 깨달았다. 옷이 꽉 째게 되었다는 사실, 허벅지가 서로 쓸린다는 사실, 불룩하고 말랑말랑한 살들이 그녀가 움직일 때마다 출렁인다는 사실을. 그녀는 정말로 뚱뚱했던 것이다.

그녀는 '뚱뚱하다'는 단어를 입속에서 천천히 앞뒤로 왔다 갔다 발음하면서 미국에서 쓰면 안 된다고 배운 다른 모든 단어들에 대해 생각했다. 그녀는 뚱뚱했다. 글래머도, 통뼈도 아니고 뚱뚱했다. 그 단어만 유일하게 참으로 느껴졌다. 그리고 그녀는 자기 영혼 속의 납덩이도 외면해 왔다. 블로그도 매달 순수 방문자가 수천 명일 정도로 잘됐고, 강연료도 비싸게 받았고, 프린스턴 대학교에서 연구비도 받고 있었고, 남자 친구 블레인도 있었지만 —"넌 나의 진정한 반쪽이야."라고 그는 그녀의 생일 축하 카드에 썼다.— 그녀의 영혼 속에는 납덩이가 있었다. 벌써 꽤 오래

전부터 그녀는 아침마다 피로, 암울, 이성의 무너짐을 느끼는 병을 앓아 왔다. 그리고 그와 함께 찾아온 형태 없는 갈망, 모양 없는 욕망, 자신이 살 수도 있었을 또 다른 삶에 대한 찰나적 몽상이 몇 달에 걸쳐 서로 뒤섞이면서 사무치는 향수가 되었다. 그녀는 나이지리아 웹 사이트, 페이스북의 나이지리아인들, 나이지리아인들의 블로그를 미친 듯이 찾아 헤맸다. 그런데 클릭할 때마다 나오는 것은 또 한 명의 젊은이가 미국이나 영국에서 학위를 따 가지고 최근 금의환향하여 투자 회사, 음반 제작사, 패션 브랜드, 잡지사 혹은 패스트푸드 프랜차이즈를 시작하려 한다는 이야기였다. 이 남녀들의 사진을 본 그녀는 마치 그들이 자신의 손을 비틀어 열고 그 안에 있던 것을 뺏어 가기라도 한 것처럼 무딘 상실감을 느꼈다. 그들은 그녀의 인생을 살고 있었던 것이다. 나이지리아는 그녀가 마땅히 있어야 할 곳이 되었다. 그녀가 뿌리를 내리고 난 뒤에도 계속해서 그 뿌리를 뽑아내어 흙을 털고 싶은 충동을 느끼지 않을 유일한 장소. 그리고 물론 그곳에는 오빈제도 있었다. 그녀의 첫사랑, 첫 연인, 자신을 설명해야 할 필요를 느껴 본 적 없는 유일한 사람. 그는 이제 결혼해서 처자식이 있었고 그들이 서로 연락하지 않은 지도 수년이 흘렀지만 그녀는 그가 향수병의 원인 중 하나가 아닌 척할 수도, 그를 자주 생각하지 않는 척할 수도 없었다. 그녀는 곧잘 그들의 과거를 곱씹으며 뭐라 콕 집어 말할 수 없는 불길한 징후를 찾아 헤매곤 했다.

슈퍼마켓의 무례한 남자 — 그녀가 아니라 그가 어떤 문제와 씨름 중인지 알았던, 입술이 얇고 초췌한 사내 — 가 그녀의 기분을 상하게 할 의도로 했던 말은 오히려 깨달음을 안겨 줬다.

그녀는 계획을 짜고, 꿈을 꾸고, 라고스의 일자리에 지원하기 시작했다. 블레인에게는 말하지 않았다. 처음에는 프린스턴에서의 연구 기간을 끝까지 채우고 싶었기 때문이었고, 연구 기간이 끝난 다음에는 확신이 들 때까지 충분한 시간을 갖고 싶었기 때문이다. 하지만 몇 주가 지나자 자신이 영원히 확신할 수 없을 것임을 깨달았다. 그래서 그에게 고국으로 돌아가겠다고 말하고는 "그래야 해."라고 덧붙였다. 그가 자신의 말에서 끝이라는 의미를 읽을 것임을 알고 있었다.

"왜?" 블레인은 그녀의 선언에 놀라 거의 반사적으로 물었다. 그들은 뉴헤이븐에 있는 그의 아파트 거실에서 부드러운 재즈 음악과 햇빛에 둘러싸여 있었다. 그녀는 당황한 착한 남자 친구를 바라보면서 그날이 슬프고 무거운 색채를 띠기 시작하는 것을 느꼈다. 그들은 삼 년 동안 함께했다. 매끈하게 다려진 침대 시트처럼 구김살 하나 없었던 삼 년이었다. 그러다 몇 달 전 두 사람이 처음으로 싸웠을 때 블레인의 눈은 힐난하는 빛으로 얼어붙었고 그는 그녀와 대화하길 거부했다. 그들이 극적으로 화해한 것은 거의 버락 오바마 덕분이었다. 공통의 열정 때문에 새로운 유대감이 생겨났던 것이다. 선거일 밤, 블레인의 얼굴은 그녀에게 키스하기 전부터 이미 눈물로 젖어 있었다. 그는 마치 오바마의 승리가 그들의 승리이기라도 하듯 그녀를 꼭 끌어안았다. 그런데 지금 그녀는 그에게 다 끝났다고 말하고 있었다. "왜?" 그가 물었다. 학교에서 뉘앙스와 복잡성의 개념에 대해 가르치는 그가 그녀에게 단 한 가지, 이유가 뭐냐고 묻고 있었다. 그러나 불현듯 깨달음을 얻은 것이 아니었던 그녀에겐 이유랄 게 없었다. 그저 켜켜이 쌓여 왔던 불만이 커다란 덩어리가 되어 마침내 그녀를 움직였던 것뿐이다. 하지만 그렇게 말하진 않았다. 그녀가 한동안 그렇게 느껴 왔다는 걸, 그와의 관계가 집 안에 있는 게 만족스러우면서도 늘 창가에 앉아 밖을 내다보는 것과 같았다는 사실을 알면 그가 상처를 받을 것이었기 때문이다.

"화분 가져가." 마지막으로 만난 날 그가 말했다. 그때 그녀는 그의 아파트에 뒀던 옷을 싸는 중이었다. 그는 꼭 패배한 사람처럼 축 처진 어깨를 하고 부엌에 서 있었다. 사실 그의 것이었던 그 화분의 대나무 줄기 세 개에서는 희망찬 푸른 잎이 자라나고 있었다. 그런데 그녀가 화분을 집어 들었을 때 갑자기 뼈저린 외로움이 가슴을 뚫고 지나가더니 그 뒤로도 몇 주간 지속됐다. 요즘도 가끔 느낄 때가 있었다. 어떻게 자기가 더 이상 원하지 않는 것을 그리워하는 게 가능할까? 블레인은 그녀가 줄 수 없는 것을 필요로 했고, 그녀는 그가 줄 수 없는 것을 필요로 했으며 일어날 수도 있었던 미래의 상실을 슬퍼했다.

그래서 그녀는 지금, 이 여름의 화려함으로 충만한 날에, 귀향을 위해 머리를 땋으려는 참이었다. 끈적한 열기가 살갗에 달라붙었다. 트렌턴 역의 플랫폼에는 덩치가 그녀의 세 배는 되는 사람들이 서 있었는데 그녀는 그중 한 명, 굉장히 짧은 치마를 입은 여자를 존경의 눈길로 쳐다보았다. 보통 여자들이 날씬한 다리를 뽐내기 위해 미니스커트를 입는 것과 달리 — 세상이 인정하는 다리를 내보이는 것은 사실 안전하고 쉬운 일이었다. — 그 뚱뚱한 여성의 행동은 혼자만의 소리 없는 확신, 다른 사람들은 알지 못하는 가치 기준에 의한 것이었기 때문이다. 그녀의 귀국 결정도 그와 비슷했다. 의구심에 사로잡힐 때마다 그녀는 자신을 용맹하게 홀로 선 영웅에 가까운 모습으로 상상하며 불안을 떨쳐 내곤 했다. 뚱뚱한 여자는 열예닐곱 살쯤 되어 보이는 아이들을 인솔하고 있었다. 그들은 여름 프로그램 광고가 앞뒤로 그려진 노란 티셔츠를 입은 채 우글우글 모여 서서 웃고 떠들었다. 그들을 보니 육촌 동생 디케가 생각났다. 남자애 중 피부색이 짙고 키가 크고 육상 선수처럼 마른 근육질인 아이가 디케와 꼭 닮았던 것이다. 물론 디케라면 에스파드리유[01]처럼 생긴 저런 신발은 절대 신지 않겠지만. 아마 "구린 신발"이라고 불렀을 것이다. 그것은 새로운 말이었다. 그가 그 말을 처음 쓴 건 며칠 전, 우주 고모랑 쇼핑 갔다 온 얘기를 들려줄 때였다. "엄마가 나한테 웃기는 신발을 사 주려고 하더라고. 아, 제발 좀! 내가 구린 신발을 신을 순 없잖아!"

이페멜루는 역 밖에 늘어선 택시 줄 끝에 가서 섰다. 그리고 제발 나이지리아인 기사가 걸리지 않길 빌었다. 나이지리아인 기사일 경우 그녀의 악센트를 듣는 순간 동포임을 알아차리고 약간 과격할 정도로 흥분해서 자기가 석사 학위 소지자라는 둥, 택시 운전은 부업일 뿐이라는 둥, 자기 딸이 러트거스 뉴저지 주립 대학교 우등생이라는 둥 떠들어 대거나, 아니면 퉁명스러운 침묵 속에서 운전하여 목적지에 도착한 후 잔돈을 거슬러 주고 그녀의 "고맙습니다."라는 말을 무시하기까지 내내 이 나이지리아인 동포, 그것도 어린 여자애가 간호사인지, 회계사인지, 심지어 의사인지는 몰라도 자기를 깔본다며 모멸감을 품을 것이었기 때문이

01 밑창 옆면에 밧줄 무늬가 있고 몸체는 면이나 황마로 만든 신발.

다. 미국의 나이지리아인 택시 기사들은 다들 자기가 진정한 의미에서 택시 기사는 아니라는 확신을 갖고 있었다. 이제 그녀 차례가 되었다. 기사는 중년의 흑인이었다. 그녀는 차 문을 열고 운전석 뒤에 붙어 있는 택시 운전 자격증을 흘끗 보았다. "머빈 스미스." 나이지리아 이름은 아니었지만 절대 속단해선 안 됐다. 나이지리아인들은 미국에서 온갖 이름으로 개명을 하기 때문이다. 그녀도 한때 다른 이름을 썼던 적이 있었다.

"오늘 기분 어떠세요?" 기사가 물었다.

다행스럽게도 악센트 덕분에 그가 카리브해 출신임을 곧바로 알 수 있었다.

"아주 좋아요. 감사합니다." 그녀는 그에게 마리아마 흑인 머리 전문 미용실의 주소를 건네주었다. 처음 가 보는 곳이었지만 ─ 단골집은 주인이 결혼하러 코트디부아르로 돌아가는 바람에 문을 닫았다. ─ 분명 그녀가 아는 다른 흑인 머리 전문 미용실들과 비슷하게 생겼으리라고 확신했다. 이런 가게는 늘 거리 낙서와 축축한 건물이 많고 백인은 한 명도 없는 동네에 위치했고, '아이샤와 파티마 흑인 머리 전문 미용실' 같은 이름이 적힌 밝은 간판이 달렸으며, 겨울에 너무 더운 라디에이터와 여름에 시원하지 않은 에어컨을 갖췄고, 서아프리카의 프랑스어 사용 국가에서 온 여자 미용사들로 가득했는데, 그중 한 명인 가게 주인이 영어를 가장 잘하고 전화도 받으면서 나머지 미용사들의 존경을 받을 것이었다. 그곳에서는 아기가 포대기에 싸여 누군가의 등에 업혀 있거나 꼬마가 낡은 소파 위에 펼쳐진 풀치마 위에 잠들어 있는 일이 잦았고 때로는 이보다 좀 더 큰 아이가 가게에 찾아오기도 했다. 미용사들은 자기들끼리 프랑스어나 월로프어나 말링케어로 대화할 때는 목소리도 크고 말도 빨랐지만 손님들에게 말할 때는 마치 영어에 채 익숙해지기도 전에 미국식 속어만 배운 것처럼 이상하고 엉망인 영어로 말했다. 단어들이 죄다 반 토막 나 있었다. 한번은 필라델피아에서 기니 출신 미용사가 이페멜루에게 이렇게 말한 적이 있었다. "아마 라이크, 오 갓, 아즈 소메." 이페멜루는 머릿속으로 이 말을 여러 번 곱씹은 뒤에야 그 여인이 "아임 라이크, 오 가드, 아이 워즈 소 매드.(그러니까, 오 세상에, 너무 화가 나더라고요.)"라고 말했음을 알 수 있었다.

머빈 스미스는 밝고 수다스러웠다. 그는 운전하면서 날씨가 정말 덥다고, 곧 대규모 정전 사태가 일어날 거라고 말했다.

"노인들을 죽이는 게 바로 이런 더위예요. 그러니까 집에 에어컨이 없는 사람들은 쇼핑몰로 가야 한다고요. 쇼핑몰에서는 공짜로 에어컨 바람을 쐴 수 있잖아요. 하지만 데려가 줄 사람이 없을 때가 있다는 게 문제죠. 우리가 노인들을 좀 챙겨야 돼요." 그는 이페멜루의 침묵에도 개의치 않고 계속 신나게 떠들어 댔다.

"다 왔습니다!" 그가 허름한 거리에 차를 대며 말했다. 미용실은 "행복한 기쁨"이라는 이름의 중국 식당과 복권을 파는 편의점 사이에 위치해 있었다. 안에 들어가 보니 내부는 오랜 방치의 흔적으로 가득했다. 한쪽에서는 페인트칠이 벗겨지고 있었고, 벽은 여러 가지 헤어스타일을 보여 주기 위한 커다란 포스터들과 "세금 즉시 환급"이라고 적힌 작은 포스터들로 도배되어 있었다. 그리고 하나같이 티셔츠와 무릎까지 오는 반바지를 입은 세 여자가 의자에 앉은 손님들의 머리를 땋고 있었다. 한구석에 매달린 작은 텔레비전에서는 좀 지나치게 크다 싶은 소리와 함께 나이지리아 영화가 나오고 있었다. 남자는 아내를 때리고, 아내는 몸을 웅크린 채 소리를 질렀다. 음질이 나쁜 탓에 귀에 거슬리는 소리가 났다.

"안녕하세요!" 이페멜루가 말했다.

모두가 그녀를 돌아보는데 오직 한 사람, 가게 이름의 주인이 틀림없는 여자가 눈길도 주지 않은 채 말했다. "안녕하세요. 어서 오세요."

"머리 좀 땋으려고요."

"어떤 스타일을 원하세요?"

이페멜루는 중간 굵기의 킹키 트위스트를 원한다며 가격이 얼마냐고 물었다.

"200요." 마리아마가 말했다.

"지난달에 160에 했는데요." 그녀가 마지막으로 머리를 한 것은 석 달 전이었다.

마리아마는 한동안 아무 말이 없었다. 시선은 다시 자기가 땋는 중인 머리를 향해 있었다.

"160에 해 주는 거죠?" 이페멜루가 물었다.

마리아마는 어깨를 으쓱하며 미소 지었다. "알았어요. 하지만 다음에 꼭 다시 오셔야 돼요. 앉으세요. 아이샤가 해 드릴 거예요. 금방 끝나요." 마리아마가 가리킨 가장 키 작은 미용사는 피부병이 있었다. 팔과 목에 있는 분홍색과 흰색의 얼룩덜룩한 소용돌이 무늬가 굉장히 전염성이 강해 보였다.

"안녕하세요, 아이샤." 이페멜루가 말했다.

아이샤는 이페멜루를 흘끗 쳐다보고는 거의 티도 안 날 정도로 고개를 까딱했는데 어찌나 무표정하던지 거의 험악해 보일 지경이었다. 그녀에게는 뭔가 이상한 면이 있었다.

이페멜루는 문가에 앉았다. 이 빠진 탁자 위에 놓인 선풍기는 강풍으로 틀어져 있었지만 가게 안의 답답함을 해소하는 데는 거의 도움이 안 됐다. 선풍기 옆에는 빗, 붙임 머리 상자, 너덜거리는 두꺼운 잡지, 알록달록한 DVD 더미가 있었다. 그리고 저쪽 구석에는 빗자루가 벽에 기대 있고, 거기서 조금 떨어진 곳에 사탕 뽑기 기계와 백 년 동안 한 번도 안 쓴 듯한 녹슨 헤어드라이어가 있었다. 그 위의 텔레비전에서는 아버지가 두 아이를 때리고 있었는데 아이들 머리 위의 허공을 치는 동작이 어색하기 짝이 없었다.

"저런! 나쁜 아버지! 나쁜 남자 같으니!" 나머지 미용사 한 명이 텔레비전을 처다보다가 움찔 놀라며 말했다.

"나이지리아 출신이세요?" 마리아마가 물었다.

"네." 이페멜루가 대답했다. "당신은요?"

"저랑 제 동생 할리마는 말리에서 왔어요. 아이샤는 세네갈 출신이고요." 마리아마가 말했다.

아이샤는 고개를 들지 않았지만 할리마는 이페멜루를 향해 웃어 보였다. 말하지 않아도 다 안다는 듯한 그 따뜻한 미소는 같은 아프리카인을 환영한다고 말하고 있었다. 미국인에게라면 아마 그렇게 웃지 않았을 것이다. 그런데 할리마의 눈이 사시가 심해서 눈동자가 서로 정반대 방향을 보고 있었던 탓에 어느 쪽 눈이 자기를 보고 있는지 확신할 수가 없었던 이페멜루는 몸이 기우뚱해진 듯한 기분을 느꼈다.

이페멜루가 잡지로 부채질을 하며 "정말 덥네요."라고 말했다.

적어도 이 여자들은 그녀에게 "덥다고요? 하지만 당신은 아프리카에서 왔잖아요!"라고 하지 않을 테니까.

"이번 무더위가 기승을 부리네요. 어제 에어컨이 고장 났어요. 죄송해요." 마리아마가 말했다.

이페멜루는 에어컨이 어제 고장 나지 않았음을, 훨씬 더 오래 전에 고장 났음을, 어쩌면 처음부터 그 상태였을 수도 있음을 알고 있었다. 하지만 그녀는 고개를 끄덕이며 어쩌면 과열돼서 서 버렸는지도 모른다고 말했다. 그때 전화벨이 울렸다. 마리아마가 전화를 받더니 조금 뒤에 "지금 오세요."라고 말했다. 그것은 이페멜루가 흑인 머리 전문 미용실에 갈 때 더 이상 예약을 하지 않게 만든 말이었다. 지금 오세요. 그들은 늘 이렇게 말했지만 막상 도착해 보면 아주 오래 걸리는 가늘게 땋기를 하려고 기다리는 손님만 두 명이 있는데도 주인은 "잠깐만 기다리세요. 동생이 곧 도와주러 올 거예요."라고 말하곤 했다. 또다시 전화벨이 울렸고 이번에는 마리아마가 프랑스어로 말하다가 점점 언성을 높이더니 머리 땋기를 멈추고 손을 마구 휘두르며 수화기에 대고 소리를 질렀다. 그리고 주머니에서 웨스턴 유니언 사의 노란색 전보지를 꺼내서 펴고는 숫자를 불러 주기 시작했다. "트루아! 생크! 농, 농, 생크!"[02]

그때 마리아마가 머리를 땋다 만 여자가 — 그녀의 머리는 아주 가늘게 땋아서 무척 아파 보이는 콘로였다. — 날카롭게 외쳤다. "이봐요! 사람 하루 종일 기다리게 할 작정이에요?"

---

02 "3! 5! 아니, 아니, 5라고!"라는 뜻의 프랑스어.

"죄송합니다, 죄송합니다." 마리아마가 말했다. 하지만 그녀는 수화기를 어깨와 귀 사이에 낀 채 웨스턴 유니언의 번호를 다 불러 주고 나서야 다시 머리를 땋기 시작했다.

이페멜루는 자기가 가져온 소설책, 진 투머의 『사탕수수』를 펼치고 몇 쪽을 대충 훑어보았다. 그녀가 이 책을 읽으려고 마음먹은 지는 꽤 되었는데, 블레인이 싫어하는 책이니까 자기 맘에 들리라고 생각했던 것이다. 귀중한 성과. 블레인은 그렇게 말했다. 그녀와 소설 이야기를 할 때 그가 사용하던 부드럽고 관대한 말투로. 마치 그녀에게 시간과 지혜만 조금 더 있다면 그가 좋아하는 소설이 더 우월하다는 사실을 그녀가 받아들이게 될 거라고 확신하는 듯한 투였다. 젊은, 혹은 젊은 축에 드는 남자 작가가 쓰고 뭔가 ― 브랜드와 음악과 만화책과 우상이 매혹적이고 황홀하게 축적된 ― 가 잔뜩 들어 있는 소설, 감정은 전부 건너뛰고 각 문장이 스스로의 멋있음을 멋있게 인지하고 있는 소설이 바로 그가 좋아하는 유였다. 그녀는 단지 그가 추천했다는 이유로 그런 소설을 많이 읽었지만 그 책들은 혀의 기억에서 너무 쉽게 휘발되어 버리는 솜사탕 같았다.

그녀는 책을 덮었다. 너무 더워서 집중이 안 됐다. 그녀는 녹아 버린 초콜릿을 조금 먹고, 디케에게 농구 연습이 끝나면 전화하라고 문자를 보낸 다음, 부채질을 했다. 그리고 맞은편 벽에 붙어 있는 문구 ― "시술일로부터 칠 일 이후엔 수정 안 됨. 개인 수표 사절. 환불 불가" ― 를 읽었지만 시선이 모퉁이 쪽은 향하지 않도록 조심했다. 왜냐하면 곰팡이 핀 신문 더미가 파이프와 때와 썩은 지 오래된 물건 밑에 쌓여 있으리란 걸 알았기 때문이다.

마침내 아이샤가 앞 손님 머리를 끝내고는 이페멜루에게 붙임 머리 색을 몇 번으로 할 거냐고 물었다.

"4번요."

"좋은 색깔 아니에요." 말 끝나기가 무섭게 아이샤가 말했다.

"제가 원래 쓰는 색깔이에요."

"더럽어 보여요. 1번 안 원해요?"

"1번은 너무 까매서 가짜 같아 보여요." 이페멜루가 머리를 싸고 있던 천을 풀며 말했다. "2번을 쓸 때도 있는데 4번이 원래 머리색에 제일 가까워요."

아이샤가 어깨를 으쓱했다. 손님의 취향이 별로인 건 자기와 상관없는 문제라는 듯한 거만한 몸짓이었다. 그녀는 찬장으로 손을 뻗어 붙임 머리 상자 두 개를 꺼내더니 둘이 같은 색인지 확인했다.

그녀가 이페멜루의 머리카락을 만지면서 말했다. "왜 릴랙서[03] 없어요?"

"나는 하느님이 주신 상태로 있는 게 좋아요."

"하지만 어떻게 빗어요? 빗기 힘들어요." 아이샤가 말했다.

이페멜루가 가방에서 자기 빗을 꺼냈다. 그녀가 단단하게 틀려 있던 숱 많고 부드러운 머리카락을 살살 빗자 마치 후광처럼 그녀의 머리 주위로 부풀어 올랐다. "수분 공급만 잘해 주면 빗기 어렵지 않아요." 그녀는 다른 흑인 여자들에게 파마를 하지 않는

03 흑인의 머리를 스트레이트파마 정도로 펴는 약은 릴랙서, 웨이브 파마 정도로 펴는 약은 텍스처라이저라고 한다.

것의 장점을 납득시키려 할 때마다 사용하는, 구슬리는 전도사 말투로 슬쩍 바꿨다. 아이샤는 코웃음을 쳤다. 릴랙서로 펴면 간단한데 군이 생머리를 빗는 고통을 감수하려고 하는 이유를 이해 못하는 게 분명했다. 그녀는 이페멜루의 머리카락을 여러 부분으로 나눈 다음 탁자 위에 쌓인 더미에서 붙임 머리를 조금 떼 내어 솜씨 좋게 머리카락과 함께 땋기 시작했다.

"너무 당겨요." 이페멜루가 말했다. "너무 당기지 않게 해 주세요." 하지만 아이샤가 계속 그 상태로 끝까지 다 땋아 버리자 이페멜루는 그녀가 못 알아들었나 보다 생각하고 아픈 부분을 만지며 말했다. "당겨요, 당긴다고요."

아이샤가 그녀의 손을 밀어 냈다. "아니. 아니. 냅둬요. 지금 좋아요."

"당긴다니까요!" 이페멜루가 말했다. "느슨하게 해 주세요."

마리아마가 두 사람을 지켜보다가 프랑스어를 속사포처럼 쏟아 냈다. 그러자 아이샤가 땋았던 머리를 느슨하게 풀었다.

"죄송해요." 마리아마가 말했다. "아이샤가 영어를 잘 못 알아들어서요."

하지만 이페멜루는 아이샤의 얼굴을 보고 그녀가 아주 잘 알아들었음을 알 수 있었다. 아이샤는 그저 미국식 고객 서비스 특유의 형식적인 세심함을 모르는 시장 여자[04]였을 뿐이다. 이페멜

---

04 본래 시장판 장사꾼을 뜻하는 말로, '무식하고 상스럽고 드세다'는 의미도 포함되어 있으나 아프리카에서는 이들이 권력과 자본을 가진 유통 및 무역 업자로 성장하여 여성 이익 집단을 형성했다. 라이베리아에서는 아프리카 최초로 여성 대통령을 배출하기도 했다.

루는 세네갈 다카르의 시장에서 일하는 아이샤를 상상했다. 그녀도 라고스의 미용사들처럼 코 푼 손을 치마에 쓱쓱 닦고, 자기한테 편한 위치로 손님 머리를 거칠게 잡아당기고, 너무 숱이 많느니 뻣뻣하다느니 짧아서 땋기 힘들다느니 불평하고, 지나가는 여자들한테 소리를 지르고 하는 동안 내내 너무 큰 소리로 얘기하고, 머리를 너무 당기게 땋고 할 것이었다.

"저 여자 알아요?" 아이샤가 텔레비전 화면을 흘끗 쳐다보며 물었다.

"네?"

아이샤가 같은 질문을 반복하며 화면에 나오는 여배우를 가리켰다.

"아뇨." 이페멜루가 말했다.

"하지만 당신 나이지리아인이에요."

"네, 하지만 저 사람은 몰라요."

아이샤는 탁자 위에 쌓인 DVD 더미를 향해 손짓했다. "전에 부두교 너무 많아요. 아주 나빠요. 지금 나이지리아 영화 아주 좋아요. 크고 좋은 집!"

이페멜루는 과장되고 연극적인 연기와 개연성 없는 구성 때문에 날리우드[05] 영화를 높게 평가하지 않았지만 동의한다는 뜻으로 고개를 끄덕여 보였다. 왜냐하면 '나이지리아'와 '좋다'라는 단어를 한 문장 안에서 듣는 것은, 그 말을 한 사람이 설사 이 이상한

---

05 미국, 인도에 이어 세계 3위 규모를 가진 나이지리아의 영화 산업을 가리키는 말.

세네갈 여자라 할지라도, 호사스러운 일이었기 때문이다. 그리고 그녀는 이것을 자신의 귀향에 대한 징조로 생각하기로 했다.

귀향할 거라는 그녀의 얘기를 들은 사람들은 하나같이 놀라는 반응을 보이면서 제대로 된 설명을 원했고, 그녀가 그냥 그러고 싶어서라고 말하면 이해할 수 없음을 뜻하는 주름이 그들의 이마에 생기곤 했다.

"그러니까 네가 블로그도 폐쇄하고, 아파트도 팔고, 라고스로 돌아가서 월급도 시원찮은 잡지사에서 일하겠다는 거구나." 우주 고모는 이페멜루가 스스로 자기 자신이 얼마나 어리석은지를 깨닫게 하려는 듯 이 말을 하고 또 반복했다. 라고스에 있는 오랜 친구 라니이누도만 그녀의 귀향을 정상적인 일로 받아들였다. "요즘 라고스에는 미국에서 돌아온 사람들이 바글바글하니까 너도 돌아와서 그 무리에 끼는 게 좋을 거야. 그 사람들은 일 분마다 물을 마시지 않으면 열사병으로 죽기라도 할 것처럼 매일 물병을 들고 돌아다니더라." 라니이누도가 말했다. 이페멜루와 라니이누도는 떨어져 지낸 몇 해 동안에도 계속 연락을 했다. 처음에는 가끔 편지를 썼지만 PC방이 생기고 휴대 전화가 보편화되고 페이스북이 유행하면서 더 자주 연락하게 됐다. 몇 년 전 오빈제가 결혼한다는 얘기를 그녀에게 해 줬던 사람 역시 라니이누도였다. "그런데 오, 개가 지금은 엄청난 부자가 됐어. 그런 남자를 네가 놓친 거라고!" 이페멜루는 이 소식에 무관심한 척했다. 어차피 오빈제와는 연락을 끊었고 너무 오랜 세월이 흐른 데다 그녀는 이제 막 블레인과 사귀기 시작해서 행복한 생활에 안착해 있었기 때문이다. 하지만 전화를 끊은 뒤로 그녀는 끊임없이 오빈제를 생각했다. 그가 결혼식 올리는 모습을 상상하니 슬픔 같은 감정, 일종의 빛바랜 슬픔이 남았다. 하지만 그가 잘돼서 기쁘다고 되뇌었고, 자기가 정말로 기쁘다는 사실을 스스로에게 증명하기 위해 그에게 편지를 쓰기로 했다. 그가 아직도 옛 주소를 쓰고 있는지 몰랐기 때문에 반쯤은 답장을 기대하지 않으며 이메일을 보냈지만 그는 답장을 보내왔다. 하지만 그때쯤엔 그녀도 자기 마음속에서 아직 작은 불씨가 타오르고 있음을 깨달았기에 다시 이메일을 보내지 않았다. 지난 일은 그대로 내버려 두는 편이 나았다. 지난 12월, 라니이누도가 그녀에게 팜스 몰(이페멜루는 아직도 라고스에 있다는, 이 대궐같이 넓은 현대식 쇼핑몰을 상상할 수가 없었다. 그녀가 겨우 떠올린 것은 기억 속의 좁아터진 메가 플라자뿐이었다.)에서 갓 태어난 딸과 함께 있는 오빈제와 우연히 마주쳤다고 말했을 때 ──"아주 말쑥해 보이더라. 딸내미도 정말 귀엽고." 라니이누도가 말했다. ── 이페멜루는 그의 삶에 일어난 모든 변화에 날카로운 아픔을 느꼈다.

"나이지리아 영화 지금 아주 좋아요." 아이샤가 다시 말했다.

"네." 이페멜루가 열렬하게 호응했다. 이것이 그녀의 지금 모습이었다. 계시를 찾아다니는 사람. 나이지리아 영화가 좋으니까 그녀의 귀향 역시 좋을 것이었다.

"당신 나이지리아 요루바 출신이에요." 아이샤가 말했다.

"아니요. 저는 이보족이에요."

"당신 이보예요?" 처음으로 아이샤의 얼굴에 미소가 떠올랐다. 그녀의 작은 치아만큼이나 검은 잇몸도 많이 보여 준 미소. "나당신 요루바라고 생각해요. 왜냐하면 당신은 까맣고 이보는 하야니까. 나 이보 남자 둘 있어요. 이보 남자들 여자들 진짜 잘 챙겨 줘요."

아이샤는 성적으로 유혹하는 듯한 말투로 속삭이다시피 했는데 거울 속에서 그녀의 팔과 목에 있는 반점은 무시무시한 상처로 돌변했다. 이페멜루는 그중 몇몇이 터지고 진물이 스며 나오고 껍질이 벗어지는 광경을 상상했다. 그녀는 시선을 돌렸다.

"이보 남자들 여자들 진짜 잘 챙겨 줘요." 아이샤가 똑같은 말을 반복했다. "나 결혼하기 원해요. 그들은 나 사랑하지만 가족이 이보 여자 원한다고 말해요. 왜냐하면 이보는 이보랑 늘 결혼하니까."

이페멜루는 웃음이 터져 나오려는 것을 꾹 참았다. "두 사람 다하고 결혼하고 싶다고요?"

"아니요." 아이샤가 답답하다는 몸짓을 해 보였다. "나 하나랑 결혼하기 원해요. 하지만 그거 사실이에요? 이보는 이보랑 늘 결혼해요?"

"이보족도 이보족 아닌 사람들하고 결혼해요. 내 사촌의 남편은 요루바족인걸요. 우리 숙모는 스코틀랜드 사람이고요."

아이샤는 머리 땋던 손을 멈추고 그녀를 믿을지 말지 결정하려는 듯이 거울에 비친 이페멜루를 쳐다보았다.

"언니는 그게 사실이래요. 이보는 이보랑 늘 결혼해요." 그녀가 말했다.

"당신 언니가 어떻게 알아요?"

"아프리카에 있는 이보 사람 많이 알아요. 언니 천 팔아요."

"언니가 어디 사는데요?"

"아프리카에요."

"어디요? 세네갈에요?"

"베냉에요."

"그냥 나라 이름을 말하면 되지 왜 아프리카라고 하는 거예요?" 이페멜루가 물었다.

아이샤가 혀를 찼다. "당신 미국 몰라요. 내가 세네갈 말하면 미국 사람들 말해요. 그게 어디예요? 내 친구 부르키나파소 출신이에요. 그들은 물어요. 당신 나라 라틴 아메리카에 있어요?" 아이샤는 비웃는 표정으로 다시 머리를 땋기 시작하더니 이페멜루가 여기 사정이 어떤지 도통 이해를 못한다는 듯 물었다. "당신 미국에 얼마나 오래예요?"

이페멜루는 그 순간 아이샤를 좋아하지 않기로 했다. 그녀는 이제 그만 대화를 끝내고 머리를 다 땋을 때까지 걸릴 여섯 시간 동안 꼭 필요한 말만 하기로 작정하고는 아이샤의 말을 못 들은 척 가방에서 휴대 전화를 꺼냈다. 디케에게서는 아직도 답장이 없었다. 그는 늘 몇 분 안에 답장을 보내는데 소식이 없는 걸 보니 아직 농구 연습 중이거나 친구들과 함께 유튜브에서 웃긴 동영상을 보고 있는지도 몰랐다. 그녀는 그에게 전화를 건 다음, 목소리를 높여서 긴 음성 메시지를 남겼다. 농구 연습은 어땠냐, 매사추세츠주도 여기만큼 덥지 않냐, 아직도 오늘 페이지랑 영화 보러 갈 생각이냐는 둥 주절주절 떠들어 댔다. 그리고 갑작스러운 충동에 이끌려 오빈제에게 이메일을 쓰고는 다시 한번 읽어 보지도 않고 전송을 눌렀다. 자기가 나이지리아로 돌아간다고 썼다. 돌아가서 일할 직장도 이미 정해져 있었고, 여기서 타던 자동차도 라고스행 화물선에 이미 실려 있었는데도, 그제야 비로소 이 말이 처음 사실로 느껴졌다. 난 얼마 전에 나이지리아로 돌아가기로 결정했어.

하지만 아이샤는 포기하지 않았다. 이페멜루가 휴대 전화에서 시선을 들자마자 아이샤가 또다시 물었다. "당신 미국에 얼마나 오래예요?"

이페멜루는 휴대 전화를 천천히 다시 가방 안에 넣었다. 오래전 우주 고모의 친구 결혼식에서 비슷한 질문을 받은 그녀가 사실대로 이 년이라고 대답했을 때 나이지리아인의 얼굴에 떠오른 비웃음을 보고 그녀는 미국의 나이지리아인들 사이에서, 아니, 미국의 아프리카인들 사이에서, 아니, 미국의 이민자들 사이에서 존중을 받으려면 좀 더 긴 시간이 필요하다는 사실을 깨달았다. 육 년요. 그녀는 삼 년 반이 되었을 때 이렇게 말하기 시작했다. 팔 년요. 오 년째에는 이렇게 말했다. 이제 십삼 년이 되었으니 더 이상 거짓말할 필요는 없는 듯했지만 어쨌든 그녀는 거짓말하기로 했다.

"십오 년요." 그녀가 말했다.

"십오 년? 그렇게 오래." 아이샤의 눈에 갑자기 존경의 빛이 떠올랐다. "여기 트렌턴에 살아요?"

"프린스턴에 살아요."

"프린스턴." 아이샤가 잠시 생각하더니 다시 물었다. "학생이에요?"

"연구 기간이 얼마 전에 끝났어요." 그녀는 아이샤가 연구 기간이 뭔지 모를 거라는 걸 알면서 그렇게 말해 놓고는 그제야 한순간 위축돼 보인 아이샤의 모습에 삐뚤어진 쾌감을 느꼈다. 그래, 프린스턴. 그래, 아이샤가 기껏해야 상상이나 할 수 있을 장소, "세금 즉시 환급" 같은 안내문은 절대 없을 장소지. 프린스턴 사람들은 세금 즉시 환급을 필요로 하지 않으니까.

"하지만 나이지리아로 돌아갈 거예요." 문득 양심의 가책을 느낀 이페멜루가 이렇게 덧붙였다. "다음 주에 돌아가요."

"가족들 만나러요?"

"아뇨. 아주 가는 거예요. 나이지리아에서 살려고요."

"왜요?"

"왜라뇨? 안 될 거 없잖아요?"

"돈 부치는 게 나아요. 당신 아버지 거물 아닌 이상. 연줄 있어요?"

"직장은 이미 구했어요." 그녀가 말했다.

"미국에서 십오 년 있고 그냥 일하러 돌아간다고요?" 아이샤가 능글맞게 웃었다. "거기 있을 수 있어요?"

아이샤의 말을 들으니 고국에 돌아간다는 그녀의 말이 진심임을 마침내 받아들였을 때 우주 고모가 했던 말 ─ "너 적응할 수 있겠니?" ─ 이 생각났다. 미국 생활이 그녀를 돌이킬 수 없게 바꿔 놓았을 거라는 암시는 가시처럼 그녀의 살갗에 박혀 계속 자라났다. 부모님도 그녀가 나이지리아에 '적응'할 수 없을 거라고 생각하는 듯했다. "그래도 이제는 미국 시민권이 있으니 언제든 미국으로 돌아갈 수 있겠구나."라고 아버지는 말했다. 부모님은 블레인도 같이 오는 거냐고 물었다. 희망이 가득 담긴 질문이었다. 부모님이 그녀의 흑인 미국인 남자 친구라는 존재를 받아들이기까지 꽤 오래 걸렸기에 요즘 그들이 블레인 얘기를 자주 물어보는 것이 그녀는 기뻤다. 그녀는 몰래 딸의 결혼식 계획을 짜는 부모님을 상상했다. 어머니는 출장 요리와 결혼식에 쓸 색깔에 대해 고민할 테고, 아버지는 성공한 친구 중 누구한테 후원자가 되어 달라고 부탁해야 하나 고민할 것이다. 그들의 희망을 유지하기란 아주 쉬운 일이었고 그 희망이 다시 그들을 행복하게 만들었기 때문에 부모님을 실망시키기가 망설여진 그녀는 아버지에게 이렇게 말했다. "내가 먼저 돌아가고 몇 주 뒤에 블레인도 오기로 했어요."

"아주 멋지구나."라고 아버지가 말했고 그녀는 다른 말은 하지 않았다. 아주 멋진 상태인 것으로 놔두는 편이 가장 좋았기 때문이다.

아이샤가 그녀의 머리를 너무 세게 잡아당겼다. "미국에서 십오 년 아주 긴 시간이에요." 아이샤가 이 문제에 대해 계속 곰곰이 생각했다는 듯 말했다. "남자 친구 있어요? 결혼해요?"

"그이가 나이지리아에 있어서 가는 거기도 해요." 이페멜루는 이렇게 말해 놓고 스스로도 놀랐다. 그이라니. 낯선 사람한테 거짓말하기란, 우리가 상상해 온 다른 형태의 삶을 낯선 사람과 함께 만들어 내기란 얼마나 쉬운가.

"아! 그렇군요!" 아이샤가 흥분해서 말했다. 이페멜루가 마침내 돌아가고 싶어 하는 것이 마땅한 이유를 댔던 것이다. "결혼할 거예요?"

"글쎄요. 봐서요."

"아!" 아이샤는 머리 땋기를 멈추고 무표정한 눈빛으로 거울 속 이페멜루를 지긋이 쳐다봤다. 이페멜루는 순간 이 여자에게 신통력이 있어서 자기가 거짓말하고 있다는 걸 눈치챘나 두려웠다.

"나 당신이 내 남자들 보기 원해요. 내가 남자들 불러요. 그들

오면 당신이 그들 봐요. 먼저 치지오케 불러요. 그 사람 택시 운전사 일해요. 그다음에 에메카. 그 사람 보안 일해요. 당신이 그들 봐요."

"나한테 소개해 주려고 그 사람들을 부를 필요는 없어요."

"아니요. 나 그들 불러요. 당신 그들한테 말해요. 이보가 안이보랑 결혼할 수 있어요. 그들 당신 말 들어요."

"오, 아니에요. 그럴 순 없어요."

아이샤는 이페멜루의 말을 못 들은 것처럼 계속 말했다. "당신 그들한테 말해요. 그들 당신 말 들어요. 왜냐하면 당신 그들 이보 자매니까. 아무 쪽 괜찮아요. 나 결혼하기 원해요."

이페멜루는 아이샤를 쳐다보았다. 얼룩덜룩한 피부를 가진, 이 자그마하고 평범하게 생긴 세네갈 여자가, 믿기 힘든 일이지만, 이보족 남자 친구가 둘 있는데 지금 이페멜루에게 그들을 만나서 자기와 결혼하도록 설득하라고 고집을 부리고 있다. 그녀가 아직도 블로그를 운영했다면 아주 좋은 포스트가 되었을 것이다. "비미국인 흑인의 독특한 사례, 혹은 이민 생활의 압박이 어떻게 당신에게 미친 짓을 하도록 만드는가."

2

오빈제가 그녀의 이메일을 처음 보았을 때 그는 꽉 막힌 라고스 도로 위의 레인지로버 뒷좌석에 앉아 있었다. 조수석 위에는 그의 웃옷이 걸쳐져 있었고, 한쪽 창문에는 머리가 빨간 거지 아이가 달라붙어 있었고, 반대쪽 창문에는 행상인이 색깔이 화려한 CD들을 갖다 대고 있었고, 소리를 낮춰 놓은 라디오에서는 와조비아 FM의 피진 잉글리시[06] 뉴스가 흘러나오고 있었고, 사방에는 당장이라도 비가 내릴 듯한 회색 어둠이 깔려 있었다. 자신의 블랙베리를 들여다보던 그는 갑자기 몸이 굳어졌다. 그리고 일단 이메일을 쓱 훑어보고는 본능적으로, 더 길었더라면 좋았을 텐데 하고 생각했다. 천장, 케두? 회사도, 너희 가족도 모두 잘 있지? 라니이누도가 저번에 너랑 우연히 만났다면서, 너한테 아이가 생겼다고 그러더라! 아빠가 됐구나. 축하해. 난 얼마 전에 나이지리아로 돌아가기로 결정

---

06 해당 고장의 토착어와 영어가 혼합된 언어. 어휘와 문법이 간단하다.

했어. 일주일 후면 라고스에 도착할 거야. 계속 연락했으면 좋겠다. 잘 지내. 이페멜루.

이 이메일을 천천히 다시 한번 읽고 나자 뭔가를, 자기 바지나 박박 깎은 머리를 문지르고 싶은 충동이 일었다. 그녀가 그를 천장이라고 불렀다. 그의 결혼식 직전에 보낸 지난번 이메일에서는 그를 오빈제라고 부르고, 그동안 연락 안 했던 걸 사과하고, 쾌활한 말투로 그의 행복을 빌고, 자신과 함께 사는 흑인 미국인을 언급했었다. 정중한 이메일이었지만 그는 화가 났다. 너무 화가 나서 그 흑인 미국인을 구글에서 검색했더니 — 애초에 그가 검색해 보길 바라서 남자 친구 이름을 성까지 다 가르쳐 준 것 아닌가? — 예일 대학교 교수라고 나왔다. 그는 그녀가 블로그에서 친구들을 "자네"라고 부르는 남자랑 산다는 사실에 분노가 치솟았지만 막상 오빈제의 마음을 돌려 그녀에게 냉담한 답장을 보내게 만든 것은 그 흑인 미국인의 사진이었다. 낡아 보이게 가공한 청바지를 입고 검은 테 안경을 쓴 그에게서 지적인 멋이 배어 나왔기 때문이다. 덕담 고마워. 지금보다 행복했던 적이 없었던 것 같아라고 그는 썼다. 그녀가 뭔가 비꼬는 답장을 보낼 거라고 기대했지만 — 첫 번째 이메일에서처럼 조금의 신랄함도 찾아 볼 수 없는 말투는 너무 그녀답지 않았다. — 그녀에게서는 아무런 답장도 오지 않았고 그가 모로코 신혼여행에서 돌아온 후에, 계속 연락하고 싶고 언제 한번 얘기 나누고 싶다고 보낸 이메일에도 답장은 오지 않았다.

차들이 움직이고 보슬비가 내렸다. 거지 아이가 차를 따라 뛰어왔다. 사슴 같은 눈망울은 더욱 극적인 빛을 띠었고, 자꾸만 뭔가 먹는 시늉을 반복하는 동작은 점점 더 광적으로 변해 갔다. 오빈제는 창문을 내리고 100나이라 지폐를 내밀었다. 운전사 게이브리얼이 아주 못마땅한 표정을 한 채 백미러로 이 광경을 쳐다봤다.

"오가, 신의 은총이 있길!" 거지 아이가 말했다.

"거지들한테 돈 주지 마세요." 게이브리얼이 말했다. "녀석들은 모두 부자예요. 큰돈을 벌려고 구걸하는 거라고요. 이케자에 아파트를 여섯 채나 지은 녀석도 있다고 들었어요!"

"그럼 자네는 왜 구걸을 안 하고 운전기사를 하고 있는 건가, 게이브리얼?" 오빈제는 이렇게 묻고 나서 웃어 댔다. 조금 지나치다 싶을 정도로. 그는 게이브리얼에게 자신의 대학 시절 여자 친구, 아니, 실은 대학 시절과 중등학교 시절의 여자 친구가 방금 이메일을 보냈다고 말하고 싶었다. 그녀가 처음으로 그에게 브래지어 벗기는 걸 허락했을 때 그녀는 부드럽게 신음하며 누웠고 손가락을 벌려 그의 머리를 감쌌다. 나중에 그녀는 이렇게 말했다. "눈을 뜨고 있었지만 천장을 보진 않았어. 그런 경험은 난생처음이야." 다른 여자들이었다면 한 번도 남자 손이 닿은 적 없는 척했겠지만 그녀는 아니었다. 절대 아니었다. 그녀의 정직성은 아주 강렬했다. 그녀는 그들이 함께 한 일을 천장이라 부르기 시작했다. 그의 어머니가 외출하고 없을 때 둘이 속옷만 입고 그의 침대 위에서 서로 뒤엉킨 채 애무하고 키스하고 빨고 엉덩이를 행위 하듯 움직였던 것을 말이다. 나는 지금 천장을 원해라고 그녀가 그의 지리 공책 뒷면에 쓴 적이 있었다. 그 후로 오랫동안 그는 그 공책을 볼 때마다 은밀한 흥분과 전율이 샘솟는 것을 느꼈다. 대학에 가서 그들이 마침내 행위 흉내를 멈춘 뒤부터 그녀는 장난치듯, 유혹하는 말투로 그를 천장이라 부르기 시작했다. 하지만 싸웠을 때나 기분이 가라앉았을 때는 오빈제라고 불렀다. 절대 그의 친구들처럼 "제트"라고 부르지는 않았다. "왜 오빈제를 천장이라고 부르는 거야?" 첫 성적 고사가 모두 끝난 뒤 무료하던 어느 날 그의 친구 오쿠디바가 그녀에게 물었다. 캠퍼스 밖의 맥줏집에서 더러운 플라스틱 탁자에 둘러앉은 그의 친구 무리와 그녀가 합석했을 때였다. 그녀는 몰타나[07] 병을 들어 한 모금 마시고는 오빈제를 흘끗본 후에 말했다. "오빈제는 키가 워낙 커서 머리가 천장에 닿으니까. 보면 모르겠어?" 일부러 천천히 말하는 그녀의 말투와, 입술을 양옆으로 잡아당기는 희미한 미소는 이것이 그를 천장이라고 부르는 진짜 이유가 아님을 그들에게 알리고 싶어 한다는 사실을 드러냈다. 게다가 그는 키가 크지도 않았다. 그녀가 탁자 밑에서 그를 발로 툭 치자 그도 웃고 있는 친구들을 바라보며 그녀를 발로 툭 쳤다. 그의 친구들은 모두 그녀를 약간 두려워하는 동시에 약간 좋아했다. 그녀는 흑인 미국인이 자기를 만졌을 때도 천장을 봤을까? 다른 남자들도 '천장'이라고 불렀을까? 그랬을지도 모른다고 생각하니 갑자기 기분이 나빠졌다. 그때 전화벨이 울렸고 그는 잠시 멍한 상태에서 이페멜루가 미국에서 전화한 거라고 생각했다.

"여보, **케두 에베 이 노?**" 아내 코시는 그에게 전화할 때마다 첫마디가 늘 똑같았다. 당신 어디야? 그는 그녀에게 전화해서 어디냐고 물은 적이 한 번도 없었지만 그래도 그녀는 "지금 미용실에

---

07 나이지리아 양조 사(社)에서 생산하는 무알코올성 맥아음료.

가는 길이야." 같은 말을 하곤 했다. 지금 제3 메인랜드 대교를 건너고 있어. 그들이 함께 있지 않을 때는 서로의 위치라도 알아야 안심이 되는 모양이었다. 그녀의 목소리는 톤이 높고 소녀 같았다. 그들은 7시 30분에 '치프(Chief)'[08]의 집에서 열리는 파티에 참석해야 했는데 벌써 6시가 지나 있었다.

그는 그녀에게 차가 막힌다고 말했다. "하지만 지금은 움직여. 방금 오줌바음바디웨로(路)에 접어들었으니까 곧 도착할 거야."

레키 고속 도로에 들어서자 빗줄기가 약해지면서 차들이 빠르게 움직였고 잠시 후 게이브리얼은 오빈제네 집의 높고 검은 대문 앞에서 경적을 눌렀다. 다부진 체격의 문지기 모하메드가 지저분한 흰색 카프탄[09] 차림으로 나와서 대문을 활짝 열고는 한 손을 들어 인사했다. 오빈제는 주랑이 있는 자신의 황갈색 집을 바라보았다. 그 안에는 이탈리아제 수입 가구, 아내, 두 살배기 딸 부치, 보모 크리스티아나, 대학 교수들이 또 파업을 하고 있어서 또 강제 휴가 중인 처형 치오마, 아내가 나이지리아 가정부들은 못쓰겠다고 결론지은 후 베냉 공화국에서 데려온 새 가정부 마리가 있었다. 모든 방이 시원할 테고, 에어컨 통풍구는 조용히 흔들리고 있을 것이며, 부엌은 카레와 타임의 향긋한 냄새로 가득할 것이고, 아래층에는 CNN이 틀어져 있는 반면, 위층 텔레비전에는 카툰

---

08 나이지리아에서 칭호를 가진 사람의 이름 앞에 붙이는 말로, 족장이나 촌장을 부르던 호칭에서 유래했다. 영국에서 기사 작위를 가진 사람의 이름 앞에 Sir를 붙이는 것과 같다.

09 트임이 없어 머리 위로 뒤집어 써야 하는, 발목 길이 원피스. 보다 짧은 카프탄과 바지를 같이 입는 것은 카프탄 슈트라고 부른다.

네트워크가 틀어져 있을 것이며, 이 모든 것에는 어느 누구의 침해도 받지 않은 풍요의 분위기가 스며 있을 것이었다. 그가 차에서 내렸다. 걸음걸이는 뻣뻣하고, 다리는 천근만근이었다. 그는 몇 달 전부터 자신이 성취한 모든 것 — 가족, 집, 자동차, 은행 계좌 — 때문에 붕 뜬 듯한 기분을 느끼기 시작했고 때때로 모든 것을 핀으로 찔러 바람을 빼서 자유로워지고 싶은 충동에 휩싸이곤 했다. 그는 더 이상 확신할 수 없었다. 아니, 사실은 한 번도 확신해 본 적이 없었다. 지금의 자기 인생을 정말로 좋아하기 때문에 좋아하는 것인지, 아니면 좋아해야 마땅하기 때문에 좋아하는 것인지를.

"여보." 그가 현관문에 채 닿기도 전에 코시가 문을 열며 말했다. 화장을 마친 그녀의 얼굴에서는 광채가 났고 그는 여느 때처럼, 이 얼마나 아름다운 여인인가 하고 생각했다. 눈은 완벽한 아몬드 모양이었고, 이목구비는 놀라울 정도로 대칭이었다. 주름 잡힌 실크 드레스의 허리 부분을 단단히 동여맨 탓에 몸매가 아주 모래시계처럼 보였다. 그는 그녀와 포옹을 하면서, 분홍색 립스틱을 바르고 조금 더 어두운 분홍색으로 라인을 그린 그녀의 입술을 조심스럽게 피했다.

"어두운 저녁에 한 줄기 햇살이네! 아사! 우고!" 그가 말했다. "당신이 파티 장소에 도착하면 조명을 다 꺼도 되겠어."

그녀가 웃음을 터뜨렸다. 자신의 외모를 솔직하게 대놓고 즐기는 웃음이었다. 그녀의 피부가 워낙 하얘서 사람들이 "어머니가 백인이세요? 튀기인가요?"라고 물을 때마다 그렇게 웃었는데 혼혈로 오인받는 것을 기뻐하는 모습은 언제 봐도 당황스러웠다.

"아빠아빠!" 부치가 아직 익숙지 않은 걸음마로 약간 뒤뚱거리며 달려왔다. 방금 목욕을 마치고 꽃무늬 잠옷을 입은 아이에게서는 달콤한 아기 로션 향기가 났다.

"부치부치! 우리 공주님!" 그는 딸을 번쩍 들어 올려서 뽀뽀한 다음 아이의 목에 코를 비벼 대고는 바닥으로 휙 던지는 척했다. 그럴 때마다 아이가 까르르 웃었기 때문이다.

"씻을 거야, 아니면 옷만 갈아입을 거야?" 코시가 위층으로 올라가는 그를 뒤따라오며 물었다. 위층 침대 위에는 그녀가 꺼내 둔 푸른 카프탄이 있었다. 과하게 화려한 수가 놓인 이 카프탄보다는 와이셔츠나 좀 더 단순한 카프탄이었더라면 좋았을 텐데. 그 푸른 카프탄은 코시가 나이지리아 최고의 부촌인 '라고스섬[島]'에 가서 거들먹거리는 신인 디자이너에게 어마어마한 금액을 주고 사 온 것이었다. 하지만 그는 아내를 위해 그 옷을 입을 것이다.

"옷만 갈아입을 거야." 그가 말했다.

"일은 어땠어?" 언제나처럼 그녀는 약간 모호하면서도 기분 좋은 말투로 물었다. 그는 그녀에게 얼마 전 파크뷰이스테이트에 완공한 새 아파트 단지에 대해 생각 중이라고, 쉘 사(社)가 임차했으면 한다고 말했다. 왜냐하면 석유 회사들은 언제나 최고의 임차인이었고, 갑자기 임대료를 올려도 절대 불평하지 않았으며, 기꺼이 미국 달러로 지불해서 환율이 요동치는 나이라 화에 손댈 필요가 없게 해 주었기 때문이다.

"걱정 마." 그녀가 그의 어깨에 손을 얹으며 말했다. "신께서 쉘을 당신에게로 이끌어 주실 거야. 우린 괜찮을 거야, 여보."

사실 그 아파트는 이미 석유 회사에 임대한 상태였지만 그는 때때로 그녀에게 이런 무의미한 거짓말을 하곤 했다. 마음속 한구석에서 그녀가 질문을 하거나 말꼬리 잡길 바랐기 때문이다. 하지만 그녀가 그러지 않으리란 건 그도 잘 알았다. 그녀가 원하는 것은 오직 그들의 삶이 현재 수준을 유지하는 것뿐이었고 어떻게 그걸 가능케 하느냐의 문제는 전적으로 그에게 일임했기 때문이었다.

치프의 파티는 다른 때와 마찬가지로 지루할 게 뻔했지만 늘 그래 왔듯이 이번에도 참석했다. 치프의 넓은 마당 앞에 주차할 때마다 그는 사촌 누나 은네오마와 함께 그곳에 처음 왔을 때를 떠올리곤 했다. 당시는 그가 영국에서 귀국해 라고스에 머문 지 겨우 일주일밖에 안 됐을 때였는데도 은네오마는 벌써부터 그에게 자기 아파트에서 책이나 읽으며 축 늘어져 있으면 안 된다고 잔소리를 했다.

"아니지 아니지! 오 기니? 그런 일 겪은 사람이 네가 처음인 줄 알아? 너는 지금 당장 나가서 사기를 쳐야 돼. 여기 사람은 모두가 사기꾼이야. 라고스는 사기의 도시라고." 은네오마가 말했다. 그녀는 바지런하고 수완이 좋아서 여러 사업에 손대고 있었다. 두바이에 가서 금을 사고, 중국에 가서 여성복을 사는가 하면, 최근에는 냉동 닭고기 회사의 유통업자가 되었다. "내 일을 도우라고 했으면 좋겠지만, 아니야, 너는 너무 물러 터진 데다 영어를 너무 많이 써. 난 좀 더 **그라그라**한 사람이 필요해." 그녀가 말했다.

오빈제는 그때까지도 영국에서 있었던 일로 심란해서 자기 연민으로 스스로를 겹겹이 감싸고 있었는데 은네오마의 그런 무시하는 질문 ─ "그런 일 겪은 사람이 네가 처음인 줄 알아?" ─ 을 들으니 화가 났다. 그녀는 몰랐다. 시골 마을에서 자라나 세상을 삭막하고 무감각한 시선으로 바라보는 사촌 누나가 알턱이 없었다. 하지만 그는 누나가 옳다는 사실을 차츰 깨달았다. 그런 일을 겪은 사람은 그가 처음도 아니었고, 마지막도 아닐 것이었다. 그래서 그는 신문 광고를 보고 입사 지원서를 보내기 시작했지만 어디에서도 면접 보러 오라는 연락을 받지 못했고 은행과 이동 통신사에 다니는 동창들은 그가 또 이력서를 억지로 들이밀까 봐 피하기 시작했다.

어느 날 은네오마가 말했다. "내가 굉장한 부자, 치프를 알아. 이 사람이 나를 계속 쫓아다녔는데, 에, 내가 거절했지. 여자관계가 워낙 복잡해서 에이즈를 옮을 수도 있거든. 하지만 이런 남자들은 자기를 거절한 단 한 명의 여자를 못 잊는 법이지. 그래서 가끔 이 사람이 전화하면 때때로 가서 만나곤 해. 작년에 그 사탄의 자식들이 내 돈을 훔쳐 가고 나서 사업을 다시 시작할 때도 자본금을 좀 빌려줬다니까. 아직도 내가 언젠가는 자기를 받아 줄 거라고 생각하지. 하, **오 디 에구**, 내가 왜? 어쨌든 그 사람한테 너를 소개해 줄게. 기분이 좋을 때는 굉장히 관대하거든. 이 나라에서 모르는 사람도 없고 말이야. 어쩌면 무슨 회사의 상무한테 소개장을 써 줄지도 몰라."

하인이 문을 열어 주었다. 치프는 왕좌처럼 생긴 금장 의자에 앉아 손님들에게 둘러싸인 채 코냑을 홀짝이고 있었다. 자리에서 벌떡 일어난 그는 작달막하고 활기차고 패기만만한 사람이었다. "은네오마! 정말 당신 맞아요? 오늘은 나를 기억하는군요!" 그가 말했다. 그는 은네오마와 포옹을 한 다음 뒤로 물러서서, 몸에 달라붙는 치마로 강조된 그녀의 엉덩이 실루엣과 어깨까지 내려오는 긴 가발을 대놓고 쳐다보았다. "지금 나한테 심장 마비를 일으키려는 거요, 응?"

"내가 어떻게 심장 마비를 일으키겠어요? 당신 없으면 나는 어쩌라고요." 은네오마가 농담조로 말했다.

"어떻게 하면 그럴 수 있는지는 알잖소." 치프가 말했다. 그의 손님 중에서 다 안다는 듯한 표정을 한 남자 셋이 시끄럽게 웃어댔다.

"치프, 이쪽은 내 사촌 동생 오빈제예요. 우리 교수 고모님 아들이죠." 은네오마가 말했다. "내 학비를 처음부터 끝까지 다 대주신 분이 바로 우리 고모예요. 고모가 아니었으면 내가 지금 뭐가 됐을지 몰라요."

"정말 훌륭하군요!" 치프가 마치 그런 자애로운 행동을 한 사람이 오빈제라는 듯이 쳐다보며 말했다.

"안녕하십니까." 오빈제가 말했다. 그는 치프가 야단스럽게 치장한 멋쟁이라는 사실에 깜짝 놀랐다. 그의 손톱은 전문가의 손질을 받아 반질반질했고, 발에는 검정 벨벳 로퍼를 신었으며, 목에는 다이아몬드 십자가를 걸고 있었다. 오빈제는 좀 더 건장하고 거친 외모의 사내를 기대했던 것이다.

"앉게. 그래, 무슨 도움이 필요한가?"

오빈제는 나중에 알게 된다. 거물들은 사람들에게 이야기하는 게 아니라 사람들을 향해 이야기할 뿐이라는 것을. 그날 저녁 치프가 거들먹거리면서 정치에 대해 얘기하고 또 얘기하는 동안 손님들은 "맞아요! 정말 그래요, 치프! 고마워요!"라며 탄성을 연발했다. 그들은 라고스 부유층 젊은이들의 교복 — 모두 익숙한 명품 로고가 박힌 가죽 로퍼, 청바지, 단추를 한두 개 푼, 몸에 딱 맞는 와이셔츠 — 을 입고 있었지만 그 태도에는 절박한 사람 특유의 열성이 담겨 있었다.

　손님들이 떠난 후 치프가 은네오마에게 물었다. "혹시 「내일은 아무도 모르지[10]」란 노래 알아요?" 그러더니 아이처럼 열정적으로 그 노래를 부르기 시작했다. 내일은 아무도 모르지! 내애이일은! 내일은 아무도 모르지! 그리고 자신의 잔에 또다시 코냑을 넉넉히 부었다. "이 나라의 근간을 이루는 원칙은 단 하나예요. 대원칙이죠. 아무도 내일을 모른다는 것. 아바차[11] 정권 때의 거물 은행가들 기억나요? 그치들은 자기네가 이 나라의 주인이라고 생각했지만 문득 정신을 차려 보니 감옥 안에 있었죠. 그런가 하면 자기 집세도 못 내던 어느 가난뱅이는 바방기다[12]한테서 유정(油井)을 받은 덕에 지금은 전용기를 갖게 됐고요!" 치프가 평범한 의견을 대단한 발견처럼 의기양양하게 말하는 동안 은네오마는 미소 띤 채 경청하며 맞장구쳤다. 그녀는 자기가 매번 더 활짝 미소 짓고, 더 빨리 웃고, 더 빛나는 매력을 보여 줄수록 치프가 그들을 도와줄 가능성이 높아지기라도 하듯 자신의 생기를 과장했다. 그 사실이 얼마나 빤히 보이고 그녀가 얼마나 솔직하게 추파를 던지는가가 오

10　프랑스에서 활동하는 나이지리아 출신 가수 아샤(Asa)의 노래.
11　사니 아바차(1943~1998). 나이지리아의 군사 독재자(집권 1993~1998).
12　이브라힘 바방기다(1941~　). 나이지리아의 군사 독재자(집권 1985~1993).

빈제는 재미있었다. 하지만 치프는 그들에게 적포도주 한 상자를 선물로 주면서 오빈제에게 "다음 주에 한번 들르게."라고 모호하게 말했을 뿐이었다.

오빈제는 다음 주에도, 그다음 주에도 치프의 집에 찾아갔다. 은네오마는 치프가 뭔가를 해 줄 때까지 계속 주변을 어슬렁거리라고 했다. 치프의 하인은 늘 금방 끓인 피망 수프를 내왔는데 그 안에 든 굉장히 맛있는 생선을 먹으면 오빈제는 콧물이 나고 머리가 맑아지면서 왠지 모르게 자신의 미래를 가로막는 장애물이 사라지고 가슴속에 희망이 차오르는 듯한 기분이 들어서 만족스럽게 치프와 손님들의 얘기를 들으며 앉아 있을 수 있었다. 그는 그들에게 매혹되었다. 약간 부유한 자들은 부유한 자들 앞에서, 부유한 자들은 굉장히 부유한 자들 앞에서 노골적으로 머리를 조아렸다. 돈을 갖는다는 것은 돈에 사로잡히는 것과 같다고 생각됐다. 오빈제는 혐오와 갈망을 동시에 느꼈다. 그들을 동정하면서도 한편으로는 그들처럼 되는 상상을 했다. 하루는 평소보다 코냑을 많이 마신 치프가, 뒤통수치는 사람들과 꽁지 머리를 기르는 소년들과 갑자기 자기가 영리한 줄로 착각하는 배은망덕한 바보들에 대해 두서없이 떠들어 댔다. 정확히 무슨 일이 있었는지는 알 수 없었지만 누군가가 치프를 언짢게 해서 틈새가 생긴 것이 확실했으므로 오빈제는 단둘이 남게 되자마자 이렇게 말했다. "치프, 제가 도울 수 있는 일이 있다면 말씀해 주세요. 저는 믿으셔도 됩니다." 자기 입에서 나온 말에 스스로도 놀랐다. 더 이상 옛날의 그가 아니었다. 그는 피망 수프에 취한 게 분명했다. 사기란 이런 걸 말하는 것이었다. 라고스에 사는 이상 그도 사기를 처야 했다.

치프가 날카로운 눈빛으로 그를 지긋이 쳐다보았다. "이 나라에는 자네 같은 인재가 더 많이 필요해. 좋은 집안 출신에, 좋은 가정 교육을 받은 친구들 말이야. 자네는 신사야. 눈을 보면 알 수 있지. 그리고 자네 어머니도 교수시라고 했지. 쉬운 일이 아니야."

오빈제는 이 이상한 칭찬 앞에서 겸손해 보이기 위해 설핏 미소를 지었다.

"자네는 배고프고 정직하지. 그건 이 나라에서 드문 일일세. 그렇지 않나?" 치프가 물었다.

"네." 오빈제가 대답했다. 자신이 그런 자질을 가지고 있다는 데 동의하는 것인지, 아니면 그런 자질이 드물다는 데 동의하는 것인지는 확신할 수 없었다. 하지만 치프의 목소리가 확신에 차 있었으므로 상관없었다.

"이 나라에서는 모두가 배고프지. 부유한 자들조차도 배고파해. 하지만 정직한 자는 아무도 없다네."

오빈제가 고개를 끄덕이자 치프는 다시 한번 그를 지긋이 쳐다보다가 말없이 코냑을 마시기 시작했다. 다음에 방문했을 때의 치프는 평소처럼 수다스러운 모습으로 돌아와 있었다.

"나는 바방기다의 친구였네. 아바차의 친구이기도 했지. 이제 군사 정부가 사라졌으니 오바산조[13]가 내 친구라네." 그가 말했다. "왜 그런지 아나? 내가 어리석어서일까?"

---

13 올루세군 오바산조(1937~). 나이지리아의 전 대통령. 1976~1979년에는 군
  사 정부의 수반으로, 1999~2007년에는 민간 정부의 수반으로 집권했다.

"당연히 아니죠, 치프." 오빈제가 말했다.

"소문을 들으니 국립 농장 지원 공사가 파산해서 민영화한다고 하더군. 자넨 알고 있었나? 물론 몰랐겠지. 그럼 난 어떻게 알았을까? 친구들이 있기 때문일세. 자네가 알 때쯤엔 나는 이미 매점을 해서 차익 거래로 이문을 남겼을 거야. 그게 바로 이 나라의 자유 시장이라는 걸세!" 치프가 웃었다. "이 공사는 1960년대에 세워졌고 전국 곳곳에 부동산을 가지고 있네. 집들은 죄다 썩었고 흰개미가 지붕을 갉아 먹고 있지. 하지만 그런 건물들도 팔게 될 거야. 그러면 나는 하나당 500만씩 주고 일곱 채를 살 걸세. 그 건물들이 회계 장부에는 얼마로 올라 있는지 아나? 100만이야. 그러면 실제 가치는 얼마일까? 5000만이지." 치프는 잠시 말을 멈추고, 울리는 휴대 전화 중 하나 ── 옆에 있는 탁자에는 휴대 전화 네 대가 놓여 있었다. ── 를 쳐다보더니 무시하고 소파에 등을 기댔다. "나한테는 이 거래를 진행할 사람이 필요하네."

"네, 제가 할 수 있습니다." 오빈제가 말했다.

나중에 은네오마는 자기 침대 위에 앉아서 잔뜩 들뜬 상태로 오빈제에게 충고를 하는 중간중간에 자기 머리를 계속 탁탁 쳤다. 머리가 가려운데 꿰맨 가발 속을 긁을 수가 없으니 그것이 그녀가 할 수 있는 최선이었기 때문이다.

"이건 굉장한 기회야! 제트, 내 말 잘 들어! 그게 감정 자문인가, 이름만 거창하지 실제로는 하나도 어렵지 않은 거야. 우선 문제의 부동산을 저평가하되 적법한 절차를 따르는 것처럼 보이게 해야 돼. 그리고 그 부동산을 취득한 다음, 반을 판 돈으로 대금을 치르고 나면 준비가 끝난 거야! 네 이름으로 회사를 등록하고 레키에 집 한 채 짓고 차도 몇 대 산 다음에 고향에 얘기해서 칭호[14] 몇 개 달라고 하고 친구들한테는 신문에 축하 메시지 좀 실어 달라고 해. 그것만 마치고 나면 네가 어느 은행을 방문하든 너한테 당장 대출해 주고 싶어서 안달할 거고 실제로 돈도 내줄 거야. 왜냐하면 네가 돈이 없어서 빌리는 게 아니라고 생각할 테니까! 그리고 회사를 등록하고 나면 백인을 한 명 구해야 돼. 영국에서 만난 백인 친구를 데려와. 그리고 사람들에게 그 친구가 네 총지배인이라고 말해. 너한테 **오인보** 총지배인이 있다는 이유만으로, 닫혀 있던 문이 열리는 걸 보게 될 거야. 치프조차도 필요할 때마다 남한테 보여 주기 위해 데려오는 백인이 몇 명 있어. 그게 나이지리아가 돌아가는 방식이야. 내 말 새겨들어.”

그러더니 실제로 그렇게 됐고 지금도 오빈제는 그 효과를 보고 있었다. 어찌나 일이 쉽게 풀리는지, 얼떨떨할 정도였다. 그가 처음 은행에 제안서를 들고 찾아갔을 때는 뻔한 걸 굳이 말할 필요 없다는 이유로 ‘억’은 생략하고 ‘50’ 혹은 ‘55’라고만 말하고 있는 상황이 초현실적으로 느껴졌다. 그 밖의 많은 일이 어이없을 만큼 손쉬워진 것도, 부유해 보이는 겉모습만으로 모든 문이 활짝 열리게 된 것도 당황스러웠다. 그가 BMW를 몰고 가기만 하면 문지기가 아무것도 묻지 않고 경례와 함께 대문을 열어 주었다. 심지어 미국 대사관의 태도도 달랐다. 몇 년 전 그가 대학을 갓 졸업

---

14 나이지리아에서 칭호는 세습되거나 지역 사회에 기여한 자에게 수여된다. 그런데 상당액의 기부금만 내면 누구나 칭호를 가질 수 있어 오늘날에는 부와 권력의 상징이 되었다.

하고 아메리칸드림에 취해 있을 때는 비자 발급을 거절하더니 달라진 입출금 내역서를 가져가자 쉽게 비자를 내주었다. 처음 미국에 갔을 때 애틀랜타 공항에서는 출입국 관리관이 정겹게 수다를 떨며 물었다. "그래, 현금은 얼마나 가져오셨어요?" 오빈제가 얼마 안 갖고 왔다고 말하자 그는 놀란 표정을 지어 보였다. "당신 같은 나이지리아인들은 늘 수백만 달러씩 신고하던데요."

이것이 지금의 그였다. 공항에서 많은 현금을 신고할 것처럼 보이는 나이지리아인. 하지만 그의 마음은 삶과 같은 속도로 변하지 않았기에 자신의 이런 모습이 낯설고 당황스러웠고 실제 자신과 남들이 보는 자신 사이의 괴리를 느꼈다.

그는 치프가 왜 엄청난 부수입을 외면하면서, 심지어는 더 챙기라고 격려하면서까지 자신을 돕기로 결심했는지 여전히 이해할 수 없었다. 따지고 보면 치프의 집에는 바닥에 납작 엎드린 방문객들, 즉 친척들 및 친구들과 그들이 데려온 친척들 및 친구들의 행렬이 꼬리에 꼬리를 물었고 그들의 주머니에는 부탁과 간청이 가득 들어 있었다. 그는 때때로 치프가 언젠가 자신에게, 그가 키운 배고프고 정직한 소년에게 뭔가를 요구하지 않을까 생각하곤 했다. 특히 기분이 더욱 싱숭생숭할 때는 치프가 누군가를 암살하라고 부탁하는 것도 상상했다.

치프의 파티에 도착하자마자 코시는 방 안을 돌아다니며 잘 알지도 못하는 사람들과 포옹하고, 과장된 존경심을 담아 나이가 지긋한 이들을 "○○님"이라 부르고, 자신의 얼굴이 끄는 시선을 즐기면서도 개성은 죽여서 다른 사람들이 그녀의 미모를 위협적으로 느끼지 않도록 했다. 그녀는 어떤 여자의 머리 모양을, 또 다른 여자의 드레스를, 어떤 남자의 넥타이를 칭찬했다. 그리고 "다 하느님 은총이죠."라는 말을 자주 했다. 어떤 여자가 따지는 투로 "당신은 무슨 크림을 써요? 어떻게 사람이 그렇게 완벽한 피부를 가질 수 있죠?"라고 묻자 코시는 우아하게 웃으면서 그 여자에게 자신이 얼굴에 뭘 바르는지 자세하게 적어서 문자로 보내 주겠다고 약속했다.

　모두가 좋아하는 사람이 되는 것, 단 한 군데도 특이한 면이 없는 사람이 되는 것을 코시가 얼마나 중요하게 여기는가가 오빈제는 늘 놀라웠다. 그녀는 일요일마다 오빈제의 친척들을 초대해서 으깬 참마와 **오누그부 수프**[15]를 대접하고는 계속해서 좌중을 살피며 모두가 적당히 과식했는지 확인하곤 했다. 숙부님, 더 드셔야죠, 오! 부엌에 고기 더 있어요! 기네스 맥주 한 병 더 갖다 드릴게요! 결혼하기 직전 그가 은수카에 사는 어머니 집에 그녀를 처음 데려갔을 때에도 그녀는 자리에서 벌떡 일어나 음식 내오는 것을 도왔고 식사를 마치고 나서 어머니가 식탁을 치우려 하자 기분이 상한 듯이 말했다. "어머니, 어떻게 저는 여기 가만히 앉아 있고 어머니는 식탁을 치우실 수가 있어요?" 그의 숙부들에게 말할 때는 모든 문장을 "숙부님"으로 끝맺었다. 그리고 그의 오촌 조카딸들의 머리에는 리본을 매 주었다. 그녀의 겸손에는 겸손하지 않은 무언가가 있었다. 바로 스스로를 널리 알린다는 점이었다.

　지금 그녀는 오래된 것으로 유명한 가문의, 오래된 것으로 유

15　오누그부 잎, 소고기, 말린 생선, 코코얌 등을 넣고 끓인 수프.

명한 여자인 앳킨콜 여사에게 허리 숙여 인사하고 있었다. 앳킨콜 여사는 남이 자신에게 경의를 표하는 데 익숙한 사람 특유의, 눈썹을 치켜세운 거만한 표정을 하고 있었다. 오빈제는 종종 그녀가 샴페인을 마시고 트림하는 중이라고 상상하곤 했다.

"아이는 잘 있나? 학교에는 입학했고?" 앳킨콜 여사가 물었다. "반드시 프랑스 학교에 보내도록 하게. 프랑스 학교는 아주 훌륭하고, 아주 엄하거든. 물론 수업을 프랑스어로 하긴 하지만 영어는 이미 집에서 배우니 문명어를 하나 더 배우는 게 애한테도 좋지."

"네, 여사님. 프랑스 학교를 알아볼게요." 코시가 말했다.

"프랑스 학교도 나쁘지 않지만 저는 시드콧 홀이 더 좋은 것 같아요. 거기서는 완벽하게 영국식 교육 과정을 따르거든요."라고 다른 여자가 말했는데 그녀의 이름이 뭐였는지 오빈제는 기억나지 않았다. 그녀가 아바차 장군 정권 때 많은 돈을 벌었다는 사실만 기억났다. 소문에 따르면 그녀는 장교들에게 아가씨를 대 주는 대가로 높은 공급가에 계약을 수주했다고 했다. 그러나 지금 볼록한 아랫배가 드러나는 타이트한 스팽글 드레스를 입은 그녀는 계속된 실망으로 강퍅해지고 분노로 망가진, 평범한 중년의 라고스 여자가 되어 있었다. 그녀의 이마에 점점이 흩어져 있는 여드름은 숨 막힐 듯 두꺼운 파운데이션으로 가려져 있었다.

"아, 네, 시드콧 홀요." 코시가 말했다. "그곳은 이미 후보 학교 목록 맨 위에 올려 두었어요. 영국식 교육 과정을 따른다는 걸 알고 있었거든요."

오빈제는 평소 같았으면 그런 자리에서 아무 말 없이 보고 들기만 했을 텐데 오늘은 무슨 연유에선지 이렇게 말했다. "그런데 여기 있는 사람들은 전부 나이지리아 교육 과정을 따르는 초등학교를 나오지 않았나요?"

여자들이 그를 쳐다봤다. 그들의 당황한 표정은, 설마 진담은 아니지 않냐고 묻고 있었다. 어떤 면에서는 그랬다. 그도 당연히 딸에게 최고만 주고 싶었으니까. 하지만 때때로, 지금 같은 때에는, 이 새로운 친구 무리 가운데서 자신이 침입자가 된 것 같다고 느꼈다. 그들은 최신식 학교, 최신식 교육 과정이 자기 자식들을 완벽하게 만들어 줄 거라고 믿었다. 하지만 그는 그들처럼 확신하지 못했다. 그러기엔 가능했을지도 모를 또 다른 결과를 안타까워하거나 마땅히 일어났어야 할 일이 뭘까 자문하며 보내는 시간이 너무 많았다.

어렸을 때는 부유한 유년기와 외국어 악센트를 가진 사람들이 부러웠다. 하지만 나이가 들면서 그들에게도 말로는 표현 않는 갈망, 결코 찾을 수 없는 것을 향한 안타까운 희구가 있음을 깨닫게 됐다. 그는 자신의 딸이 훌륭한 교육을 받고도 불안감에 얽매인 아이가 되는 것을 원치 않았다. 부치가 프랑스 학교에 가지 않으려 하리라는 것, 그 점만은 확신할 수 있었다.

"자네가 자식을 어설픈 나이지리아인 선생들이 가르치는 학교에 보낸다면 나중에 그 애가 다른 아이들보다 뒤처지더라도 다 자네 탓인 걸세." 앳킨콜 여사가 말했다. 그녀는 영국식과 미국식과 또 다른 뭔가가 뒤섞인, 국적 불명의 외국식 악센트로 말했다. 자기가 얼마나 많은 나라를 돌아다녔는지, 영국항공의 VIP 회원 카드에 쌓인 마일리지가 얼마나 차고도 넘치는지를 세상 사람들이 잊지 않길 바라는 부유한 나이지리아인 특유의 악센트였다.

"제 친구 하나는 아들을 라고스 메인랜드에 있는 학교에 보냈는데, 맙소사, 전교에 컴퓨터가 다섯 대밖에 없대요. 겨우 다섯 대요!" 아까 그 여자가 말했다. 그때 오빈제는 그 여자의 이름이 생각났다. 아담마였다.

애킨콜 여사가 말했다. "그건 옛날이야기고."

"맞는 말씀이에요." 코시가 말했다. "하지만 저는 남편 말뜻도 이해해요."

그녀는 모두를 기쁘게 하기 위해 동시에 양쪽을 편들고 있었다. 그녀는 늘 진실보다 평화를 택했고, 늘 다수의 의견을 좇았다. 지금 그녀가 눈꺼풀 위의 금색 아이섀도를 반짝이며 애킨콜 여사에게 말하는 모습을 보면서 오빈제는 자신이 그런 엉뚱한 생각을 한 것에 죄책감을 느꼈다. 그녀는 그토록 다정한 여자였다. 그토록 사람 좋고 다정한 여자. 그는 손을 뻗어 그녀의 손을 잡았다.

"저희는 시드콧 홀이랑 프랑스 학교에도 가 보고 크라운 데이 같은 나이지리아 학교도 몇 군데 둘러볼 거예요." 코시가 이렇게 말하며 간청하는 눈빛으로 오빈제를 쳐다봤다.

"맞습니다." 그가 그녀의 손을 꼭 쥐면서 말했다. 그녀는 그것이 사과의 표시임을 알 테고 나중에 그가 다시 한번 제대로 사과할 것이었다. 그는 조용히 했어야 했다. 그녀의 대화가 평온하게 흘러가도록 내버려 두었어야 했다. 그녀는 곧잘 친구들이 자신을 부러워한다고, 그가 주말에 그녀에게 아침 식사를 만들어 주거나 매일 밤 집에 있는 것이 꼭 외국인 남편 같다고 그에게 말하곤 했다. 그리고 그는 자랑스러워하는 그녀의 눈 속에서 실제보다 더 빛나고, 더 나은 자신을 보았다. 그가 앳킨콜 여사의 기분을 달래기 위해 뭔가 무의미한 말을 하려던 찰나, 등 뒤에서 시끄럽게 떠드는 치프의 목소리가 들려왔다. "하지만 자네도 알다시피 지금 이 순간에도 불법 송유관을 통해 베냉의 코토누로 보내진 석유가 병에 담겨 팔리고 있지 않나! 암! 암!"

치프가 그들에게 다가왔다.

"아, 우리 아름다운 공주님!" 치프가 코시와 포옹하면서 그녀를 바싹 당겨 안았다. 오빈제는 치프가 그녀에게 잠자리를 제안한 적이 있을까 생각했다. 그랬다 하더라도 놀랍지 않았을 것이다. 예전에 그가 치프의 집을 방문했을 때 여자 친구와 함께 찾아온 남자가 있었는데 그녀가 화장실에 가고 없는 동안 오빈제는 치프가 그 남자에게 이렇게 말하는 것을 들었다. "마음에 드는군. 저 여자를 나한테 넘기면 자네에게 이케자의 금싸라기 땅을 주겠네."

"정말 좋아 보이세요, 치프." 코시가 말했다. "굉장히 젊어 보여요!"

"아, 고맙네. 내가 열심히 노력하긴 하지." 치프가 장난스럽게 검은 재킷의 새틴 칼라를 아래로 탁탁 당겨 보였다. 그는 날씬하고 허리도 꼿꼿한 게, 정말로 좋아 보였다. 임신한 남자처럼 보이는 대부분의 동년배들과는 달랐다.

"우리 오빈제!" 그가 오빈제에게 말했다.

"안녕하셨어요, 치프." 오빈제는 두 손으로 치프의 손을 잡고 흔들면서 허리를 약간 굽혀 인사했다. 그는 파티에 참석한 다른 사내들도 치프에게 허리 굽혀 인사하고는 그의 주위를 둘러싼 채 치프가 농담을 할 때마다 다른 사람보다 더 크게 웃으려고 서로

밀쳐 대는 모습을 지켜보았다.

손님이 점점 더 많아졌다. 오빈제가 고개를 들자 다부진 체격을 한 퍼디낸드의 얼굴이 보였다. 그는 치프의 지인으로, 지난 주지사 선거에 출마했다가 패배한 뒤, 낙선한 정치인들이 으레 그러듯 선거 무효 소송을 냈다. 퍼디낸드는 도덕관념이 없어 보이는, 철가면 같은 얼굴을 갖고 있었다. 그의 손을 검사하면 손톱 밑에서 적들의 혈흔이 발견될지도 몰랐다. 퍼디낸드와 눈이 마주치자 오빈제는 시선을 피했다. 그는 퍼디낸드가 다가와서 지난번 우연히 만났을 때 자신이 언급했던 불법 토지 거래에 대해 더 얘기하려고 할까 봐 화장실에 다녀오겠다고 우물거리며 그 자리를 벗어났다.

뷔페식으로 차린 식탁에서 한 젊은이가 실망한 표정으로 콜드미트와 파스타를 쳐다보는 모습이 보였다. 오빈제는 그의 촌스러움에 끌렸다. 옷차림에서도, 서 있는 태도에서도, 그가 원했다 한들 결코 숨길 수 없었을 이방인의 분위기가 묻어 나왔다.

"저쪽에 나이지리아 음식이 있는 탁자도 있어요." 오빈제가 말하자 젊은이는 그를 보고 고맙다는 뜻으로 웃어 보였다. 예미라는 이름의 그 청년은 신문 기자였다. 놀랍지 않았다. 치프의 파티 사진은 늘 주말 신문을 도배하다시피 했으니까.

예미가 대학에서 영문학을 전공했다고 해서 오빈제는 마침내 흥미로운 주제로 대화하게 되었길 갈망하며 그에게 무슨 책을 좋아하냐고 물었지만 곧 예미가 다음절어와 이해 불가능한 구절이 없는 책은 문학으로 간주하지 않는다는 것을 알게 되었다.

"문제는 그 소설이 너무 단순하고 작가가 어려운 단어 하나 쓰지 않았다는 거예요." 예미가 말했다.

그가 너무 형편없는 교육을 받아서 자기가 형편없는 교육을 받았다는 사실조차 모른다는 점이 오빈제를 슬프게 했다. 선생이 되고 싶다는 생각이 들었다. 그는 예미 같은 학생들로 가득 찬 강의실 앞에 서서 가르치는 자신의 모습을 상상했다. 교직 생활은 어머니에게 잘 맞았듯 그에게도 잘 맞았을 것이다. 그는 종종 자기가 가질 수 있었을, 혹은 지금도 가질 수 있는 직업들을 상상하곤 했다. 대학에서 가르치기, 신문 편집하기, 프로 탁구 선수 지도하기.

"선생님이 어떤 일에 종사하시는지는 모르겠지만 저는 언제나 더 나은 직업을 찾고 있어요. 그래서 지금도 석사 과정 수료를 앞두고 있답니다." 예미가 늘 사기를 치는 진정한 라고스인답게 영원히 더 밝은 것과 더 나은 것을 찾고 있는 눈을 한 채 말했다. 오빈제는 그에게 자신의 명함을 준 뒤 코시를 찾으러 돌아갔다.

"당신 어디 있나 하던 참이야." 그녀가 말했다.

"미안, 누굴 좀 만나서." 오빈제가 말했다. 그는 주머니에 손을 집어넣고 블랙베리를 만지작거렸다. 코시가 그에게 뭣 좀 더 먹겠느냐고 물었다. 그러고 싶지 않았다. 집에 가고 싶었다. 당장 서재에 들어가서 이페멜루의 메일에 답장하고 싶은 조급한 열망에 사로잡혔다. 아까부터 무의식중에 마음속으로 계획하던 일이었다. 만약 그녀가 나이지리아로 돌아오는 것을 고려하고 있다면 더 이상 흑인 미국인과 사귀지 않는다는 뜻이었다. 하지만 그와 함께 돌아오는 것일지도 몰랐다. 사실 그녀는 남자가 쉽게 삶의 터전을 버리도록 만들 법한 유의 여자였다. 확실한 것을 기대하거나 요구하지 않기 때문에 오히려 일종의 확신을 갖게 만드는 유의 여자. 그녀는 대학 시절 그의 손을 잡을 때 두 사람의 손바닥이 모두 땀으로 미끌미끌해질 때까지 꼭 잡고 있다가 장난치듯 "이게 우리가 마지막으로 손잡는 걸 수도 있으니까 정말 진심을 다해서 손을 잡자. 왜냐하면 지금 우리가 오토바이나 자동차에 치여 죽을 수도 있고, 아니면 내가 길을 걸어가다 꿈속의 남자를 만나서 너를 떠날 수도 있고, 아니면 네가 꿈속의 여자를 만나서 나를 떠날 수도 있으니까."라고 말하곤 했다. 그러니 어쩌면 흑인 미국인도 그녀에게 찰싹 달라붙어서 나이지리아까지 올지도 몰랐다. 하지만 그는 이메일에서 그녀가 혼자임을 느꼈다. 그는 주머니에서 블랙베리를 꺼내어 메일이 미국 시간으로 몇 시에 보내졌나를 계산했다. 이른 오후였다. 그녀의 문장에서 급하게 쓴 흔적이 엿보였다. 그는 그녀가 과연 무엇을 하고 있었을까 생각했다. 그리고 라니이누도가 그녀에게 그에 관해 또 무슨 얘기를 했을까 생각했다.

12월의 어느 토요일에 팜스 몰에서 라니이누도와 우연히 마주쳤을 때 그는 입구에서 게이브리얼이 차를 가져오길 기다리며 한 손에는 부치를 안고, 한 손에는 부치의 비스킷이 든 가방을 들고 있었다. "제트!" 라니이누도가 큰 소리로 불렀다. 중등학교 때 그녀는 굉장히 키가 크고, 비쩍 마르고, 솔직하고, 여자애 특유의 불가사의함으로 무장하지 않은, 명랑한 말괄량이였다. 남자애들은 다들 그녀를 좋아했지만 절대 쫓아다니지는 않았고 다정하게 "날 내버려 둬"라고 불렀다. 왜냐하면 누가 그녀의 특이한 이름에 대해 물을 때마다 "그래, 이건 이보어 이름이고 '우리를 내버려 둬.'라는 뜻이야. 그러니까 날 내버려 둬!"라고 그녀가 곧잘 말하곤 했기 때문이다. 그는 완전히 세련돼진 그녀의 모습에 깜짝 놀랐다. 짧고 삐죽삐죽한 머리와 딱 붙는 청바지, 풍만한 글래머 몸매는 그녀를 다른 사람처럼 보이게 했다.

"제트으, 제트! 정말 오랜만이다! 동창들 소식은 잘 듣고 있지? 얘가 네 딸이니? 어머나 세상에! 얼마 전에 내가 델레를 만났거든. 헤일뱅크 출신 델레, 너도 알지? 걔가 그러는데 바나나아일랜드에 있는 에이스 사무실 근처 빌딩이 네 거라며? 축하해. 너 정말 성공했구나, 오. 그리고 네가 정말 겸손하다고 델레가 그러더라."

그는 그녀의 과장스러운 야단법석과 모공에서 미묘하게 스며나오는 경의가 불편했다. 그녀의 눈에 그는 더 이상 중등학교 동창 제트가 아니었고, 그녀는 그의 재산에 대한 소문 때문에 그가 상상 이상으로 변했을 거라고 추측하고 있었다. 사람들은 곧잘 그에게 정말 겸손하다고 말하곤 했지만 그들이 뜻하는 것은 진짜 겸손이 아니었다. 단지 그가 부자 무리의 일원이라는 사실을 과시하지 않고 거기에 따라오는 권리 — 무례하게 굴 권리, 남을 배려하지 않을 권리, 먼저 인사하기보다 인사받을 권리 — 를 행사하지 않는다는 의미였을 뿐이다. 그와 비슷한 지위에 있는 많은 이가 그런 권리를 행사했기 때문에 그의 선택이 겸손으로 해석된 것이다. 그는 자신의 소유물에 대해 자랑하거나 떠들어 대지도 않았으므로 사람들은 그의 재산 규모를 실제보다 더 크게 추측했다. 가장 친한 친구인 오쿠디바조차 자꾸 겸손하다고 칭찬해서 조금 짜증이 날 정도였다. 그에게 겸손하다고 하는 것은 무례한 사람을 정상으로 간주하는 것임을 오쿠디바가 깨닫길 바랐기 때문에 짜증이 났다. 게다가 오래전부터 그에게 겸손은 타인의 마음을 편하게 하기 위해 생겨난, 겉으로만 그럴듯한 무언가로 보였다. 사람들이 이미 스스로 결핍되었다고 느끼는 것보다 더 결핍되었다고 느끼도록 만들지만 않으면 겸손하다고 칭찬받는 것이었다. 반대로 그가 높이 사는 것은 정직이었다. 그는 자신이 정말로 정직하길 늘 바랐고, 그렇지 않을까 봐 늘 두려웠다.

치프의 파티에서 집으로 돌아오는 차 안에서 코시가 말했다. "여보, 당신 배고프겠다. 당신 춘권밖에 안 먹었지?"

"수야[16]도 먹었어."

"당신은 좀 더 먹어야 돼. 마리한테 요리해 놓으라고 했으니 망정이지." 그녀가 이렇게 말하곤 쿡쿡 웃으며 덧붙였다. "난 좀 자중하고 달팽이를 내버려 둘걸! 열 개는 먹은 것 같아. 매콤하니 정말 맛있더라고."

오빈제는 웃었다. 약간 지루했지만 그녀가 행복했기에 그도 행복했다.

마리는 왜소한 소녀였다. 오빈제는 그녀가 원래 숫기가 없는 건지, 아니면 영어로 말할 때 더듬거려서 그래 보이는 건지 확신할 수가 없었다. 그녀는 겨우 한 달 전에 이 집에 왔다. 그 전에 게이브리얼의 친척이 데려왔던, 다부진 체격의 가정부는 더플백을 움켜쥔 채 도착했었다. 코시가 그 가방을 검사할 때 그는 그 자리에 없었지만 ─ 코시는 새로운 도우미가 올 때마다 늘 이 과정을

---

16 나이지리아의 꼬치 요리. 쇠고기, 생선 혹은 닭고기를 양념한 뒤 구워서 만든다.

거쳤다. 자기 집에 뭐가 들어오는지 알고 싶었기 때문이다. ── 코시가 소리 지르는 것을 듣고 나와 보았다. 그녀는 자신의 권위를 세우고 만만해 보이지 않기 위해 도우미들에게 그렇게 성마르고 새된 목소리를 사용하곤 했다. 소녀의 가방은 활짝 열려서 옷가지가 헤집어진 채 바닥에 놓여 있었다. 그리고 그 옆에 선 코시는 손끝으로 콘돔 상자를 들고 있었다.

"이건 왜 갖고 온 거야? 응? 우리 집에 창녀 짓 하러 왔니?"

소녀는 처음엔 말없이 바닥만 보다가 이윽고 코시의 얼굴을 똑바로 쳐다보며 차분히 말했다. "지난번 일에서는 사모님의 남편이 늘 저를 강요하고 있었어요."

코시가 눈을 부라렸다. 그녀는 소녀를 어떤 식으로든 공격하려는 듯 잠시 앞으로 나아가다가 발걸음을 멈췄다.

"네 가방 가지고 당장 나가." 그녀가 말했다.

소녀는 약간 놀란 얼굴로 움찔거리더니 곧 가방을 집어 들고 현관문으로 향했다. 그녀가 떠난 뒤 코시가 말했다. "당신은 이 헛소리가 믿어져, 여보? 우리 집에 콘돔을 갖고 와서는 그런 터무니없는 소리를 입 밖에 내다니. 당신은 지금 이 상황이 믿어져?"

"전 고용주가 자기를 강간해서 이번에는 스스로를 보호하기로 한 거잖아." 오빈제가 말했다.

코시가 그를 빤히 쳐다봤다. "당신은 저 애가 불쌍하구나. 당신은 이런 가정부 애들이 어떤지 몰라. 어떻게 그 애를 불쌍해할 수가 있어?"

그는 묻고 싶었다. 당신은 어떻게 안 불쌍해할 수가 있어? 하지만 그녀의 눈에 언뜻 비친 두려움이 그를 입 다물게 했다. 너무나 크고 너무나 일상적인 그녀의 불안이 그를 침묵하게 했다. 그가 유혹하고 싶은 마음이 일 가능성조차 없는 가정부에 대해 그녀는 걱정했다. 라고스는 젊고 부유한 남자와 결혼한 여자를 이렇게 만들 수 있었다. 그는 아내들이 가정부들, 비서들, 라고스 여자들 — 남편들을 통째로 삼켜서 보석으로 장식된 목구멍으로 미끄러지듯 내려보내는 세련되고 매력적인 괴물들 — 에 대한 편집증에 얼마나 쉽게 빠질 수 있는지 알았다. 하지만 그는 코시가 덜 두려워하길, 남들과 덜 비슷해지길 바랐다.

몇 년 전 그는 그녀에게 어느 섹시한 은행원이 사무실에 찾아와서 계좌 개설을 권했던 얘기를 한 적이 있었다. 그 아가씨는 몸에 딱 붙는 셔츠를 입고 단추를 하나 정도 과하게 푼 채, 눈 속에 담긴 절실함을 숨기려 애썼다. "여보, 그런 은행 영업부 여직원들은 당신 비서가 사무실에 들이지 못하게 해야지!" 코시는 그렇게 말했다. 마치 그녀의 눈에 더 이상 오빈제는 보이지 않고 그 대신 흐릿한 인물, 어떤 전형만 보이는 것 같았다. 부유한 남자, 목표 예금 유치액을 할당받은 여자 은행원, 그리고 손쉬운 거래. 코시는 이미 그가 바람을 피울 거라고 단정하고 있었기 때문에 그 가능성을 최소화하는 데만 관심이 있었다. "코시, 내가 원하지 않는 일은 일어나지 않아. 그리고 나는 그 일을 절대로 원하지 않을 거야." 그는 그녀를 안심시키는 동시에 비난하는 의미로 그렇게 말했다.

그들이 결혼한 이후 줄곧 그녀는 미혼 여성을 향한 무절제한 반감과 하느님을 향한 무절제한 사랑을 키워 왔다. 결혼 전 그녀는 일주일에 한 번 마리나가(街)에 있는 성공회 교회에서 예배를 봤는데 자라면서 쭉 해 온 일이었으므로 단순히 일요일에 해야 할

일 중 하나에 불과했다. 하지만 결혼 후에는 다윗의 집 교회로 옮기면서 말하길, 근본주의 교회이기 때문이라고 했다. 나중에 다윗의 집 교회에 "남편 지키기"라는 특별 기도회가 있다는 사실을 알았을 때 그는 불안감을 느꼈다. 예전에 그가 코시의 제일 친한 대학 친구 엘로호르가 왜 집에 거의 놀러 오지 않느냐고 물었을 때 그녀가 당연하다는 듯 "걔는 아직 미혼이거든."이라고 대답하는 것을 듣고 불안감을 느꼈던 것처럼.

마리가 서재 문을 두드리더니 쌀밥과 튀긴 플랜틴[17]이 담긴 쟁반을 들고 들어왔다. 그는 그것들을 천천히 먹었다. 그런 다음 펠라[18]의 CD를 걸어 놓고 컴퓨터로 이메일을 쓰기 시작했다. 블랙베리 자판으로 쓰면 그의 손가락도, 머리도 버벅거릴 터였다. 대학 시절 그는 이페멜루에게 펠라의 음악을 소개해 줬고 그때까지 펠라를 속옷 바람으로 공연에 나오는 정신 나간 대마쟁이라고 생각했던 그녀는 아프로비트 음악을 좋아하게 되었다. 그들은 은수카 집에 있는 그의 매트리스에 누워 함께 펠라의 노래를 듣곤 했는데 "달려 달려 달려"라는 후렴구가 나올 때마다 그녀는 벌떡 일어나 엉덩이를 날렵하면서도 야하게 움직이곤 했다. 그는 그녀가 그걸 기억할까 궁금했다. 그리고 외국에 사는 그의 사촌이 테이프에 녹음해서 보내 주면 그가 그녀를 위해 시장에 있는 유명한 전자 제품

---

17 바나나의 일종이지만 반드시 불에 익혀 먹는다.

18 펠라 쿠티(1938~1997). 나이지리아의 음악가, 사회 운동가. 서양 대중음악과 아프리카 음악을 혼합한 아프로비트의 창시자.

매장에 가서 그 테이프들을 복사해 왔던 걸 기억할까 궁금했다. 그 가게에서는 하루 종일 음악이 하도 시끄럽게 흘러나와서 그곳을 나온 뒤에도 계속 귀가 왱왱 울리곤 했었다. 그는 자기가 가진 음악을 그녀도 갖길 원했었다. 노토리어스 B.I.G.나 워런 G, 닥터 드레, 스누프 도그에 대해서는 그녀가 정말로 관심을 보인 적이 없었지만 펠라는 달랐다. 펠라에 대해서만은 의견이 같았다.

그는 이메일을 쓰고 또 고쳐 썼다. 아내 얘기를 하지도 않고, 일인칭 복수를 쓰지도 않으면서, 진솔함과 유머 사이에서 균형을 잡으려 애썼다. 그는 그녀와 소원해지고 싶지 않았다. 이번에는 확실히 그녀가 답장하게 만들고 싶었다. "보내기"를 클릭하고는 몇 분 후에 혹시 답장이 왔나 확인해 보았다. 피곤했다. 육체적 피로가 아니라 — 요즘 헬스클럽에 규칙적으로 다녀서 몸 상태가 최근 몇 년 중 최상이라고 느끼고 있었다. — 정신의 날카로움을 마비시키는, 힘 빠지는 노곤함이었다. 그는 일어나서 베란다로 나갔다. 갑작스러운 뜨거운 공기, 이웃집 발전기의 굉음, 경유 배기가스 냄새 때문에 머리가 아찔했다. 정신없게 앵앵대는 날벌레들이 전구 주위를 날아다녔다. 저 멀리 후덥지근한 어둠 속을 내다보노라니 마치 자기가 둥실 떠갈 수 있을 것처럼, 그저 자신을 놓아 버리기만 하면 될 것처럼 느껴졌다.

2부

3

마리아마가 손님 머리를 끝내고 윤기 나게 하는 스프레이를 뿌렸다. 그리고 손님이 가고 나자 이렇게 말했다. "내가 가서 중국 음식 사 올게."

아이샤와 할리마는 매일 하는 말을 반복하듯 빠르고 쉽게 자기가 원하는 것 ― 좌종당계 아주 매운 맛, 닭 날개, 진피계 ― 을 말했다.

"손님도 뭐 드실래요?" 마리아마가 이페멜루에게 물었다.

"아뇨, 괜찮아요." 이페멜루가 대답했다.

"당신 머리 오래 걸려요. 당신 음식 필요해요." 아이샤가 말했다.

"전 괜찮아요. 그래놀라 바가 있거든요." 이페멜루가 말했다. 지금껏 먹은 것은 녹은 초콜릿뿐이었지만 지퍼락에 싸 온 꼬마 당근도 조금 있었다.

"무슨 바요?" 아이샤가 물었다.

이페멜루는 그녀에게 100퍼센트 유기농 통곡물과 진짜 과일로 만든 그래놀라 바를 보여 주었다.

"그거 음식 아니에요!" 할리마가 텔레비전을 보다가 흘끗 쳐다보더니 코웃음 쳤다.

"이 손님 여기 십오 년이래, 할리마." 아이샤가 말했다. 미국에서 산 햇수가 그 정도라면 이페멜루가 그래놀라 바를 먹는 이유로 충분하다는 투였다.

"십오 년? 긴 시간이네." 할리마가 말했다.

아이샤는 마리아마가 나갈 때까지 기다렸다가 주머니에서 휴대 전화를 꺼냈다. "미안해요, 나 빨리 전화해요." 그렇게 말하곤 밖으로 나갔다. 다시 들어온 그녀의 얼굴이 환했다. 전화 통화가 이끌어 낸 미소가 만면에 퍼져 이페멜루가 아까는 보지 못했던 미모가 드러났다.

"에메카 오늘 늦은 일해요. 그래서 치지오케만 당신 만나러 와요, 우리 끝나기 전에." 마치 이페멜루도 함께 계획한 일이라는 듯 그녀가 말했다.

"저기, 그 사람들한테 오라고 할 필요 없어요. 무슨 말을 해야할지도 모르겠는걸요." 이페멜루가 말했다.

"치지오케한테 이보가 안이보랑 결혼할 수 있다고 말해요."

"아이샤, 제가 그 사람한테 당신하고 결혼하라고 말할 순 없어요. 그 사람이 당신이랑 결혼하고 싶으면 결혼하는 거죠."

"그들 나랑 결혼 원해요. 하지만 나 이보 아니에요!" 아이샤의 눈이 번득였다. 이 여자는 약간 정신적으로 불안정한 것이 틀림없었다.

"그 사람들이 당신한테 그렇게 말했어요?" 이페멜루가 물었다.

"에메카 어머니 그한테 말해요. 만약에 에메카 미국인이랑 결혼하면 자기가 자살할 거라고." 아이샤가 말했다.

"그거 문제네요."

"하지만 나, 나 아프리카 사람이에요."

"그러면 그 사람이 당신이랑 결혼해도 어머니가 자살하지 않을지도 모르겠네요."

아이샤가 멍하니 이페멜루를 쳐다봤다. "당신 남자 친구 어머니는 남자 친구 당신이랑 결혼하기 원해요?"

이페멜루는 처음에 블레인을 떠올렸지만 곧 아이샤가 말한 것은 당연히 그녀의 상상 속 남자 친구임을 깨달았다.

"네. 어머님은 계속 우리한테 언제 결혼할 거냐고 물으세요." 스스로도 놀랄 정도로 입에서 거짓말이 술술 나왔다. 자기가 십삼 년 동안 곰팡이 슨 기억에 의지해서 살고 있는 게 아니라고 자신마저 납득시킨 것만 같았다. 하지만 이건 사실일 수도 있었다. 오빈제의 어머니는 그녀를 좋아했었으니까.

"아!" 아이샤가 진정한 부러움이 담긴 탄식을 내뱉었다.

그때 건조하고 희끗희끗한 피부에 수세미 같은 백발을 한 남자가 약초 달인 물이 담긴 플라스틱 쟁반을 들고 들어왔다.

"안 돼, 안 돼, 안 돼." 아이샤가 가까이 오지 말라는 듯 그에게 손바닥을 들어 보였다. 사내가 뒷걸음쳤다. 이페멜루는 배고파 보이는, 낡은 다시키[19] 차림의 남자가 불쌍했다. 그가 물약을 팔아서 과연 얼마나 벌 수 있을까 생각하니 뭔가 사 줬어야 했다는 생각이

---

19 서아프리카의 남성용 셔츠. 가슴까지 깊은 앞트임이 있고 그 주위와 소맷부리 등에 화려한 자수 장식이 있는 것이 특징이다.

들었다.

"당신 치지오케한테 이보말 해요. 그가 당신 말 들어요." 아이샤가 말했다. "당신 이보말 해요?"

"당연히 할 줄 알죠." 이페멜루가 방어적으로 대꾸했다. 아이샤가 이번에도 미국이 그녀를 바꿔 놓았다는 뜻으로 한 말일까 궁금했다. "살살 해요!" 아이샤가 아주 촘촘한 빗으로 그녀의 머리를 잡아당기자 그녀가 소리를 빽 질렀다.

"당신 머리 딱딱해요." 아이샤가 말했다.

"딱딱하지 않아요." 이페멜루가 단호하게 말했다. "당신이 엉뚱한 빗을 써서 그런 거예요." 그러고는 아이샤의 손에서 빗을 빼앗아 탁자 위에 내려놓았다.

이페멜루는 어머니 머리카락의 그늘에서 자랐다. 어머니의 머리카락은 흑단처럼 새까맣고 워낙 굵어서 미용실에서 릴랙서를 두 통이나 써야 했고, 워낙 숱이 많아서 열 처리기 밑에 몇 시간씩 앉아 있어야 했지만 마침내 분홍색 플라스틱 컬러를 모두 풀었을 때는 완성을 축하하듯 탄력 있고 탐스럽게 등 위로 흘러내렸다. 아버지는 그것을 영광의 왕관이라고 불렀다. "진짜 머리예요?" 처음 보는 사람들은 이렇게 물으며 경건하게 머리카락을 만져 보기도 했고, 어떤 사람들은 관자놀이께로 갈수록 숱이 적어지지 않는 풍성한 머리카락은 오직 외국 혈통에서만 나올 수 있다는 듯이 "자메이카에서 오셨어요?"라고 묻기도 했다. 어린 시절 내내 이페멜루는 자주 거울을 들여다보며 자기 머리를 잡아당기고 가르마를 타서 어머니의 머리카락처럼 만들려고 애썼지만 그녀의 머리는 늘 뻣뻣했고 천천히 자랐다. 미용사들은 그녀의 머리를 땋을 때마다 손이 베일 지경이라고 말했다.

이페멜루가 열 살 되던 해의 어느 날 퇴근하고 집에 돌아온 어머니의 모습이 달라져 있었다. 옷은 집을 나설 때와 똑같이 허리띠를 두른 갈색 원피스였지만 얼굴은 달아올라 있었고, 눈에는 초점이 없었다. "큰 가위 어디 있니?" 그녀의 물음에 이페멜루가 가위를 가져다주자 어머니는 그것을 머리로 가져가서 한 움큼, 한 움큼씩 몽땅 잘라 냈다. 이페멜루는 충격을 받아 멍하니 쳐다보기만 했다. 바닥에 떨어진 머리카락은 말라 죽은 잔디 같았다. "큰 봉지 가져와." 어머니가 말했다. 이페멜루는 시키는 대로 했다. 이해할 수 없는 일이 벌어지고 있었기 때문에 꿈을 꾸는 기분이었다. 그녀는 어머니가 아파트 안을 돌아다니면서 천주교 관련 물건을 모으는 것을 지켜보았다. 벽에 걸려 있던 십자가, 서랍 속에서 잠자던 묵주, 선반 위에 기대어 있던 기도서. 어머니는 그 모든 것을 비닐봉지에 넣고 뒷마당으로 가져갔다. 걸음은 빨랐고, 먼 곳을 응시하는 눈빛은 확고했다. 그녀는 쓰레기장에서 가까운 곳, 늘 생리대를 태우던 자리에 불을 피우고는 먼저 오래된 신문지에 싼 머리카락을, 그다음에는 성물을 하나씩 던져 넣었다. 짙은 회색 연기가 구불거리며 공중으로 올라갔다. 베란다에서 보고 있던 이페멜루는 뭔가 심각한 일이 일어났음을 느끼고 울기 시작했다. 불 옆에 서 있는 여자, 불길이 약해지면 등유를 더 붓고 불길이 세지면 뒷걸음치는 여자, 머리카락도 표정도 없는 그 여자는 그녀의 어머니가 아니었다. 어머니일 리 없었다.

어머니가 다시 집 안으로 들어왔을 때 이페멜루는 뒤로 물러

섰지만 어머니는 그녀를 꼭 끌어안았다.

"난 구원받았어." 그녀가 말했다. "오늘 오후 쉬는 시간에 오조 선생님한테서 전도받고 예수님을 영접했단다. 옛것은 사라지고 모든 것이 새로워졌지. 하느님을 찬양해라. 이번 일요일부터 우리는 부활 성인 교회에 나갈 거야. 거기는 근본주의 교회고 살아 있는 교회라 성 도미니코 교회와는 달라." 어머니의 말은 그녀 자신의 것이 아니었다. 그녀는 남에게서 빌려 온 듯한 태도로 너무 엄하게 말했다. 평소에는 톤이 높고 여성스럽던 목소리도 낮고 차가워져 있었다. 그날 오후에 이페멜루가 지켜보았던 것은 하늘로 날아 올라가는 어머니의 본질이었던 것이다. 예전의 어머니는 가끔 묵주 기도를 했고, 식사하기 전에 성호를 그었으며, 성인의 초상화를 목걸이에 넣어서 걸고 다녔고, 라틴어 성가를 부르다가 남편이 발음을 가지고 놀리면 해사하게 웃었다. 또 그가 "나는 종교를 존중하는 불가지론자야."라고 말할 때마다 웃으면서 자신과 결혼한 것을 행운으로 알라고 말하곤 했다. 그가 결혼식과 장례식 때만 교회에 가는데도 그녀의 믿음 덕에 천국에 갈 것이었기 때문이다. 하지만 그날 오후 이후로 그녀의 하느님은 변했다. 까다로워졌다. 릴랙서는 그를 화나게 했다. 춤은 그를 화나게 했다. 어머니는 그와 거래를 해서, 번영과 승진과 건강을 요구하는 대신 금식을 바치기로 했다. 그녀는 뼈만 남을 때까지 금식했다. 주말에는 물도 마시지 않았고, 주중에는 해 지기 전까지 물만 마셨다. 이페멜루의 아버지는 걱정스러운 눈길로 그녀를 좇으며 조금만 더 먹으라고, 조금만 덜 금식하라고 설득했다. 하지만 그녀가 예전에 그들의 집에 머물렀던 사촌에게 그랬듯이 그를 악마의 사도라 부르고 무시해 버리지 않도록 언제나 조심스럽게 얘기했다. "나는 네 아빠의 개종을 위해 금식하는 거야."라고 그녀는 자주 이페멜루에게 말하곤 했다. 몇 달째 집 안 공기가 금 간 유리 같았다. 모두가 마르고 심각하고 엄한, 낯선 사람이 되어 버린 어머니의 눈치를 봤다. 이페멜루는 언젠가 어머니가 똑 부러져서 죽어 버릴까 봐 걱정했다.

그러던 어느 날, 부활절 토요일, 우중충한 날, 이페멜루의 생애 처음으로 조용했던 부활절 토요일이었다. 어머니가 갑자기 부엌에서 뛰어나오더니 "내가 천사를 봤어!"라고 외쳤다. 예전 같았으면 부활절에는 요리와 사람들로 정신없었을 것이다. 부엌에서는 솥 여러 개가 끓었을 것이고, 집 안은 친척들로 바글바글했을 것이다. 이페멜루와 어머니는 밤 미사에 가서 불붙인 초를 들고 깜빡이는 불꽃의 바다 속에서 노래한 뒤에 집으로 돌아와서 다시 성대한 부활절 점심 식사 준비를 계속했을 것이다. 하지만 아파트는 조용했다. 친척들은 그들을 멀리했고, 점심 메뉴는 늘 먹던 밥과 스튜가 될 예정이었다. 아버지와 함께 거실에 있던 이페멜루는 어머니가 "내가 천사를 봤어!"라고 외쳤을 때 아버지의 눈 속에 격분이 잠시 비쳤다 사라지는 것을 보았다.

"무슨 일이야?" 그는 아내의 비위를 맞추면 광기가 빨리 사라지기라도 할 것처럼 아이를 달래는 투로 말했다.

어머니는 자신이 방금 본 환영에 대해 들려주었다. 가스레인지 옆에 눈부시게 빛나는 형체, 가장자리가 붉은 실로 장식된 책을 든 천사가 나타나 부활 성인 교회의 목사는 밤마다 바닷속에서 열리는 악마 숭배 모임에 참석하는 마법사이니 당장 떠나라고 말했다는 것이었다.

"천사의 말은 들어야지." 아버지가 말했다.

그래서 어머니는 부활 성인 교회를 떠났고 다시 머리를 기르기 시작했지만 이번에는 목걸이와 귀걸이를 더 이상 하지 않게 되었다. 기적의 샘 교회의 목사에 따르면 패물은 정숙한 여성에게 어울리지 않는 비종교적 물건이었기 때문이다. 그로부터 얼마 뒤 쿠데타가 실패한 날, 아래층에 사는 상인들이 쿠데타가 성공했더라면 나이지리아를 구했을 것이고 시장 여자들이 내각에 진입했을 거라며 우는 동안, 어머니는 또 환영을 보았다. 이번에는 천사가 침실 장롱 위에 나타나서, 기적의 샘 교회를 떠나 '인도하는 회중 교회'로 가라고 말했다. 이페멜루가 어머니와 함께 처음 그 교회 예배에 참석한 날이었다. 대리석 바닥이 깔린 대강당에서 향수 뿌린 사람들과 깊은 목소리들의 반향이 그녀를 둘러쌌다. 예배 중간에 어머니를 쳐다보니 그녀는 웃는 동시에 울고 있었다. 벅찬 희망과 탁상 두들기기와 박수 치기의 교회에서, 이페멜루의 상상 속에서는 부유한 천사들이 머리 위에서 빙글빙글 도는 이곳에서, 어머니의 영혼은 안식을 찾았던 것이다. 그곳은 신흥 부자들로 가득한 교회였다. 색깔도 칙칙하고 수없이 긁힌 어머니의 소형차는 교회 주차장에서 가장 오래된 차였다. 어머니는 부자들이 다니는 교회를 다니면 하느님이 그들을 축복했듯 자신도 축복해 줄 거라고 말했다. 그녀는 다시 장신구도 하고 기네스 흑맥주도 마시기 시작했다. 금식은 일주일에 한 번만 했고, 다른 사람들의 신과 성경은 자신의 것과 다를 뿐만 아니라 잘못되기라도 했다는 듯이 "나의 하느님이 내게 말씀하시길" 혹은 "나의 성경에는"이라는 말을 자주 했다. "좋은 아침."이나 "안녕하세요."에 대한 그녀의 대답은 활기찬 "하느님이 축복하시길!"이었다. 그녀의 하느님은 상냥해졌고 명령받는 것을 싫어하지 않았다. 매일 아침 어머니가 기도하라고 깨우면 온 식구가 꺼끌꺼끌한 거실 양탄자에 무릎 꿇고 앉아서 노래하고 박수 치고 그날 하루를 예수님의 성혈로 덮었고 어머니의 말은 새벽의 고요를 꿰뚫곤 했다. "하느님, 하늘에 계신 아버지, 오늘 하루를 축복으로 채워 주시고 제게 당신의 권능을 증명해 주실 것을 명령하옵나이다! 주여, 저는 당신께서 제게 부를 내려 주시길 기다리고 있나이다! 사악한 자가 승리하게 하지 마시고, 적들이 저를 이기지 못하게 하여 주시옵소서!" 아버지는 이 기도가 상상 속 중상모략가들과 벌이는 가상의 전투라고 말해 놓고도 이페멜루에게 늘 일찍 일어나서 기도하라고 종용했다. "네 엄마가 기뻐하잖니."라고 말했다.

교회 간증 시간에 어머니는 제일 먼저 제단으로 달려 나가는 사람이었다. "저는 오늘 아침에 비염이 있었습니다."라고 말문을 열곤 했다. "하지만 기디언 목사님이 기도를 시작하자 코가 뚫렸습니다. 지금은 말끔히 나았어요. 하느님을 찬양합시다!" 신도들은 "알렐루야!"라고 외쳤고 곧이어 다른 간증들이 줄을 이었다. 저는 아파서 공부를 하지 못했는데도 우수한 성적으로 시험을 통과했습니다! 저는 말라리아에 걸렸는데 기도를 했더니 나았습니다! 기디언 목사님이 기도를 시작하자 제 기침이 사라졌습니다! 하지만 1등으로 나가는 사람은 늘 어머니였다. 구원의 광채에 둘러싸인 채, 미소를 띠고 미끄러지듯이. 예배 후반부에, 어깨가 삐죽한 정장과 코가 뾰족한 구두 차림의 기디언 목사가 몸을 앞으로 쑥 내밀면서 "우리의 하느님은 가난한 하느님이 아닙니다, 아멘. 번영하는 것은 우리의 몫입니다, 아멘."이라고 말하면 이페멜루의 어머니는 팔을 높이, 하늘을 향해 들고 말했다. "아멘, 우리 주 아버지, 아멘."

이페멜루는 하느님이 기디언 목사에게 큰 집과 차 여러 대를 줬다고 생각하지 않았다. 그건 당연히 목사가 예배 때마다 세 번씩 걷는 헌금으로 산 것이었다. 그녀는 하느님이 기디언 목사에게 해 준 바와 같이 모든 사람에게 해 줄 거라고 생각하지 않았다. 그건 불가능하니까. 하지만 어머니가 이제 규칙적으로 식사하는 것은 좋았다. 어머니의 눈에 온기가 돌아왔고, 태도에 새로운 기쁨이 넘쳤으며, 식후에 예전처럼 아버지와 식탁에 앉아 대화를 나누기 시작했고, 목욕을 하는 동안 큰 소리로 노래를 부르게 되었다. 그녀는 새로운 교회에 흡수되었지만 망가지진 않았다. 어머니는 예측 가능하고 속이기 쉬운 사람이 되었다. "성경 공부 하러 가."와 "교회 모임에 가."는 십 대 시절 이페멜루가 어머니의 추궁 없이 외출할 수 있었던 가장 쉬운 방법이었다. 이페멜루가 교회에도, 어떤 종교 활동에도 관심이 없었던 이유는 어쩌면 어머니의 지나친 종교 활동 때문이었는지도 모른다. 하지만 어머니의 신앙은 그녀를 편안하게 했다. 그녀의 마음속에서 그것은 자신의 움직임에 따라 머리 위에서 온화하게 움직이는 하얀 구름이었다. '장군님'이 그들의 삶에 들어오기 전까지는.

매일 아침 이페멜루의 어머니는 장군님을 위해 기도했다. 그녀는 "하늘에 계신 아버지, 우주 아가씨의 멘토에게 축복을 내려 주시길 명령하옵나이다. 적들이 절대로 그를 이기지 못하게 하여 주옵소서!" 혹은 "우리는 예수님의 성혈로 우주 아가씨의 멘토를 덮사옵나이다!"라고 말하곤 했다. 그러면 이페멜루는 "아멘."이라고 하는 대신 아무 의미 없는 소리를 웅얼거렸다. 어머니는 마치 자신이 힘주어 말하면 장군님이 진정한 멘토가 되고, 세상이 젊은 의사라면 누구나 우주 고모의 새 마쓰다 — 위협적일 만큼 유선형인, 반짝이는 녹색 자동차 — 를 살 수 있는 곳으로 바뀌기라도 할 것처럼 "멘토"라는 단어를 반항적으로, 굵은 목소리로 발음했다.

위층에 사는 체타치가 이페멜루에게 물었다. "너희 엄마가 그러시는데, 우주 고모의 멘토가 차 살 돈도 빌려줬다며?"

"응."

"어머! 우주 고모는 정말 운이 좋구나, 오!" 체타치가 말했다.

이페멜루는 체타치의 얼굴에 다 안다는 듯한 미소가 스치는 것을 놓치지 않았다. 체타치와 그 엄마는 이미 고모의 차에 대해 쑥덕거렸음이 틀림없었다. 그들은 오직 남들 집에 뭐가 있는지 보고 새 가구나 전자 제품을 품평하기 위해 남의 집을 방문하는, 샘 많고 수다스러운 사람들이었다.

"하느님이 그 사람을 꼭 축복하셔야겠네, 오. 나도 졸업하면 멘토를 만나고 싶어." 체타치가 말했다. 이페멜루는 체타치의 비아냥거림에 욱하는 마음이 들었다. 하지만 이웃들에게 멘토 이야기를 그렇게 열심히 떠들고 다닌 어머니 잘못이었다. 그러지 말았어야 했다. 우주 고모가 무슨 일을 했는지는 남들이 알 바 아니었다. 이페멜루는 예전에 어머니가 뒷마당에서 누군가에게 얘기하는 걸 우연히 들은 적이 있었다. "있잖아요, 장군님은 본인이 젊었을 때 의사가 되고 싶었기 때문에 지금 젊은 의사들을 돕는 거예요. 하느님이 그분을 사용해서 사람들을 구원하고 계신 거죠." 그녀의 목소리는 진정성 있고 쾌활하고 설득력 있게 들렸다. 어머니는 자기 말이 진실이라고 믿었던 것이다. 이페멜루는 진짜 현실과 비슷하지도 않은 이야기를 지어내서 현실이라고 스스로에게 주입하는 데 능한 어머니를 이해할 수가 없었다. 우주 고모가 새 직장에 관해 처음 이야기했을 때 —"원래 그 병원에 빈자리가 없었는데 장군님이 날 위해 자리를 새로 하나 만들게 했어." 고모는 정확히 이렇게 말했다. — 어머니는 곧바로 외쳤다. "이건 기적이야!"

우주 고모는 미소 지었다. 말하고 싶은데 꾹 참는, 소리 없는 미소였다. 그녀는 당연히 그것이 기적이라고 생각지 않았지만 그 말을 입 밖에 내진 않을 것이었다. 아니, 어쩌면 빅토리아아일랜드에 위치한 국군 병원 의사라는 그녀의 새 직책과 해외 최신 유행을 따른 이 층짜리 연립 주택 단지인 돌핀이스테이트의 새 집에는 일종의 기적이 작용했는지도 몰랐다. 돌핀이스테이트는 어떤 건물은 분홍색으로, 어떤 건물은 따뜻한 하늘의 파란색으로 칠해져 있고 그 주위를 둘러싼 공원에는 새 깔개처럼 무성한 잔디와 사람이 실제로 앉을 수 있는 벤치 — 라고스섬에서도 보기 힘든 — 가 있는 곳이었다. 몇 주 전만 해도 그녀는 의대를 갓 졸업한 학생에 불과했고 학교 동기들은 다들 미국이나 영국의 의사 시험을 치르기 위해 외국으로 나가는 얘기를 하고 있었다. 그 밖에 할 수 있는 선택이라곤 바싹 마른 취업난의 황무지로 굴러 들어가는 것뿐이었기 때문이다. 이 나라는 희망에 굶주려 있었고, 자동차들은 땀 흘리며 기나긴 주유소 줄에 며칠씩 서 있어야 했고, 연금 수급자들은 연금을 지급하라는 늘어진 현수막을 들고 있었고, 대학 교수들은 파업 재개를 알리기 위해 모여들었다. 하지만 우주 고모는 떠나고 싶어 하지 않았다. 이페멜루가 기억할 수 있는 가장 먼 옛날부터 우주 고모는 개인 병원을 갖는 꿈을 꿨고 아직까지도 그 꿈을 꽉 틀어쥐고 있었기 때문이다.

"나이지리아도 영원히 이렇지는 않을 거야. 나도 시간제 일자리라면 분명 구할 수 있을 테고, 물론 힘들겠지만 언젠가는 내 병원을 열 거야. 그것도 라고스섬에!"라고 우주 고모는 이페멜루에게 말했었다. 그러고는 친구 결혼식에 갔다. 신부 아버지가 공군 소장이라 국가 원수가 참석할지도 모른다는 소문이 돌자 우주 고모는 자신을 대통령 관저의 상주 의사로 채용해 달라고 부탁할까 하고 농담을 했다. 원수는 결국 오지 않았지만 그 대신 많은 장군들이 왔고 그중 한 명이 부관을 시켜 그녀에게 피로연이 끝난 후 주차장에 있는 자기 차로 와 달라고 부탁했다. 그녀가 조그만 국기를 펄럭이는 어두운색 푸조로 다가가서 뒷좌석에 앉은 남자에게 "안녕하세요, 장군님."이라고 하자 그는 "아가씨가 마음에 들어. 돌봐 주고 싶네."라고 말했다. 어쩌면 아가씨가 마음에 들어, 돌봐 주고 싶네라는 말에 일종의 기적이 담겨 있었는지도 모른다고 이페멜루는 생각했지만 절대 어머니가 말한 의미에서는 아니었다. "기적이야! 하느님은 역시 믿음에 보답하셔!" 그날 어머니는 믿음으로 촉촉하게 젖은 눈을 한 채 그렇게 말했다.

어머니는 이페멜루의 아버지가 정부 기관에서 해고되었을 때에도 비슷한 톤으로 "악마는 거짓말쟁이야. 놈은 우리의 축복을 방해하려 하지만 성공하지 못할 거야."라고 말했다. 아버지는 새로 부임한 여자 상사를 엄마라고 부르지 않는다는 이유로 해고됐다. 평소보다 일찍 집에 돌아온 그는 해고 통지서를 손에 쥔 채 지금 이 상황을 믿지 못해 괴로워하면서, 상사가 자신에 대한 존경심을 표시하는 가장 좋은 방법이라고 결정했다는 이유로 성인 남자가 성인 여자를 엄마라고 부르는 것은 부조리하다고 불평했다. "십이 년을 헌신적으로 일했건만. 이건 말도 안 돼."라고 그는 말했다. 어머니는 아버지의 등을 토닥이며, 하느님이 다른 직장을 마련해 주실 거고 그때까지는 자신의 교감 월급으로 살 수 있을 거라고 말했다. 그는 이를 악물고 넥타이를 바짝 졸라맨 채 매일 아침 일자리를 알아보러 나갔다. 이페멜루는 아버지가 아무 회사에나 걸어 들어가서 운을 시험해 보는 걸까 궁금했다. 하지만 얼마 지나지 않아 그는 러닝셔츠와 가운 차림으로 집에 있으면서 전축과 가까운 낡은 소파에 앉아 빈둥거리기 시작했다. "당신 아침에 목욕 안 했어?" 어느 날 오후 파일 뭉치를 가슴에 끌어안은 채 겨드랑이가 흠뻑 젖고 녹초가 된 모습으로 퇴근해 돌아온 어머니가 아버지에게 물었다. 그러고는 짜증스럽게 덧붙였다. "누굴 엄마라고 불러야 월급을 준다고 하면 그냥 그렇게 하지 그랬어!"

아버지는 아무 말도 하지 않았다. 잠시 동안 그는 멍해 보였다. 위축되고 멍해 보였다. 이페멜루는 아버지가 안쓰러웠다. 그래서 그가 허벅지 위에 엎어 놓은, 전에 읽는 모습을 본 적이 있는 낯익은 책에 관해 물었다. 그러면 그가 늘 그랬듯이 중국 역사 같은 것에 대해 일장 연설을 늘어놓고 자신은 평소처럼 듣는 둥 마는 둥 하는 동안 아버지의 기분이 좋아지길 바랐던 것이다. 하지만 그는 얘기할 기분이 아니었다. 궁금하면 네가 직접 보면 되지 않냐는 듯 어깨만 으쓱할 뿐이었다. 아버지는 어머니의 말에 너무 쉽게 상처 입었다. 너무 그녀에게 민감했기 때문이다. 그의 귀는 늘 그녀의 목소리에 쫑긋했고, 그의 눈은 늘 그녀에게 머물러 있었다. 최근에, 아직 해고되기 전에, 아버지가 이페멜루에게 "내가 승진하면 네 엄마한테 정말 기억에 남을 만한 걸 사 줄 거야."라고 말하기에 그게 뭐냐고 묻자 그는 미소를 지으며 비밀스럽게 말했었다. "두고 보면 알아."

　말없이 소파에 앉아 있는 아버지를 보면서 이페멜루는 그의 외모가 정말로 지금의 내면 상태와 똑같다고 생각했다. 빛바랜 열망으로 가득 찬 사람, 자신의 삶과는 다른 삶을 원했던 중간급 공무원, 환경이 허락하는 것보다 더 많은 교육을 받고 싶었던 사람. 그는 동생들 뒷바라지하느라 대학에 못 갔다는 얘기, 중등학교 때 자기보다 공부 못하던 애들이 지금은 박사 학위를 가지고 있다는 얘기를 자주 했다. 아버지는 고상하고 격식 차린 영어를 구사했는데 가정부들은 그의 말을 거의 못 알아들으면서도 하나같이 깊은 감명을 받았다. 한번은 예전 가정부인 저신타가 부엌으로 들어와서 조용히 박수를 치더니 이페멜루에게 이렇게 말한 적도 있다. "네 아버지가 방금 굉장한 단어를 말씀하시는 걸 네가 들었어야 했는데! 오 디 에구!" 때때로 이페멜루는 1950년대 교실에 앉아 있는 아버지를 상상했다. 그녀의 상상 속에서 과도하게 열성적인 식민지 주민인 아버지는 싸구려 면으로 만든 지나치게 큰 교복을 입고 선교사 선생님들의 눈에 들기 위해 친구들을 마구 밀치곤 했다. 그는 글씨를 쓸 때도 격식을 차렸다. 잔뜩 꼬부리고 장식한 필체가 한결같이 우아해서 마치 인쇄된 것처럼 보였다. 이페멜루가 어렸을 때는 불순종하고 반항적이고 비협조적이라며 야단을 치기도 했는데, 그렇게 거창한 단어들로 표현하니 그녀의 사소한 행동들이 거의 자랑스러워해도 될 법한, 대단한 행동처럼 느껴졌다. 하지만 나이가 들수록 그녀는 아버지의 격식 차린 영어가 듣기 거북했다. 왜냐하면 그것은 일종의 복장, 불안감을 막기 위한 방패였기 때문이다. 그는 자신이 가지지 못한 것들 — 석사 학위, 중상류층 생활 — 을 머릿속에서 떨쳐 내지 못해서 박식해 보이는 말을 무기로 삼았다. 그녀는 아버지가 이보어로 말할 때가 더 좋았다. 그때만은 그가 자신의 근심을 의식하지 않는 것처럼 보였기 때문이다.

직장을 잃으면서 그는 더 조용해졌다. 그와 세상 사이에 얇은 벽이 자라났다. 그는 더 이상 NTA 채널에서 밤 뉴스가 시작할 때 "난치성 사대주의의 나라"라고 중얼거리지 않았고, 더 이상 바방기다 정부가 나이지리아인들을 성급한 머저리들로 만들어 놨다고 기나긴 독백을 늘어놓지도 않았으며, 더 이상 어머니를 놀리지도 않았다. 그중에서도 가장 큰 변화는 아버지가 아침 기도를 함께 하기 시작했다는 것이었다. 전에는 한 번도 없었던 일이었다. 한번은 어머니가 고향에 내려가기 전에 같이 기도하자고 한 적이 있었다. "여보, 우리 같이 기도하고 예수님의 성혈로 도로를 덮자." 라고 그녀가 말하자 그는 도로가 피로 덮이지 않아야 더 안전하고 덜 미끄러울 거라고 대답했다. 이 말에 어머니는 얼굴을 찌푸렸고 이페멜루는 배꼽이 빠져라 웃어 댔다.

하지만 적어도 아직까지 교회에는 나가지 않았다. 예전에 이페멜루가 어머니와 함께 교회에 다녀올 때면 아버지는 거실 바닥에 앉아 레코드판들을 하나씩 살펴보면서 전축에서 흘러나오는 노래를 따라 부르고 있었다. 혼자 집에서 음악을 들으면 재충전이 되는지 매번 생기 넘치고 푹 쉰 것처럼 보였다. 하지만 직장을 잃은 후로는 거의 음악을 틀지 않았다. 어머니와 이페멜루가 집에 와 보면 식탁에 앉아 어지럽게 널린 종잇장 위로 허리를 구부린 채 신문사와 잡지사에 보낼 편지를 쓰고 있었다. 이페멜루는 알았다. 만약 또다시 기회가 주어진다면 아버지가 여자 상사를 엄마라고 부르리라는 것을.

어느 이른 일요일 아침이었다. 누군가가 현관문을 세차게 두드렸다. 이페멜루는 원래 시간이 천천히 흐르는 일요일 아침을 좋아했다. 교회 가기에 알맞은 옷차림을 하고 아버지와 거실에 앉아 어머니가 준비를 마치길 기다리는 시간이었기 때문이다. 그들, 그녀와 아버지는 때로는 함께 얘기를 나눴고, 때로는 그냥 말없이 있었다. 그날 아침에도 두 사람은 평소처럼 그런 편안한 침묵 속에 앉아 있었다. 부엌에서 들려오는 냉장고의 윙윙 소리가 집 안에서 들리는 유일한 소리였다. 현관문에서 쾅쾅 소리가 나기 전까지는. 그것은 불시의 습격이었다. 이페멜루가 문을 열자 그곳엔 집주인이 서 있었다. 매일 아침을 독한 진 한 잔으로 시작한다는, 빨간 눈이 불거진 뚱뚱한 사내였다. 그가 이페멜루의 어깨 너머로 아버지를 쳐다보며 소리쳤다. "오늘로 석 달째요! 난 아직도 내 돈을 기다리고 있다고!" 그것은 이페멜루에게도 익숙한 목소리였다. 여러 이웃집에서, 그러니까 늘 남의 집에서 들려오던 카랑카랑한 고함 소리. 하지만 지금 그는 그녀의 집에 있었고, 집주인이 자신의 집 현관문에서 소리를 지르고 아버지는 말없이 무표정한 얼굴로 그를 쳐다보기만 하는 장면이 그녀는 거슬렸다. 그들은 이제껏 한 번도 집세를 밀려 본 적이 없었다. 그녀가 태어났을 때부터 살아온 집, 게딱지만 하고 등유 매연 때문에 부엌 벽이 시커멓게 그을려서 학교 친구들이 놀러 올 때마다 창피했던 집이었지만 집세를 밀린 적은 한 번도 없었다.

"허풍선이 같으니라고." 아버지는 집주인이 떠난 뒤 그렇게만 말하곤 입을 다물었다. 더 이상 할 말이 없었다. 집세가 밀린 것은 사실이었으니까.

짙은 향수 냄새를 풍기는 어머니가 노래를 흥얼거리며 나타났을 때 그녀의 얼굴은 원래 피부색보다 한 톤 밝은 파우더를 발라 뽀송뽀송하고 환했다. 남편을 향해 쭉 내민 손목에는 걸쇠가 열린 가느다란 금팔찌가 걸려 있었다.

"우주 아가씨가 예배 끝난 후에 와서 돌핀이스테이트에 있는 집을 구경시켜 주겠대." 어머니가 말했다. "당신도 같이 갈래?"

"아니." 아버지는 우주 고모의 새로운 삶이 피하고 싶은 화제인 양 짤막하게 대답했다.

"당신도 가." 어머니가 말했지만 그는 아무 대답 없이 조심스럽게 팔찌를 잠그고는 자동차 냉각수를 확인해 놨다고 말했다.

"역시 하느님은 믿음에 보답하셔. 우주 아가씨가 라고스섬에 집을 살 수 있게 된 걸 보라고!" 어머니가 행복하게 말했다.

"하지만 엄마, 그 집 사는 데 우주 고모가 1코보도 안 보탠 거 알잖아." 이페멜루가 말했다.

어머니가 그녀를 흘끗 쳐다보았다. "너 그 원피스는 다린 거니?"

"안 다려도 돼."

"구겨졌잖아. **응과**, 가서 다리고 와. 지금은 전기가 들어오기라도 하니까. 아니면 다른 옷으로 갈아입든지."

이페멜루가 미적거리며 일어섰다. "안 구겨졌어."

"얼른 가서 다리라니까. 우리 집 형편이 어려운 걸 세상에 광고하고 다닐 필요는 없잖니. 우리보다 더 힘든 사람들도 있다고. 오늘은 이비나보 자매님이랑 일요 봉사 하는 날이니까 서둘러서 빨리 가자."

이비나보 자매는 권력자였다. 겉으로는 그렇지 않은 척했기 때문에 그 힘이 더욱더 세졌다. 소문에 따르면 목사도 무조건 그녀가 하자는 대로 한다고 했다. 이유는 확실치 않았다. 어떤 이들은 그녀가 목사와 함께 교회를 세웠기 때문이라고 했고, 어떤 이들은 그녀가 목사의 치명적인 과거를 알기 때문이라고 했고, 또 다른 이들은 단순히 그녀가 목사보다 영능이 강한데 여자라서 목사가 될 수 없기 때문이라고 했다. 그녀는 마음만 먹으면 목사가 누군가에게 결혼 허가를 해 주지 않게 만들 수도 있었다. 그녀는 모든 사람과 모든 것을 알았고 모든 곳에 동시에 존재하는 것만 같았다. 그리고 오랫동안 이곳저곳을 굴러다닌 것처럼 산전수전 다 겪은 분위기를 풍겼다. 나이도 쉰인지 예순인지 가늠하기 어려웠다. 몸은 말랐지만 강단 있었고, 얼굴은 앙다문 조개처럼 속을 드러내지 않았다. 그녀는 절대 소리 내어 웃지 않는 대신 신실한 신자 특유의 엷은 미소를 자주 지었다. 엄마들은 그녀를 경외하고 숭배했다. 그녀에게 작은 선물을 갖다 바쳤고, 딸들을 일요 봉사에 참여시키지 못해 안달했다. 이비나보 자매는 사춘기 소녀들의 구세주였다. 그녀는 힘들어하는 소녀들, 말썽 피우는 소녀들과 상담해 달라는 부탁을 받았다. 어떤 엄마들은 교회 뒤 아파트에 사는 자매에게 자기 딸을 데리고 살아 줄 수 없느냐고 묻기도 했다. 하지만 이페멜루는 이비나보 자매가 소녀들에게 뿌리 깊은 적대감을 품고 있음을 처음부터 직감했다. 이비나보 자매는 소녀들을 좋아하지 않았다. 아직까지 신선한 그들의 무언가가 자신에게서는 오래전에 말라 버렸다는 사실에 화가 난 듯 그들을 감시하고 경고할 뿐이었다.

"지난 토요일에 네가 딱 붙는 바지 입은 거 봤다." 이비나보 자매가 크리스티라는 소녀에게 과장되게 속삭였다. 속삭이는 척할 수 있을 만큼 낮은 동시에 모두가 들을 수 있을 만큼 높은 소리로 말했다. "허용되는 것이 전부 이로운 것은 아니야. 딱 붙는 바지를 입는 여자는 유혹의 죄를 짓고 싶어 하는 거란다. 그런 일은 피하는 게 최선이지."

크리스티는 창피해하며 겸허하고 우아하게 고개를 끄덕였다.

교회 뒷방은 작은 창문 두 개에서 들어오는 빛으로는 충분히 환하지 않아서 낮에도 항상 전구가 켜져 있었다. 탁자 위에는 헌금 봉투가 쌓여 있고, 그 옆에는 고운 천 같은 색색 가지 박엽지 뭉치가 놓여 있었다. 소녀들은 일을 분담하기 시작했다. 잠시 후 그중 일부는 봉투에 글씨를 썼고, 나머지 아이들은 박엽지를 자르고 돌돌 말고 풀로 붙여 꽃 모양으로 만든 다음 실에 꿰어서 풍성한 화환을 만들었다. 다음 일요일에 열릴 추수 감사절 예배에서 그

화환들은 치프 오멘카의 굵은 목과 그 가족들의 좀 더 가는 목에 걸릴 예정이었다. 치프 오멘카가 교회에 새 밴 두 대를 기증했기 때문이었다.

"너도 같이 해라, 이페멜루." 이비나보 자매가 말했다.

그때 팔짱을 끼고 있던 이페멜루는 스스로도 말하지 않는 편이 낫다는 사실을 아는 뭔가를 말하려 할 때면 자주 그랬듯 말이 목구멍에서 폭포수처럼 쏟아져 나오는 걸 느꼈다. "제가 왜 도둑을 위한 장식을 만들어야 해요?"

깜짝 놀란 이비나보 자매가 그녀를 빤히 쳐다봤다. 침묵이 흘렀다. 다른 소녀들은 기대감에 차서 그들을 구경했다.

"뭐라고?" 이비나보 자매가 나지막하게 물었다. 이페멜루에게 사과할 기회, 방금 뱉은 말을 다시 주워 담을 기회를 주려는 것이었다. 하지만 이페멜루는 스스로를 멈출 수가 없었다. 심장이 쿵쾅쿵쾅 뛰면서 미친 듯이 돌진하는 게 느껴졌다.

"치프 오멘카가 사기꾼이라는 건 누구나 아는 사실이잖아요." 그녀가 말했다. "이 교회는 사기꾼으로 가득해요. 왜 이 예배당이 더러운 돈으로 지어졌다는 걸 모르는 척해야 되는 거죠?"

"이건 하느님의 일이야." 이비나보 자매가 조용히 말했다. "하느님의 일을 할 수 없다면 가도록 해라. 어서 가."

이페멜루는 서둘러 그 방을 나와 출입구를 지나서 버스 정류장으로 향했다. 몇 분 후면 이 이야기가 교회 본관에 있는 어머니의 귀에 들어가리란 것을 알고 있었다. 그녀는 오늘 하루를 망쳐 버렸다. 예정대로였다면 그들은 우주 고모의 집을 구경하고 나서 근사한 점심 식사를 했을 것이다. 하지만 이제 어머니는 짜증 내고 화를 낼 게 분명했다. 그녀는 아무 말도 하지 말걸 하고 후회했다. 어차피 전에도 다른 사기꾼들을 위해 화환을 만든 적이 있었으니까. 신도석 맨 앞줄에 지정석을 갖고 있는 자들, 보통 사람이 껌을 건네주듯 쉽게 자동차를 기부하는 자들. 그녀는 기꺼이 그들의 파티에 참석했고, 사기로 얼룩진 쌀밥과 고기와 양배추 샐러드를 먹었으며, 그런 사실을 알고 음식을 먹으면서도 목메기는커녕 목멜 생각조차 들지 않았다. 하지만 오늘은 뭔가가 달랐다. 이비나보 자매가 스스로 종교적 지도라고 주장하는 독기 서린 악의를 품고서 크리스티에게 이야기할 때 이페멜루는 불현듯 이비나보 자매가 아닌 어머니의 어떤 단면을 보았다. 어머니는 이비나보 자매보다 친절하고 단순한 사람이었지만 그녀와 마찬가지로, 현실을 있는 그대로 받아들이길 거부하는 사람이었다. 자신의 하찮은 욕망을 종교라는 외투로 가려야만 하는 사람이었다. 이런 생각이 들자 갑자기 그림자로 가득한 그 작은 방 안에 있을 수가 없었다. 전에는 무해해 보였던, 은총으로 충만한 어머니의 믿음이 돌연 무해하지 않은 것으로 변했다. 그녀는 잠시 동안 어머니가 자기 어머니가 아니길 바랐고, 그것에 대해 '죄책감과 슬픔'이 아닌 하나의 감정, 죄책감과 슬픔이 뒤섞인 감정을 느꼈다.

텅 빈 버스 정류장은 으스스한 분위기를 풍겼다. 그녀는 여기에 바글바글했어야 했을 사람들이 모두 지금 교회에서 노래하고 기도하고 있다고 상상했다. 그녀는 버스를 기다리면서 곧장 집으로 갈까, 아니면 다른 데에 좀 있다가 갈까 생각했다. 하지만 어차피 직면해야 한다면 그 일이 무엇이든 곧장 집으로 가는 것이 최선이었다.

어머니는 마치 이페멜루가 정말로 아플까 봐 주저되는 것처럼 거의 어루만지듯이 그녀의 귀를 잡아당겼다. 이페멜루가 어렸을 때부터 그랬다. 이페멜루가 잘못을 할 때마다 "매 좀 맞아야겠네!"라고 말하곤 했지만 때린 적은 한 번도 없었고 늘 어설프게 귀만 잡아당겼다. 지금은 귀를 두 번, 그러니까 한 번 당기고 나서 자기 말을 강조하기 위해 한 번 더 잡아당겼다. "악마가 너를 이용하는 거야. 너는 오늘 일에 대해 기도해야 돼. 이렇다 저렇다 판단하지 마. 그건 하느님에게 맡기라고!"

아버지가 말했다. "이페멜루 너는 선천적인 반항적 성향을 자제해야 해. 이미 학교에서도 주목받을 행동을 해서 불복종한 아이로 유명해졌고 그것 때문에 네 뛰어난 학업 성적이 하락한 거라고 내가 말했잖니. 교회에서까지 비슷한 양상을 만들 필요는 없다."

"네, 아빠."

우주 고모가 도착하자 어머니는 오늘 무슨 일이 있었는지 그녀에게 이야기했다. "아가씨가 이페멜루 좀 야단쳐 줘요. 쟤는 아가씨 말만 듣잖아요. 도대체 내가 저한테 뭘 어쨌다고 교회에서 이렇게 날 망신 주고 싶어 하는 건지 좀 물어봐요. 쟤가 글쎄 이비나보 자매를 모욕했지 뭐예요! 그건 목사님을 모욕한 거나 마찬가지라고요! 도대체 왜 이렇게 말썽을 피우는 걸까요? 내가 아까부터 계속 말했지만, 이런 식으로 행동할 거면 차라리 아들인 편이 나았겠어요."

"언니, 이페멜루의 문제는 언제 입 다물어야 할지를 모른다는 거잖아요. 걱정 마요, 내가 얘기해 볼게요." 우주 고모가 중재자 역할을 하면서 사촌 오빠의 아내를 달랬다. 그녀는 늘 이페멜루의 어머니와 잘 지냈다. 두 사람 사이는 깊이 있는 대화를 조심스럽게 피하는, 쉬운 관계였다. 어쩌면 우주 고모는 자신을 받아 주고 더부살이 친척 중에서도 특별한 존재로 대해 주는 이페멜루의 어머니에게 고마움을 느끼고 있는지도 몰랐다. 이페멜루는 어렸을 때부터 자신의 집에 얹혀살던 사촌들, 고모들, 삼촌들 때문에 외동딸이라는 사실을 느끼지 못하고 자랐다. 집에는 늘 트렁크와 가방이 있었고 때로는 친척 한두 명이 몇 주씩 거실 바닥에서 자기도 했다. 그들은 대부분 친가 쪽 친척으로, 사업을 배우거나 학교에 다니거나 일자리를 찾으려고 라고스로 데려온 이들이었다. 그래야 고향 사람들이 자식이라곤 딸 하나밖에 없는 이페멜루의 아버지가 친척 아이들을 도와주지 않는다고 흉보지 않을 것이었기 때문이다. 아버지는 의무감으로 그 아이들을 대했다. 반드시 저녁 8시 전에 귀가하라고 주의를 줬고, 모두가 배불리 먹을 수 있도록 신경 썼으며, 혹시 누가 방을 착각하고 들어갔다가 뭔가를 훔치지 않도록 자신이 화장실에 갈 때도 방문을 잠갔다. 하지만 우주 고모만은 달랐다. 그런 촌구석에서 썩기엔 너무 똑똑한 아이라고 아버지는 말했다. 게다가 자기 작은아버지의 딸인데도 막내 동생이라고 부르는가 하면 우주에 대해서만 더 보호적으로 굴고, 덜거리를 뒀다. 이페멜루와 우주가 침대에서 부둥켜안고 얘기하는 모습을 우연히 볼 때면 늘 다정하게 "너희 둘"이라고 말하곤 했다. 우주 고모가 대학에 진학하기 위해 이바단으로 떠나자 그는 아쉬워하는 투로 이페멜루에게 말했다. "우주의 영향을 받아서 네가 많이 차분해졌어." 그는 우주와 이페멜루의 친밀함을, 자신이 훌륭한 선택을 했다는 증거로 보는 듯했다. 마치 자기가 의도적으로 식구들에게 선물, 아내와 딸 사이의 완충제를 가져오기라도 한 것처럼 말이다.

우주 고모가 침실로 들어와 이페멜루에게 말했다. "그냥 화환을 만들지 그랬어. 머릿속에 생각나는 말을 죄다 입 밖으로 뱉을 필요는 없다고 했잖아. 넌 그걸 배워야 돼. 모든 걸 말할 필요는 없다고."

"왜 엄마는 고모가 장군님한테서 받은 걸 하느님한테서 받은 척하지 않고는 좋아할 수가 없는 거야?"

"누가 그러디, 하느님이 주신 게 아니라고?" 우주 고모가 이렇게 묻더니 양 입꼬리를 밑으로 내려서 뿌루퉁한 표정을 해 보였다. 이페멜루가 웃음을 터뜨렸다.

집안에 내려오는 전설에 따르면, 세 살배기 이페멜루는 낯선 사람이 다가오면 비명을 지르는 심술쟁이였다고 한다. 그런데 열세 살의 여드름쟁이 우주 고모를 처음 만났을 때는 자기가 먼저 다가가서 고모의 다리 위로 기어 올라가 앉았단다. 두 사람이 친해진 계기에 관한 이 마법 같은 이야기가 사실인지, 아니면 반복해서 얘기되다 보니 사실로 굳어져 버린 건지 이페멜루는 알지 못했다. 하지만 우주 고모는 꼬마 이페멜루에게 원피스를 만들어 줬고, 이페멜루가 좀 더 자란 뒤에는 함께 패션 잡지를 탐독하며 옷을 어떤 스타일로 만들지를 골랐다. 우주 고모는 그녀에게 아보카도를 으깨서 얼굴에 팩 하는 법도 가르쳐 줬고, 코가 막혔을 때는 롭 크림을 뜨거운 물에 녹인 다음 그 증기를 들이마셔야 한다는 것도 가르쳐 줬으며, 여드름이 났을 때는 치약을 바르면 낫는다는 사실도 가르쳐 줬다. 또 반라의 여자 사진이 있는 표지가 보이지 않도록 제임스 해들리 체이스의 추리 소설을 신문지에 싸서 몰래 집에 가지고 들어왔고, 이페멜루가 이웃에서 이를 옮아 오면 고데로 머리를 지져 주었으며, 이페멜루가 첫 생리를 했을 때에도 어머니가 미덕에 관한 성경 인용만 가득하고 생리통과 생리대에 관한 유용한 설명은 빠진 설교를 끝내고 난 뒤에 와서 보충 설명을 해 주었다. 이페멜루가 오빈제를 만나고 고모에게 평생의 짝을 만났다고 말했을 때는 오빈제가 키스하고 만지는 건 허락하되 절대 삽입을 허락해선 안 된다고 말했다.

4

주위를 어슬렁거리며 십 대들에게 사랑을 주기도 하고 뺏기도 하는 신들은 오빈제가 기니카와 사귀는 것으로 결정했다. 오빈제는 새 얼굴이었고, 키는 작았지만 괜찮은 아이였다. 그가 은수카의 사범 대학 부설 중등학교에서 전학 왔을 때 그의 어머니에 대한 소문이 며칠 만에 전교에 쫙 퍼졌다. 그녀가 은수카에서 동료 남자 교수와 싸웠는데 말싸움이 아니라 치고받는 진짜 싸움이었고 그녀가 이긴 것은 물론 그의 옷까지 찢어 놨다는 것이었다. 그래서 이 년 정직을 당하고는 학교로 돌아갈 수 있을 때까지 라고스에서 지내려고 이사 왔다고 말이다. 흔치 않은 이야기였다. 시장 여자도 싸우고, 미친 여자도 싸우지만, 여자 교수는 싸우지 않기 때문이었다. 그런데 오빈제는 반대로 차분하고 내성적인 분위기를 띤다는 점이 더욱 흥미를 자극했다. 얼마 안 가 그는 꾸미지 않은 듯 멋있고, 으스대고 다니는 남학생 무리인 빅 가이스의 일원이 되었다. 복도에서도 그들과 노닥거리고, 조회 시간에는 그들과 함께 강당 뒤편에 서 있었다. 원래 빅 가이스는 절대 셔츠를 바지 속에 넣어 입지 않아서 늘 선생님들과 마찰을, 멋있어 보이는 마찰을 빚었다. 하지만 오빈제가 매일 셔츠를 깔끔하게 넣어 입고 오자 곧 빅 가이스도 셔츠를 넣어 입기 시작했다. 심지어 그중에서 제일 킹카인 카요데 다실바까지도.

카요데는 방학 때마다 잉글랜드에 있는 부모님 집에 갔다. 이페멜루가 본 사진들 속의 그 집은 거대하고 으스스해 보였다. 카요데의 여자 친구 잉카도 마찬가지로 잉글랜드에 자주 갔고, 이코이에 살았으며, 영국식 악센트로 말했다. 그녀는 자기 학년에서 가장 인기 있는 여학생으로, 모노그램 무늬가 있는 두꺼운 가죽 가방을 멨고 늘 남들과 다른 샌들을 신고 다녔다. 두 번째로 인기 있는 여학생은 이페멜루의 단짝인 기니카였다. 기니카는 외국에 자주 나가지 않았기 때문에 잉카처럼 해외파 느낌은 안 났지만 캐러멜색 피부와 땋지 않았을 때에도 아프로 머리처럼 일어나지 않고 밑으로 구불구불하게 흘러내리는 머리를 갖고 있었다. 그녀는 매년 자기 학년에서 '가장 예쁜 여학생'으로 뽑혔지만 그때마다 코웃음 치며 이렇게 말할 뿐이었다. "이건 그냥 내가 튀기라서 뽑힌 거야. 내가 어떻게 잉카보다 예쁠 수 있겠어?"

따라서 신들이 오빈제와 기니카를 맺어 주는 것은 자연의 섭리였다. 어느 날 카요데가 부모님이 런던에 가고 없는 동안 별채에서 갑작스럽게 파티를 열기로 했다. 그는 기니카에게 "내가 오늘 파티에서 너한테 내 친구 제트를 소개해 줄게."라고 말했다.

"나쁘지 않네." 기니카가 미소 지으며 말했다.

"걔가 자기 엄마의 쌈닭 유전자를 물려받지 않았어야 할 텐데,

오."라며 이페멜루가 놀렸다. 기니카가 남자애한테 관심을 보이는 것은 좋은 일이었다. 빅 가이스 애들 대부분이 그녀에게 접근을 시도했지만 오래간 남자애가 아무도 없었기 때문이다. 오빈제는 조용해서 기니카와 잘 맞을 것 같았다.

이페멜루와 기니카가 함께 도착해 보니 파티는 아직 무르익기 전이었고, 플로어는 비어 있었으며, 남자애들은 카세트테이프를 든 채 이리저리 뛰어다녔고, 부끄러움과 어색함이 아직 남아 있었다. 이페멜루는 카요데의 집에 올 때마다 여기 이코이에서, 마당이 자갈로 덮인 이 우아한 집에서, 흰 제복을 입은 하인들과 함께 산다는 건 어떤 기분일까 상상하곤 했다.

"저기 봐, 카요데가 전학생이랑 같이 있어." 이페멜루가 말했다.

"내가 그쪽을 볼 순 없잖아." 기니카가 말했다. "이쪽으로 오고 있어?"

"응."

"구두가 너무 꽉 째."

"넌 꽉 째는 구두 신고도 춤출 수 있어." 이페멜루가 말했다.

남자애들이 그들 앞에 섰다. 카요데는 티셔츠와 청바지 차림인 데 반해 오빈제는 두꺼운 코듀로이 재킷을 입고 있어서 과하게 차려입은 느낌이었다.

"안녕, 아가씨들!" 카요데가 말했다. 그는 키가 크고 팔다리가 길었으며 가진 자 특유의 편안한 태도를 갖고 있었다. "기니카, 이쪽은 내 친구 오빈제야. 제트, 이쪽은 기니카. 하느님이 널 위해 만드신 여왕님이지. 네가 노력할 준비만 됐다면 말이야!" 이미 조금 취한 카요데가 능글맞게 웃었다. 그는 자기 같은 킹카가 이런 황금 조합의 주선자라는 사실에 뿌듯해하고 있었다.

"안녕." 오빈제가 기니카에게 말했다.

"이쪽은 이페멜루야." 카요데가 말했다. "이펨스코라고도 불리지. 기니카의 오른팔이니까 네가 똑바로 처신 안 하면 이페멜루가 혼꾸멍내 줄 거라고."

네 사람 모두 짜 맞춘 듯이 웃음을 터뜨렸다.

"안녕." 오빈제가 말했다. 그의 눈이 이페멜루의 눈과 마주치자 두 사람 다 서로에게서 시선을 떼지 않았다.

카요데는 한담을 이어 갔다. 오빈제에게 기니카의 부모님도 대학교수라며 "그러니까 너희 둘 다 먹물이라는 거지."라고 말했다. 그때 오빈제가 대화를 넘겨받아서 기니카에게 말을 걸었어야 했다. 그랬다면 카요데는 자리를 비켜 줬을 것이고, 이페멜루도 그 뒤를 따랐을 것이며, 신들의 뜻도 이루어졌을 것이다. 하지만 오빈제가 거의 말을 하지 않자 카요데가 하는 수 없이 계속 대화를 이끌면서 점점 더 목소리를 키우고 중간중간에 곁눈질로 오빈제에게 눈치를 줬다. 이페멜루는 그 일이 정확히 언제 일어났는지 알지 못했다. 하지만 카요데가 얘기하고 있을 때, 어느 순간 뭔가 이상한 일이 일어났다. 그녀 안에서 뭔가가 시작되었다. 그녀는 불현듯 자신이 오빈제와 같은 공기를 호흡하고 싶어 한다는 사실을 깨달았다. 그리고 현재를 명징하게 인식하게 되었다. 현재를, 지금을, 카세트에서 흘러나오는 토니 브랙스턴의 목소리를, 그 노래가 빠르건 느리건, 귀에 들어오지도 않고, 머릿속을 떠나지도 않아[20]라는 가

---

20 토니 브랙스턴의 「또 다른 슬픈 사랑 노래」.

사를, 본채에서 슬쩍해 온 카요데 아버지의 브랜디 냄새를, 몸에 딱 붙어서 겨드랑이가 쓸리는 하얀 셔츠를. 그 하얀 셔츠는 우주 고모가 배꼽께에서 헐렁한 리본으로 묶으라고 해서 그렇게 했는데 이게 정말로 세련된 건지 아니면 바보 같아 보이는지 알 수가 없었다.

그때 갑자기 음악이 끊겼다. 카요데가 "잠깐만." 하며 뭐가 잘못됐는지 알아보러 가자 또다시 침묵이 흘렀고 기니카는 손목에 찬 금속 팔찌를 만지작거리기 시작했다.

오빈제의 눈이 또 이페멜루의 눈과 마주쳤다.

"그 재킷 덥지 않아?" 이페멜루가 물었다. 미처 생각할 겨를도 없이 입에서 튀어나온 질문이었다. 그녀는 직설적으로 말하는 것에도, 남자애들의 눈에 공포가 떠오르길 기다리는 데에도 익숙했다. 하지만 그는 웃고 있었다. 즐거워 보였다. 그는 그녀를 두려워하지 않았다.

"많이 더워." 그가 말했다. "하지만 나는 촌무지렁이고 도시 파티는 오늘이 처음이니까 부디 날 용서해 줘." 그가 팔꿈치에 가죽을 덧댄 녹색 재킷을 천천히 벗었다. 그 안은 긴팔 셔츠 차림이었다. "이제 이 재킷은 계속 들고 다녀야겠네."

"내가 들어 줄까?" 기니카가 제안했다. "이페멜루 말은 신경 쓰지 마. 멋있기만 한데 뭐."

"고마워. 하지만 걱정 마. 이 옷은 당연히 내가 들어야지. 애초에 이걸 입은 데 대한 벌로 말이야." 그가 눈을 반짝이며 이페멜루를 쳐다봤다.

"그런 뜻은 아니었어." 이페멜루가 말했다. "그냥 이 방이 너무 덥고 그 재킷은 무거워 보인다는 뜻이었다고."

"네 목소리 맘에 든다." 그가 거의 말허리를 자르다시피 하며 말했다.

그러자 태어나서 한 번도 말문이 막혀 본 적 없던 이페멜루의 목에서 갑자기 걸걸한 소리가 나왔다. "내 목소리가?"

"응."

어느새 음악이 다시 흐르고 있었다. "춤출래?" 그가 물었다.

그녀는 고개를 끄덕였다.

그는 그녀의 손을 잡더니 마치 친절한 보호자에게 이제 그만 가도 된다고 말하듯 기니카에게 미소를 지어 보였다. 평소 이페멜루는 할리퀸 로맨스 소설이 유치하다고 생각했기 때문에 때때로 친구들과 함께 소설 속 장면을 연기하며 놀곤 했다. 이페멜루나 라니이누도가 남자 역을 하고 기니카나 프리예가 여자 역을 연기한 다음 ― 남자가 여자를 와락 끌어안으면 여자는 힘없이 저항하다 결국 새된 신음 소리와 함께 남자에게 굴복하곤 했다. ― 다 함께 박장대소하는 것이었다. 하지만 카요데의 파티에서 사람들로 북적이는 플로어에 섰을 때 그녀는 이 소설들에 나오는 사소한 진실을 불현듯 깨달았다. 남자 때문에 위장이 죄어들어서 다시 풀어지길 거부할 수도 있고, 몸의 마디마디가 흐물흐물해질 수도 있으며, 팔다리가 음악에 맞춰 움직이지 않을 수도 있고, 너무나 쉬웠던 동작들이 갑자기 무거워질 수도 있다는 사실을 말이다. 그녀가 뻣뻣하게 움직이면서 곁눈으로 보니, 그들을 쳐다보는 기니카의 얼굴은 어이없는 표정을 하고 있었고 입은 방금 일어난 일을 믿을 수 없다는 듯 약간 벌어져 있었다.

"촌무지렁이라는 말을 하다니 너 정말 웃긴다." 이페멜루가 음악 소리보다 더 크게 말했다.

"뭐라고?"

"촌무지렁이라는 말은 아무도 쓰지 않아. 그건 책에나 나오는 말이라고."

"그럼 네가 무슨 책을 읽는지 말해 줘야겠는데." 그가 말했다.

그는 농담한 것이었는데 그녀는 어느 부분이 우스운 건지 알수 없었지만 그래도 웃었다. 나중에 그녀는 그들이 춤추는 동안 나눴던 말 한마디 한마디를 다 기억했더라면 좋았을 텐데 하고 생각했다. 하지만 기억에 남은 건 둥둥 떠다니는 듯한 기분뿐이었다. 조명이 꺼지고 블루스 추는 시간이 시작되자 그녀는 어두운 구석에서 그의 품에 안기고 싶었지만 그는 "밖에 나가서 얘기나 하자."라고 말했다.

그들은 별채 뒤의 시멘트 블록에 앉았다. 그 옆에는 문지기의 욕실처럼 보이는 비좁은 간이 샤워실이 있었는데 바람이 불자 퀴퀴한 냄새가 났다. 그들은 서로에 대해 조금이라도 더 알고 싶어서 얘기하고 또 얘기했다. 그는 그녀에게 자기가 일곱 살 때 아버지가 세상을 떠났는데 지금도 캠퍼스 사택에서 가까운 가로수 길에서 아버지가 세발자전거 타는 법을 가르쳐 주던 게 똑똑히 기억나지만 때때로 아버지의 얼굴이 기억나지 않는다는 사실을 불현듯 깨달을 때면 자신이 배신자라는 생각에 사로잡혀서 얼른 집으로 뛰어가 거실 벽에 걸린 사진을 뚫어져라 들여다본다고 말했다.

"어머니는 재혼하고 싶어 하지 않으셨어?"

"하고 싶었더라도 나 때문에 안 했을 거야. 난 엄마가 행복하길 바라지만 재혼은 안 했으면 좋겠거든."

"나도 그럴 것 같아. 근데 어머니가 정말로 다른 교수랑 싸우셨어?"

"너도 그 얘기 들었구나."

"그래서 학교를 떠나실 수밖에 없었다고 하던데."

"아니야, 싸우지 않았어. 실은 엄마가 소속된 위원회에서 그 교수가 공금을 유용한 사실을 알아냈어. 그래서 엄마가 공식 석상에서 책임을 추궁했더니 그 사람이 화가 나서 엄마 뺨을 때리고는 여자가 자기한테 그런 식으로 말하는 건 참을 수 없다고 했지. 엄마는 자리에서 일어나 회의실 문을 잠그고 그 열쇠를 브래지어 안에 집어넣었어. 그리고 그 교수한테 당신이 나보다 힘이 세서 내가 당신 뺨을 때릴 수는 없지만 방금 당신이 내 뺨을 때리는 걸 목격한 모든 사람 앞에서 공식적으로 사과해야 할 거라고 말했지. 그 사람은 사과했어. 하지만 진심이 아니었지. 엄마는 그가 '당신이 듣고 싶은 말이 그거라면, 그래, 미안하니까 어서 열쇠나 꺼내.'라는 식으로 말했다고 했어. 엄마는 그날 정말로 화가 나서 집에 왔고, 세상이 변했다고들 하는데 지금도 누군가는 멋대로 남의 뺨을 때릴 수 있는 건 대체 어찌된 일이냐는 말을 계속했지. 그리고 이 얘기를 회람에 올리고 여기저기에 기고하자 학생회가 개입했어. 사람들은 '아니, 그 사람은 왜 과부 뺨을 때린 거냐.'라고 말했고 그 말에 엄마는 더 화가 났지. 엄마는 대변해 줄 남편이 없기 때문이 아니라 자신이 한 사람의 온전한 인간이기 때문에 뺨을 맞아서는 안 된다고 했어. 그러자 몇몇 여학생이 '온전한 인간'이라는 문구가 찍힌 티셔츠를 만들었지. 그것 때문에 엄마가 유명해진 것 같아. 엄마는 원래 굉장히 조용하고 친구도 별로 없거든."

"그래서 라고스로 오신 거야?"

"아니야. 원래 안식년이라서 쉬기로 되어 있었어. 엄마가 이 년 동안 은수카를 떠나 있을 거라고 처음 말했을 때가 기억나. 그즈음 친구네 아버지가 미국에 가서서 우리도 미국에 갈 줄 알고 들떠 있었는데 엄마가 라고스에 가겠다는 거야. 그래서 내가 그게 무슨 의미가 있냐고 물었지. 그럴 바에야 그냥 은수카에 있는 편이 낫겠다고."

이페멜루가 웃었다. "하지만 라고스에 올 때 비행기는 탈 수 있잖아."

"맞아, 근데 우리는 차로 왔어." 오빈제가 웃으며 말했다. "하지만 지금은 라고스에 와서 기뻐. 안 그랬으면 널 못 만났을 테니까."

"기니카도 못 만나고 말이지." 그녀가 농담했다.

"그러지 마."

"네 친구들이 가만 안 있을 거야. 너는 걔를 쫓아다녀야 하는 것으로 되어 있다고."

"난 널 쫓아다니는걸."

그녀는 이 순간과 그 말을 영원히 기억할 것이었다. 난 널 쫓아다니는걸.

"얼마 전에 학교에서 널 봤어. 카요데한테 네가 누구냐고 물어보기도 했지." 그가 말했다.

"정말이야?"

"과학실 근처에서 네가 제임스 해들리 체이스의 책을 들고 있는 걸 봤거든. 그래서 생각했지. 아, 좋았어, 희망이 있구나. 책 읽는 여자애였어.”

“체이스 작품은 다 읽은 것 같아.”

“나도. 제일 좋아하는 작품이 뭐야?”

“『섬웨이 양이 지팡이를 흔든다』.”

“나는『살아 있고 싶다』. 그 책 읽을 때 하룻밤을 꼴딱 새웠거
든.”

“그래, 나도 그 책 좋아해.”

“다른 책은? 좋아하는 고전은 뭐가 있어?”

“고전, 퐈? 난 그냥 범죄 소설이랑 스릴러를 좋아해. 시드니 셸
던, 로버트 러들럼, 제프리 아처 같은 작가들 말이야.”

“하지만 제대로 된 책도 읽어야지.”

그녀는 그의 진지함을 재미있어하며 그를 쳐다보았다. “아이
고, 이 아제버터! 교수 아드님! 너희 어머니가 그렇게 가르치셨구
나.”

“아니, 진짜로.” 그가 잠시 생각했다. “내가 몇 권 빌려줄게. 나
는 미국 고전을 좋아해.”

“하지만 제대로 된 책도 읽어야지.” 그녀가 오빈제의 말투를
흉내 냈다.

“시는 어때?”

“지난번 수업 시간에 배운 게 뭐였더라? 「늙은 선원」²¹? 진짜
지루하던데.”

---

21 영국의 낭만파 시인 새뮤얼 콜리지(1772~1834)의 서사시 「늙은 선원의 노래」
를 가리킨다.

오빈제가 웃음을 터뜨렸다. 이페멜루는 시라는 주제에 대해 계속 이야기할 생각이 없었으므로 이렇게 물었다. "카요데가 나에 대해서 뭐라고 했어?"

"나쁜 얘기는 안 했어. 너를 좋아하거든."

"개가 뭐라고 했는지 나한테 말해 주기 싫구나."

"이렇게 말했어. '이페멜루는 좋은 애지만 말썽꾼이야. 말싸움도 잘하고, 말도 잘하지. 절대 그냥 수긍하는 법이 없어. 하지만 기니카는 그냥 상냥한 애야.'" 그는 잠시 쉬었다가 다시 말을 이었다. "하지만 카요데는 그게 바로 내가 듣고 싶었던 말이란 걸 몰랐지. 나는 착하기만 한 여자애들한테는 관심 없거든."

"아니 아니! 너 지금 나 흉보는 거야?" 그녀가 짐짓 화난 척하며 그의 옆구리를 팔꿈치로 쿡 찔렀다. 그녀는 말썽꾼, 별종이라는 자신의 이미지가 늘 좋았다. 때로는 그것이 자신을 안전하게 지켜 주는 단단한 껍데기라고 생각하기도 했다.

"흉보는 거 아니란 거 알잖아." 그가 그녀의 어깨에 팔을 두르고 부드럽게 자기 쪽으로 끌어당겼다. 그때 처음으로 두 사람의 몸이 닿았고 그녀는 자신의 몸이 뻣뻣해지는 걸 느꼈다. "네가 정말 예쁘다고 생각하기도 했지만 그게 다가 아니었어. 너는 무얼 하든 네가 하고 싶어서 하지, 남들이 한다는 이유로 무조건 따라 하지는 않을 사람으로 보였거든."

그녀가 그의 머리에 자기 머리를 기대자, 앞으로 그와 함께 있을 때마다 곧잘 느끼게 될 감정이 처음으로 느껴졌다. 바로 자기애였다. 그는 이페멜루가 스스로를 좋아하게 만들었다. 그와 함께 있으면 그녀는 편안함을 느꼈다. 자신의 피부마저 몸에 딱 맞는 것처럼 느껴졌다. 그녀는 그에게 정말로 하느님이 존재했으면 좋겠는데 존재하지 않을까 봐 두렵고, 자기가 궁극적으로 뭘 하고 싶은지 알아야 하는데 대학에서 뭘 전공하고 싶은지조차 모르겠어서 걱정된다고 말했다. 그에게는 이런 이상한 얘기를 하는 것이 굉장히 자연스러웠다. 전에는 한 번도 해 본 적 없던 일이었다. 이렇게 갑작스러우면서도 이토록 완벽한 신뢰와 친밀감이 그녀는 두려웠다. 불과 몇 시간 전만 해도 서로에 대해 아무것도 몰랐는데 춤추기 전 짧은 순간 동안 마음이 통한 뒤로 이제 그녀는 오직 그에게 말하고 싶은 것, 그와 함께 하고 싶은 것에 대해서만 생각할 수 있었다. 그들이 가진 공통점은 좋은 징조였다. 둘 다 외자식이라는 것, 생일이 겨우 이틀 차이라는 것, 둘 다 고향이 아남브라주(州)라는 것. 그는 아바 출신이었고 그녀는 우문나치 출신이었는데 두 마을은 겨우 몇 분 거리에 있었다.

"아냐 아냐! 우리 삼촌이 항상 너희 마을에 가시는걸!" 그가 그녀에게 말했다. "나도 몇 번 따라가 봤어. 그 동네는 도로가 엉망이던데."

"나도 아바 알아. 거기 도로는 더 엉망이던데."

"너 고향에 얼마나 자주 가?"

"크리스마스 때마다."

"겨우 일 년에 한 번이잖아! 나는 엄마랑 자주 간다고. 적어도 일 년에 다섯 번은 가니까."

"하지만 이보어는 내가 너보다 잘할걸?"

"말도 안 돼." 그가 갑자기 이보어로 말하기 시작했다. "아마 음 아투 이누. 나는 속담도 잘 알아."

"그래. 누구나 다 아는 속담이지. 개구리는 이유 없이 오후에 뛰지 않는다."

"아니야. 어려운 속담도 알아. **아코타 이페 카 우비, 에 리 오바.** 농장보다 큰 걸 갈아엎으면 헛간이 팔린다."

"아, 날 시험하는 거야?" 그녀가 웃으며 물었다. "**아초 아푸 아디 아코 낙파 디비아.** 주술사의 가방에는 없는 게 없다."

"나쁘지 않네." 그가 말했다. "**에 그부오 디케 노구 우노, 에 루오나 오구 아구, 에 로테 야.** 동네 싸움에서 전사를 죽이면 적과의 싸움에서 그를 기억하게 된다."

그들은 속담을 하나씩 주고받았다. 그녀는 겨우 두 개 더 말하고 포기했지만 그는 더 하고 싶어서 좀이 쑤시는 듯했다.

"어떻게 그렇게 많이 알아?" 감명을 받은 그녀가 말했다. "남자애들은 보통 이보어를 안 하려고 하던데. 속담은 당연히 모르고."

"그냥 삼촌들이 얘기할 때 잘 들어. 아빠가 좋아하셨을 것 같아서."

침묵이 흘렀다. 남자애들 몇 명이 모여 있는 별채 현관에서 피어오른 담배 연기가 멀리 퍼져 나갔다. 파티 소음이 공중을 떠돌았다. 시끄러운 음악 소리, 악쓰는 목소리, 내일보다 오늘 더 느슨하고 자유로운 남녀의 높은 웃음소리.

"우리 키스 안 해?" 그녀가 물었다.

그는 놀란 듯했다. "왜 그런 말을 하는 거야?"

"그냥 물어보는 거야. 여기 오래 앉아 있었잖아."

"내가 그런 것만 원한다고 생각하지 않았으면 좋겠어."

"그럼 내가 원하는 건?"

"네가 뭘 원하는데?"

"내가 뭘 원하는 것 같아?"

"내 재킷?"

그녀가 웃었다. "그래, 네 유명한 재킷을 원한다, 원해."

"난 널 보면 부끄러워." 그가 말했다.

"정말이야? 나도 널 보면 부끄러운데."

"널 부끄럽게 만드는 게 있다니, 믿을 수 없어." 그가 말했다.

그들은 키스를 한 뒤 서로 이마를 맞대고 손을 잡았다. 그의 키스는 거의 아찔할 정도로 감미로웠다. 그녀의 전 남자 친구 모페와는 전혀 달랐다. 그의 키스는 침이 너무 많았다.

그녀가 몇 주 뒤 오빈제에게 이 얘기를 했을 때 ─ 그녀는 "넌 대체 어디서 키스하는 법을 배운 거야? 축축하고 버벅대던 내 전 남자 친구의 키스랑은 전혀 달라서 말이야."라고 말했다. ─ 그는 큰 소리로 웃으면서 "축축하고 버벅댔다고!"라고 되뇌고는 기술이 아니라 감정이 다른 거라고 말해 주었다. 자신도 그녀의 전 남자 친구와 똑같은 걸 했지만 이 경우에 차이점은 사랑이었던 거라고.

"우리가 서로 첫눈에 반했다는 거 너도 알잖아." 그가 말했다.

"우리 둘 다라고? 반드시 그래야 돼? 왜 네가 내 의견까지 말하는 건데?"

"난 그냥 사실을 말한 거야. 꼬투리 잡지 마."

그들은 거의 비어 있는 오빈제네 교실 뒤쪽의 책상 위에 나란히 앉아 있었다. 쉬는 시간이 끝남을 알리는 종이 귀에 거슬리는 쩽강쩽강 소리를 내며 울리기 시작했다.

"그래, 사실이야." 그녀가 말했다.

"뭐가?"

"사랑해." 그 말이 얼마나 쉽게, 큰 소리로 나왔던지. 그녀는 오빈제가 듣길 원했고, 교실 앞에 앉은 안경잡이 공부 벌레 소년이 듣길 원했으며, 교실 밖 복도에 모여 있는 여자애들이 듣길 원했다.

"내가 사실이랬잖아." 오빈제가 씩 웃으며 말했다.

그녀 때문에 그는 토론부에 가입했는데 이페멜루의 발언이 끝날 때마다 가장 큰 소리로 가장 오래 박수를 쳐서 그녀의 친구들이 "오빈제, 제발 그만 좀 해."라고 말려야만 했다. 그 때문에 그녀는 운동부에 가입해서 그의 물병을 들고 터치라인 옆에 앉아 그가 축구 하는 모습을 구경했다. 하지만 그가 정말 좋아한 건 탁구였다. 땀 흘리고 소리 지르고 혈기를 발산하며 작고 하얀 공을 스매시했다. 그녀는 그의 기술에 감탄했다. 탁구대에서 그렇게 멀리 떨어져 있는 것처럼 보이는데도 어찌어찌 공을 받아 내는 것이 참으로 신기했다. 그는 이 학교에서 이미 무적의 챔피언이었고, 그의 말에 따르면, 전 학교에서도 마찬가지였다. 그녀와 탁구를 칠 때마다 그는 웃으며 말하곤 했다. "화내면서 공을 쳐 가지고는 이길 수 없어, 오!" 그녀 때문에 그의 친구들은 그를 "여자 치마폭"이라고 불렀다. 한번은 방과 후에 만나서 축구 하는 얘기를 하다가 그의 친구들 중 한 명이 물었다. "이페멜루가 허락한 거야?" 그러자 오빈제가 넙죽 대답했다. "응, 그런데 한 시간만 놀다 오래." 그녀는 그가 원색 셔츠를 입듯 자신들의 관계를 대담하게 드러내고 다니는 게 좋았다. 때로는 자신이 너무 행복한 게 아닌가 걱정도

됐다. 그럴 때마다 그녀는 우울에 잠겨 오빈제에게 트집을 잡거나 거리를 뒀다. 그러면 그녀의 기쁨은 안절부절못하며 밖으로 도망칠 구멍을 찾듯 그녀 안에서 날개를 파닥거렸다.

5

카요데의 파티 이후로 기니카의 태도가 부자연스러워졌다. 낯선 어색함이 두 사람 사이에 생겨났다.

"일이 이렇게 될 줄 몰랐던 거 너도 알잖아." 이페멜루가 말했다.

"이페멜루, 걔는 처음부터 너만 쳐다봤어." 기니카는 이렇게 말하곤 자기가 괜찮다는 걸 보여 주기 위해 이페멜루가 힘 하나 안 들이고 자기 남자를 훔쳐 갔다며 농담을 했다. 하지만 그녀의 쾌활함은 억지이자 두꺼운 가면 같은 것이었으므로 이페멜루는 죄책감과 과잉 보상 하고 싶은 욕구에 사로잡혔다. 단짝이자 지금껏 자신과 한 번도 싸운 적 없는, 예쁘고 성격 좋고 인기 많은 기니카가 신경 쓰지 않는 척할 수밖에 없게 된 건 옳지 않았다. 지금도 그녀가 오빈제에 대해 얘기할 때면 말투에서 아쉬움이 여실히 드러났다. "이페멜루, 오늘은 우리랑 놀 시간 있니, 아니면 하루 종일 오빈제랑 같이 있을 거니?"라고 그녀는 묻곤 했다.

그래서 어느 날 아침 기니카가 빨갛고 그늘진 눈을 하고 학교에 와서 이페멜루에게 "아빠가 우리 다음 달에 미국으로 이민 간 대."라고 말했을 때 이페멜루는 사실상 안도했다. 물론 친구가 그립긴 하겠지만 기니카가 떠남으로써 두 사람 다 불가항력적으로 지난 일들을 깨끗이 털어 버리고 처음으로 다시 돌아가게 되었기 때문이다. 기니카의 부모님은 꽤 오래전부터 대학을 그만두고 미국에서 새 출발 하는 얘기를 해 왔다. 한번은 이페멜루가 그 집에 놀러 갔을 때 기니카네 아버지가 이렇게 말하는 것을 들은 적도 있었다. "우리는 양이 아니야. 그런데 이 정권이 우리를 양 취급 하니까 우리도 마치 자신이 양인 것처럼 행동하기 시작했어. 내가 제대로 된 연구를 못한 지가 벌써 몇 년째인지 몰라. 매일 파업을 조직하고 체불 임금 얘기나 하고 강의실에는 분필조차 없으니까." 그는 왜소하고 까만 남자였는데, 덩치가 크고 머리카락이 밤색인 기니카의 어머니 옆에 있으면 더 작고 까매 보였다. 그는 늘 두 가지 선택 사이에서 망설이는 사람처럼 우왕좌왕하는 듯한 분위기를 풍겼다. 이페멜루가 부모님에게 기니카네 가족이 드디어 떠난다고 말하자 아버지는 한숨을 쉬며 "그래도 그 사람들은 그런 선택을 할 수 있으니 운이 좋구나."라고 말했고 어머니는 "축복받은 사람들이네."라고 말했다.

하지만 기니카는 낯선 땅 미국에서 친구 없이 살아가는 슬픈 이미지만 그리며 불평하고 울어 댔다. "엄마 아빠만 가고 나는 너희랑 살았으면 좋겠어." 그녀가 이페멜루에게 말했다. 이페멜루, 라니이누도, 프리예, 토치는 기니카네 집에 모여서 그녀가 미국에 가져가지 않을 옷들을 골라내는 중이었다.

"기니카, 네가 돌아왔을 때에도 우리랑 얘기할 수 있다는 점만 명심해." 프리예가 말했다.

"쟤가 돌아오면 비시 같은 심각한 아메리카나가 되어 있을 거야." 라니이누도가 말했다.

그들은 '아메리카나'라는 단어와 비시 생각에 박장대소하며 신이 나서 네 번째 음절을 길게 늘여 발음했다. 비시는 그들보다 한 학년 아래의 여학생이었는데 여행차 잠깐 미국에 갔다 오더니 갑자기 요루바어를 못 알아듣는 척하고 모든 영어 단어에 흐릿한 r을 덧붙여 발음하는 등 이상한 연기를 하기 시작했다.

"근데 기니카, 난 지금 네 입장이 될 수만 있다면 정말 뭐든 할 것 같아." 프리예가 말했다. "네가 왜 가기 싫어하는지 모르겠어. 언제든 돌아오면 되잖아."

학교에서는 기니카 주위에 친구들이 들끓었다. 다들 그녀를 매점에 데려가고 싶어 하고, 방과 후에 만나고 싶어 했다. 그녀가 곧 떠난다는 사실이 그녀를 더욱 매력적으로 만들어 주기라도 하는 것 같았다. 어느 날 이페멜루와 기니카가 짧은 쉬는 시간에 복도에서 놀고 있는데 빅 가이스 애들, 즉 카요데, 오빈제, 아흐메드, 에메니케, 오사혼이 다가왔다.

"근데 기니카, 너 미국 어디로 가는 거야?" 에메니케가 물었다. 그는 외국에 갔다 온 사람들을 경외했다. 카요데가 부모님과 스위스에 다녀왔을 때에는 허리를 굽혀 카요데의 구두를 만지면서 "눈에 닿았던 신발이라 만져 보고 싶어."라고 말하기도 했다.

"미주리주." 기니카가 말했다. "아빠가 거기에 일자리를 구했대."

"너희 어머니는 미국인이시잖아, 아비? 그럼 너는 미국 여권이 있겠네?" 에메니케가 물었다.

"응. 하지만 초등학교 3학년 때 이후로는 여행한 적이 없어."

"미국 여권이 최고로 멋있지." 카요데가 말했다. "할 수만 있다면 난 내일 당장이라도 내 영국 여권을 미국 여권으로 바꾸겠어."

"나도." 잉카가 말했다.

"나도 미국 여권을 가질 뻔했는데, 오." 오빈제가 말했다. "우리 부모님이 내가 생후 팔 개월 때 미국에 가셨거든. 그래서 늘 엄마한테 좀 더 일찍 가서 나를 미국에서 낳지 그랬냐고 말하곤 한다니까!"

"아깝다, 친구야." 카요데가 말했다.

"난 여권이 없어. 우리 식구가 마지막으로 여행했을 때 내 이름은 엄마 여권에 올라 있었거든." 아흐메드가 말했다.

"나도 원래는 엄마 여권에 올라 있었는데 초등학교 3학년이 되니까 아빠가 우리 여권도 만들어야 된다고 하더라고." 오사혼이 말했다.

"난 한 번도 외국에 나가 본 적이 없지만 아빠가 대학은 꼭 외국으로 보내 준댔어. 학교 졸업할 때까지 기다리지 말고 지금 비자를 신청할 수 있으면 좋을 텐데." 에메니케가 말했다. 그의 말이 끝나자 숨죽인 침묵이 뒤따랐다.

"제발 지금 우리를 떠나지 말고 졸업할 때까지 기다려 줘." 한참의 침묵 끝에 잉카가 이렇게 말하고는 카요데와 함께 웃음을 터뜨렸다. 그러자 다른 아이들도, 심지어 에메니케까지도 따라 웃었지만 그 웃음 밑에는 가시 돋친 울림이 있었다. 그들은 그의 말이 거짓임을 알고 있었다. 모두가 사실이 아님을 아는데도 에메니케는 늘 부자 부모에 대한 이야기를 꾸며 냈고 실제 자신의 삶과는 다른 삶을 지어내야만 한다는 생각에 깊이 빠져 있었다. 대화의 주제는 곧 어물쩍 연립 방정식을 풀 줄 모르는 수학 선생 얘기로 넘어갔다. 그러자 오빈제가 이페멜루의 손을 잡고 그 자리를 슬쩍 빠져나왔다. 그들은 곧잘 그러곤 했다. 천천히 친구들에게서 떨어져 나와 도서관 건물 옆의 구석진 곳에 앉아 있거나 실험실 뒤편 잔디밭을 산책했다. 그렇게 걷는 동안 그녀는 오빈제에게 자신은 '엄마 여권에 오른다'는 말이 무슨 뜻인지 모른다고, 자기 어머니는 아예 여권이 없다고 말하고 싶었다. 하지만 그녀는 아무 말 않은 채 조용히 그의 곁에서 걷기만 했다. 그는 그녀보다 이곳, 이 학교에 훨씬 더 잘 어울렸다. 그녀는 모든 파티에 초대될 정도로 인기가 많았고, 늘 전교 '3등' 안에 들어서 조회 시간에 호명되었지만 자신만 반투명한 실안개에 싸인 기분을 느꼈다. 그녀가 입학 시험을 그렇게 잘 보지 않았다면, 아버지가 "인성 개발과 학업 성취 모두에 힘쓰는 학교"에 가라고 하지 않았다면 그녀는 지금 여기 없었지 않았을 것이다. 그녀가 나온 초등학교는 이곳과 달랐다. 그녀처럼 부모님이 교사나 공무원이고, 집에 운전기사가 없어서 버스를 타고 다니는 아이들로 가득했다. 그녀는 오빈제가 "너희 집 전화번호 몇 번이야?"라고 물어서 "우리 집엔 전화 없는데."라고 대답했을 때 그의 얼굴에 떠올랐던 놀란 표정, 그가 재빨리 감췄던 그 표정을 기억했다.

그는 지금 그녀의 손을 잡고 부드럽게 쥐고 있었다. 그는 그녀의 거침없는 면, 남들과 다른 면을 높이 샀지만 그 이면까지는 보지 못하는 듯했다. 여기, 해외에 나가 본 적 있는 아이들 사이에 있는 것이 그에겐 자연스러운 일이었다. 그는 외국 문물, 특히 미국

것에 통달했다. 미국 영화를 보고 낡은 미국 잡지를 서로 바꿔 보는 것은 누구나 하는 일이었지만 백 년 전 미국 대통령에 대해서까지 자세히 아는 사람은 그뿐이었다. 또 미국 텔레비전 프로그램은 누구나 봤지만 리사 보네이가 「엔젤 하트」에 출연하기 위해 「코스비 가족」에서 하차했다든가, 윌 스미스가 「벨에어의 프레시 프린스」에 출연하기 전에 큰 빛이 있었다는 사실까지 아는 사람은 그뿐이었다. "너 꼭 흑인 미국인 같아."는 그가 할 수 있는 최고의 찬사로, 그녀가 예쁜 드레스를 입거나 머리를 굵게 땋았을 때 그가 곧잘 하는 말이었다. 맨해튼은 그의 성지였다. 그는 "여기가 맨해튼도 아니고" 혹은 "맨해튼에서는 어떻게 하나 보라고."라고 말하곤 했다. 그가 하도 많이 넘겨 봐서 책장이 꾸깃꾸깃해진 『허클베리 핀의 모험』을 건네주기에 그녀는 집으로 돌아오는 버스에서 읽기 시작했지만 겨우 몇 장(章) 읽고 그만뒀다. 그리고 다음 날 아침 일부러 쾅 소리 나게 그의 책상에 내려놨다. "도저히 못 읽겠어." 그녀가 말했다.

"여러 가지 미국 방언으로 쓰여서 그래." 오빈제가 말했다.

"그래서? 난 무슨 소린지 모르겠더라고."

"좀 참고 읽어 봐, 이페멜루. 한번 빠지면 정말 재미있어서 중간에 멈추고 싶지 않을 거야."

"난 이미 멈췄어. 네 제대로 된 책은 너나 잘 간직하고 난 내가 좋아하는 책을 읽게 내버려 둬. 참, 낱말 만들기 게임은 늘 내가 이긴다는 거 잊지 마, 제대로 된 책 읽는 아저씨."

두 사람이 교실로 돌아가고 있는 지금, 그녀는 그의 손에서 슬그머니 자기 손을 빼냈다. 이런 기분이 들 때마다 아주 사소한 일에도 심장이 덜컥 내려앉았고 일상적인 사건이 종말의 심판자가 되었다. 이번에 도화선이 된 것은 기니카였다. 그녀는 어깨에 배낭을 메고 얼굴에 줄무늬 모양의 햇살을 드리운 채 계단 근처에 서 있었다. 이페멜루는 문득 기니카와 오빈제가 얼마나 공통점이 많은지 생각했다. 라고스 대학교 캠퍼스에 있는 기니카네 집 ― 뒷마당이 부겐빌레아 산울타리로 둘러싸인 조용한 단층집 ― 은 아마 은수카에 있는 오빈제네 집과 매우 흡사할 것이었다. 그녀는 자신보다 기니카가 더 잘 맞는 짝임을 오빈제가 깨닫는 상상을 했다. 그렇게 된다면 이 기쁨, 그녀와 오빈제 사이에 존재하는 이 연약하고 희미한 감정은 사라질 것이었다.

어느 날 아침, 조회가 끝난 후 오빈제가 이페멜루에게 어머니가 그녀를 집으로 초대했다고 말했다.

"너희 어머니가?" 그녀는 입을 쩍 벌린 채 그에게 물었다.

"미래의 며느리를 만나고 싶은가 봐."

"오빈제, 장난치지 말고!"

"내가 초등학교 6학년 때 어떤 여자애랑 같이 친구 환송회에 간 적이 있는데 그때 엄마는 우리 둘을 파티 장소까지 태워다 주고 여자애한테 손수건을 줬어. 그러면서 '숙녀에겐 늘 손수건이 필요한 법이란다.'라고 말했지. 우리 엄마가 좀 특이해 보일 순 있어, 샤. 어쩌면 너한테도 손수건을 주고 싶어 할지 몰라."

"오빈제 마두에웨시!"

"전에는 한 번도 이런 적 없지만 지금까진 내가 진지하게 사귄 애가 없었으니까. 그냥 널 보고 싶은 것 같아. 점심 먹으러 오라고 하더라고."

이페멜루는 그를 지긋이 바라보았다. 어느 제정신 박힌 엄마가 아들의 여자 친구를 집에 초대한단 말인가? 이상했다. '점심 먹으러 오라'는 표현조차 책에나 나올 법한 말이었다. 남자 친구나 여자 친구가 있는 사람은 상대방의 집을 방문하지 않는다. 방과후 보충 수업에 등록하건, 프랑스어 동호회에 들건, 뭐든 학교 밖에서 만날 수 있는 방법을 찾는다. 그녀의 부모님은 당연히 오빈제에 대해 몰랐다. 오빈제 어머니의 초대는 두렵고도 흥분되는 일이었다. 그녀는 무엇을 입을까 며칠 동안 고민했다.

"그냥 평소처럼 행동해." 우주 고모가 이렇게 말하자 이페멜루가 대꾸했다. "어떻게 그냥 평소처럼 행동해? 그 말이 대체 무슨 뜻이야?"

드디어 초대받은 날 오후 그녀는 오빈제네 아파트 문 앞에서 한참을 서 있다가 초인종을 눌렀다. 순간 갑자기 그들이 집에 없길 바라는 마음이 왈칵 솟구쳤다. 오빈제가 문을 열었다.

"안녕. 우리 엄마도 방금 학교에서 도착했어."

바람이 잘 통하는 거실 벽엔 사진은 한 장도 없고 터번을 쓴 목 긴 여인의 녹청색 초상화만 걸려 있었다.

"이 집에서 우리 물건은 저 그림뿐이야. 나머지는 전부 이 아파트에 딸려 있던 거거든." 오빈제가 말했다.

"멋있네." 그녀가 응얼거렸다.

"긴장하지 마. 우리 엄마가 널 초대한 거잖아." 오빈제가 이렇게 속삭인 직후에 그의 어머니가 나타났다. 그녀의 얼굴은 깜짝 놀랄 만큼 오니에카 오느웨누와 비슷했다. 코가 크고 입술이 두꺼운 미인형으로, 짧은 아프로 머리가 둥근 얼굴 주위를 둘러쌌고 깨끗한 피부는 코코아처럼 짙은 갈색이었다. 오니에카 오느웨누의 음악은 이페멜루의 어린 시절에 빛나는 기쁨 중 하나였는데 그 빛은 이후에도 전혀 사그라지지 않았다. 그녀는 아버지가 새로 나온 「아침 햇살 속에서」 앨범을 집에 가져온 날을 언제까지나 기억할 것이다. 앨범 재킷 속 오니에카 오느웨누의 얼굴이 깜짝 놀랄 만한 미인이어서 이페멜루는 오랫동안 그 사진을 손가락으로 어루만졌었다. 아버지가 그 앨범을 틀 때마다 집은 축제 분위기가 됐고 아버지도 그렇게 여성미가 담뿍 담긴 노래를 따라 부르는 온유한 사람으로 변했다. 그리고 이페멜루는 약간의 가책을 느끼며, 아버지가 어머니 대신 오니에카 오느웨누와 결혼한 상상을 하곤 했다. 그녀는 "안녕하세요."라고 인사하면서 오빈제의 어머니가 그에 대한 대답으로 오니에카 오느웨누만큼 아름다운 목소리로 노래 부르기 시작하진 않을까 살짝 기대했다. 하지만 그녀는 낮고 웅얼거리는 목소리를 갖고 있었다.

"이페멜루남마라니 정말 예쁜 이름이구나." 그녀가 말했다.

이페멜루는 잠시 말문이 막혔다. "고맙습니다."

"번역해 보렴." 그녀가 말했다.

"번역요?"

"그래. 너라면 네 이름을 뭐라고 번역하겠니? 오빈제가 너한테 내가 번역한다는 얘기 안 하던? 프랑스어 번역 말이야. 나는 영문학 교수란다. 영국 문학 말고 영어 문학. 번역은 취미로 하는 거지. 네 이름을 이보어에서 영어로 옮기면 '좋은 시절에 만들어진'일까, 아니면 '아름답게 만들어진'일까, 아니면 달리 뭐라고 했으면 좋겠니?"

이페멜루는 생각할 수가 없었다. 이 사람이 가진 무언가가 그녀로 하여금 똑똑해 보이는 말을 하고 싶게 만들었는데도 머릿속이 새하얬다.

"엄마, 이페멜루는 엄마한테 인사드리러 온 거지, 자기 이름을 번역하러 온 게 아니잖아." 오빈제가 짐짓 화내는 척하며 말했다.

"우리 집에 손님한테 대접할 음료수가 있나? 너, 수프는 냉장고에서 꺼내 놨니? 어서 부엌으로 가자." 그의 어머니가 말했다. 그녀는 팔을 뻗어서 오빈제의 머리카락에서 보푸라기를 떼어 내더니 그의 머리를 가볍게 톡 쳤다. 유연하고도 정감 어린 그들의 관계가 이페멜루는 불편했다. 구속도 없고 결과에 대한 두려움도 없는 그 관계는 그녀에게 익숙한 부모 자식 관계와는 형태가 달랐다. 그의 어머니는 수프를 젓고 오빈제는 가리²²를 만들면서 두 사람이 함께 요리하는 동안 이페멜루는 콜라를 마시며 서 있었다. 자기도 돕겠다고 말했지만 그의 어머니가 마치 부엌일할 때는 누구의 도움도 거절하는 사람처럼 "아니야, 다음에 왔을 때 하렴."이라고 말했기 때문이다. 오빈제의 어머니는 직설적이면서도 상냥했고 심지어 다정하기까지 했지만 오빈제와 똑같은 일종의 거리감, 세상 앞에 자신을 완전히 드러내길 꺼리는 성향이 있었다. 그녀는 아들에게 군중 한가운데에서도 어떻게든 편안하게 자신만의 세계 안에 머물 수 있는 능력을 가르친 것이었다.

---

22 카사바의 덩이줄기를 갈아서 발효시킨 다음 체질해서 익히면 낟알 모양의 가리가 된다. 이것을 다시 물에 불리거나 삶는 등 여러 방법으로 조리해서 먹는다.

"제일 좋아하는 소설이 뭐니, 이페멜루남마?" 그의 어머니가 물었다. "오빈제는 미국 책만 읽는 거 너도 알지? 너는 그렇게 멍청하지 않았으면 좋겠구나."

"엄마는 그냥 내가 이 책을 좋아하게 만들려는 것뿐이잖아." 오빈제가 부엌 탁자 위에 놓인 책을 가리켰다. 그레이엄 그린의 『사건의 핵심』이었다. "엄마는 이 책을 일 년에 두 번씩 읽어. 이유는 나도 몰라." 그가 이페멜루에게 말했다.

"현명한 책이니까. 정말 중요한 이야기는 오래 남는 이야기란다. 네가 읽는 미국 책은 죄 가벼운 것들이야." 그녀가 이페멜루를 돌아봤다. "얘는 너무 미국 사랑에 빠져 있어."

"내가 미국 책을 읽는 이유는 미국이 미래이기 때문이야. 엄마 남편이 거기서 학교를 나왔다는 사실도 잊지 말라고."

"그때는 멍청이들만 미국 학교에 진학하던 시절이었어. 미국 대학들은 영국 중등학교랑 같은 수준으로 생각됐지. 결혼 후에 내가 그 남자를 얼마나 많이 다듬었는지 모른단다."

"다른 여자 안 꼬이게 아빠네 집에 엄마 물건을 두고 왔는데도 말이지?"

"네 삼촌이 꾸며 낸 얘기는 귀담아듣지 말라니까."

이페멜루는 넋 나간 채 서 있었다. 오빈제의 어머니, 그녀의 아름다운 얼굴, 세련된 분위기, 부엌에서 하얀 앞치마를 입는다는 사실은 이페멜루가 아는 어떤 어머니와도 달랐다. 그녀 앞에서라면, 불필요하게 거창한 단어를 쓰는 자신의 아버지는 무지해 보이고, 어머니는 촌스럽고 편협해 보일 것이었다.

"개수대에서 손 씻으렴." 오빈제의 어머니가 그녀에게 말했다.

"아마 물이 틀어져 있을 거다."

그들이 식탁에 앉아 가리와 수프를 먹는 동안 이페멜루는 우주 고모가 말한 대로 "평소처럼" 있으려고 무진 애썼지만 '평소에' 자신이 어땠는지 더 이상 확신할 수가 없었다. 자신이 이곳에 있을 자격이 없다는 생각, 오빈제와 그의 어머니와 함께 분위기에 녹아들 수 없다는 생각만 자꾸 들었다.

"수프가 아주 달콤하네요." 그녀가 공손하게 말했다.

"아, 그건 오빈제가 끓인 거야." 그의 어머니가 말했다. "얘가 요리할 줄 안단 얘기 안 했니?"

"듣긴 했는데 수프도 끓일 줄 아는지는 몰랐어요." 이페멜루가 말했다.

오빈제가 히죽히죽 웃었다.

"너는 집에서 요리하니?" 그의 어머니가 물었다.

이페멜루는 자신이 요리를 한다고, 요리를 좋아한다고 거짓말하고 싶었지만 우주 고모의 말이 생각나서 "아니요."라고 답했다. "저는 요리를 좋아하지 않아요. 하루 세 끼 인도미 라면[23]만 먹을 수도 있어요."

그의 어머니는 그녀의 정직성에 반한 듯 큰 소리로 웃었는데 웃을 때 얼굴이 마치 부드러운 인상의 오빈제 같았다. 이페멜루는 음식을 천천히 먹으면서 자신이 얼마나 그들과 함께 그곳에, 그 황홀경 속에 영원히 남고 싶은지 생각했다.

---

23 인도네시아의 라면 상표.

오빈제네 아파트는 주말마다 바닐라 향으로 가득 찼다. 그의 어머니가 빵을 구웠기 때문이다. 망고 조각이 파이 위에서 반짝이는가 하면, 건포도 박힌 작은 갈색 케이크가 부풀어 오르기도 했다. 이페멜루는 반죽을 휘젓고 과일을 깎았다. 그녀의 어머니가 빵을 굽지 않았기 때문에 집에 있는 오븐은 바퀴벌레 소굴이었다.

"아주머니, 글쎄 오빈제가 '트렁크'²⁴래요. 그게 아주머니 차 트렁크 안에 있대요." 그녀가 말했다. 오빈제와 어머니가 미국 파와 영국 파로 나뉘어 싸울 때마다 그녀는 늘 그의 어머니 편을 들었다.

"트렁크는 나무줄기를 가리키는 거지, 자동차 짐칸을 가리키는 말이 아니란다, 아들아." 그의 어머니가 말했다. 또 오빈제가 '스케줄'²⁵이라고 발음할 때는 이렇게 말했다. "이페멜루남마, 내 아들한테 나는 미국어를 할 줄 모른다고 말해 주겠니? 영국어로 다시 말해 줄 수 없을까?"

주말이면 세 사람은 비디오로 영화를 봤다. 거실에 함께 앉아 시선은 화면에 고정한 채 그의 어머니가 때때로 그 장면이 말이 된다 안 된다, 혹은 무엇을 암시하는 거다, 혹은 배우의 머리가 가발이라는 등의 논평을 할 때마다 오빈제는 이렇게 말했다. "엄마, **첼루**, 영화 좀 봅시다." 어느 일요일, 영화를 한창 보고 있는데 그의 어머니가 알레르기 약을 사기 위해 집을 나섰다. "오늘은 약국 문을 일찍 닫는다는 걸 깜빡했구나." 그녀의 차에 시동이 걸리면서

---

24 자동차 트렁크는 미국 영어에서는 trunk, 영국 영어에서는 boot라고 한다.
25 영국에서는 '셰듈'이라고도 발음한다.

둔중한 부릉부릉 소리가 들리기 시작하자마자 이페멜루와 오빈제는 득달같이 그의 침실로 뛰어가서 침대에 몸을 던지고는 키스하고 애무하기 시작했다. 옷은 걷어 올리고, 옆으로 젖히고, 반쯤 끌어 내렸다. 맞닿은 피부가 따듯하게 느껴졌다. 그들은 방문과 비늘창도 열어 놓은 채 두 사람 다 어머니의 자동차 소리가 들리지 않나 귀를 쫑긋 세우고 있었다. 그리고 불과 몇 초 만에 다시 옷을 입고 거실로 돌아와 재생 버튼을 누르고 원래 자리에 앉았다.

오빈제의 어머니가 거실로 걸어 들어오더니 텔레비전 화면을 흘끗 봤다. "너희, 내가 나갈 때도 이 장면 보고 있었잖니." 그녀가 조용히 말했다. 얼어붙은 침묵이 영화 속에서도 내려앉았다. 그때 콩 사라고 외치는 소리가 창문을 통해 흘러 들어왔다.

"이페멜루남마, 잠깐 나 좀 보자." 그의 어머니가 안방을 향해 돌아서며 말했다.

오빈제가 벌떡 일어났지만 이페멜루가 막았다. "아니야, 나만 보자고 하신 거야."

그의 어머니는 그녀에게 안방으로 들어오라고, 침대 위에 앉으라고 말했다.

"너와 오빈제 사이에 무슨 일이 일어난다면 너희 둘 다한테 책임이 있는 거야. 하지만 자연은 여자에게 불공평하단다. 두 사람이 한 행동이라도 결과가 생기면 한 사람만 짊어지게 돼. 내 말 알아듣겠니?"

"네." 이페멜루는 오빈제 어머니의 시선을 피하려고 흰색과 검은색 바둑판무늬가 그려진 리놀륨 바닥만 뚫어져라 처다보았다.

"오빈제랑 깊은 관계까지 간 거니?"

"아니요."

"나도 어렸을 때가 있었어. 어렸을 때 사랑한다는 게 어떤 건지 알아. 난 그저 너한테 충고를 해 주고 싶을 뿐이란다. 결국엔 네가 하고 싶은 대로 하리란 것도 알지만 내 충고는, 기다리라는 거야. 잠자리를 하지 않고도 얼마든지 사랑할 수 있어. 물론 그것도 네 감정을 표현하는 아름다운 방법이지만 책임, 아주 큰 책임이 따르는 데다 전혀 서두를 필요가 없단다. 내 충고는 적어도 대학에 갈 때까지라도, 네가 너 자신을 조금 더 소유하게 될 때까지 기다리라는 거야. 내 말 알아듣겠니?"

"네." 이페멜루가 말했다. 그녀는 '너 자신을 더 소유한다'는 말이 무슨 뜻인지 몰랐다.

"네가 똑똑한 아이라는 거 알아. 여자가 남자보다 이성적이니까 둘 중에서 네가 이성적인 쪽이 돼야 해. 오빈제를 납득시켜. 둘 다 기다리는 데 동의를 해야 심적인 부담이 없지."

오빈제의 어머니가 말을 멈추자 이페멜루는 이제 다 끝난 건가 생각했다. 침묵이 그녀의 머릿속을 맴돌았다.

"고맙습니다." 이페멜루가 말했다.

"그걸 하고 싶을 때가 되면 나한테 와서 말해 줬으면 좋겠구나. 네가 충분히 준비되었는지 알고 싶어서 그래."

이페멜루가 고개를 끄덕였다. 그녀는 오빈제 어머니의 침실에서, 그녀의 침대에 앉아, 그녀의 아들과 언제 섹스를 하기 시작할 것인지 말해 주겠노라고 고개를 끄덕이며 동의하고 있었다. 그러나 수치심이 들지는 않았다. 어쩌면 오빈제의 어머니가 말하는 톤이 단조롭고 평범했기 때문인지도 몰랐다.

"고맙습니다." 이페멜루가 다시 한번, 이번에는 오빈제 어머니의 얼굴을 보면서 말했다. 그녀의 표정은 평소와 다름없이 부드러웠다. "그럴게요."

그녀는 거실로 돌아갔다. 오빈제는 긴장한 듯 거실 가운데 놓인 탁자 끝에 걸터앉아 있었다. "미안해. 너 가고 나면 엄마랑 얘기할게. 엄마가 그 문제에 대해 얘기해야 할 사람은 네가 아니고 나라고."

"나더러 다시는 여기 오지 말라고 하셨어. 내가 너한테 나쁜 물을 들이고 있대."

오빈제가 눈을 껌벅였다. "뭐라고?"

이페멜루가 웃음을 터뜨렸다. 나중에 그녀가 그의 어머니가 정말로 뭐라고 말했는지 들려주자 그는 고개를 절레절레 흔들었다. "우리가 언제 처음 할 건지 엄마한테 말해야 한다고? 그게 무슨 말 같지 않은 소리래? 콘돔이라도 사 주고 싶은가? 그 아줌마 머리가 어떻게 된 거 아냐?"

"우리가 그 비슷한 거라도 할 거라고 누가 그래?"

6

우주 고모는 주중에는 서둘러 집에 와서 샤워한 뒤 장군님을 기다렸고, 주말에는 잠옷 차림으로 빈둥거리면서 책을 읽거나 요리를 하거나 텔레비전을 봤다. 장군님이 아내와 아이들이 있는 아부자에 가고 없었기 때문이다. 그녀는 원래부터 옅게 타고난 피부를 더 밝고 하얗고 윤기 나게 만들기 위해 햇볕을 피하고 우아한 병에 담긴 크림을 발랐다. 그녀가 운전사 솔라나 정원사 바바 플라워나 두 가정부, 청소 담당 이냥과 요리 담당 치코딜리에게 지시를 내릴 때면 이페멜루는 오래전 라고스에 막 올라온 시골 소녀였던 우주 고모를 가끔 떠올리곤 했다. 당시 이페멜루의 어머니는 고모가 촌티 나게 맨날 벽을 잡고 다닌다고 가볍게 흉을 봤다. 촌사람들은 왜 벽에 손자국을 찍지 않고는 두 발로 똑바로 서지도 못하는 거니? 이페멜루는 우주 고모가 시골 소녀 시절의 눈으로 지금의 자신을 바라본 적이 있을까 궁금했다. 아마 없을 것이다. 우주 고모는 새로운 삶 속에서 아주 쉽게 균형을 잡았고 새로 얻은 부보다는 장군님에게 더 마음을 빼앗겨 있었다.

돌핀이스테이트에 있는 우주 고모의 집을 처음 보았을 때 이페멜루는 그곳을 떠나고 싶지 않았다. 온수 꼭지가 있고, 샤워기에서 물이 콸콸 나오고, 분홍색 타일을 바른 욕실은 황홀했다. 그녀는 생사(生絲)로 만든 침실 커튼을 보고 고모에게 "아니 아니, 이렇게 좋은 천을 커튼으로 쓰는 건 낭비야! 이것으로 드레스를 만들자."라고 말했다. 거실에는 소리 없이 열리고 소리 없이 닫히는 유리문이 있었다. 심지어 부엌에도 에어컨 바람이 나왔다. 그곳에서 살고 싶었다. 친구들도 부러워할 것이었다. 그녀는 친구들이 거실 바로 옆에 있는 작은 방, 우주 고모가 텔레비전 방이라고 부르는 곳에 앉아서 위성 방송을 보는 모습을 상상했다. 그래서 부모님에게 주중에는 우주 고모네 집에서 자면 안 되냐고 물었다. "학교에서 더 가까워서 버스를 갈아탈 필요가 없어. 월요일에 갔다가 금요일에 집에 오면 돼." 이페멜루가 말했다. "고모 집안일도 도와줄 수 있고."

"내 생각에 우주는 이미 충분한 도움을 받고 있다만." 아버지가 말했다.

"좋은 생각인데 뭘 그래." 어머니가 아버지에게 말했다. "그 집에서는 공부도 더 잘될 거야. 적어도 그 집은 전기가 매일 들어오니까. 남포등 켜 놓고 공부할 필요가 없다고."

"이페멜루가 방과 후랑 주말에 다녀오는 건 괜찮아. 하지만 그 집에 가서 사는 건 안 돼." 아버지가 말했다.

어머니는 아버지의 단호한 말투에 놀라 잠시 할 말을 잃었다. "알았어." 어머니가 힘없이 이페멜루를 곁눈질하며 말했다.

이페멜루는 며칠 동안 토라져 있었다. 아버지는 원래 그녀의 응석을 곧잘 받아 줘서 그녀가 원하는 것을 들어줄 때가 많았지만 이번에는 그녀의 입 삐죽 내밀기와 저녁 식사 동안 일부러 말 안 하기도 무시했다. 우주 고모가 새 텔레비전을 가져왔을 때에도 모르는 척했다. 우주 고모의 운전사가 갈색 소니 박스를 내려놓는 동안 그는 해진 소파 깊숙이 앉아서 해진 책을 읽고 있었다. 이페멜루의 어머니는 헌금 시간에 자주 불리는 찬송가 ― "주께서 내게 승리를 주셨네. 나 더욱 그를 드높이리." ― 를 부르기 시작했다.

"장군님이 필요 이상으로 많이 사 줘서 집에 놓을 데가 없더라고요." 우주 고모가 딱히 누구에게랄 것도 없이 허공에 대고 말했다. 고마워할 필요 없다는 표현이었다. 이페멜루의 어머니는 박스를 열고 조심스럽게 스티로폼 포장을 벗겨 냈다.

"우리 텔레비전은 이제 아무것도 안 나와요." 사실이 아니라는 걸 모두가 아는데도 어머니는 그렇게 말했다.

"두께 얇은 것 좀 봐!" 그녀가 덧붙였다. "이거 봐!"

아버지가 책에서 눈을 들었다. "그래, 그러네." 그는 이렇게 말하고 다시 시선을 내렸다.

집주인이 다시 찾아왔다. 그는 이페멜루를 지나쳐서 집 안으로 불쑥 들어와 부엌으로 가더니 전기 계량기에서 퓨즈를 뜯어내 그나마 들어오던 전기마저 끊어 버렸다.

그가 간 후에 아버지가 말했다. "이렇게 수치스러울 데가. 우리한테 이 년 치 집세를 요구하다니. 지금껏 늘 일 년 치씩 내 왔건만."

"하지만 그 일 년 치를 못 냈잖아." 어머니가 말했다. 그녀의 말투에는 비난기가 약간 담겨 있었다.

"아쿤네한테 돈 좀 빌려 달라고 했어." 아버지가 말했다. 아버지는 거의 가족에 가까운 고향 친구 아쿤네를 싫어했다. 그는 사람들이 문제가 생기면 찾아가는 부자였지만 아버지는 아쿤네를 끔찍한 문맹, 졸부라고 불렀다.

"아쿤네가 뭐래?"

"다음 금요일에 자길 만나러 오래." 그의 손가락이 신경질적으로 움직였다. 감정을 억누르려고 애쓰는 것 같았다. 이페멜루는 자신이 빤히 쳐다본 걸 아버지가 눈치채지 못했길 바라며 황급히 시선을 돌렸다. 그리고 숙제 중에 어려운 문제를 가르쳐 줄 수 있냐고 물었다. 아버지의 주의를 돌리고 삶이 다시 계속될 수 있을 것처럼 보이게 만들기 위해서였다.

아버지가 우주 고모에게 먼저 도움을 청하는 일은 없었겠지만 만약 우주 고모가 돈을 빌려주겠다고 제안했다면 거절하진 않았을 것이다. 아쿤네한테 빚지는 것보다는 나았으니까. 이페멜루는 집주인이 이웃에게까지 다 들릴 만큼 불필요하게 큰 소리로 현관문을 두들기면서 아버지에게 욕을 퍼부었다고 우주 고모에게 말했다. "당신이 그러고도 남자야? 내 돈 내놔. 다음 주까지 집세 안 내면 이 집에서 내쫓을 줄 알아!"

이페멜루가 집주인 흉내를 내자 창백한 슬픔이 우주 고모의 얼굴을 스쳤다. "그 쓸모없는 인간이 어떻게 그렇게까지 오빠를 모욕할 수가 있지? 내가 **오가**한테 돈을 달라고 할게."

이페멜루가 우뚝 멈췄다. "고모 돈 없어?"

"내 잔고는 거의 바닥이야. 하지만 **오가**가 돈을 줄 거야. 내가 취직해서 여태껏 봉급 한 번 못 받은 거 아니? 경리부에서는 매일 새로운 얘기를 꾸며 내. 문제의 발단은 내 자리가 공식적으로 존재하지 않는 자리라는 거지. 매일 환자를 보는데도 말이야."

"하지만 의사들은 파업 중이잖아." 이페멜루가 말했다.

"국군 병원은 아직 봉급을 줘. 그렇다고 내 급여로 집세를 낼 수 있다는 뜻은 아니지만, 샤."

"고모 돈 없어?" 이페멜루는 확실히 하기 위해 다시 한번 천천히 물었다. "아니 아니, 고모, 어떻게 돈이 없을 수가 있어?"

"**오가**는 나한테 큰돈은 안 줘. 청구서는 다 내 주고 필요한 건 뭐든 말하라고 하지만. 어떤 남자들은 그래."

이페멜루는 고모를 빤히 쳐다봤다. 지붕에는 넓적한 위성 안테나 접시가 꽃처럼 피어 있고, 발전기에는 경유가 그득하고, 냉동고에는 고기가 잔뜩 쟁여 있는 분홍색 저택에 사는 고모가 은행 계좌에는 돈이 한 푼도 없었다.

"이페멜루, 누가 죽기라도 한 것 같은 표정 하지 마!" 우주 고모가 쓸쓸하게 웃었다. 화장대 위에 놓인 황갈색 보석함, 침대 위에 던져진 실크 가운과 새로운 삶의 쓰레기들 사이에 앉은 그녀가 갑자기 왜소하고 혼란스러워 보였고 이페멜루는 고모가 걱정됐다.

"내가 부탁한 것보다 조금 더 주기까지 했더라고." 그다음 주말에 우주 고모는 장군님의 행동이 재미있는 듯 싱긋 웃으며 이페멜루에게 말했다. "미용실에 들렀다가 너희 집에 가서 오빠한테

드리면 되겠다."

우주 고모가 다니는 미용실의 부분 파마 값에 이페멜루는 깜짝 놀랐다. 그곳의 거만한 미용사들은 모든 손님을 머리끝부터 발끝까지 훑어보며 평가한 뒤에 그 사람에게 얼마만큼의 관심을 기울일 가치가 있나를 결정했다. 우주 고모가 들어서자 그들은 주위를 맴돌면서 굽실거렸고, 허리를 90도로 숙여 절했으며, 핸드백과 구두를 지나치게 칭찬했다. 이페멜루는 그 모습을 넋을 잃고 바라봤다. 여자들 특유의 오만이 단계별로 가장 잘 구현되는 곳이 바로 여기, 라고스의 미용실이었던 것이다.

"난 그 여자들이 손을 내밀고 고모한테 똥을 싸 달라고, 그것까지 숭배한다 그러지는 않나 기다렸다니까." 이페멜루가 미용실을 나오면서 말했다.

우주 고모는 깔깔대고 웃더니 어깨까지 내려오는 부드러운 가발을 툭툭 쳤다. 새로 나온 중국산 가발은 반질반질했고 그보다 더 곧을 수가 없었다. 절대 헝클어지지 않았다.

"너도 알다시피 우리는 아첨의 경제 속에서 살고 있어. 이 나라의 가장 큰 문제는 부패가 아니야. 문제는 수많은 인재가 아무에게도 아첨하려 하지 않거나, 누구한테 아첨해야 할지를 모르거나, 아니면 아예 아첨하는 방법 자체를 몰라서 마땅히 자기가 있어야 할 자리에 있지 않다는 거지. 아첨하기에 딱 맞는 사람을 찾은 내가 운이 좋은 거야." 그녀가 미소 지었다. "순전히 운이었어. 오가 말로는 내가 잘 자랐대. 다른 라고스 여자들은 전부 첫날 밤에 잠자리를 하고는 다음 날 아침에 바로 사 줘야 할 물건 목록을 건네는데 나는 그러지 않았다고. 나도 첫날 밤에 그 사람이랑 자긴 했지만 아무것도 달라고 하지 않았거든. 지금 와서 생각하면 멍청한 짓이었지만. 하지만 난 뭔가를 원해서 그 사람이랑 잔 건 아니었어. 아, 권력이라는 게 뭔지. 그 사람 이가 꼭 드라큘라 같았는데도 끌리더라고. 그 사람의 권력에 끌렸던 거지."

우주 고모는 장군님에 대해 이야기하길 좋아했다. 똑같은 얘기를 매번 다른 식으로 반복하며 음미했다. 그녀의 운전사가 ─ 고모는 그의 아내에게 임신 정기 검진을, 아기에게 예방 접종을 해 줘서 그의 충심을 얻었다. ─ 장군님이 그녀가 어딜 갔었고 거기에 얼마나 머물렀는지를 꼬치꼬치 캐묻는다고 했는데 우주 고모는 이 얘기를 이페멜루에게 할 때마다 매번 한숨으로 끝맺었다. "내가 자기 모르게 다른 남자를 만날 수 없을 거라고 생각하는 거야? 원하면 얼마든지 할 수 있지. 하지만 난 그러고 싶지 않아."

그들은 에어컨을 추울 정도로 틀어 놓은 마쓰다에 타고 있었다. 운전사가 후진으로 주차장 입구를 통과하자 우주 고모는 문지기에게 손짓하더니 창문을 내리고 돈을 건네주었다.

"감사합니다, 부인!" 그가 경례하며 말했다.

그녀는 미용실의 모든 직원과 미용실 밖의 경비원과 사거리에 있는 경찰관에게도 지폐를 쥐여 주었다.

"저 사람들 월급 가지고는 자식 하나도 학교에 못 보내." 우주 고모가 말했다.

"고모가 몇 푼 쥐여 준다고 등록금에 보탬이 되진 않아." 이페멜루가 말했다.

"하지만 뭐라도 더 사서 기분이 좋아지면 그날 밤은 마누라를 두들겨 패지 않겠지." 창밖을 내다보던 고모가 오즈번 길에서 난 사고를 구경하려고 "속도 좀 줄여 봐, 솔라."라고 말했다. 버스가 앞서 가던 승용차를 들이받아서 버스 앞면과 승용차 뒷면이 짓이 겨진 쇳덩어리가 되어 있었고 양쪽 운전자가 서로 면전에 대고 소리를 질러 댔지만 모여든 사람들 때문에 큰 싸움으로 번지지는 않고 있었다. "사고가 나자마자 나타나는 이 사람들은 대체 다 어디서 오는 거야?" 우주 고모가 다시 뒤로 기대앉았다. "내가 버스 타는 느낌이 어떤 건지 잊어버린 거 아니? 이 모든 것에 익숙해지는 건 너무 쉬운 일이야."

"지금 그냥 팔로모에 가서 버스 타면 되잖아." 이페멜루가 말했다.

"하지만 예전 같진 않을 거야. 선택권이 있을 땐 느낌이 완전히 다르니까." 우주 고모가 그녀를 쳐다봤다. "이페멜루, 내 걱정은 그만해."

"걱정 안 해."

"내가 계좌 잔고 얘기한 후로 계속 걱정하고 있잖아."

"다른 사람이 이러고 있었으면 고모는 그 여자가 멍청하다고 했을 거야."

"너한테 나처럼 살라는 소리 같은 건 안 해." 우주 고모가 다시 창밖을 향해 고개를 돌렸다. "장군님은 변할 거야. 내가 그렇게 만들 거니까. 단지 천천히 해야 할 뿐이라고."

이페멜루네 아파트에 도착하자 우주 고모는 이페멜루의 아버지에게 현금이 가득 든 비닐봉지를 건넸다. "이 년 치 집세예요, 오빠." 그녀는 별일 아닌 척 어색하게 연기하더니 그의 러닝셔츠에

난 구멍을 가지고 농담을 했다. 그녀는 그 말을 하면서 그의 얼굴을 쳐다보지 않았고 그도 고맙다고 말하면서 그녀의 얼굴을 쳐다보지 않았다.

이페멜루에게 장군님의 노란 눈은 영양실조 상태로 보낸 어린 시절을 뜻했다. 그의 단단하고 떡 벌어진 체격은 그가 먼저 시작해서 이긴 싸움들을 말해 줬고, 벌어진 입술 사이로 보이는 뻐드렁니는 그를 약간 위험한 인물로 보이게 만들었다. 이페멜루는 그의 유쾌하면서도 거친 성격에 놀랐다. "나는 촌놈이야!" 그는 셔츠와 식탁에 흘린 수프 방울이나 식후의 우렁찬 트림 소리를 해명하려는 듯 쾌활하게 말했다. 저녁에 우주 고모네 집에 올 때는 녹색 군복 차림으로 가십 잡지 한두 개를 들고 왔는데 그때마다 부관이 아첨하듯 바싹 따라붙어 와서 장군님의 서류 가방을 식탁에 놓고 갔다. 가십 잡지를 도로 가져가는 일은 거의 없었다. 뿌연 사진과 원색적인 헤드라인으로 장식된 《빈티지 피플》, 《프라임 피플》, 《라고스 라이프》가 늘 우주 고모네 집을 굴러다녔다.

"이 사람들이 정말로 뭘 하는지 너한테 말하면, 어휴." 우주 고모는 프렌치 매니큐어를 한 손톱으로 잡지 속 사진을 두드리며 이페멜루에게 말하곤 했다. "진짜 얘깃거리는 잡지에 실리지도 않아. 오가가 진짜배기를 알지." 그러고는 석유 채굴권을 얻으려고 고위 장군과 잔 남자, 다른 남자의 씨를 자기 자식으로 알고 있는 군 행정관, 국가 원수를 위해 매주 해외에서 공수되는 외국인 매춘부 얘기를 들려줬다. 그녀는 장군님이 선정적인 풍문을 좋아하는 게 매력적이고 용서할 만한 취미라고 생각하는 듯 몹시 즐거워하며 이런 이야기를 반복했다. "장군님이 주사 무서워하는 거 아니? 군 장성이나 되는 사람이 주삿바늘을 보면 겁먹는다니까!" 우주 고모는 이때도 애정이 담뿍 담긴 투로 말했다. 그녀에게는 그런 점도 사랑스러워 보였던 것이다. 하지만 이페멜루는 시끄럽고 천박한 매너의 소유자에, 위층으로 올라갈 때면 "이것도 내 건가? 이것도 내 건가?"라며 우주 고모의 엉덩이를 찰싹찰싹 치고, 남이 끼어들건 말건 자기 얘기가 끝날 때까지 계속 자기 말만 하는 장군님을 도저히 사랑스럽게 생각할 수가 없었다. 그가 가장 좋아하는 것 중 하나는 ── 그가 저녁 식사 후에 스타 맥주를 마시면서 이페멜루에게 자주 하던 얘기인데 ── 우주 고모가 보통 여자들과 어떻게 다른가에 관한 이야기였다. 그는 그녀의 특별함이 마치 자신의 훌륭한 취향을 반영한다는 듯이 뿌듯해하는 어조로 말하곤 했다. "내가 처음 네 고모한테 런던에서 뭘 사다 줄까 물었을 때 고모는 나한테 목록을 줬단다. 난 그걸 보지도 않고 당신이 뭘 원하는지 이미 안다고 말했지. 향수, 구두, 핸드백, 시계, 옷 아니야? 난 라고스 여자를 잘 알거든. 그런데 거기 뭐가 적혀 있었는지 아니? 향수 한 개랑 책 네 권이었어! 난 충격을 받았지. 차이. 그리고 피커딜리에 있는 서점에서 족히 한 시간을 보냈단다. 거기서 책 스무 권을 사 왔지! 대체 어떤 라고스 여자가 남자한테 책을 사 달라고 하겠니?"

그때마다 우주 고모는 갑자기 순종적인 소녀처럼 웃었고 이페멜루는 의무감에서 미소를 지었다. 그녀는 이 늙은 유부남이 자신에게 그런 얘기를 하는 것이 품위 없고 무책임하다고 생각했다. 더러운 속옷을 보여 주는 것과도 같은 행동이었다. 그녀는 고모처럼 장군님을, 끊임없이 놀라게 하는 남자, 세속적인 흥밋거리에 몰두하는 남자로 보려고 애썼지만 그럴 수가 없었다. 그녀는 존재의 가벼움을, 고모가 주중에 느끼는 즐거움이 어떤 것인지를 알았다. 자신이 방과 후 오빈제를 만날 기대로 부풀어 있을 때 느끼는 기분과 같은 것이었으니까. 하지만 우주 고모가 장군님에게 이런 감정을 느끼는 것은 잘못되고 무의미한 짓 같았다. 고모의 전 남자 친구였던 올루지미는 달랐다. 그는 잘생기고 목소리가 부드러웠고 조용한 정중함으로 빛났다. 그들은 거의 대학 시절 내내 커플이었는데 두 사람이 같이 있는 모습을 보면 왜 사귀는지 알 수 있었다. "노는 물이 서로 달라져 버렸거든." 우주 고모가 말했다.

"그럼 더 나은 데로 옮아가야 되는 거 아니야?" 이페멜루가 물었다. 우주 고모는 그 말이 진짜 농담인 양 웃어 댔다.

쿠데타가 있던 날, 장군님의 친한 친구가 고모에게 전화해서 혹시 장군님과 함께 있냐고 물었다. 긴박한 상황이었다. 일부 장교들은 이미 체포된 후였다. 우주 고모는 장군님과 같이 있지 않았고 그가 어디에 있는지도 몰랐으므로 걱정에 휩싸인 채 계단을 계속 오르락내리락했고 여기저기 전화를 했지만 아무런 소득도 얻지 못했다. 얼마 지나지 않아 그녀는 숨 쉬기 힘들어하더니 심호흡을 하기 시작했다. 공황에 빠지면서 천식 발작이 일어났던 것이다. 그녀가 숨을 헐떡이고 몸을 부들부들 떨면서 자기 팔에 주사를 놓으려고 바늘로 찔러 대자 핏방울이 침대 시트에 뚝뚝 떨어졌고 이페멜루는 의사 언니를 둔 이웃의 집으로 뛰어가 현관문을 미친 듯이 두들겼다. 마침내 장군님에게서 전화가 왔다. 자기는 무사하고 쿠데타는 실패했으며 국가 원수에게도 아무 일 없다고. 그러자 우주 고모의 떨림도 멈췄다.

일 년에 두 번 있는 이슬람교 축일 중 하루, 라고스의 비이슬람교도들이 회교도로 추정되는 사람 — 대개 북부 출신 문지기 — 이면 누구한테나 "바르카 다 살라."라고 인사하고 NTA 채널에서는 숫양 도축 영상을 하루 종일 보여 주는 이틀 중 하루에 장군님이 우주 고모네 집에 오겠다고 약속했다. 그가 공휴일을 그녀와 함께 보내기로 한 것은 처음 있는 일이었다. 고모는 오전 내내 부엌에서 치코딜리에게 지시를 내리며 때로는 큰 소리로 노래를 부르고, 치코딜리에게 과하게 친근하게 구는가 하면, 그녀의 별것 아닌 말에도 연방 웃어 댔다. 마침내 요리가 완성되고 온 집이 양념과 소스 냄새로 가득 차자 고모는 샤워를 하러 위층으로 올라갔다.

"이페멜루, 와서 나 거기 제모하는 것 좀 도와줄래? 오가가 거슬린다더라고!" 우주 고모가 웃으며 이렇게 말하곤 오래된 가십 잡지를 엉덩이 밑에 깔고 누운 다음 두 다리를 번쩍 들어서 쫙 벌리자 이페멜루는 면도기를 들고 깎기 시작했다. 이페멜루가 일을 다 마치고 나서 고모가 얼굴에 각질 제거 팩을 바르고 있을 때였다. 장군님이 전화를 해서 올 수 없게 됐다고 말했다. 눈 주위만 동그랗게 남기고 분필처럼 새하얀 팩을 발라서 마커 같은 얼굴을 한 우주 고모는 전화를 끊고 부엌으로 들어가서 냉장고 용기에 음식을 옮겨 담기 시작했다. 치코딜리는 영문도 모른 채 가만히 보고 있었다. 고모는 씩씩대며 냉장고 서랍을 홱 잡아당기고, 찬장 문을 처닫고, 졸로프 밥[26]이 담긴 냄비를 뒤로 밀치다가 에구시 수프[27] 냄비를 가스레인지에서 떨어뜨렸다. 그녀는 어쩌다 그런 일이 일어났는지 모른다는 듯이 연두색 소스가 부엌 바닥에 퍼져 나가는 것을 가만히 쳐다보았다. 그러다 갑자기 치코딜리에게 소리를 꽥 질렀다. "왜 **무무**처럼 보기만 해? 빨리 치우지 않고!"

이페멜루는 부엌 입구에서 이 광경을 보고 있었다. "고모, 고모가 소리쳐야 할 사람은 장군님이야."

우주 고모가 우뚝 멈춰 섰다. 격분한 그녀의 눈이 붉거졌다. "너 지금 누구한테 그따위로 말하는 거야? 내가 네 친구니?"

고모가 그녀에게 달려들었다. 이페멜루는 우주 고모가 자길 때릴 줄은 몰랐지만 막상 고모의 손이 얼굴을 후려쳐서 아득한 소리가 나고 뺨이 손가락 모양으로 부풀어 올랐을 때는 놀라지 않았다. 그들은 서로를 빤히 쳐다보았다. 우주 고모가 무슨 말을 하려는 듯 입을 벌렸다가 도로 다물고는 돌아서서 위층으로 올라갔다. 두 사람 다 그들 사이의 무언가가 달라졌음을 알았다. 고모는 저녁때 아데수와랑 우체가 찾아오자 그제야 아래층으로 내려왔다. 그녀는 그들을 "내 친구들"이라고 불렀다. "'내 친구들'이랑 미용실에 다녀올게."라고 그녀는 힘없는 눈웃음을 지어 보이며 말하곤 했다. 자신이 장군님의 정부라는 사실이, 그들이 자신과 친구로 지내는 유일한 이유임을 고모는 알았다. 하지만 그들은 그녀를 즐

---

26 서아프리카에서 흔한 음식으로 파에야와 비슷하다. 토마토, 고추, 각종 채소 및 고기를 넣어 만든다.

27 에구시(멜론이나 박 씨를 말려서 빻은 가루)를 주재료로 하여 토마토, 시금치, 오크라 등의 채소와 고기를 넣고 끓인 수프.

겁게 했다. 꾸준히 찾아왔고, 쇼핑과 여행 정보를 알려 줬으며, 함께 파티에 가자고 했다. 자신이 그들에 관해 뭘 알고, 뭘 모르는지가 참 이상하다고 그녀는 이페멜루에게 말한 적이 있었다. 그녀는 아데수와가 국가 원수랑 사귈 때 받은 아부자 땅이 있다는 걸 알았다. 그리고 우체에게는 유명한 하우사족 부자가 사 준 수룰렐레의 가게가 있다는 걸 알았다. 하지만 두 사람의 형제자매가 몇 명인지, 부모가 어디에 사는지, 대학을 나왔는지 안 나왔는지는 몰랐다.

치코딜리가 그들을 안으로 안내했다. 수놓인 카프탄을 입고 자극적인 향수 냄새를 풍기는 그들은 중국산 가발을 등까지 늘어뜨리고 냉정한 속물근성으로 점철된 대화를 나누면서 짧고 경멸적으로 웃었다. 그이한테 그건 반드시 내 이름으로 사 줘야 된다고 했지, 오. 누가 아프다고 그러지 않는 한 그 사람이 돈을 안 가져올 줄 알았다니까. 아니, 아직까지 그이는 내가 계좌를 만든 줄 몰라. 그들은 빅토리아아일랜드에서 열리는 이슬람교 축일 파티에 가는 길에 우주 고모를 데리러 온 것이었다.

"갈 기분이 아니야." 우주 고모가 말했다. 그때 치코딜리가 오렌지 주스 팩과 유리잔 두 개를 쟁반에 담아 내왔다.

"아니 아니, 왜 지금 그러는 거야?" 우체가 물었다.

"진짜 거물들이 온단 말이야." 아데수와가 말했다. "대단한 사람을 만나게 될지도 몰라."

"아무도 만나고 싶지 않아." 우주 고모가 말했다. 그러자 그들 각자가 숨을 고르기라도 해야 되는 것처럼 정적이 흘렀다. 우주 고모의 말이 강풍처럼 그들의 추측을 깨부쉈다. 그녀는 남자들을 만나고 싶어 하고, 가능성을 열어 둬야 했다. 장군님을, 언제든 더 나은 남자로 대체할 수 있는 선택 사항으로 봐야 했다. 긴 침묵 끝에 마침내 아데수와랑 우체 중 한 명이 말했다. "이 오렌지 주스는 싸구려잖아, 오! 이제 저스트 주스는 안 사 먹는 거야?" 시답잖은 농담이었지만 그들은 그 순간의 긴장을 풀기 위해 억지로 웃었다.

그들이 가고 난 뒤 우주 고모가 이페멜루가 책을 읽고 있는 식탁으로 왔다.

"이페멜루, 내가 어떻게 됐나 봐. **은도**." 그녀는 이페멜루의 손목을 잡았다가 깊은 생각에 잠긴 듯 이페멜루가 읽고 있던 시드니 셸던의 책으로 손을 옮겨 볼록 튀어나온 제목을 어루만졌다. "내가 미쳤나 봐. 술배 나오고, 드라큘라 이에, 처자식까지 있는 늙은이를."

이페멜루는 처음으로 자기가 고모보다 연장자 같다고 느꼈다. 고모보다 현명하고 강하다고 느꼈다. 그리고 자신이 우주 고모에게서 헛생각을 떨어낼 수 있었으면, 그녀를 쥐어흔들어서 총명한 원래 모습으로 돌아오게 만들 수 있었으면 좋겠다고 생각했다. 장군님한테 모든 희망을 걸지 않는 여자, 그를 위해 노예처럼 일하거나 제모하지 않는 여자, 늘 그의 단점을 지우려고 애쓰지 않는 여자로 말이다. 고모가 이래야만 할 이유는 없었다. 이페멜루는 나중에 우주 고모가 전화로 소리치는 걸 들었을 때 작은 희열을 느꼈다. "거짓말! 처음부터 아부자에 갈 줄 알았으면서 왜 사람을 헛고 생시켜요!"

다음 날 아침 운전사가 가져온, 파란 크림으로 "미안해, 내 사랑."이라고 쓴 케이크는 뒷맛이 씁쓸했지만 우주 고모는 그것을 몇 달 동안 냉동실에 넣어 두었다.

우주 고모의 임신은 고요한 밤의 갑작스러운 꽝음처럼 찾아왔다. 그녀는 빛을 받으면 공중을 떠다니는 천상의 존재처럼 눈부시게 반짝이는 스팽글 부부[28]를 입고 와서 이페멜루의 부모님이 소문으로 듣기 전에 직접 알리고 싶었다고 했다. "아디 음 이메." 그녀는 이렇게 간단히 말했다.

이페멜루의 어머니는 왈칵 울음을 터뜨리더니 큰 소리로 엉엉 울면서 마치 산산조각 난 자신의 이야기가 주위에 흩어진 것이 보이기라도 하듯 사방을 두리번거렸다. "오 하느님, 왜 저를 버리시나이까?"

"계획했던 건 아닌데 그렇게 됐어요." 우주 고모가 말했다. "대학 때 올루지미 애를 임신했다가 낙태한 적이 있기 때문에 또 하진 않을 거예요." 직설적이었던 만큼 "낙태"라는 말은 그들이 있던 방을 할퀴고 지나갔다. 왜냐하면 이페멜루의 어머니가 그 단어를 입 밖에 내진 않았어도 이 사태를 해결할 방도가 있음을 은연중에 암시하고 있다는 걸 그들 모두가 알았기 때문이다. 이페멜루의 아버지는 읽던 책을 내려놓았다가 다시 집어 들고는 목청을 가다듬고 아내를 진정시켰다.

그가 마침내 우주 고모에게 말했다. "음, 내가 그 남자의 생각을 물어볼 수는 없으니 네 생각이 어떤지 물어봐야겠구나."

---

28 나이지리아의 여성용 부부는 폭이 양팔을 벌린 것만큼 넓고 길이는 발목까지 오는, 소매 없는 원피스를 말한다.

"아이를 낳을 거예요."

그는 다음 말을 기다렸으나 고모가 아무 말도 하지 않았으므로 괴로워하며 뒤로 기대앉았다. "넌 성인이다. 네가 이렇게 되길 바라진 않았다만, 오비아누주, 그래도 넌 성인이야."

우주 고모는 이페멜루의 아버지에게 다가가서 그가 앉은 소파의 팔걸이에 앉았다. 그리고 달래는 듯한 낮은 목소리로 말했다. 격식을 차리는 데는 익숙지 않은 고모였지만 진지한 표정이 그녀가 진심임을 말해 주었다. "오빠, 저도 이런 일을 바라진 않았지만 어쨌든 이미 일어난 일이에요. 지금껏 저한테 그렇게 잘해 주셨는데 오빠를 실망시켜서 죄송하지만 부디 저를 용서해 주셨으면 좋겠어요. 하지만 이 상황은 최대한 잘 활용할 거예요. 장군님은 책임감 강한 남자니까 자기 자식을 책임질 거라고요."

이페멜루의 아버지는 말없이 어깨를 으쓱했다. 우주 고모는 마치 위로받아야 할 사람이 이페멜루의 아버지인 것처럼 그의 어깨를 감쌌다.

훗날 이페멜루는 이 임신을 상징적인 일로 생각하게 될 것이다. 그것은 대단원의 시작이었고 다른 모든 것들을 빨라 보이게 만들었다. 몇 달이 쏜살같이 지나갔고, 시간이 총알처럼 돌진했다. 우주 고모는 배가 불러 오는 동안 행복한 보조개를 지은 채 빛나는 얼굴로 출산 계획을 짜느라 바빴다. 그녀는 며칠에 한 번씩 새로운 딸 이름을 생각해 냈다. "오가가 아주 행복해해." 그녀가 말했다. "그 나이에도 여전히 골을 성공시킬 수 있다는 게 기쁜 거지. 자기 같은 늙은이가 말이야!" 장군님은 전보다 자주, 때로는 주말에도 찾아왔고 올 때마다 탕파, 약초 등 임신에 좋다는 것들을 가져왔다.

그는 고모에게 "애는 당연히 외국에서 낳아야지."라고 말하며 미국과 영국 중 어느 쪽이 좋냐고 물었다. 그는 자신도 함께 갈 수 있는 영국을 원했다. 미국은 군사 정부 고위 간부의 입국을 금지했기 때문이다. 하지만 우주 고모는 미국을 택했다. 거기에서 낳으면 아기가 자동으로 미국 시민권자가 될 수 있었기 때문이다. 계획이 완성됐고, 병원이 선택되었으며, 애틀랜타에 있는 가구 딸린 콘도[29]가 임차됐다. "근데 콘도가 도대체 뭐야?" 이페멜루가 물었다. 우주 고모는 어깨를 으쓱하며 말했다. "미국 애들 속을 누가 알겠니? 오빈제한테 물어봐, 걔는 알겠지. 어쨌든 사람 사는 곳이긴 해. 그리고 **오가**가 날 도와줄 사람들을 구해 놨다더라." 우주 고모가 유일하게 낙담한 순간은 운전사로부터 장군님의 아내가 고모의 임신 사실을 알고 격노했다는 소식을 들었을 때였다. 장군님의 친척들과 처가 쪽 친척들 사이에 긴장되는 만남이 있었음이 분명했다. 장군님은 평소 아내 얘기를 거의 하지 않았지만 우주 고모는 웬만한 건 거의 다 알고 있었다. 그녀는 아부자에서 네 아이를 키우기 위해 일을 포기한 변호사로, 신문 사진 속에서는 조금 통통하고 상냥해 보였다. "그 여자가 지금 무슨 생각을 하고 있을지 궁금해." 우주 고모가 생각에 잠겨 애연하게 말했다. 그녀가 미국에 있는 동안 장군님은 침실 하나를 새하얗게 칠하는가 하면 다리가

---

29 미국에서 콘도란 우리나라의 아파트처럼 한 건물 안에 있는 각 집의 소유주가 모두 다른 주거 형태를 말한다.

가느다란 초처럼 생긴 아기 침대도 사고 봉제 인형, 그중에서도 곰 인형을 너무 많이 샀다. 이냥은 인형들을 우선 아기 침대 안에 세우고 남은 것들은 선반 위에 늘어놓은 다음, 아무도 모를 거라고 생각했는지, 곰 인형 하나는 자기 방에 갖다 놓았다. 우주 고모는 아들을 낳았다. 수화기 너머에서 들려오는 그녀의 목소리는 높고 몹시 들뜬 듯했다. "이페멜루, 아기가 머리털이 정말 많아! 상상이 되니? 애가 무슨 머리털이 필요하다고!"

그녀는 자기 아버지 이름을 따서 아이에게 디케라는 이름을 붙이고 자신의 성을 따르게 했다. 이 사실이 이페멜루의 어머니를 불안하고 불만스럽게 만들었다.

"애가 제 아비 성을 따라야지, 그 남자는 제 자식을 부인할 작정이라니?" 어머니가 물었다. 거실에 앉아 있던 이페멜루의 가족이 고모의 출산 소식을 채 소화하기도 전이었다.

"우주 고모가 자기 성을 따르게 하는 게 더 편하댔어." 이페멜루가 말했다. "그리고 장군님 행동이 자기 자식을 부인하려는 사람 같아? 신붓값을 치르러 온다는 얘기까지 한다던데."

"하이고, 펵이나 그러겠다." 어머니가 거의 내뱉듯이 말했다. 이페멜루는 어머니가 우주 고모의 멘토를 위해 했던 열렬한 기도를 떠올렸다. 고모가 돌아오자 어머니는 까르륵거리는 몰랑몰랑한 아기를 먹이고 목욕시키느라 한동안 돌핀이스테이트에 머물렀지만 장군님에게는 차갑고 거만한 얼굴로 대했다. 그리고 마치 그가, 그녀가 정한 규칙을 지키기로 해 놓고는 약속을 저버리기라도한 것처럼 말을 시켜도 단답형으로만 대답했다. 우주 고모와의 관계는 받아들일 수 있으나 그 관계의 이토록 명백한 증거는 받아들일 수 없다는 것이었다. 집은 베이비파우더 냄새로 가득했고 우주 고모는 행복했다. 장군님은 디케를 자주 안아 주면서 우유 먹을 시간이 된 것 같다든가, 목에 생긴 발진을 의사한테 보여야 할 것 같다든가 하는 말을 하곤 했다.

디케의 돌잔치에 장군님은 밴드를 불렀다. 그들은 앞마당의 발전기용 창고 옆에 악기를 설치하고, 지루해질 대로 지루해진 마지막 손님들이 남은 음식을 은박지에 싸 가지고 천천히 떠날 때까지 머물렀다. 우주 고모의 친구들도 오고 장군님의 친구들도 왔는데 하나같이 지금 상황이 어떻든 간에 친구의 자식은 친구의 자식이라는 듯 단호한 표정을 하고 있었다. 이제 막 걸음마를 시작한 디케는 정장에 빨간 나비넥타이를 매고 아장아장 걸어 다녔고 우주 고모는 그 뒤를 쫓아다니며 사진사가 사진을 찍을 수 있도록 아이를 잠깐이라도 가만있게 하려고 애썼다. 마침내 피곤해진 디케가 울면서 나비넥타이를 잡아당기기 시작하자 장군님이 아이를 안아 들고 이리저리 돌아다녔다. 그것이 훗날 이페멜루의 기억 속에 남을 장군님의 모습이었다. 그의 목을 끌어안은 디케, 환한 얼굴, 그가 미소를 짓자 더욱더 튀어나온 앞니, "애가 날 닮았는데, 오, 다행히 이는 제 엄마를 닮았다니까."라고 말하는 모습.

장군님은 그다음 주에 군용기 추락으로 세상을 떠났다. "바로 그날, 같은 날에 사진사가 디케의 돌잔치 사진을 가져왔지." 우주 고모는 그 얘기를 할 때 마치 대단한 의미라도 있는 사실인 양 곧잘 그렇게 말하곤 했다.

토요일 오후의 일이었다. 오빈제와 이페멜루는 텔레비전 방에 있고, 이냥은 디케랑 위층에 있고, 우주 고모는 치코딜리와 부엌에 있을 때 전화벨이 울렸다. 이페멜루가 전화를 받았다. 수화기 반대편의 목소리는 장군님의 부관이었는데 전화 연결 상태가 안 좋아서 찌지직거리긴 했지만 무슨 일이 있었는지 자세히 설명할 수 있을 정도는 되었다. 추락 지점은 조스에서 몇 킬로미터 떨어진 곳이다, 시신들은 새까맣게 탔다, 국가 원수가 쿠데타를 계획 중이라고 의심하던 장교들을 제거하기 위해 비행기를 손봤다는 소문이 이미 돌고 있다는 얘기였다. 이페멜루는 멍한 상태로 수화기를 너무 세게 쥐고 있었다. 이페멜루가 부엌에 가서 부관의 말을 그대로 전하는 동안 오빈제가 우주 고모 옆에 서 있었다.

"거짓말이야." 우주 고모가 말했다. "네가 거짓말하는 거야."

그녀는 전화기에도 이의를 제기하려는 것처럼 성큼성큼 걸어가다가 바닥에 주저앉아서, 슬픔에 무너지듯 힘없이 주저앉아서 울기 시작했다. 이페멜루가 그녀를 부드럽게 안아 주었다. 어찌해야 할지 아는 사람이 아무도 없었다. 고모의 흐느낌 사이사이의 정적이 너무 조용하게 느껴졌다. 그때 이냥이 디케를 데리고 내려왔다.

"엄마?" 디케가 어리둥절한 표정으로 말했다.

"디케를 데리고 올라가요." 오빈제가 이냥에게 말했다.

대문을 두들기는 소리가 났다. 남자 둘과 여자 셋, 장군님의 친척들이 아다무를 을러서 대문을 열게 한 다음 이제는 현관 앞에 서서 소리치고 있었다. "우주! 당장 짐 싸서 나와! 차 열쇠도 내놔!" 그중 빨갛고 흔들리는 눈을 한, 해골처럼 비쩍 마른 여자는 "이 천박한 창녀야! 네가 우리 오빠 재산에 손대는 일은 결코 없을 거다! 이 갈보 년아! 라고스에서 절대 편히 살 수 없게 해 주마!"라고 외치면서 싸울 채비를 하려고 머리에서 두건을 풀어 허리에 꽉 묶었다. 처음에 우주 고모는 현관에 가만히 서서 아무 말 없이 그들을 쳐다보기만 했다. 그러다 한참 만에 입을 열고는 우느라 쉬어 버린 목소리로 그들에게 가 달라고 말했지만 친척들의 고함 소리가 되레 더 커지자 집 안으로 다시 들어가려고 돌아섰다. "좋아요, 가지 마세요." 그녀가 말했다. "거기 그대로 있어요. 내가 우리 부대에 전화해서 군인들을 불러올 때까지 거기 있으라고요."

그제야 그들은 이렇게 말하며 떠났다. "우리도 사람들 데리고 다시 올 거야." 그제야 우주 고모는 다시 흐느끼기 시작했다. "나한텐 아무것도 없어. 전부 다 그 사람 이름으로 돼 있단 말이야. 이제 우리 아들을 어디로 데려가지?"

그녀는 수화기를 거치대에서 집어 들었지만 누구한테 전화해야 할지를 몰라 수화기를 쳐다보기만 했다.

"우체랑 아데수와한테 전화해." 이페멜루가 말했다. 그들이라면 뭘 해야 할지 알 것이었다.

우주 고모는 전화를 걸고 스피커폰 버튼을 누른 다음, 벽에 기대섰다.

"당장 떠나야 돼. 집을 깨끗이 비워. 전부 다 싸라고." 우체가 말했다. "빨리빨리 해. 그 사람들이 돌아오기 전에 떠나야 하니까. 견인차를 빌려서 발전기도 가져가. 발전기 꼭 가져가는 거 잊지 마."

"견인차 어디서 구하는지 모르는데." 우주 고모가 그녀와 어울리지 않는 무력한 모습으로 웅얼거렸다.

"우리가 마련해 줄게, 빨리빨리 서둘러. 발전기를 꼭 가져가야 해. 그게 자기가 다시 기운을 차릴 때까지 목숨을 보전해 줄 거야. 그 사람들이 괴롭히지 못하도록 한동안 어디 가 있어야 돼. 런던이나 미국으로 가. 미국 비자는 있어?"

"응."

이페멜루는 이 마지막 순간들을 흐릿하게 기억하게 될 것이다. 아다무가 문 앞에 《시티 피플》 기자가 와 있다고 말하던 것, 자신과 치코딜리가 여행 가방에 옷을 욱여넣던 것, 오빈제가 짐을 가지고 나가서 차에 싣던 것, 디케가 깔깔대며 뒤뚱뒤뚱 돌아다니던 것을. 위층 방들은 참을 수 없을 만큼 뜨거워져 있었다. 에어컨이 이 대단원의 끝에 경의를 표하기로 합의라도 한 듯 갑자기 작동을 멈췄던 것이다.

7

오빈제가 이바단 대학교에 가고 싶어 한 이유는 순전히 시 한 편 때문이었다.

그는 문제의 시, J. P. 클라크의 「이바단」을 이페멜루에게도 읽어 줬는데 특히 "녹과 금을 흩뿌리는"이라는 구절에 집착했다.

"진심이야?" 그녀가 그에게 물었다. "이 시 때문이라고?"

"정말 아름답잖아."

이페멜루는 믿을 수 없다는 것처럼 조롱하듯 과장스럽게 고개를 내저었다. 하지만 그녀도 우주 고모가 그 학교를 나왔기 때문에 이바단에 가고 싶었다. 그들이 식탁에 함께 앉아서 대학 입학 원서를 쓰는 동안 오빈제의 어머니는 계속 주위를 서성이면서 이렇게 말했다. "맞는 연필로 쓰고 있는 거니? 모든 걸 두 번 확인해야 한다. 내가 얼마나 얼토당토않은 실수담을 들었는지 말해 줘도 넌 안 믿을 거야."

오빈제가 말했다. "엄마, 엄마가 우리한테 말만 안 시키면 실

수 안 할 것 같은데."

"적어도 2지망에는 나이지리아 대학교를 써야 한다." 그의 어머니가 말했다. 하지만 오빈제는 은수카에서 대학을 다니고 싶지는 않았다. 지금껏 살아온 삶에서 벗어나고 싶었다. 그리고 이페멜루에게 은수카는 너무 멀고 재미없는 곳 같았다. 그래서 그들은 2지망에 라고스 대학교를 쓰기로 했다.

다음 날 오빈제의 어머니가 도서관에서 쓰러졌다. 한 학생이 이마에 작은 혹이 생긴 채 바닥에 넝마처럼 뻗어 있던 그녀를 발견했다. 오빈제가 이페멜루에게 말했다. "우리가 아직 원서 제출을 안 해서 다행이야."

"무슨 소리야?"

"엄마는 이번 학년이 끝나면 은수카로 돌아가야 돼. 나는 엄마 곁에 있어야 하고. 의사 말이, 앞으로도 이런 일이 계속 반복될 거래." 그가 잠시 말을 멈췄다. "우리는 주말 연휴 때 만나면 돼. 내가 이바단으로 가든지 네가 은수카로 오면 되잖아."

"웃기는 소리 하지 마." 그녀가 말했다. "비코, 나도 은수카로 바꿀래."

그녀의 결심은 아버지를 기쁘게 했다. 평생을 서쪽에서 살아온 그녀가 이보족의 땅에서 대학에 다니기로 한 것은 가슴 벅찬 일이라고 했다. 한편 어머니는 풀이 죽었다. 이바단은 겨우 한 시간 거리였지만 은수카는 버스로 하루가 걸리는 곳이었기 때문이다.

"엄마, 하루가 아니라 겨우 일곱 시간이야." 이페멜루가 말했다.

"그거랑 하루가 뭐가 달라?" 어머니가 물었다.

이페멜루는 집에서 멀리 떨어진 곳으로 가길, 독립해서 자기만의 시간을 갖게 되길 고대했던 데다 라니이누도와 토치도 은수카로 간다는 얘기를 듣자 더욱 마음이 놓였다. 마찬가지로 은수카에 가게 된 에메니케는 오빈제에게 자기랑 방을 같이 쓰면 안 되냐고 물었다. 오빈제네 집이 남학생 기숙사이기도 했기 때문이다. 오빈제는 승낙했고 이페멜루는 오빈제가 거절하지 않아 아쉬웠다. "에메니케는 좀 이상한 데가 있단 말이야." 그녀가 말했다. "하지만 뭐, 우리가 천장 하느라 바쁠 때 걔가 자리만 비켜 준다면 상관없지."

훗날 오빈제는 이페멜루에게 반쯤 진지하게, 자기 어머니의 실신이 가짜였던 것 같냐고, 자신을 가까이 두기 위해 꾸민 일이라고 생각하냐고 묻게 될 것이다. 그는 오랫동안 이바단을 언급할 때마다 아쉬움을 드러냈는데 탁구 토너먼트 때문에 그곳 캠퍼스에 갔다가 돌아와서는 멋쩍어하며 이페멜루에게 "이바단도 은수카랑 다를 거 없더라."라고 말했다.

은수카에 간다는 것은 마침내 오빈제의 집, 꽃으로 가득한 부지 안에 있는 단층집을 보게 됐다는 뜻이었다. 이페멜루는 오빈제의 어린 시절을 상상했다. 자전거를 타고 경사로를 내려오는 모습, 가방과 물병을 들고 초등학교에서 집으로 돌아오는 모습을. 하지만 은수카는 그녀를 혼란스럽게 만들었다. 그녀는 은수카가 너무 느리고, 흙이 너무 빨갛고, 사람들이 자신들의 초라한 삶에 너무 만족한다고 생각했다. 하지만 결국은 은수카를 사랑하게 될 것이다. 비록 처음에는 좀 주저했지만. 침대 두 개를 들여놓을 자리에 네 개를 욱여넣은 그녀의 기숙사 방 창문에서는 벨로 홀의 입구가 보였다. 키 큰 멜리나 나무들이 바람에 너울거렸고, 그 밑에서는 행상인들이 바나나와 땅콩이 담긴 채반을 지키고 있었고, 다닥다닥 붙여서 세워 둔 **오카다**[30] 옆에서는 기사들이 수다 떨며 웃는 와중에도 손님이 오지 않나 신경을 바짝 곤두세우고 있었다. 그녀는 자기 침대 옆 벽에 밝은 파란색 벽지를 붙였다. 룸메이트와의 옥신각신에 관한 얘기를 많이 듣고 왔기 때문에 — 소문에 따르면, 어느 졸업반 학생이 소위 '음담패설'을 잘하는 1학년 학생의 서랍에 등유를 부은 사건이 있었다고 한다. — 좋은 룸메이트들을 만나 다행이라고 생각했다. 그들은 하나같이 성격이 털털해서 치약, 분유, 라면, 포마드처럼 빨리 떨어지는 물건을 금방 같이 쓰고, 빌려 쓰게 되었다. 아침에는 대부분 복도에서 들리는 웅성웅성 소리에 잠이 깼다. 천주교도 학생들이 묵주 기도를 올리는 소리였다. 그러면 그녀는 욕실로 부리나케 뛰어가서 물이 끊기기 전에 양동이에 물을 받고, 변기가 넘치기 전에 그 위에 쪼그리고 앉았다. 어쩌다 너무 늦게 가서 구더기가 이미 변기 안에서 소용돌이치고 있으면 오빈제가 없어도 오빈제네 집에 갔다. 한번은 가정부 오거스티나가 현관문을 열어 줬는데 이페멜루가 "티나 티나, 잘 있었어요? 저 화장실 좀 쓰러 왔어요."라고 말한 적도 있었다.

그녀는 곧잘 오빈제네 집에서 점심을 먹었다. 혹은 둘이서 시내에, 오니에카오줄루에 가서 식당의 으슥한 구석에 있는 장의자에 앉아 에나멜 접시에 담긴 가장 부드러운 고기와 가장 맛있는

---

30 나이지리아의 대중교통 중 하나인 오토바이를 말한다.

스튜를 먹곤 했다. 남학생 기숙사의 오빈제 방에서 밤을 보낼 때면 바닥에 놓인 매트리스 위에서 뒹굴뒹굴하며 음악을 듣곤 했다. 때로는 그녀가 속옷 바람으로 엉덩이를 씰룩거리며 춤을 추기도 했는데 그럴 때마다 오빈제는 그녀의 엉덩이가 작다고 놀리곤 했다. "엉덩이 좀 흔들라고 말하려 했는데 이제 보니 흔들 게 없네."

대학교는 고등학교보다 훨씬 넓고 한산해서 숨을 곳이 있었다. 아니, 너무 많았다. 속할 수 있는 무리도 선택하기 어려울 정도로 많았기 때문에 그녀는 전혀 소외감을 느끼지 않았다. 오빈제는 그녀가 벌써부터 얼마나 인기가 많은지 놀려 댔다. 동아리 회원 모집 기간 동안 그녀의 방은 자신의 운을 시험해 보려고 열심인 4학년 남학생들로 북적였다. 그녀의 베개 위에 커다란 오빈제 사진이 걸려 있는데도 상관하지 않았다. 남학생들은 그녀를 즐겁게 했다. 그들은 그녀의 침대에 걸터앉아 진지하게 '캠퍼스를 구경시켜 주겠다'고 제안했고, 그녀는 그들이 옆방의 1학년 여학생에게 똑같은 투로 똑같은 말을 하는 것을 상상했다. 하지만 그중 한 명은 달랐다. 그의 이름은 오데인이었다. 그는 동아리 회원 모집 기간에 온 것이 아니라 그녀의 룸메이트들에게 학생회 얘기를 하러 처음 왔었는데 그 뒤로 종종 그녀를 찾아와서 안부를 묻거나 기름으로 얼룩진 신문지에 싼 매운 수야를 가져오곤 했다. 그가 운동권이라는 사실에 이페멜루는 놀랐지만 ── 그는 학생회 집행부에 있기엔 조금 지나치게 세련되고 멋있어 보였다. ── 다른 한편으로는 깊은 인상을 받았다. 그의 입술은 두껍고 모양이 완벽했으며 아랫입술과 윗입술의 두께가 똑같았다. 지적이면서도 육감적인 입술이었다. 그가 말할 때면 ── "학생들끼리 단합하지 않으면 아무도 우리 얘기에 귀 기울이지 않을 거야."── 이페멜루는 그에게 키스하는 상상을 했다. 사람들이 때때로 자기가 절대 하지 않을 행동을 상상하는 것과 같았다. 그녀가 시위에 참가하고, 같이 하자며 오빈제를 설득한 것도 오데인 때문이었다. 두 사람은 "전기를 달라! 물을 달라!", "부총장은 얼간이다!"를 외쳤고 자신도 모르는 새에 아우성치는 인파에 떠밀려 마침내 부총장의 사택 앞에 이르렀다. 시위대가 화염병을 던지고 차에 불을 지르자 왜소한 체구의 부총장이 경호원들에게 둘러싸인 채 나타나 힘없는 목소리로 말했다.

얼마 후 오빈제의 어머니가 말했다. "학생들의 불만은 이해하지만 그들의 적은 우리 교수들이 아니야. 군부지. 벌써 몇 달째 우리 월급을 안 주고 있어. 당장 집에 먹을 게 없는데 어떻게 학생들을 가르치겠니?" 그로부터 얼마 후 교수들이 파업한다는 소문이 캠퍼스에 퍼졌고 학생들은 기숙사 로비에 모여서 확인된 사실과 확인 안 된 사실을 가지고 옥신각신했다. 소문이 사실이라고 기숙사장이 확인해 주자 그들은 모두 한숨을 내쉬었고, 이 원치 않는 갑작스러운 방학에 대해 생각했으며, 각자 방으로 돌아가서 짐을 쌌다. 기숙사가 다음 날 폐쇄될 예정이었기 때문이다. 그때 이페멜루는 옆에 있는 여학생이 이렇게 말하는 것을 들었다. "난 집에 갈 차비 10코보도 없는데."

파업은 너무 오래 지속됐다. 몇 주라는 시간이 아주 더디게 흘러갔다. 이페멜루는 안절부절못하고 매일 뉴스에 귀 기울이며 파업이 끝났다는 소식이 들리길 바랐다. 오빈제는 라니이누도의 집으로 전화를 했다. 그가 전화하기로 한 시간이 되기 몇 분 전에 이페멜루가 라니이누도네 집에 가서 회색 다이얼식 전화기 옆에 앉아 전화벨이 울리길 기다리는 것이었다. 그녀는 그에게서 격리된 것 같다고 느꼈다. 두 사람이 각각 다른 세계에서 살고 숨 쉬는 듯했다. 그는 은수카에서 지루해하며 축 처져 있었고, 그녀는 라고스에서 지루해하며 축 처져 있었다. 모든 것이 무기력에 빠져 해체되어 버린 것 같았다. 삶은 중간에 멈춰 버린, 따분한 예술 영화가 됐다. 어머니는 소일거리 삼아 교회에서 바느질 수업이라도 듣는 게 어떠냐고 물었고, 아버지는 끝나지 않는 대학교 파업 때문에 젊은이들이 무장 강도가 되는 거라고 말했다. 파업이 전국에서 진행 중이었기 때문에 그녀의 친구들은 다들 집에 와 있었다. 심지어 미국 대학에 다니는 카요데도 연휴를 맞아 집에 와 있었다. 그녀는 친구들을 만나고 파티에 다니며 오빈제가 라고스에 살았다면 얼마나 좋았을까 생각했다. 때로는 오데인이 차로 그녀를 목적지까지 데려다줬다. "네 남자 친구는 운이 좋은 거야." 그가 이렇게 말하면 그녀는 깔깔대고 웃으며 그와 시시덕거렸다. 그녀는 여전히 그에게, 까만 눈동자와 두꺼운 입술을 가진 오데인에게 키스하는 상상을 했다.

오빈제가 라고스에 와서 카요데의 집에 묵은 어느 주말이었다.

"너 그 오데인이라는 녀석이랑 뭐 하는 거야?" 오빈제가 그녀에게 물었다.

"뭐가?"

"카요데가 그러는데, 그 녀석이 오사혼네 파티가 끝난 후에 널 집에 데려다줬다며. 나한테 얘기 안 했잖아."

"잊어버렸어."

"잊어버렸다고?"

"다른 날에 태워다 준 얘기는 했잖아."

"이페멜루, 너 도대체 뭘 하고 돌아다니는 거야?"

그녀는 한숨을 쉬었다. "천장, 아무것도 아니야. 난 그냥 그 선배가 어떤 사람인지 궁금할 뿐이야. 아무 일도 없을 거야. 하지만 궁금하다고. 너도 다른 여자애들이 궁금하지 않아?"

그는 두려움이 가득한 눈으로 그녀를 쳐다봤다. "아니." 그가 차갑게 대답했다. "궁금하지 않아."

"솔직히 말해."

"솔직히 말하는 거야. 네 문제는 모든 사람이 너 같다고 생각하는 거야. 넌 네가 표준이라고 생각하지만 사실은 그렇지 않아."

"무슨 뜻이야?"

"아무것도 아니야. 잊어버려."

그는 더 이상 그 얘기를 하고 싶어 하지 않았지만 둘 사이의 분위기는 냉랭해졌고 며칠 동안, 오빈제가 집에 돌아간 후까지도, 줄곧 그 상태였다. 그래서 파업이 끝나고("교수들이 파업을 중단했대! 하느님, 감사합니다!"라고 어느 날 아침 체타치가 자기 집에서 소리쳤다.) 이페멜루가 은수카로 돌아갔을 때 처음 며칠 동안 그들은 서먹서먹했고, 대화는 살얼음판을 걷는 듯했으며, 포옹하는 시간도 짧았다.

이페멜루는 자신이 얼마나 은수카를 그리워했는가에 놀랐다. 느긋한 속도의 일상, 자정 넘어서까지 자신의 방에 모여 있던 친구들, 얘기하고 또 얘기해도 재밌는 시시한 풍문, 점차적으로 잠에서 깨어나듯 천천히 오르내리던 계단, 매일 아침 하마탄[31] 때문에 새하얘지던 공기. 라고스에서 하마탄은 한 겹의 실안개에 불과했지만 은수카에서는 격렬하고도 변덕스러운 존재였다. 아침에는 상쾌하고, 오후에는 더위로 잿빛이 되었다가도, 밤에는 어떻게 될지 알 수가 없었다. 늘 멀리서 소용돌이치기 시작하는 흙바람은 멀리 있는 동안은 예뻐 보였지만 모든 것을 갈색으로 뒤덮을 때까지 그치지 않았다. 심지어 속눈썹까지도. 그리고 모든 곳에서 게걸스럽게 수분을 빨아들였다. 탁자 상판을 이루는 합판은 장장이 떨어지면서 끝이 말렸고, 공책의 책장은 바스락거렸고, 빨래는 널면 몇 분 만에 바짝 말랐고, 입술은 갈라져서 피가 났고, 롭 크림과 멘소래담 로션은 손을 뻗으면 닿는 곳, 즉 주머니나 핸드백 속에 넣어 둬야 했다. 바셀린을 바르면 피부를 반들거리게 유지할 수 있었지만 깜빡하고 안 바른 부분 — 손가락 사이나 팔꿈치 같은 곳 — 은 탁한 잿빛으로 변했다. 잎이 다 떨어져 앙상해진 나뭇가지는 일종의 장엄한 적막감을 띠었다. 교회 바자회가 끝나고 나면 대량 조리로 인한 매캐한 냄새가 공중에 남았다. 어떤 날 밤에는 뜨거운 열기가 수건처럼 두껍게 내려앉았고, 어떤 날 밤에는 살을 에는 찬 바람이 내려왔다. 그럴 때면 이페멜루는 기숙사 방을 버리고 오빈제 곁으로 파고들어 매트리스 위에 누운 채 갑자기 연약하고 부서지기 쉬워진 듯한 바깥 세상에서 카수아리나 나무들이 울부짖는 소리에 귀 기울였다.

---

31 주로 겨울철에 사하라 사막 남부에서 불어오는, 건조한 모래바람.

오빈제는 근육통을 앓고 있었다. 그래서 엎드려 누운 그의 위에 이페멜루가 올라앉아서 손가락과 손마디와 팔꿈치로 등과 목과 넓적다리를 문질러 주었다. 오빈제의 몸이 너무 딱딱해서 손이 아팠다. 그녀는 일어나서 한 발을 조심조심 그의 넓적다리 위에 놓은 다음, 나머지 한 발도 마저 올렸다. "괜찮아?"

"응." 그는 아프지만 시원하다는 듯한 신음 소리를 냈다. 천천히 누르는 그녀의 발바닥 밑으로 따뜻한 그의 피부가 느껴졌고 긴장했던 근육이 풀리고 있음을 알 수 있었다. 그녀가 한 손으로 벽을 짚어 균형을 잡고 조금씩 옆으로 움직이며 뒤꿈치를 더 깊숙이 누르자 오빈제가 끙끙거렸다. "아! 이페멜루, 그래, 바로 거기야. 아!"

"탁구 친 다음에는 스트레칭을 해야지, 이 아저씨야." 그녀가 말했다. 그러고는 오빈제 위에 엎드려서 그의 겨드랑이를 간질이고 목에 입을 맞췄다.

"내가 더 좋은 마사지를 아는데." 그가 말했다. 그리고 그녀의 옷을 벗기기 시작하는데 오늘은 평소와 달리 속옷에서 멈추지 않았다. 그는 그녀의 팬티를 끌어 내렸고, 그녀는 그를 도와주기 위해 다리를 들어 올렸다.

"천장." 그녀가 확신 없는 목소리로 말했다. 그가 멈추길 바라는 건 아니었지만 이것과는 다를 거라고, 세심하게 계획해서 의식을 치를 거라고 생각했었기 때문이다.

"밖에다 할게." 그가 말했다.

"그건 실패할 수도 있다는 거 너도 알잖아."

"잘못되면 우리의 2세를 환영하는 거지 뭐."

"헛소리 마."

그가 고개를 들었다. "하지만 이페멜루, 우린 어차피 결혼할 거 잖아."

"잘났어 정말. 내가 잘생긴 부자를 만나서 널 버릴지도 몰라."

"말도 안 돼. 우린 졸업하면 미국으로 가서 예쁜 자식들을 낳아 키울 거야."

"지금은 아무 말이나 하겠지. 네 뇌가 네 다리 사이에 있으니까."

"내 뇌는 늘 거기 있는걸!"

두 사람은 웃었다. 웃음이 잦아들자 어색한 진지함, 그리고 미끄러운 결합이 이어졌다. 이페멜루에게 그것은 상상했던 것의 흐릿한 복사본, 조악한 모조품처럼 느껴졌다. 그가 몸을 빼고 나서 용두질을 하고 긴 숨을 내쉬고 가만히 누워 있자 불편함이 그녀를 괴롭혔다. 그녀는 행위 내내 긴장했고 편안하게 있을 수가 없었다. 오빈제의 어머니가 그들을 지켜보고 있다는 상상이 자꾸 들었기 때문이다. 그 영상은 그녀의 머릿속을 비집고 들어왔는데 더 이상했던 건 그것이 두 개의 이미지, 그의 어머니와 오니에카 오느웨누가 함께 눈도 깜빡이지 않은 채 그들을 쳐다보는 영상이라는 사실이었다. 그녀는 방금 일어난 일을 절대 오빈제의 어머니에게 말할 수 없음을 알았다. 비록 그러겠노라고 약속했고 그때는 정말 그럴 거라고 믿었지만 말이다. 하지만 지금은 설사 말한다 해도 어떻게 말해야 할지 알 수가 없었다. 도대체 뭐라고 말해야 할까? 어떤 단어를 사용할 것인가? 오빈제의 어머니가 자세한 내용을 알고 싶어 할까? 그녀와 오빈제는 계획을 잘 짰어야 했다.

그랬다면 그의 어머니에게 어떻게 말해야 할지 알았을 것이다. 그 일을 무계획하게 치른 탓에 그녀는 약간 겁먹고 실망했다. 결국은 그럴 만한 가치가 없었던 짓인 것만 같았다.

그로부터 일주일쯤 후 그녀는 통증과 함께 잠에서 깼다. 옆구리를 날카로운 것으로 찌르는 듯한 통증이 느껴졌고 욕지기가 온몸으로 퍼져 나갔다. 그녀는 공포에 휩싸였다. 토악질을 하고 나자 공포는 더욱 커졌다.

"일이 터졌어." 그녀가 오빈제에게 말했다. "나 임신했어." 그들은 평소처럼 아침 수업 후에 엑포 식당 앞에서 만나서 서 있었다. 학생들이 이쪽저쪽으로 우르르 몰려다녔다. 근처에서 담배를 피우던 남학생 무리가 웃음을 터뜨리자, 순간 이페멜루는 그들이 꼭 자길 보고 웃는 것 같다고 느꼈다.

오빈제가 눈썹을 찌푸렸다. 그는 그녀가 하는 말을 이해하지 못하는 것 같았다. "하지만 이페멜루, 그럴 리 없어. 아직 너무 이르잖아. 게다가 난 밖에다 했다고."

"그건 효과 없다고 내가 그랬잖아!" 그녀가 말했다. 그가 갑자기 어린애처럼 보였다. 혼란에 빠진 꼬마가 어쩔 줄 모르겠다는 얼굴로 그녀를 쳐다보고 있었다. 그녀의 공포심이 한층 더 커졌다. 그녀는 지나가던 **오카다**를 충동적으로 불러 세운 다음, 뒤에 펄쩍 올라타고는 기사에게 시내로 데려다 달라고 말했다.

"이페멜루, 뭐 하는 거야?" 오빈제가 물었다. "어디 가는 거야?"

"우주 고모한테 전화하러." 그녀가 말했다.

오빈제는 다음 **오카다**를 타고 곧 그녀 뒤를 따라왔다. 교문을 지나 전화국에 도착하자 이페멜루는 카운터의 남자에게 우주 고모의 미국 집 전화번호가 적힌 종이쪽지를 건네주었다. 고모와 통화하는 동안 그녀는 암호로 말했다. 얘기를 하면서 그때그때 지어 냈다. 그곳에 서 있는 사람들이, 일부는 자기 차례를 기다리는 이들이었고 일부는 그냥 얼쩡대는 사람들이었지만, 하나같이 뻔뻔스럽게 대놓고 다른 사람들의 대화를 엿듣고 있었기 때문이다.

"고모, 디케 낳기 전에 고모한테 있었던 일이 나한테도 생긴 것 같아." 이페멜루가 말했다. "우리가 일주일 전에 그 음식을 먹었거든."

"지난주에 그랬다고? 몇 번이나?"

"한 번."

"이페멜루, 진정해. 네가 임신을 했을 것 같진 않아. 하지만 검사는 해 봐야 돼. 학교 보건소에는 가지 마. 아무도 널 모르는 동네로 가. 하지만 먼저 진정부터 해. 아무 일 없을 거야, 이누고?"

그날 오후 이페멜루는 검사소 대기실의 낡아 빠진 의자에 앉아 말없이 쌀쌀맞게 오빈제를 외면하고 있었다. 그녀는 그에게 화가 나 있었다. 부당하다는 건 알았지만 그래도 그에게 화가 났다. 그녀가 검사소 여직원이 준 작은 용기를 들고 더러운 화장실로 들어가려 할 때 그가 자리에서 일어나며 "따라가 줄까?"라고 물었지만 그녀는 "따라와서 뭐 하게?"라며 쏘아붙였다. 그녀는 직원의 따귀를 후려치고 싶었다. 얼굴이 노란 그 껑다리는 이페멜루가 처음 검사소에 들어와서 "임신 검사요."라고 말했을 때 또 다른 방종의 사례를 접하게 된 걸 믿을 수 없다는 듯 코웃음을 치며 고개를 내둘렀다. 그리고 지금은 히죽거리는 얼굴로 태평하게 콧노래를 부르며 그들을 쳐다보고 있었다.

"결과 나왔어요." 잠시 후 직원이 밀봉도 안 된 종이를 들고 말했다. 결과가 음성이라 실망한 표정이었다. 이페멜루는 처음엔 너무 놀라 멍하니 있다가 막상 실감이 되자 또다시 소변을 누러 가야 했다.

"골칫거리를 피하고 싶다면 다들 자신을 소중히 하고 기독교인처럼 살아야 해요." 그들이 검사소를 나올 때 직원이 말했다.

그날 저녁 이페멜루는 또 토했다. 여전히 오빈제에게 쌀쌀맞게 굴며 그의 방에 누워서 책을 읽고 있는데 갑자기 짭조름한 침이 입안 가득 고여 와서 자리에서 벌떡 일어나 화장실로 달려갔다.

"내가 뭘 잘못 먹었나 봐." 그녀가 말했다. "마마 오웨레에서 산 참마 수프인가?"

오빈제가 본채에 갔다 돌아오더니 어머니가 그녀를 병원에 데려다줄 거라고 말했다. 병원에 저녁 당직 의사가 나와 있을 늦은 시간이었는데 오빈제의 어머니는 그 젊은 의사가 마음에 들지 않는다며 이페멜루를 아추푸시 박사의 집으로 데려갔다. 그들이 잘 다듬은 카수아리나 나무 산울타리로 둘러싸인 초등학교를 지날 때 이페멜루는 문득 자기가 사실은 임신을 했고, 그 우중충한 검사소 직원이 사용 기한이 만료된 시약을 썼던 거라는 상상을 했다. 그리고 불쑥 내뱉었다. "우리 섹스 했어요, 아주머니. 한 번요." 오빈제가 긴장하는 것이 느껴졌다. 그의 어머니가 백미러로 그녀를 쳐다봤다. "우선 진찰부터 받자꾸나." 그녀가 말했다. 친절하고 상냥한 아추푸시 박사가 이페멜루의 옆구리를 꾹꾹 눌러 보더니 단언했다. "맹장에 염증이 심각하구나. 빨리 잘라 내야겠다." 그가 오빈제의 어머니를 향해 말했다. "내일 오후에 수술 잡을 수 있어요."

"감사합니다, 선생님." 오빈제의 어머니가 말했다.

돌아오는 차 안에서 이페멜루가 말했다. "저 한 번도 수술받아 본 적 없어요, 아주머니."

"별거 아니야." 오빈제의 어머니가 재빨리 말했다. "여기 의사들은 아주 실력이 좋단다. 부모님한테 전화해서 걱정하실 것 없다고 말씀드려. 우리가 널 돌봐 주마. 퇴원하고 나면 회복될 때까지 우리 집에 있으렴."

이페멜루는 어머니의 동료인 분미 아줌마에게 전화해서 메시지와 오빈제의 집 전화번호를 불러 주면서 어머니한테 전해 달라고 했다. 그날 저녁 어머니에게서 전화가 왔다. 숨 가쁜 목소리였다.

"하느님이 널 돌봐 주실 거야, 우리 아가." 어머니가 말했다. "네 친구가 있어서 천만다행이구나. 걔네 엄마가 아주 훌륭한 딸을 두셨어."

"남자애야, 엄마."

"아." 어머니가 잠시 말을 멈췄다. "나 대신 고맙다고 해. 하느님이 축복하실 거다. 아빠랑 내일 아침 첫차 타고 은수카로 갈게."

이페멜루는 간호사가 흥겹게 자신의 음모를 깎던 것, 거칠게 긁어 대던 면도날, 소독약 냄새를 기억했다. 그 뒤로는 백지였다. 기억이 삭제된 것만 같았다. 그리고 거기서 깨어났을 때, 정신이 혼미하고 아직 기억의 끝자락에서 오락가락하고 있을 때, 부모님이 오빈제의 어머니에게 얘기하는 소리가 들렸다. 어머니가 오빈제 어머니의 손을 잡고 있었다. 나중에 오빈제의 어머니는 그들에게 자기 집에 머물라고, 괜히 호텔에서 돈 낭비할 필요 없다고 말하게 될 것이다. "저한테 이페멜루는 친딸이나 다름없어요." 그녀가 말했다.

라고스로 돌아가기 전, 이페멜루의 아버지는 고등 교육을 받은 사람을 만날 때마다 보이는, 경외심에 차고 위축된 태도로 말했다. "오빈제의 어머니는 런던의 대학교에서 우등 졸업을 했다더라." 그리고 어머니는 이렇게 말했다. "그 오빈제라는 아이, 아주 공손하더구나. 가정 교육을 잘 받았어. 고향도 우리 고향이랑 멀지 않더라."

오빈제의 어머니는 며칠을, 아마 이페멜루가 기력을 회복할 때까지 기다렸다가 두 사람을 부르더니 텔레비전을 끄고 자리에 앉으라고 했다.

"오빈제, 이페멜루. 사람은 누구나 실수를 해. 하지만 어떤 실수는 피할 수가 있단다."

오빈제는 아무 말이 없었고 이페멜루는 "네, 아주머니."라고 대답했다.

"항상 콘돔을 써야 해. 무책임하게 굴고 싶다면 내 품을 벗어날 때까지 기다려라." 그녀의 말투는 딱딱했고 비난하는 기색을 띠었다. "너희들이 성생활을 하기로 선택했다면 자신을 보호하는 것도 선택해야 해. 오빈제, 너는 네 용돈으로 콘돔을 사도록 해라. 이페멜루, 너도 마찬가지. 네가 창피한 건 내 알 바 아니야. 넌 약국에 들어가서 콘돔을 사야 해. 자신을 지키는 일을 남자애한테 맡겨 둬선 절대 안 된다. 콘돔을 사용하고 싶어 하지 않는 남자는 너를 배려하지 않는 사람이니 잠자리를 해선 안 돼. 오빈제, 임신하는 쪽은 네가 아니겠지만 만약 그런 일이 일어난다면 네 인생이 송두리째 바뀔 거고 다시는 돌이킬 수 없어. 그리고 부탁하는데, 너희끼리만 잠자리를 하도록 해라. 언제 어디서 병을 옮을지 모르니까. 에이즈는 현실이야."

그들은 말이 없었다.

"내 말 들었니?" 오빈제의 어머니가 물었다.

"네, 아주머니." 이페멜루가 말했다.

"오빈제?" 그의 어머니가 불렀다.

"똑똑히 들었어, 엄마." 오빈제는 이렇게 말하더니 날카롭게 덧붙였다. "난 어린애가 아니야!" 그러고는 자리에서 벌떡 일어나 젠체하며 방을 나갔다.

8

파업은 이제 흔한 일이 되었다. 대학 교수들은 자식을 외국에 유학 보낸 정부 인사들에 의해 휴지 조각이 된 합의문과 자신들의 불만을 줄줄이 신문에 실었다. 캠퍼스는 텅 비었고, 강의실에는 쥐 새끼 한 마리 없었다. 학생들은 파업이 금방 끝나기만 바랐다. 아예 사라지는 건 기대할 수 없었기 때문이다. 다들 외국으로 떠나는 애기를 했다. 심지어 에메니케도 영국으로 떠나 버렸다. 그가 어떻게 비자를 받았는지는 아무도 몰랐다. "너한테도 말 안 했단 말이야?" 이페멜루가 오빈제에게 묻자 그가 답했다. "너도 에메니케가 어떤지 알잖아." 사촌이 미국에 사는 라니이누도는 비자 신청을 했지만 대사관의 흑인 미국인 직원에게 발급 거부를 당했다. 그녀의 말에 따르면, 감기에 걸린 그 직원은 그녀의 서류를 들여다보는 것보다 자기 코를 푸는 데 더 관심이 많았다고 했다. 이비나보 자매는 금요일마다 학생 비자 기적 철야 기도회를 열기 시작했다. 젊은이들이 각자 비자 신청서를 넣은 봉투를 내밀면 이비나보 자매가 거기에 손을 얹고 축복해 주는 것이었다. 이페 대학교 4학년에 재학 중인 한 여학생은 미국 비자를 한 번에 받고는 교회에서 흥분해 눈물을 흘리며 간증했다. "미국에서 처음부터 다시 시작해야 되긴 하지만 적어도 언제 졸업할지는 알잖아요." 그녀가 말했다.

어느 날 우주 고모가 전화를 했다. 그녀는 이제 예전처럼 자주 전화하지 않았다. 전에는 이페멜루가 라고스에 있을 때는 라니 이누도네 집으로 전화를 했고, 학교에 있을 때는 오빈제네 집으로 전화를 했다. 하지만 지금은 전화가 끊긴 지 오래였다. 아직 미국 의사 면허를 받지 못해 직장을 세 군데나 다니고 있었기 때문이다. 그녀는 자기가 치러야 할 시험들과 여러 가지를 의미하는 여러 가지 단계에 대해 말했지만 온통 이페멜루가 알아들을 수 없는 얘기뿐이었다. 어머니가 우주 고모에게 미제 물건 — 종합 비타민이나 신발 같은 — 을 보내 달라고 부탁하려 할 때마다 아버지는 안 된다고, 우주가 자립부터 하도록 놔둬야 한다고 말했다. 그러면 어머니는 음흉한 미소를 지으며 사 년이면 자립하기에 충분한 시간이라고 말하곤 했다.

"이페멜루, **케두**?" 우주 고모가 물었다. "네가 은수카에 있을 줄 알았어. 방금 오빈제네 집에 전화했었거든."

"지금 학교가 파업 중이야."

"저런 저런! 파업이 아직도 안 끝났니?"

"아니, 지난번 파업이 끝나서 학교로 돌아갔었는데 또 시작된 거지."

"이게 무슨 말도 안 되는 일이라니?" 우주 고모가 말했다. "솔직히 너는 여기 와서 공부해야 돼. 너라면 장학금을 쉽게 받을 수 있을 테니까. 그러면 네가 디케도 좀 봐 줄 수 있잖니. 농담이 아니라 내가 버는 쥐꼬리만 한 월급이 전부 보모한테 간다니까. 그리고 아마 네가 여기 올 때쯤이면 내가 시험을 모두 통과해서 전공의가 돼 있을 거야." 우주 고모의 말은 열정적이었지만 모호했다. 그 말을 실제로 입 밖에 내기 전까진 깊게 생각해 보지 않은 듯했다.

오빈제가 아니었다면 이 얘기는 형태 없이 둥둥 떠다니다가 다시 가라앉은 생각에 그쳤을 것이다. "지원해, 이페멜루." 그가 말했다. "손해 볼 거 없잖아. 그러니까 SAT도 치고, 장학금도 신청해. 학교에 원서 내는 건 기니카가 도와줄 거야. 우주 고모가 있으니까 너는 시작할 기반이 있는 거잖아. 나도 하고 싶지만 지금 당장은 갈 수가 없어. 학부를 여기서 마치고 미국 대학원에 진학하는 편이 나아. 외국인 학생은 학비 원조를 받을 수 있거든."

이페멜루는 그게 다 무슨 소리인지 완전히 이해하진 못했지만 '졸업 후 학교' 대신 "대학원"이라고 그렇게 쉽게 말하는 미국 전문가 오빈제의 말이라 진짜처럼 들렸다. 그래서 그녀는 꿈을 꾸기 시작했다. 「코스비 가족」에 나오는 집에 사는 자신도 보였고, 학생들이 신기하게 해지지도 구겨지지도 않은 공책을 들고 다니는 학교에 있는 자신도 보였다. 그녀는 다들 자기만의 아메리칸드림으로 머릿속이 가득 찬 수천 명이 바글대는 라고스 시험장에서 SAT도 치렀다. 미국에서 막 전문대를 졸업하고 이페멜루 대신 학교에 원서를 넣어 준 기니카가 전화해서 "내가 여기 학교를 나와서 필라델피아 쪽에 중점적으로 원서를 넣고 있어."라고 말했다. 마치 이페멜루가 필라델피아가 어디 붙어 있는지 안다는 듯이. 그녀에게 미국은 그냥 미국이었다.

파업이 끝났다. 이페멜루는 은수카로 돌아가서 캠퍼스 생활에 다시 적응했고 때때로 미국에 대한 꿈을 꿨다. 하지만 우주 고모가 합격 통지서와 장학금 제안서가 왔다고 전화했을 때 그녀는 꿈꾸는 것을 그만두었다. 막상 가능성이 보이자 희망을 품기가 두려워졌던 것이다.

"오랫동안 풀리지 않도록 아주아주 가늘게 땋아 달라고 해. 여기는 미용실이 굉장히 비싸." 우주 고모가 말했다.

"고모, 일단 비자부터 받고!" 이페멜루가 말했다.

그녀는 비자를 신청하면서 무례한 미국인 직원이 발급을 거부할 거라 확신했다. 실제로 빈번히 일어나는 일이었기 때문이다. 하지만 옷깃에 빈켄티우스[32] 핀을 꽂은 반백의 여인은 그녀에게 미소 지으며 "이틀 후에 비자를 찾으러 오세요. 학교생활 잘하시길 빌게요."라고 말했다.

두 번째 장에 엷은 색 비자가 붙어 있는 여권을 찾아온 날 오후, 그녀는 새로운 삶의 시작을 알리는 승리의 의식을 치렀다. 친구들에게 자신의 물건을 나눠 줬던 것이다. 라니이누도, 프리예, 토치가 그녀의 방에서 콜라를 마시고 있었고 그녀의 옷이 침대 위에 쌓여 있었다. 그들 모두가 처음으로 손을 뻗은 것은 이페멜루가 제일 좋아하는, 우주 고모가 선물한 주황색 원피스였다. 지퍼가 목둘레부터 밑단까지 이어진 그 A라인 플레어스커트를 입으면

---

32 1581~1660. 프랑스의 성인. 빈민 구제에 힘쓰는 선교 수도회 라자로회와 애덕회의 창설자.

늘 자신이 매력적인 동시에 위험한 여자가 된 듯한 기분이 들었다. 내 일을 쉽게 만들어 주는 옷이야, 하고 말한 뒤에 오빈제는 천천히 지퍼를 내리곤 했다. 그녀는 그 옷을 간직하고 싶었지만 라니이누도가 말했다. "이페멜루, 넌 미국에 가면 갖고 싶은 원피스 얼마든지 가질 수 있잖아. 다음번에 우리가 만날 때에는 넌 심각한 아메리카나가 되어 있을 거야."

어머니는 꿈에 예수님이 나와서 이페멜루가 미국에서 성공할 거라고 말했다고 했다. 아버지는 그녀의 손에 얇은 봉투를 쥐여 주며 "많이 못 줘서 미안하구나."라고 말했는데 틀림없이 빌린 돈이라는 사실을 깨닫자 슬퍼졌다. 사람들의 열렬한 호응을 마주하니 갑자기 힘이 빠지고 겁이 났다.

"그냥 미국 가지 말고 여기서 학위 마칠까 봐." 그녀가 오빈제에게 말했다.

"이페멜루, 안 돼, 넌 가야 해. 게다가 넌 지리학을 좋아하지도 않잖아. 미국에 가면 다른 걸 공부할 수 있어."

"하지만 전액 장학금이 아니잖아. 나머지 돈을 어디서 구해? 학생 비자라 일할 수도 없는데."

"근로 장학생으로 일하면 되잖아. 방법이 있을 거야. 75퍼센트 장학금도 대단한 거야."

그녀는 그의 믿음에 설득되어 고개를 끄덕였다. 그리고 작별 인사를 하러 그의 어머니를 찾아갔다.

"나이지리아가 인재들을 밖으로 내모는구나." 오빈제의 어머니가 체념한 듯 말하며 그녀를 안아 주었다.

"아주머니, 보고 싶을 거예요. 그동안 정말 감사했어요."

"건강해라. 공부도 잘하고. 편지 써. 꼭 연락해야 한다."

이페멜루는 눈물이 그렁그렁한 채 고개를 끄덕였다. 그녀가 떠날 때, 현관문에 쳐진 커튼을 미리부터 열며 오빈제의 어머니가 말했다. "너랑 오빈제의 미래 계획을 세우도록 해. 꼭 계획을 세워야 한다." 완전히 예상 밖이었지만 정말 옳았던 그녀의 말이 이페멜루의 사기를 북돋아 주었다. 그 결과 그들이 세운 계획은 이거였다. 오빈제가 졸업 즉시 미국으로 오는 것. 그는 비자를 발급받을 방법을 찾아낼 것이었다. 어쩌면 그때쯤엔 이페멜루가 비자 발급을 도울 수 있을지도 몰랐다.

훗날, 오빈제와 연락이 끊긴 후에도, 이페멜루는 때때로 그의 어머니의 말 ── 너랑 오빈제의 미래 계획을 세우도록 해. ── 을 떠올리며 위안을 얻곤 했다.

9

마리아마는 중국 식당에서 기름으로 얼룩진 종이봉투를 가지고 돌아오면서 기름내와 향신료 냄새를 텁텁한 미용실 안으로 끌고 들어왔다.

"영화 끝났어?" 그녀가 텔레비전의 하얀 화면을 흘끗 보더니 다른 영화를 고르려고 DVD 더미를 훑기 시작했다.

"실례해요, 먹으려요." 아이샤가 이페멜루에게 말했다. 그녀는 뒤쪽 의자에 걸터앉아 시선은 텔레비전 화면에 고정한 채 닭 날개를 손으로 들고 먹었다. 새 영화 앞에는 예고편이 붙어 있었다. 들쭉날쭉 편집된 장면들이 나오다가 화면이 번쩍이면 다음 예고편으로 넘어갔다. 예고편 하나가 끝날 때마다 나이지리아 남자의 극적인 목소리가 "지금 즉시 구입하세요!"라고 크게 외쳤다. 마리아마가 계속 음식을 먹으면서 일어서더니 할리마에게 뭐라고 말했다.

"나 끝나고 나서 먹어." 할리마가 영어로 대답했다.

"식사부터 하고 나서 해도 돼요." 할리마의 손님인, 목소리 톤이 높고 태도가 상냥한 젊은 여자가 말했다.

"아니요, 나 끝내요. 약간만 더요." 할리마가 말했다. 손님 머리는 앞쪽에 한 움큼 정도만 남았는데 이 부분은 마치 동물 털처럼 뻣뻣하게 선 반면, 나머지 부분은 아주 가늘게 땋아서 깔끔하게 아래로 늘어뜨려져 있었다.

"애들 데리러 가기 전까지 아직 한 시간 있어요." 손님이 말했다.

"애들 몇 명이에요?" 할리마가 물었다.

"둘요." 손님이 대답했다. 그녀는 열일곱 살 정도 돼 보였다. "예쁜 공주님 둘이죠."

텔레비전에서는 새 영화가 나오고 있었다. 씩 웃는 중년 여배우의 얼굴이 화면을 가득 채웠다.

"어어, 그래! 나 저 여자 좋아!" 할리마가 말했다. "참아! 그 여자는 헛소리를 받아 주지 않는다고!"

"저 여자 아세요?" 마리아마가 텔레비전을 가리키며 이페멜루에게 물었다.

"아뇨." 이페멜루가 대답했다. 왜 그들은 끈질기게 그녀한테 날리우드 배우를 아냐고 묻는 것일까? 미용실 전체에서 음식 냄새가 너무 심하게 났다. 그 때문에 안 그래도 텁텁하던 공기에서 기름내까지 풍기게 됐지만 이페멜루는 약간 배가 고파졌다. 그녀는 당근을 꺼내서 조금 먹었다. 할리마의 손님이 거울 앞에서 고개를 이리저리 돌려 보더니 말했다. "정말 고마워요, 예쁘네요!"

그녀가 떠난 뒤에 마리아마가 말했다. "저렇게 어린 애가 벌써 자식이 둘이나 있다니."

"아아아, 여기 사람들은 참." 할리마가 말했다. "여자애가 열세 살만 돼도 모르는 체위가 없다니까. 아프리크[33]에서는 있을 수 없는 일이지!"

"암 암!" 마리아마가 수긍했다.

그들은 동의와 찬성을 구하는 표정으로 이페멜루를 쳐다봤다. 하지만 아프리카인들끼리만 있는 이 공간에서 응당 그들이 기대한 반응과 달리 이페멜루는 아무 말 없이 읽던 책의 책장만 넘겼다. 자기가 가고 나면 그들이 험담을 할 거라고 확신했다. 그 나이지리아 여자는 프린스턴 다닌다고 자기가 되게 대단한 인물인 줄 아나 봐. 그 무슨 '곡물 바'라는 것도 봐. 더 이상 진짜 음식도 안 먹는 거야. 그들은 그녀를 비웃겠지만 약간만 비웃을 것이다. 그녀는 잠시 길을 잃었을 뿐, 여전히 그들의 아프리카인 자매였기 때문이다. 할리마가 플라스틱 용기를 열자 새로운 기름내가 미용실 안을 가득 메웠다. 그녀는 음식을 먹으면서 텔레비전을 향해 말했다. "아유, 멍청한 인간 같으니! 그 여자가 당신 돈을 뺏어 갈 거라고!"

이페멜루는 목에 달라붙은 머리카락 몇 가닥을 손으로 떨어냈다. 실내가 열기로 절절 끓었다. "문 좀 열어 두면 안 될까요?" 그녀가 물었다.

마리아마가 문을 열더니 의자로 받쳤다. "더위가 정말 심하네요."

폭염이 찾아올 때마다 이페멜루는 미국에서의 첫 여름, 자신

---

33 프랑스어로 아프리카를 뜻한다.

이 미국에 도착했던 여름을 떠올렸다. 그때 미국의 계절이 여름이리라는 건 알고 있었지만 그녀는 평생 동안 '해외'를, 털외투를 입어야 하고 눈이 내리는 추운 곳으로 생각했었고 미국 역시 '해외'였으므로 그녀의 환상은 이성으로 떨쳐 낼 수 없을 만큼 강했다. 결국 그녀는 미국 여행에 대비해 테주오쇼 시장에 가서 가장 두꺼운 스웨터를 샀다. 출발하기 전에 그것을 입고 왱왱거리는 비행기 안에서는 지퍼를 끝까지 올리고 있다가 우주 고모와 공항 청사를 나올 때는 지퍼를 내렸다. 무더위만큼이나 그녀를 놀라게 한 것은, 옆에는 커다란 녹슨 자국이 있고 좌석 시트가 해어져 벗어진, 우주 고모의 낡은 토요타 해치백이었다. 건물과 자동차와 간판을 보니 모두가 무광, 실망스러우리만치 무광이었다. 그녀의 상상 속 미국 풍경에서는 지극히 일상적인 것도 모두 반짝이는 광택을 띠었는데 말이다. 그녀는 무엇보다도, 야구 모자를 쓴 십 대 소년이 벽돌담 앞에 서서 고개를 숙이고 몸을 앞으로 기울인 채 양손을 다리 사이에 넣고 있는 모습에 충격을 받았다. 그녀는 다시 한번 보기 위해 뒤돌아보기까지 했다.

"저 남자애 좀 봐!" 그녀가 말했다. "미국에서 사람들이 저런 짓을 하는 줄은 몰랐어."

"미국 사람들이 오줌을 누는 줄 몰랐다고?" 우주 고모가 그 남자애를 곁눈질하는 둥 마는 둥 하고 다시 신호등으로 시선을 돌리며 말했다.

"아니 아니, 고모! 내 말은, 밖에서 누는 줄 몰랐다고. 저렇게 말이야."

"밖에서 안 눠. 누구나 다 길에서 누는 나이지리아하곤 달라.

쟤는 노상 방뇨죄로 체포될 수도 있어. 하지만 여긴 어차피 좋은 동네가 아니니까." 우주 고모가 짤막하게 대답했다. 그녀는 뭔가 달라져 있었다. 이 사실을 이페멜루는 공항에서 곧바로 눈치챘다. 고모의 거칠게 땋은 머리, 귀걸이가 하나도 없는 귀, 몇 년이 아니라 몇 주 만에 보는 사이처럼 짧고 가벼웠던 포옹을.

"원래 지금은 공부하고 있어야 할 시간이야." 우주 고모가 시선을 길에서 떼지 않은 채 말했다. "너도 알다시피 곧 시험이잖아."

이페멜루는 고모가 치러야 할 시험이 또 있는지 몰랐다. 시험 결과만 기다리고 있는 줄 알았다. 하지만 그녀는 "응, 알아."라고 말했다.

두 사람 사이에 무거운 침묵이 감돌았다. 이페멜루는 사과를 해야 할 것 같다고 느꼈지만 무엇에 대해 사과해야 할지 알 수가 없었다. 어쩌면 우주 고모는 자신의 덜덜거리는 차에 탄 이페멜루의 존재 자체를 유감스럽게 생각하는지도 몰랐다.

그때 고모의 휴대 전화가 울렸다. "네, 유주입니다." 그녀는 '우주'라고 하는 대신 "유주"라고 발음했다.

"지금은 고모 이름을 그렇게 발음해?" 통화가 끝난 후에 이페멜루가 물었다.

"사람들이 그렇게 불러."

이페멜루는 "하지만 그건 고모 이름이 아니잖아."라는 말을 목구멍으로 삼키고 그 대신 이보어로 "미국이 이렇게 더울 줄 몰랐어."라고 말했다.

"지금 폭염이라서 그래. 올여름 첫 더위지." 우주 고모는 마치 이페멜루가 폭염이 뭔지 당연히 안다는 듯 그렇게 말했다. 이페멜루는 이제껏 더위가 그렇게 뜨겁다고 느껴 본 적이 없었다. 하지만 이곳의 더위는 온몸을 감싸는, 무자비한 더위였다. 고모의 방 하나짜리 아파트에 도착했을 때 잡은 금속 문손잡이가 서늘하지가 않았다. 문을 열고 안으로 들어가자 디케가 장난감 자동차와 인형으로 어질러진 거실 카펫에서 벌떡 일어나더니 이페멜루를 기억한다는 듯 와서 껴안았다. "앨마, 우리 육촌 누나야!" 그가 보모에게 말했다. 보모는 하얗고 피곤해 보이는 얼굴을 한 여자로, 떡 진 까만머리를 하나로 질끈 묶고 있었다. 라고스에서 만났다면 이페멜루는 그녀를 백인으로 생각했겠지만 훗날 앨마가 히스패닉임을 알게 될것이다. 그것은 미국식 분류인데, 헷갈리게도 민족과 인종을 동시에 가리키는 말이다. 이페멜루는 수년 후 "비미국인 흑인을 위한 미국 안내서: 히스패닉의 의미"라는 블로그 포스트를 쓸 때 앨마를 떠올리게 될 것이다.

히스패닉은 인종별 가난 순위에서 미국인 흑인들의 빈번한 동반자를 가리킨다. 히스패닉은 미국의 인종 층위에서 미국인 흑인보다 약간 위쪽의 무리를 가리킨다. 히스패닉은 페루에서 온 초콜릿색 피부의 여자를 가리킨다. 히스패닉은 멕시코 원주민을 가리킨다. 히스패닉은 도미니카 공화국에서 온, 혼혈처럼 생긴 사람들을 가리킨다. 히스패닉은 푸에르토리코에서 온, 피부색이 좀 더 하얀 사람들을 가리킨다. 히스패닉은 아르헨티나에서 온, 금발에 푸른 눈의 남자를 가리키기도 한다. 즉 에스파냐어가 모국어지만 에스파냐 출신이 아닌 사람, 그것이 바로 히스패닉이라 불리는 인종이다.

하지만 그날 오후에 이페멜루는 앨마도, 소파 하나랑 텔레비전밖에 없는 거실도, 한구석에 세워진 자전거도 제대로 보지 못했다. 디케에게 정신이 온통 팔려 있었기 때문이다. 우주 고모가 라고스를 급히 떠나던 날 마지막으로 봤을 때만 해도 디케는 방금 자신의 삶에 일어난 엄청난 변화를 안다는 듯 공항에서 끝없이 울어 대던 한 살배기였지만 지금 눈앞에 있는 그는 흠 없는 미국식 악센트로 말하고 과한 행복감에 들뜬 초등학교 1학년생이었다. 절대 가만있지 않고, 절대 슬퍼 보이지 않는 유의 아이.

"왜 스웨터 입고 있어? 스웨터 입기엔 너무 더워!" 그는 시간이 한참 지났는데도 계속 이페멜루에게 매달린 채 깔깔대며 말했다. 그녀도 웃었다. 그는 정말 작고 순수했지만 왠지 모를 조숙함, 하지만 밝은 조숙함이 있었다. 자기 세계 안의 어른들에 대해 어두운 마음을 품고 있지 않았다. 그날 밤 우주 고모와 디케가 침대에 눕고 이페멜루가 바닥에 담요를 깔고 누운 뒤에 그는 마치 이페멜루의 기분을 안다는 듯 "왜 누나는 바닥에서 자, 엄마? 침대에서 같이 자도 되는데."라고 말했다. 그런 잠자리 배정이 잘못된 건 아니었지만 — 어차피 시골 할머니 댁에 갔을 때는 바닥에 깔개를 깔고 잤으므로 — 마침내 도착한 미국에서, 그 찬란한 나라 미국에서, 바닥에서 자게 될 줄은 이페멜루도 몰랐다.

"난 괜찮아, 디케." 이페멜루가 말했다.

디케가 일어나서 자기 베개를 그녀에게 가져다줬다. "자, 이게 푹신하고 편해."

우주 고모가 말했다. "디케, 이리 와서 누워. 이모 자는데 방해하지 말고."

이페멜루는 모든 것이 새롭고 낯설어서 잠을 이룰 수가 없었다. 그녀는 우주 고모의 코 고는 소리가 들릴 때까지 기다렸다가 방에서 몰래 빠져나와 부엌 불을 켰다. 찬장 옆 벽에 뚱뚱한 바퀴벌레 한 마리가 웅크리고 있었는데 등이 약간씩 오르락내리락하는 것이 마치 심호흡을 하는 듯했다. 여기가 라고스의 부엌이었다면 빗자루를 가져와서 때려 죽였겠지만 그녀는 미국 바퀴를 내버려 두고 거실 창가에 가서 섰다. 플랫랜즈. 우주 고모는 브루클린의 이 구역이 그렇게 불린다고 했다. 아래의 길거리는 어둑어둑했고, 무성한 나무가 아니라 다닥다닥 주차된 차에 의해 차도와 구분되어 있었다. 「코스비 가족」에 나온 예쁜 거리와는 전혀 달랐다. 이페멜루는 오랫동안 그곳에 서 있었다. 새롭다는 느낌에 압도되어 지금 자신의 몸이 어디에 있는지 확신이 서지 않았다. 하지만 기대감으로 인한 전율, 미국에 대해 더 알고 싶다는 의욕도 느꼈다.

"내 생각에, 네가 여름 동안은 내가 보모한테 줄 돈을 절약하게 디케를 봐 주고 필라델피아에 간 다음에 일자리를 찾는 게 좋을 것 같아." 다음 날 아침 우주 고모가 말했다. 그녀는 자고 있던 이페멜루를 깨워서 디케에 대한 지시 사항들을 급하게 일러 주고는 자기는 일이 끝난 후에 공부하러 도서관에 갈 거라고 말했다. 그녀가 하도 속사포처럼 말을 쏟아 내서 이페멜루는 속으로 천천히 좀 말하지, 하고 생각했다.

"학생 비자로는 일할 수가 없어. 그리고 근로 장학생은 엉터리야. 공짜 봉사나 다름없다고. 근데 넌 집세랑 나머지 학비를 벌어야 되잖아. 너도 봐서 알겠지만, 나처럼 세 탕을 뛰어도 쉽지 않아.

내가 친구한테 얘기했어. 혹시 응고지 오콘쿼 기억하니? 걔는 미국 시민권잔데 한동안 나이지리아에 가 있을 거야. 사업을 시작할 거거든. 내가 걔한테 사정해서 사회 보장 번호를 너한테 빌려주기로 했어."

"어떻게? 내가 그 친구 이름을 쓰는 거야?" 이페멜루가 물었다.

"당연히 걔 이름을 쓰는 거지." 우주 고모가 이페멜루에게 너 바보냐고 말하려던 걸 겨우 참았다는 듯이 눈썹을 치켜세우며 말했다. 고모의 머리카락에, 땋은 머리의 뿌리 쪽에, 하얀 영양 크림이 약간 묻었는데 이페멜루는 처음엔 그걸 닦으라고 말하려다 곧 마음을 바꿔서 아무 말도 안 한 채 우주 고모가 서둘러 문으로 향하는 것을 지켜보았다. 그녀는 우주 고모의 핀잔에 상처를 받았다. 오랜 세월에 걸쳐 쌓인 둘 사이의 친밀감이 갑자기 사라져 버린 것만 같았다. 우주 고모의 조급함, 전에 없던 성마름은 이페멜루가 이미 알고 있어야 마땅한데 몇몇 모자란 점 때문에 알지 못하는 것들이 있는 듯한 느낌을 주었다. "콘비프 있으니까 점심에 샌드위치 만들어 먹어." 우주 고모의 말투는 그 말이 완벽하게 정상적이고, 미국인들이 점심 식사로 빵을 먹는다는 사실에 대한 익살스러운 논평을 필요로 하지 않는다는 것만 같았다. 하지만 디케는 샌드위치를 원하지 않았다. 이페멜루에게 자기 장난감을 다 보여 주고 둘이 함께 「톰과 제리」를 몇 편 본 다음에 ─ 전부 그녀가 나이지리아에서 봤던 것들이라 무슨 일이 벌어질지 미리 말해 주었더니 디케는 신나서 깔깔대고 좋아했다. ─ 디케는 냉장고를 열고 그녀가 자기한테 만들어 줬으면 하는 것을 가리켰다. "핫도그." 이페멜루는 이상하게 긴 소시지를 이리저리 살펴본 뒤에 찬장을 열어 기름을 찾기 시작했다.

"엄마가 이페멜루 이모라고 부르래. 근데 이모 아니잖아. 누나 잖아."

"그럼 누나라고 불러."

"알았어, 누나." 디케는 이렇게 말하고 까르륵 웃었다. 그의 웃음은 정말 따뜻하고 맑았다. 이페멜루가 식용유를 찾아냈다.

"기름 필요 없어." 디케가 말했다. "핫도그는 물에 삶는 거야."

"물에? 소시지를 왜 물에 삶아?"

"소시지가 아니라 핫도그라니깐."

물론 그것은 소시지였다. 미국인들이 '핫도그'라는 우스꽝스러운 이름으로 부르건 말건 간에. 그래서 그녀는 나이지리아에서 사티스 소시지를 익히던 것처럼 기름을 두르고 소시지 두 개를 구웠다. 디케가 겁에 질린 표정으로 쳐다보았다. 그녀가 가스 불을 끄자 그는 뒷걸음치며 "웩."이라고 말했다. 그들은 핫도그 빵과 쪼글쪼글해진 핫도그 두 개가 놓인 접시를 사이에 두고 서서 서로를 쳐다보았다. 그녀는 디케 말을 들었어야 했다는 걸 깨달았다.

"그거 대신 땅콩버터랑 잼 바른 샌드위치 먹어도 돼?" 디케가 물었다. 그녀는 디케가 시키는 대로 빵 껍질을 잘라 내고 땅콩버터를 먼저 바르는 동안 터져 나오려는 웃음을 꾹 참았다. 그녀가 샌드위치를 튀기기라도 할까 봐 그러는지 디케가 옆에서 뚫어져라 쳐다보고 있었기 때문이다.

그날 저녁 이페멜루가 우주 고모에게 핫도그 사건에 대해 애기했을 때 고모는 이페멜루가 기대했던 웃음기라고는 전혀 없는 투로 말했다. "그건 소시지가 아니라 핫도그야."

"꼭 비키니랑 속옷이 다르다는 말 같네. 외계인이 보면 그 차이를 알까?"

우주 고모가 어깨를 으쓱했다. 그녀는 식탁에 앉아서 의학서를 앞에 펼쳐 놓은 채 구겨진 종이봉투에 든 햄버거를 먹고 있었다. 얼굴은 푸석푸석했고, 눈은 그늘져 있었으며, 영혼은 탈색된 듯 색깔이 없었다. 그녀는 책을 읽는다기보다 쳐다보고 있는 듯했다.

우주 고모는 슈퍼마켓에 가도 자기한테 필요한 물건은 절대 사지 않았다. 그 대신, 세일 중인 물건을 사고 나서 그에 맞는 필요를 만들어 냈다. 그녀가 키 푸드 슈퍼마켓의 입구에서 화려한 전단을 집어 들고 세일 상품을 찾아 이 칸 저 칸을 돌아다니는 동안 이페멜루는 카트를 밀면서 디케와 함께 따라갔다.

"엄마, 그거 싫어. 파란 거 사." 우주 고모가 콘플레이크 상자를 카트에 넣자 디케가 말했다.

"이건 1＋1이야." 우주 고모가 말했다.

"맛없어."

"네가 맨날 먹는 거랑 똑같은 맛이야, 디케."

"아니야." 디케가 선반에서 파란 상자를 집더니 계산대로 먼저 달려갔다.

"안녕, 꼬마야!" 덩치가 크고 명랑한 계산원은 햇볕에 타서 볼이 빨갛게 벗어져 있었다. "엄마 도와주는 거니?"

"디케, 도로 갖다 놔." 우주 고모가 말했다. 그녀는 백인 미국인에게, 백인 미국인 앞에서, 백인 미국인이 듣고 있는 데서 말할 때 쓰는, 콧소리 섞이고 혀를 굴리는 악센트를 사용했다. 그리고 그 악센트와 함께 새로운 인격, 비굴하고 자신감 없는 인격이 나타났다. 그녀는 계산원에게 지나치게 굽실거리며 사과했다. "미안합니다, 미안합니다." 지갑에서 체크 카드를 빨리 찾지 못하고 버벅거릴 때였다. 계산원이 쳐다보고 있었기 때문에 우주 고모는 디케가 콘플레이크를 사도록 놔뒀지만 차에 올라타자 그의 왼쪽 귀를 비틀어 잡아당겼다.

"엄마가 말했지, 슈퍼마켓에서 아무것도 집지 말라고! 엄마 말 듣고 있어? 한 대 맞아야 들을래?"

디케는 손바닥으로 엄마가 잡아당겼던 귀를 꼭 눌렀다.

우주 고모가 이페멜루를 향해 고개를 돌렸다. "이 나라에서는 애들이 이렇게 버르장머리가 없다니까. 제인이 그러는데 걔네 딸은 자기가 때렸더니 경찰에 신고한다고 협박하더래. 상상이 가니? 하지만 그게 어디 걔네 딸 잘못이겠어. 미국에 와서 경찰에 신고하는 걸 배운 탓이지."

이페멜루가 디케의 무릎을 어루만졌지만 아이는 그녀를 쳐다보지 않았다. 우주 고모는 조금 너무 빠르다 싶게 차를 몰았다.

디케가 자기 전에 이 닦으라고 보낸 욕실에서 이페멜루를 불렀다.

"디케, **이 메차고**?" 이페멜루가 물었다.

"애한테 이보어로 말하지 마." 우주 고모가 말했다. "두 가지 말 쓰면 애가 헷갈려."

"무슨 말이야, 고모? 우리도 두 가지 말 하면서 자랐잖아."

"여기는 미국이야. 사정이 달라."

이페멜루는 입을 다물었다. 우주 고모는 의학서를 덮고 멍하니 앞을 바라보았다. 텔레비전은 꺼져 있었고 욕실에서는 물소리가 들려왔다.

"고모, 왜 그래?" 이페멜루가 물었다. "무슨 일 있어?"

"무슨 소리야? 아무 일도 없어." 우주 고모가 한숨을 쉬었다. "마지막 시험에 떨어졌어. 너 오기 직전에 결과가 나왔거든."

"아." 이페멜루는 계속 고모를 쳐다봤다.

"난 이제껏 한 번도 시험에 떨어져 본 적이 없어. 하지만 여기서는 실제 지식을 시험하는 게 아니라 실제 의학 지식과는 상관도 없고 까다롭기만 한 사지선다 문제에 대응하는 능력을 시험해." 그녀가 일어나서 부엌으로 갔다. "난 지쳤어. 너무 지쳤어. 지금쯤은 우리 처지가 나아질 줄 알았는데. 도와주는 사람은 아무도 없는 것 같고, 돈이 얼마나 빨리 없어지는지 믿을 수가 없더라고. 난 공부하면서 일을 세 가지나 했어. 쇼핑몰에서 판매원도 하고, 연구 조교도 하고, 심지어 버거킹에서도 일했다고."

"점점 나아질 거야." 이페멜루가 힘없이 말했다. 그녀도 자신의 말이 얼마나 공허하게 들리는지 알았다. 모든 것이 낯설었다. 고모를 위로하고 싶어도 어떻게 위로해야 할지 몰라서 할 수 없었다. 우주 고모가 자기보다 먼저 미국에 와서 시험에 통과한 친구들 이야기를 할 때 — 메릴랜드에 사는 은케치는 식기 세트를 보내 줬고, 인디애나에 사는 케미는 침대를 사 줬고, 하트퍼드에 사는 오자비사는 도자기 그릇과 옷을 보내 줬다. — 이페멜루는 "하느님이 축복하시길."이라고 말했는데 그 말이 입속에서 거북하고 불필요하게 느껴졌다.

나이지리아에서 우주 고모의 전화를 받았을 때는 상황이 그렇게 나쁘지 않다고 생각했다. 지금 돌이켜 보니 고모의 말이 늘 모호했고 자세한 내용은 없이 "일"과 "시험"이 어떻다는 얘기만 했음을 알 수 있었지만. 아니면 그녀가 자세한 얘기를 묻지 않았기 때문인지도, 알고 싶어 하지 않았기 때문인지도 몰랐다. 그녀는 고모를 보면서 생각했다. 예전의 고모는 절대 머리를 저렇게 지저분하게 땋고 다니지 않았는데. 그녀는 절대 피부 속으로 파고드는 털이 턱에 건포도처럼 뭉쳐 자라도록 놔두지도 않았었고, 다리 사이에서 거추장스럽게 엉키는 통바지도 입지 않았었다. 미국이 그녀를 굴복시켰던 것이다.

10

이페멜루에게 그 첫 여름은 기다림의 여름이었다. 진짜 미국은 다음 모퉁이 너머에서 자신을 기다리고 있는 것만 같았다. 나른하고 맑은 하루하루도, 해가 아주 늦게까지 떠 있어서, 한참을 기다리다가 스리슬쩍 다음 날로 넘어가는 것 같았다. 지금의 그녀를 만든 친숙한 지표인 부모님도, 친구도, 집도 없이 지내다 보니 그녀의 삶은 잎을 다 떨군 앙상한 가지처럼 변했고 삭막한 색채를 띠기 시작했다. 그래서 그녀는 오빈제에게 구구절절한 편지를 쓰면서, 가끔가다 한 번씩 전화를 하면서 ─ 우주 고모가 국제 전화 카드를 낭비하면 안 된다고 해서 통화는 늘 짧게 했다. ─ 디케와 시간을 보내면서 기다렸다. 디케는 꼬맹이에 불과했지만 그녀는 그에게 우정에 가까운 친밀감을 느꼈다. 이페멜루는 그가 제일 좋아하는 애니메이션인 「러그래츠」와 「꼬마 거북 프랭클린」을 함께 보았고, 책도 함께 읽었으며, 그를 밖에 데리고 나가 제인의 아이들과 놀게 하기도 했다. 옆집에 사는 제인과 남편 말런은 그레나

다 출신이었는데 그들의 악센트에는 마치 노래라도 부르는 듯한 운율이 있었다. "그 사람들은 우리랑 비슷해. 남편이 좋은 직장에 다니고, 야망이 있고, 애들을 때려서 키우지." 우주 고모가 흡족한 투로 말했다.

이페멜루와 제인은 나이지리아와 그레나다에서 보낸 각자의 어린 시절이 얼마나 비슷했는지 ── 이니드 블라이턴[34]의 책과 친영파 교사들, BBC 월드 서비스[35]를 숭배하던 아버지 ── 를 발견하곤 웃음을 터뜨렸다. 그녀는 이페멜루보다 겨우 몇 살 위였다. "난 아주 어렸을 때 결혼했어요. 모든 여자들이 말런을 쫓아다니는데 어떻게 안 하고 배기겠어요?" 그녀가 농반으로 말했다. 그들은 아파트 현관 앞 계단에 앉아서 제인의 아이들인 엘리자베스와 주니어, 그리고 디케가 자전거를 타고 길 끝까지 갔다가 다시 돌아오는 모습을 지켜보곤 했다. 이페멜루가 더 멀리는 가지 말라고 자주 외쳤고, 아이들은 꺅꺅 소리를 질렀고, 뜨거운 태양 아래 콘크리트 보도가 반짝였고, 가끔 지나가는 차에서 흘러나오는 시끄러운 음악 소리가 서서히 커졌다 작아질 때마다 여름의 고요가 깨지곤 했다.

"아직 모든 게 낯설겠어요." 제인이 말했다.

이페멜루가 고개를 끄덕였다. "맞아요."

아이스크림 파는 트럭이 길모퉁이로 접어들면서 짤랑짤랑하

---

34 1897~1968. 영국의 아동 작가. 대표작으로 어린이 탐정들을 주인공으로 하는 연작 소설 '유명한 오 총사' 시리즈와 '비밀의 칠 총사' 시리즈가 있다.

35 BBC가 전 세계에서 이십팔 개 국어로 뉴스 및 교양 프로그램을 송출하는 라디오 방송 채널.

는 음악 소리가 들려오기 시작했다.

"난 미국에 온 지 이제 십 년째인데도 아직 적응하는 중인 것 같아요." 제인이 말했다. "제일 힘든 건 애들 키우는 거예요. 예를 들면 엘리자베스는 아주 조심해서 키워야 돼요. 이 나라에서 긴장을 늦췄다간 아이들이 불가사의한 존재가 돼 버려요. 애들을 통제할 수 있는 고향에서와는 다르죠. 여기선 안 돼요." 평범한 얼굴과 출렁이는 팔을 가진 제인은 겉보기엔 경계할 필요가 없어 보였지만 언제나 미소 짓고 있는 그녀의 얼굴 뒤에는 냉정한 관찰력이 있었다.

"엘리자베스가 몇 살이죠? 열 살인가요?" 이페멜루가 물었다.

"아홉 살인데 벌써부터 관심병이 생기려고 해요. 우린 쟤를 사립 학교에 보내느라 꽤 많은 돈을 내고 있어요. 여기 공립 학교는 엉망이거든요. 말런은 애들을 더 좋은 학교에 보낼 수 있게 곧 교외로 이사 가재요. 안 그러면 엘리자베스가 흑인 미국인처럼 행동하기 시작할 거예요."

"그게 무슨 뜻이에요?"

"걱정 마요, 시간이 지나면 저절로 알게 될 테니까." 제인은 자리에서 일어나 애들 아이스크림 사 줄 돈을 가지러 안으로 들어갔다.

이페멜루가 제인과 함께 계단에 앉아 있는 시간을 더 이상 고대하지 않게 된 것은 어느 날 저녁 퇴근해서 돌아온 말런이 이페멜루의 귀에 다급하게 속삭인 순간부터였다. 그때 제인은 애들에게 줄 레모네이드를 가지러 잠시 자리를 비우고 없었다. "계속 당신 생각 했어요. 우리 얘기 좀 해요." 그녀는 제인에게 아무 말도 하지 않았다. 제인은 어떤 일도 말런 탓으로 돌리지 않을 게 뻔했다. 모든 여자들이 원하는, 피부색이 옅고 눈동자가 연갈색인 말런. 그래서 이페멜루는 두 사람 다 피하기 시작했고 디케와 실내에서 놀 수 있게 정교한 보드게임을 만들었다.

한번은 그녀가 디케에게 여름 방학 전에는 학교에서 뭘 했냐고 묻자 그가 "둘러앉기."라고 대답한 적이 있었다. 아이들이 다 같이 바닥에 둘러앉아서 자기가 좋아하는 것에 대해 얘기를 나누곤 했다는 거였다.

그녀는 경악했다. "너 나눗셈은 할 줄 아니?"

그러자 디케가 그녀를 이상하게 쳐다봤다. "난 겨우 1학년이야, 누나."

"내가 네 나이 때는 간단한 나눗셈은 할 줄 알았어."

그 뒤로 그녀의 머릿속에는 미국 아이들이 초등학교에서 아무것도 안 배운다는 확신이 생겼고, 디케에게서 선생님이 때때로 숙제 쿠폰을 나눠 준다는 얘기를 들었을 때 그 확신은 한층 더 강해졌다. 숙제 쿠폰이 있으면 하루 숙제를 안 해도 된다는 것이었다. 둘러앉기에다 숙제 쿠폰이라니. 이다음에는 또 어떤 멍청한 얘기를 듣게 될 것인가? 그래서 그녀는 디케에게 수학을 가르치기 시작했다. 그런데 그녀는 수학을 계속 영국식으로 maths라고 하고 그는 미국식으로 math라고 해서 결국 두 사람 다 줄여서 부르지 않기로 합의했다. 이페멜루는 이제 그 여름을 생각할 때마다 긴 나눗셈과, 두 사람이 나란히 식탁에 앉아 있을 때 혼란에 빠진 디케의 찌푸린 미간과, 뇌물 주기에서 소리 지르기로 바뀐 자신의 교수법을 생각하지 않을 수 없었다. 좋아, 한 문제만 더 풀면 아이스크림 줄게. 정답을 구할 때까지 못 놀 줄 알아. 나중에 디케가 나이를 더 먹으면 자신이 수학을 잘하게 된 것은 그녀가 자신을 고문했던 여름 때문이라고 말하게 될 것이다. 그리고 그때마다 그녀가 "나랑 공부했던 여름 말이겠지."라고 대꾸하는 것은 추억의 불량 식품처럼 때때로 찾게 되는 익숙한 농담이 될 것이다.

그 여름은 식도락의 여름이기도 했다. 그녀는 낯선 음식을 즐겼다. 하루는 좋았다가 다음 날은 싫어지는 새로운 맛이었던, 시큼한 피클이 씹히는 맥도날드 햄버거. 우주 고모가 사다 주던, 톡 쏘는 맛의 드레싱 때문에 늘 눅눅했던 토르티야 말이. 먹고 나면 입속에 소금 막이 한 겹 생긴 듯했던 볼로냐 소시지와 페퍼로니 소시지. 그녀는 마치 자연이 오렌지와 바나나에 양념 뿌리는 걸 잊어버린 것처럼 싱거운 맛의 과일을 먹고 당황했지만 그것들을 쳐다보거나 만지는 것은 좋아했다. 바나나가 아주 크고 전체적으로 고른 노란색을 띠어서 그 맛없음을 용서할 수 있었다. 한번은 디케가 이렇게 물은 적이 있었다. "왜 바나나랑 땅콩을 같이 먹는 거야?"

"나이지리아에서는 그렇게 먹거든. 너도 먹어 볼래?"

"아니." 그가 단호하게 말했다. "나는 나이지리아를 싫어하는 것 같아, 누나."

다행히 아이스크림 맛은 똑같았다. 그녀는 1+1로 파는 특대형 아이스크림 통을 냉장고에서 꺼내지도 않은 채로 바닐라와 초콜릿 아이스크림을 퍼내면서 눈으로는 텔레비전을 봤다. 나이지리아에서 보던 프로그램 ─「벨에어의 프레시 프린스」,「다른 세상」─ 도 계속 봤고 새로운 프로그램 ─「프렌즈」,「심슨네 가족들」─ 도 봤지만 그녀를 정말로 사로잡은 것은 광고였다. 그녀는 광고에 나오는 삶, 행복으로 가득한 삶을 갈망했다. 거기서는 모든 문제의 찬란한 해결책이 샴푸와 자동차와 포장 식품에 있었다. 그녀의 머릿속에서 그것은 자신이 학교에 다니기 시작할 가을이 되어야 비로소 보게 될 진짜 미국이 되었다. 처음에는 저녁 뉴스를 보고 무척 당황했다. 총격과 화재 사건이 연달아 보도되는 미국 뉴스와 달리, 그녀에게 익숙한 NTA 뉴스에서는 늘 젠체하는 장교들이 테이프를 자르거나 연설하는 장면만 나왔기 때문이다. 그런데 수갑을 찬 채 끌려가는 남자, 새까맣게 탄 집 앞에서 울부짖는 가족, 경찰과 추격전을 벌이다 부서진 차량의 잔해, 모자이크 처리된 무장 강도의 CCTV 화면을 매일 보다 보니 그녀의 당황은 걱정으로 발전했다. 창문에서 무슨 소리가 나거나 디케가 자전거를 타고 너무 멀리 가면 공포에 휩싸였다. 총을 가진 남자가 밖에 숨어 있을지도 모른다는 생각에, 밤에 쓰레기 버리러 가는 것도 멈췄다. 우주 고모는 짧게 웃으며 말했다. "텔레비전만 계속 보고 있으면 이런 일이 늘 일어난다고 생각하게 돼 있어. 나이지리아에서 범죄가 얼마나 많이 일어나는 줄 아니? 우리가 여기 사람들처럼 신고를 하지 않아서 그런 것 같아?"

11

우주 고모는 거리가 어둑해지고 디케가 잠자리에 든 뒤에야 긴장하고 메마른 얼굴로 집에 와서 "우편물 온 거 없니? 우편물 온 거 없어?"라며 늘 같은 질문을 반복했다. 벼랑 끝에 위태롭게 선 그녀의 온 존재가 아래로 떨어지기 직전이었다. 때로는 세상의 감시하는 시선으로부터 뭔가를 보호하려는 것처럼 목소리를 죽인 채 밤새 오랫동안 통화를 하기도 했다. 그러던 어느 날, 마침내 그녀가 이페멜루에게 바살러뮤에 대해 털어놓았다. "이혼한 회계사고, 재혼을 생각 중이래. 고향도 내 고향하고 가까운 에지오웰레야."

이페멜루는 우주 고모의 말에 어안이 벙벙해서 "아, 그렇구나."라는 말밖에 할 수 없었다. "뭐 하는 사람이야?"와 "어디 출신이야?"는 그녀의 어머니나 물어봤을 법한 것들인데 언제부터 우주 고모에게 남자가 고향과 가까운 마을 출신이냐 아니냐가 중요해진 걸까?

그리고 어느 토요일에 바살러뮤가 매사추세츠주에서 찾아왔다. 우주 고모는 매운 닭똥집 볶음을 해 놓고 얼굴에 분을 바르고 거실 창가에 서서 그의 차가 도착하길 기다렸다. 디케는 인형을 가지고 노는 둥 마는 둥 하면서 엄마를 쳐다봤다. 엄마의 들뜬 모습에 어리둥절해하면서도 디케 역시 들떠 있었다. 초인종이 울리자 우주 고모는 다급히 디케에게 말했다. "얌전하게 굴어!"

카키색 바지를 배 위까지 한껏 추어올려 입은 바살러뮤는 엉성하기 짝이 없는 미국식 악센트를 구사했는데 발음을 어찌나 굴리는지 알아들을 수가 없을 정도였다. 이페멜루는 그의 태도를 보고, 그가 시골에서 궁핍하게 보낸 어린 시절을 미국식 겉치장과 미래의 계획과 소망으로 벌충하려 한다는 걸 감지했다.

그는 디케를 흘끗 보더니 거의 지나가는 투로 말했다. "아 그래, 얘가 당신 아들이군요. 안녕?"

"안녕하세요." 디케가 우물거렸다.

이페멜루는 바살러뮤가 결혼을 전제로 교제 중인 여자의 아들에게 관심이 없고, 관심 있는 척조차 하지 않는다는 사실에 짜증이 났다. 그는 우주 고모와 전혀 맞지도, 어울리지도 않는 사람이었다. 조금만 더 똑똑한 남자였다면 이 사실을 깨닫고 자제했겠지만 바살러뮤는 그렇지 않았다. 그는 자신이 우주 고모가 운 좋게 받게 된 특별상인 양 거들먹거렸고 우주 고모는 그런 그의 비위를 계속 맞췄다. 닭똥집 볶음을 맛보기 전에 그는 이렇게 말했다. "어디 맛이나 있나 봅시다."

우주 고모가 웃었다. 그 웃음 속에는 일종의 동의가 담겨 있었다. 왜냐하면 "어디 맛이나 있나 봅시다."라는 말은 그녀가 훌륭한 요리사인지 아닌지, 즉 좋은 신붓감인지 아닌지를 보겠다는 얘기였기 때문이다. 그녀는 이미 신붓감 심사를 위한 의례를 따르고 있었다. 세상이 아니라 그에게 순종을 약속하는 미소를 머금고, 그의 손에서 포크가 떨어졌을 때 몸을 던져 받아 냈으며, 그에게 맥주를 더 따라 주었다. 디케는 조용히 식탁에 앉아 장난감에는 손도 대지 않은 채 쳐다보기만 했다. 바살러뮤는 닭똥집을 먹고 맥주를 마셨다. 그는 나이지리아 정치에 대해, 타지에서 고국의 동향을 좇는 사람답게, 인터넷으로 똑같은 기사를 읽고 또 읽은 사람답게, 열정적으로 이야기했다. "쿠디라트[36]의 죽음은 헛되지 않을 거예요. 그녀의 삶도 하지 못했던 방식으로 민주화 운동에 자극제가 되겠죠! 난 얼마 전에 이 문제에 관해서《나이지리언 빌리지》사이트에 장문의 글도 썼어요." 우주 고모는 그가 얘기하는 동안 연신 고개를 끄덕이며 그가 하는 모든 말에 동의했다. 그러나 긴 정적이 자꾸 반복되자 그들은 텔레비전을 보기 시작했다. 줄거리가 빤하고 환한 장면들로 가득한 드라마가 방송 중이었는데 그중 한 장면에서 짧은 원피스를 입은 소녀가 나왔다.

"나이지리아 여자애라면 절대 저런 치마를 입지 않을 텐데." 바살러뮤가 말했다. "저것 좀 봐요. 아무튼 이 나라에는 도덕적 잣대가 없다니까."

그때 이페멜루는 입을 다물고 있었어야 했지만 바살러뮤가 가진 무언가, 과장된 캐리커처 같은 면 — 삼십 년 전 미국에 온

---

36 알하자 쿠디라트 아비올라(1951~1996). 1993년 나이지리아 대선 당선자인 남편이 독재자 아바차 장군에 의해 투옥되자 석방 운동을 벌이다 암살되었다.

이후로 한 번도 바뀌지 않은 머리 모양, 그의 격앙되고 잘못된 도덕관 — 때문에 불가능했다. 그는 고향 마을에서 "길 잃은 녀석"이라고 불렸을 법한 사람이었다. 그 녀석은 미국에 가더니 길을 잃었어. 그 마을 사람들은 말할 것이다. 그 녀석은 미국에 가더니 돌아오지 않겠다고 했대.

"나이지리아 여자애들은 저것보다 훨씬 짧게 입어요, 오." 이페멜루가 말했다. "중등학교 때 어떤 애들은 부모님 몰래 친구 집에서 갈아입기도 했죠."

우주 고모가 그녀 쪽으로 고개를 돌리더니 경고의 의미로 째려보았다. 바살러뮤는 그녀를 쳐다보고는 대꾸할 가치도 없다는 듯 어깨를 으쓱했다. 두 사람 사이에 반감이 스멀스멀 피어올랐다. 그날 오후 내내 그는 그녀를 무시했다. 그리고 그 후로도 자주 그녀를 무시하게 될 것이다. 나중에 이페멜루가 《나이지리언 빌리지》 사이트에 가서 그의 글을 읽어 보았더니 논조가 하나같이 삐딱하고 공격적이었고 글쓴이는 "매사추세츠의 이보족 회계사"로 되어 있었다. 그가 쓴 글의 어마어마한 양과 답답한 주장을 우겨대는 무시무시한 적극성이 놀라웠다.

그는 나이지리아에 가지 않은 지 오래됐기 때문에 그런 온라인 그룹의 위로가 필요했는지도 모른다. 그들 사이에서는 사소한 의견도 금방 가열되어 비난으로 돌변하는가 하면 인신공격이 오가는 일도 다반사였다. 이페멜루는 글쓴이들의 모습을 상상했다. 미국의 허름한 집에 살면서, 일만 하며 죽은 듯이 사는 나이지리아인들. 그들은 열심히 모은 저금을 간직했다가 12월에 일주일 동안 고향에 돌아갈 때 쓰는데 그때 신발과 옷과 싸구려 손목시계로 가득한 여행 가방을 몇 개씩 들고 도착하면 친척들의 눈 속에서 환하게 빛나는 자신의 모습을 보게 될 것이다. 그리고 미국으로 돌아온 후에는 인터넷에서 고국에 대한 속설을 놓고 다른 사람들과 설전을 벌일 것이다. 왜냐하면 이제 그들에게 고국은 이곳도 저곳도 아닌 흐릿한 추상적 공간이 되었고 적어도 인터넷상에서는 자신이 하찮은 존재가 되었다는 사실을 외면할 수 있었기 때문이다.

나이지리아 여자들은 미국에 오면 거칠어진다. 매사추세츠의 이보족 회계사가 쓴 글 중에 이런 문장이 있었다. 유쾌하진 않지만 어쨌든 사실임에 틀림없다. 그렇지 않다면 미국 거주 나이지리아인들의 높은 이혼율과 나이지리아 거주 나이지리아인들의 낮은 이혼율을 무엇으로 설명한단 말인가? 여기에 '델타 인어'가 댓글을 달았다. 그것은 단지 미국에는 여자들을 보호해 줄 법이 있기 때문이며 만약 나이지리아에도 같은 법이 있다면 이혼율이 미국만큼 높을 것이다. 그러자 매사추세츠의 이보족 회계사가 거기에 또 댓글을 달았다. 당신은 서양에 세뇌당했군요. 당신은 나이지리아인이라고 불릴 자격도 없어요. 그리고 '에제 휴스턴'이 쓴 글 — 나이지리아 남자들은 이기적이다. 그들은 오직 자신의 아내가 미국에서 자신을 위해 돈을 벌어 오길 바라는 마음에서 간호사나 의사 신붓감을 찾으러 나이지리아에 간다. — 에도 매사추세츠의 이보족 회계사는 댓글을 달았다. 남자가 아내에게 재정적 안정을 바라는 게 왜 나쁩니까? 여자들도 똑같은 걸 원하지 않나요?

토요일에 그가 돌아간 후 우주 고모가 이페멜루에게 물었다. "어떻게 생각해?"

"얼굴이 하얘지는 크림을 발랐어."

"뭐라고?"

"눈치 못 챘어? 얼굴 색깔이 이상했잖아. 자외선 차단도 안 되는 싸구려를 쓰는 게 분명해. 비코, 대체 어떤 남자가 얼굴 하얘지는 크림을 바르냐고."

우주 고모는 그 남자의 얼굴이 연두색인 줄 ― 관자놀이 부분은 더 심했다. ― 몰랐다는 듯이 어깨를 으쓱했다.

"나쁜 사람은 아니야. 직업도 괜찮고." 그녀가 잠시 생각하다 다시 말했다. "나도 이제 젊은 나이가 아니잖아. 디케에게 동생이 있었으면 해."

"나이지리아에서였으면 그런 남자는 고모한테 말 걸 용기도 못 냈을 거야."

"여기는 나이지리아가 아니잖니, 이페멜루."

우주 고모는 수많은 걱정거리의 무게로 비틀대며 침실로 들어가기 전에 말했다. "그냥 잘되게 해 달라고 기도나 해 줘."

이페멜루는 기도하지 않았다. 하지만 설사 했더라도 차마 우주 고모랑 바살러뮤가 잘되게 해 달라고 기도하지는 못했을 것이다. 고모가 '익숙한 것'이라는 조건 하나로 만족했다는 사실이 그녀는 슬펐다.

오빈제 때문에 이페멜루는 맨해튼이 두려웠다. 처음 지하철을 타고 브루클린에서 맨해튼으로 가던 날, 그녀는 축축한 손바닥을 하고 거리를 걸으면서 주위를 구경하고 흡수했다. 요정처럼 생긴 여자가 짧은 원피스를 뒤로 펄럭이며 하이힐을 신고 뛰어가

다가 발이 걸려서 넘어질 뻔하는가 하면, 땅딸막한 남자가 기침을 하다가 연석에 침을 뱉기도 했고, 머리끝부터 발끝까지 검은색으로 입은 소녀가 손을 흔드는데도 택시가 쏜살같이 지나쳐 버리기도 했다. 끝이 보이지 않는 고층 건물들이 하늘을 비웃듯 서 있었지만 창문은 하나같이 더러웠다. 그 모든 것의 휘황찬란한 불완전함 덕분에 마음이 차분해졌다. "근사했지만 천국은 아니었어."라고 그녀는 오빈제에게 말했다. 그가 맨해튼을 직접 보게 될 날이 손꼽아 기다려졌다. 그녀는 자신이 본 미국인 연인들처럼 오빈제와 손잡고 걷는 모습을 상상했다. 쇼윈도 앞에서 어슬렁거리고, 잠시 걸음을 멈춰 식당 문에 붙은 메뉴를 읽고, 노점상에 들러 시원한 아이스티를 사면 얼마나 좋을까. "곧"이라고 그는 편지에 썼다. 그들은 서로에게 '곧'이란 말을 자주 했는데 '곧'은 그들의 계획에 뭔가 현실적인 무게를 실어 주었다.

마침내 우주 고모의 시험 결과가 도착했다. 이페멜루가 우편함에서 가지고 들어온 봉투는 너무나 얇고 평범했고, 일정한 크기의 글씨로 "미국 의사 자격시험"이라고 적혀 있었다. 그녀는 좋은 소식이길 바라며 한참 동안 봉투를 손에 쥐고 있었다. 우주 고모가 대문을 열고 들어오자마자 그녀는 봉투를 높이 들어 보였다. 우주 고모가 헉하고 숨을 들이쉬었다. "두껍니? 두꺼워?" 그녀가 물었다.

"응? 기니?" 이페멜루가 물었다.

"두껍냐고." 우주 고모가 다시 한번 물으면서 핸드백을 그대로 바닥에 떨어뜨리고는 기대감으로 일그러진 얼굴을 하고 손을 앞으로 내민 채 다가왔다. 그녀는 봉투를 받아 들더니 "됐다!"라고 외치고는 확인하기 위해 봉투를 열고 얇은 종이를 찬찬히 읽어 내려갔다. "떨어지면 재신청하라고 두꺼운 봉투를 보내거든."

"고모! 붙을 줄 알았어! 축하해!" 이페멜루가 말했다.

우주 고모가 그녀를 껴안았다. 그렇게 서로 기대서 상대방의 숨소리를 듣고 있으니 이페멜루의 머릿속에 라고스 시절의 따듯한 기억이 떠올랐다.

"디케는 어디 있니?" 우주 고모는 두 번째 직장에서 퇴근해 집에 와 놓고는 디케가 당연히 깨어 있다는 듯 물었다. 그리고 부엌의 환한 불빛 아래 서서 다시 한번 결과를 읽어 보았다. 그녀의 눈이 촉촉해졌다. "내가 드디어 이 미국 땅에서 가정의가 됐어." 그녀가 거의 속삭이듯 말했다. 그러고는 콜라 캔을 따서 마시지 않고 옆에 내려놓았다.

잠시 후에 그녀가 말했다. "면접 보기 전에 머리 땋은 걸 풀고 릴랙서로 펴야겠어. 케미가 그러는데 면접에 땋은 머리를 하고 가면 안 된대. 땋은 머리를 한 여자는 프로답지 않다고 생각한다는 거야."

"그럼 미국에는 머리 땋은 의사가 한 명도 없다는 거야?" 이페멜루가 물었다.

"난 그냥 들은 대로 말하는 거야. 지금 우리는 외국에 있잖니. 성공하고 싶으면 하라는 대로 해야 돼."

또 나왔다. 우주 고모가 담요처럼 자기 주위에 두르는 이상한 순진함이. 고모랑 대화를 하다 보면 때때로 고모가 고의로 자신의 일부를, 그것도 가장 중요한 부분을 먼 곳에 두고 온 게 아닌가 하는 생각이 들곤 했다. 오빈제는 그것이 이민자의 불안에서 비롯된, 지나치게 감사하는 마음이라고 했다. 이번에도 해답을 알고 있다니, 정말 그다웠다. 그는 기다림의 여름 동안 그녀의 정신적 지주가 되어 주었고 — 수화기를 통해 들리는 차분한 목소리로, 또는 파란 항공 우편 편지지에 적힌 기나긴 편지로 — 여름이 끝나 갈 때부터 그녀가 느끼기 시작한 찜찜함을 이해해 주었다. 그녀는 빨리 학교에 다니고 싶었고 진짜 미국을 보고 싶었지만 그럼에도 왠지 모를 찜찜함과 걱정이, 이젠 익숙해진 브루클린의 여름을 향한 가슴 아픈 향수가 생겼다. 자전거를 타는 아이들, 딱 달라붙는 하얀 러닝셔츠를 입은 근육질 흑인들, 짤랑짤랑 소리를 내며 나타나는 아이스크림 트럭, 지붕 없는 자동차에서 울려 퍼지던 시끄러운 음악, 밤늦게까지 지지 않던 해, 습한 더위 속에서 악취를 풍기며 썩어 가던 것들. 그녀는 디케와 헤어지고 싶지 않았지만 — 그 생각만으로도 벌써 보물을 잃어버린 느낌이었다. — 우주 고모의 아파트를 떠나고 싶었고 모든 결정권이 자신에게 있는 삶을 시작하고 싶었다.

예전에 디케가 자기 친구 한 명이 코니아일랜드에서 엄청나게 가파른 후룸라이드 타는 사진을 보여 줬다는 얘기를 부러운 투로 한 적이 있었다. 그래서 그녀는 떠나기 전 주말에 "우리 코니아일랜드에 가자!"라는 말로 디케를 깜짝 놀라게 했다. 어느 기차를 타야 되고, 뭘 해야 되고, 돈이 얼마나 드는지는 제인에게 미리 물어봐 두었다. 우주 고모는 좋은 생각이라고 하면서도 이페멜루에게 돈을 보태 주진 않았다. 하지만 세상을 향해 완전히 마음을 연 꼬마 소년 디케가 겁에 질려 비명을 지르면서 후룸라이드를 타는 모습을 보니 얼마를 썼어도 상관없다는 생각이 들었다. 그들은 핫 도그를 먹고 밀크셰이크를 마시고 솜사탕을 사 먹었다. "누나 따라 여자 화장실에 안 가도 되는 날이 빨리 왔으면 좋겠어."라고 디케가 말하자 그녀는 웃고 또 웃었다. 돌아오는 기차 안에서 그는 피곤해서 졸기 시작했다. "누나, 누나랑 같이 보낸 날 중에 오늘이 최고였어." 그가 그녀의 어깨에 기댄 채 말했다.

연옥이 마침내 끝났다는 달콤쌉쌀한 감정은 며칠 뒤 디케에게 잘 있으라는 뽀뽀를 한 번 하고 두 번 하고 세 번 할 때 그녀의 마음을 가득 메웠다. 평소엔 그렇게 잘 울지 않던 아이가 계속 울어 대서 그녀는 눈물을 꾹 참아야 했고 우주 고모는 필라델피아가 그렇게 먼 곳이 아니라고 몇 번이나 계속 말해야 했다. 이페멜루는 여행 가방을 질질 끌고 지하철을 타서 42가 터미널에서 내린 다음 필라델피아행 버스에 올라탔다. 그리고 누군가가 씹던 껌을 유리창에 붙여 놓고 간 창가 자리에 앉아 한참 동안 응고지 오콘쿼의 사회 보장 카드와 운전면허증을 들여다보았다. 응고지 오콘쿼는 그녀보다 최소한 열 살은 많았고 좁은 얼굴, 작은 동그라미처럼 시작해서 활 모양을 그리는 눈썹과 V 자형 턱을 갖고 있었다.

"나랑 전혀 안 닮았잖아." 우주 고모가 사회 보장 카드를 줄 때 이페멜루는 그렇게 말했었다.

"백인들한테 우리는 다 똑같아 보여." 우주 고모가 말했다.

"아냐 아냐, 고모!"

"농담 아니야. 아마라네 사촌이 작년에 미국에 왔는데 취업 허가가 안 나와서 아마라 신분증으로 일하고 있거든. 아마라 얼굴 기억하니? 걔 사촌은 피부가 아주 하얗고 말랐어. 걔네 둘은 전혀 닮지 않았다고. 그런데 아무도 몰라. 걔 사촌은 지금 버지니아 주에서 가정 간병인으로 일해. 새 이름을 늘 기억하고 있어야 한다는 점만 명심해. 내 친구 중에 어쩌다 이름을 잊어버린 애가 있는데 직장 동료가 이름을 부르고 또 부르는데도 멍하니 있었던 거야. 그랬더니 그 사람들이 의심하게 돼서 이민국에 신고해 버렸대."

12

바로 거기, 작고 혼잡한 버스 터미널에 기니카가 서 있었다. 가슴만 가리고 배는 훤히 내놓은 튜브 톱과 미니스커트를 입은 채 이페멜루를 낚아채서 진짜 미국 속으로 데려가려고 기다리고 있었다. 그녀는 나이지리아에 있을 때보다 훨씬 말라서 예전 몸집의 반밖에 안 돼 보였고, 그 탓에 왠지 모르게 이국적인 동물을 연상시키는 긴 목 위에 얹힌 머리통이 한층 더 커 보였다. 그녀가 아이에게 어서 와 안기라고 재촉하듯 양팔을 벌리며 활짝 웃는 얼굴로 "이페멜루! 이페멜루!" 하고 외치자 이페멜루는 잠시 중등학교 시절을 떠올렸다. 파란색과 흰색의 교복을 입고 머리에는 펠트 베레모를 쓴 채 북적이는 학교 복도에 모여서 수다 떠는 소녀들의 모습을. 그녀는 기니카를 끌어안았다. 그런데 두 사람이 약간 연극적으로 서로를 꼭 껴안았다가 팔을 풀었다가 다시 한번 꼭 껴안았을 때, 그녀도 속으로 약간 놀랐는데, 그녀의 눈에 눈물이 차올랐다.

"이게 누구야!" 기니카가 팔목에 찬 여러 개의 은팔찌를 짤랑

거리며, 과장된 몸짓을 해 보이며 말했다. "진짜 너 맞니?"

"너야말로 언제부터 밥을 안 먹어서 건대구처럼 삐쩍 마른 거야?" 이페멜루가 물었다.

기니카가 웃으면서 여행 가방을 받아 들고는 문을 향해 돌아섰다. "자, 빨리 가자. 나 불법 주차 해 놨단 말이야."

좁은 길 모퉁이에 녹색 볼보가 주차돼 있었다. 제복을 입고 손에 주차 위반 딱지를 든 쌀쌀맞은 표정의 여자가 쿵쿵대며 다가오기 시작할 때 기니카가 잽싸게 차에 올라타서 시동을 걸었다. "아슬아슬했네!" 기니카가 이렇게 말하며 웃었다. 보따리가 가득 든 수레를 미는, 더러운 티셔츠 차림의 노숙자가 잠시 쉬었다 가려는 듯이 그녀의 차 바로 옆에 멈춰 서서 멍하니 앞을 보고 있었지만 기니카는 그를 한 번 흘끗 쳐다보기만 하고 천천히 옆 차선으로 끼어들었다. 그들은 창문을 연 채로 달렸다. 필라델피아에서는 여름 태양의 냄새, 아스팔트 타는 냄새, 길모퉁이에 주차된 길거리 음식 트럭 — 갈색 피부의 외국인 남녀가 안에 웅크려 앉아 있는 — 에서 풍기는 고기 지글거리는 냄새가 났다. 훗날 이페멜루는 이런 트럭에서 파는 이로스[37]를, 그 납작한 빵과 양고기와 뚝뚝 떨어지는 소스를 좋아하게 될 것이다. 그녀가 필라델피아를 좋아하게 되듯이. 필라델피아는 맨해튼처럼 위협적이지 않았다. 그곳은 친근하지만 촌스럽지 않은, 친절하다고 할 법한 도시였다. 이페멜루는 직장 여성들이 운동화를 신은 채 — 미국인들이 멋보다

---

37 그리스식 샌드위치. 커다란 꼬치에 꿰어 구운 고기와 야채, 요구르트로 만든 자지키 소스를 피타 빵에 싸서 먹는다.

편안함을 선호한다는 증거 — 점심을 먹으러 걸어가는 것을 보았고 젊은 연인들이 서로 손을 놓으면 자신들의 사랑이 녹아서 사라져 버릴까 봐 두려운 것처럼 손을 꼭 잡고 종종 키스하면서 가는 것을 보았다.

"집주인 차를 빌렸어. 내 똥차로 널 데리러 오고 싶지는 않았거든. 실감이 안 난다, 이페멜루. 네가 미국에 있다니!" 기니카가 말했다. 그녀의 마른 몸매와 올리브색 피부, 하도 짧아서 가랑이만 겨우 가리는 미니스커트, 그녀가 자꾸만 귀 뒤로 넘기는 곧게 곧게 편 머리, 햇빛에 반짝이는 몇 가닥의 금발 머리에는 뭔가 낯선 금속성 매력이 있었다.

"여기부터가 유니버시티시티야. 저쪽이 웰슨 대학교 캠퍼스고. 너도 알지, 셰이? 우선 너희 학교에 가서 구경부터 하고 그다음에 시외로 빠져서 우리 집에 갔다가 저녁에는 내 친구네 집에 가면 돼. 오늘 파티가 있거든." 기니카는 이상하게 과장된 옛날 나이지리아 영어를 조금씩 섞어 쓰면서 자기가 변하지 않았다는 걸 증명하려고 애썼다. 그녀는 그동안 불굴의 의지로 전화하고, 편지 쓰고, '슬랙스'라는 흐물흐물한 바지와 책을 보내면서 꾸준히 연락을 이어 왔다. 그런 그녀가 지금 "너도 알지, 셰이?"라고 하는데 이페멜루는 '셰이'라는 말은 이제 아무도 쓰지 않는다고 차마 얘기할 수가 없었다.

기니카는 자기가 처음 미국에 왔을 때의 경험이 모두 이페멜루에게 필요할 미묘한 지혜로 가득 차 있다는 듯 일화를 이야기하기 시작했다.

"고등학교 때 누가 계속 나를 건드린다고 말했더니 애들이 얼마나 비웃었는지 몰라. 여기서 건드린다는 건 섹스 한다는 뜻이거든! 그래서 나이지리아에서는 그게 시험해 본다는 뜻이라고 계속 해명하고 다녀야 했어. 그리고 '튀기'가 여기서는 나쁜 말이란 게 상상이 가니? 대학교 1학년 때 친구들한테 내가 옛날에 학교에서 제일 예쁜 여자애로 뽑혔었다는 얘기를 하고 있을 때였어. 기억나? 그건 내가 뽑힐 자리가 아니었어. 잉카가 뽑혔어야 했지. 나는 단지 튀기였기 때문에 뽑혔던 거잖아. 심지어 여기에는 튀기가 더 많아. 이 나라 백인들이 너한테는 해도 나한테는 하지 않을, 엿 같은 짓들도 있지. 어쨌든 나는 걔들한테 나이지리아 얘기를 하고 있었어. 내가 튀기였기 때문에 모든 남자애들이 날 쫓아다녔다고. 그랬더니 걔들이 내가 지금 나 자신한테 욕을 하고 있다는 거야. 그러니 이제 나는 이인종(二人種)이라고 말하고, 누가 튀기라고 하면 기분 나빠해야 해. 여기서 엄마가 백인인 사람도 많이 만나 봤는데 다들 심적인 문제가 너무 많더라고. 나는 미국에 오기 전까지 나한테 문제가 있어야 하는 줄도 몰랐는데. 정말, 누가 이인종 아이를 키우고 싶다면 나이지리아에서 살라고 해."

"당연하지. 모든 남자애가 튀기 여자애를 쫓아다니는 데니까 말이야."

"사실 모든 남자애는 아니지." 기니카가 얼굴을 찌푸렸다. "오빈제는 누가 널 채 가기 전에 빨리 미국에 오는 게 좋을 거야. 너도 네 몸매가 여기 사람들 취향인 거 알지?"

"뭐?"

"말랐는데 가슴은 크잖아."

"무슨 소리야, 난 안 말랐어. 날씬한 거지."

"미국인들은 '말랐다'고 해. 여기서는 '말랐다'가 좋은 말이야."

"그래서 네가 밥을 안 먹게 된 거야? 너 엉덩이가 완전히 납작해졌어. 난 늘 내 엉덩이가 너 같았으면 했는데." 이페멜루가 말했다.

"너, 내가 여기 오자마자 살 빼기 시작한 거 알아? 거식증 직전까지 갔었어. 우리 고등학교 애들이 나를 돼지라고 불렀거든. 나이지리아에서는 누가 너한테 살 빠졌다고 하면 나쁜 뜻이잖아. 그런데 여기서는 누가 너한테 살 빠졌다고 그러면 고맙다고 해. 그냥 여긴 좀 달라." 기니카가 마치 자신도 방금 미국에 온 것처럼 약간 아쉬운 투로 말했다.

그날 저녁 기니카의 친구 스테퍼니의 아파트에 갔을 때, 맥주병을 입술에 댄 채로도 미국식 악센트의 단어가 입에서 술술 흘러나오는 기니카를 보면서 이페멜루는 기니카가 얼마나 그녀의 미국인 친구들처럼 변했는가에 놀랐다. 예쁘고 생기발랄한 일본계 미국인 제시카는 벤츠 로고가 박힌 차 열쇠를 갖고 장난치고 있었다. 밝은색 피부의 흑인인 테리사는 웃음소리가 몹시 컸는데 다이아몬드 귀걸이를 했으면서도 낡고 해진 신발을 신고 있었다. 중국계 미국인인 스테퍼니는 완벽하게 찰랑거리고 턱께서 안으로 말리는 단발머리를 하고 있었는데 때때로 자신의 명품 핸드백에 손을 집어넣어 담배를 꺼내서 밖으로 피우러 나갔다. 커피색 피부에 머리는 까맣고 딱 달라붙는 티셔츠를 입은 하리는 기니카가 이페멜루를 소개하자 "나는 인도인이지, 인도계 미국인이 아니야."라고 말했다. 그들은 모두 똑같은 대목에서 웃음을 터뜨렸고 똑같은 대목에서 "웩!"이라고 말했다. 그들은 훈련이 잘되어 있었다. 스테퍼니가 냉장고에 집에서 만든 맥주가 있다고 발표하자 모두가 "쩐다!"라고 합창했다. 그때 테리사가 상대방이 화낼까 봐 두려

위하는 사람처럼 작은 목소리로 "나는 그냥 보통 맥주 마시면 안 돼, 스테퍼니?"라고 말했다. 이페멜루는 방구석에 홀로 떨어져 있는 안락의자에 앉아 오렌지 주스를 마시며 그들의 얘기를 듣고 있었다. 그 회사는 진짜 악덕 기업이라니까. 어머나 세상에, 여기 설탕이 그렇게 많이 든 줄 몰랐어. 인터넷이 세상을 완전히 바꿔 놓을 거야. 그녀는 기니카가 "너희들 박하사탕에 동물 뼈 성분 들어가는 거 알았어?"라고 말하자 나머지 애들이 신음 소리 내는 것을 들었다. 그 말에는 기니카가 아는 암호가, 그녀가 이제는 통달한 존재 방식이 포함돼 있었다. 우주 고모와 달리 젊은이의 유연성과 유동성을 가진 기니카는 미국에 와서 문화적 신호를 피부로 흡수한 덕에 이제는 볼링도 치러 다녔고, 토비 매과이어의 근황에도 빠삭했으며, 연금과 급료를 동시에 받는 불법적인 경로도 알고 있었다. 맥주병과 맥주 캔이 쌓여 갔다. 그들이 모두 매력적인 노곤한 자세로 소파와 바닥 깔개 위에 늘어져 있는 동안, 이페멜루에겐 불협화음이라고밖에 생각되지 않는 시끄러운 록 음악이 CD플레이어에서 흘러나왔다. 제일 빨리 마시는 테리사는 빈 맥주 캔을 하나씩 마룻바닥에 굴려 댔고 나머지 애들은 배꼽이 빠져라 웃어 댔다. 그렇게 재미있는 얘기도 아니었기에 이페멜루는 의아했다. 그들은 언제, 어디서 웃어야 하는지 어떻게 아는 걸까?

오늘 기니카는 자신이 인턴으로 일하는 법률 사무소의 저녁 파티에서 입을 드레스를 사러 가기로 했다.

"너도 옷 좀 사, 이페멜루."

"꼭 필요한 게 아니면 10코보도 쓰지 않을 거야."

"10센트라고 해야지."

"10센트도 쓰지 않을 거야."

"내가 재킷 하나랑 침구는 줄 거지만 적어도 레깅스는 사야지. 이제 곧 추워진다고."

"알아서 할게." 이페멜루가 말했다. 직장을 구하기 전까지는, 필요하다면 자기가 가진 모든 옷을 한꺼번에 껴입기라도 할 작정이었다. 그녀는 돈을 쓰기가 두려웠다.

"이페멜루, 내가 내 줄게."

"너도 많이 벌지도 않잖아."

"그래도 난 벌기나 하지." 기니카가 농담했다.

"정말 빨리 일자리를 구했으면 좋겠어."

"구하게 될 거야, 걱정 마."

"내가 응고지 오콘쿼라고 믿는 사람이 한 명이라도 있을까 모르겠다."

"면접 보러 가면 운전면허증은 보여 주지 마. 그냥 사회 보장 카드만 보여 줘. 보여 달라는 얘기도 안 할지 몰라. 작은 일자리 같은 경우에는 그럴 때도 있거든."

기니카가 앞장서서 들어간 옷 가게는 이페멜루가 보기엔 너무 정신없었다. 나이트클럽처럼 시끄러운 디스코 음악이 흘러나오고, 안은 컴컴하고, 판매원 — 위아래로 전부 검은색 옷만 입은, 팔이 가느다란 젊은 여자 둘 — 은 너무 빨리 왔다 갔다 했다. 한 명은 군데군데 빨간 머리가 섞인 까맣고 긴 가발을 착용한 초콜릿색 피부의 흑인이었고 다른 한 명은 백인이었는데 그녀가 짙은 남색 머리를 뒤로 나풀거리며 그들에게 다가왔다.

"어서 오세요, 손님, 안녕하세요? 뭐 찾으시는 거 있으세요?"
그녀가 전화 안내원처럼 기계적이면서도 또랑또랑한 목소리로 말
했다. 그녀는 옷걸이에 걸려 있던 옷을 내리고 선반에 개여 있던
옷을 펼쳐서 기니카에게 보여 주었다. 이페멜루는 가격표를 보고
나이라로 환산해 본 다음에 큰 소리로 외쳤다. "아니 아니! 어떻게
이렇게 비쌀 수가 있어?" 어떤 옷은 속옷인지 블라우스인지, 셔츠
인지 원피스인지 집어 들어서 자세히 들여다봐야 알 수 있었지만
그렇게 해도 확신할 수 없는 옷들도 있었다.

"이 물건은 정말 방금 들어왔어요." 판매원이 큰 비밀이라도
누설하는 투로, 반짝이는 드레스를 가리키며 말하자 기니카도 굉
장히 흥분하며 "어머나 세상에, 정말요?"라고 대꾸했다. 탈의실의
지나치게 밝은 조명 아래서 기니카는 그 드레스를 입고 발끝으로
걸어 다녔다. "진짜 맘에 든다."

"하지만 형태가 없잖아." 이페멜루가 말했다. 그녀에게 그 옷
은 심심한 사람이 아무렇게나 스팽글을 붙여 놓은 커다란 포대처
럼 보였다.

"포스트모더니즘이지." 기니카가 말했다.

기니카가 거울 앞에서 이런저런 포즈를 취하는 모습을 보면
서 이페멜루는 자신도 언젠가는 기니카처럼 형태 없는 드레스를
좋아하게 될까, 미국에 살면 그렇게 되는 걸까 하고 생각했다.

계산대에서 금발의 계산원이 물었다. "판매원의 도움을 받으
셨나요?"

"네." 기니카가 대답했다.

"첼시인가요, 제니퍼인가요?"

"미안해요, 이름은 기억이 안 나요." 기니카가 그 점원을 찾으려고 주위를 둘러봤지만 두 사람 다 가게 뒤편의 탈의실에 들어가고 없었다.

"머리가 긴 직원인가요?" 계산원이 물었다.

"음, 둘 다 머리가 길었는데요."

"그럼 머리 색이 어두운 직원인가요?"

둘 다 어두운색이었다.

기니카가 미소 지으며 계산원을 쳐다보자 그녀도 미소를 지으면서 컴퓨터 모니터를 들여다봤다. 그리고 숨 막히게 어색한 이 초가 지난 뒤 계산원이 쾌활하게 말했다. "괜찮아요, 나중에 누구인지 물어봐서 수수료를 받게 할게요."

그들이 가게에서 걸어 나올 때 이페멜루가 물었다. "나는 그 여자가 '눈이 두 개인 직원인가요, 다리가 두 개인 직원인가요?'라고 물어보길 기다렸다니까? 왜 그냥 '흑인인가요, 백인인가요?'라고 묻지 않는 거야?"

기니카가 웃었다. "여기는 미국이니까. 알면서도 모르는 척해야 하는 것들이 있거든."

기니카는 이페멜루에게 자기랑 같이 살면서 집세를 나눠 내자고 했지만 그녀의 아파트는 메인라인[38] 끝에 있어 학교에서 너무 먼 데다 매일 필라델피아 시내까지 통근 열차를 타려면 비용도

---

38 필라델피아 교외의 부촌. 펜실베이니아 철도의 메인 라인(본선)을 중심으로 형성된 지역이라 이런 이름이 붙었다.

많이 들 것이었다. 그래서 기니카와 함께 웨스트필라델피아의 아파트를 보러 다니던 중에 이페멜루는 다 썩어 가는 부엌 찬장, 텅 빈 방을 질주하는 생쥐를 보고 깜짝 놀랐다.

"은수카 기숙사도 더러웠지만 쥐는 없었는데, 오."

"쥐가 아니라 생쥐야." 기니카가 말했다.

그런데 이페멜루가 막 계약을 하려던 찰나 ── 돈을 절약하기 위해 생쥐랑 함께 살아야 한다면 어쩔 수 없지. ── 기니카의 친구가 방 하나만 세 나온 게 있다고, 학생이 살기에는 아주 좋은 조건이라고 했다. 그곳은 곰팡이 핀 카펫이 깔린 방 네 개짜리 아파트로, 마약 중독자들이 때때로 코카인 파이프, 햇빛에 반짝이는 그 흉측스럽게 뒤틀린 쇳덩어리를 버리고 가는 파월턴로(路) 모퉁이의 피자 가게 위에 있었다. 이페멜루의 방세는 넷 중에서 가장 쌌는데, 방 크기가 가장 작은 데다 창문이 옆 건물의 거친 벽돌 벽을 향해 나 있었기 때문이었다. 아파트 안에는 개털이 날아다녔다. 그녀의 룸메이트인 재키, 엘리나, 앨리슨은 거의 구분이 안 갈 정도로 외모가 비슷했다. 모두 골격이 작고 엉덩이가 납작하고 곧게 편 밤색 머리를 가졌고, 셋 다 라크로스 채를 좁은 복도에 쌓아 두었다. 늘 아파트를 어슬렁거리는 엘리나의 개는 덩치가 크고 색깔이 까매서 꼭 털이 덥수룩한 당나귀 같았다. 가끔 계단 밑에 개똥이 한 무더기 쌓여 있을 때면 엘리나는 "너 이제 엄마한테 혼날 줄 알아!"라고 소리쳤는데, 마치 다른 사람들도 이미 대사를 외우고 있는 역할을 연기하며 룸메이트들을 위해 쇼를 하는 것 같았다. 이페멜루는 그 개를 밖에서 키우면 좋을 텐데 하고 생각했다. 그곳이 본디 개들이 속한 장소였으니까. 그녀가 이사 들어온 첫 주에 엘리나가 왜 개의 머리를 쓰다듬거나 긁어 주지 않냐고 묻자 이페멜루는 "난 개를 안 좋아해서."라고 대답했다.

"그것도 문화적 차이인가?"

"무슨 말이야?"

"중국에서는 고양이 고기랑 개고기를 먹는 것으로 알고 있거든."

"고향에 있는 내 남자 친구는 개 좋아해. 그냥 내가 안 좋아하는 거야."

"아." 엘리나는 미간을 찌푸린 채 그녀를 쳐다봤다. 예전에 이페멜루가 태어나서 한 번도 볼링을 쳐 보지 않았다고 말했을 때에도 재키와 앨리슨은 어떻게 볼링 한번 쳐 보지 않고도 정상적인 인간으로 자랐는지 궁금하다는 듯 엘리나와 똑같은 표정으로 그녀를 쳐다봤었다. 그녀는 지금 자기 삶의 가장자리에 서 있었다. 생판 모르는 사람들과 냉장고, 화장실, 얄팍한 친밀감을 공유하면서. 느낌표 속에서 사는 사람들. "굉장하다!" 그들이 자주 하는 말이었다. "그거 굉장하다!" 샤워할 때 때를 밀지 않는 사람들. 욕실에는 샴푸와 린스와 샤워 젤이 잔뜩 쌓여 있었지만 스펀지는 한 개도 없었다. 이 '스펀지가 없다는 사실'에 이페멜루는 영원히 그들에게 닿을 수 없을 듯한 괴리감을 느꼈다.(어머니에 대한 그녀의 가장 오래된 기억 중 하나는 물 한 양동이를 사이에 두고 욕실 바닥에 마주 앉아 어머니가 이렇게 말하는 것이었다. "응과, 다리 사이를 아주 잘, 아주 잘 닦아라……." 그때 이페멜루는 자기가 얼마나 깨끗이 씻을 수 있는지 어머니에게 보여 주기 위해 목욕용 수세미로 좀 지나치게 열심히 닦았다가 며칠 동안 다리를 쩍 벌린 채 절뚝이고 다녔다.) 그 룸메이트들의 삶에는 추호의 의심 없이 하는 일들이 있었다. 이런 단정적 행동에 그녀는 매혹되었다. 그들은 무엇이 — 맥주, 피자, 버펄로 윙, 술 — 필요하건 간에 상관없이 "좀 먹으러 가자."라는 말을 자주 했다. 마치 그것을 사는 데 돈이 필요치 않은 것처럼. 고향에서는 사람들이 그런 제안을 하기 전에 "너 돈 있니?"라고 먼저 묻는 데 익숙했다. 하지만 이들은 피자 상자를 부엌 식탁에 뒀고, 부엌 자체도 어질러진 상태로 며칠씩 방치돼 있었으며, 주말에 친구들을 불러 거실에서 놀 때면 냉장고 안에는 맥주가 쌓여 있고 변좌에는 오줌 줄기가 말라붙어 있었다.

"우리 지금 파티 갈 건데 너도 같이 가자, 재밌을 거야!" 재키가 말했다. 그래서 이페멜루는 통 좁은 바지와 기니카에게서 빌린 홀터넥 블라우스를 입었다.

"너희는 옷 안 입어?" 아파트를 나오기 전, 룸메이트들이 모두 후줄근한 청바지를 입고 있길래 이페멜루가 이렇게 묻자 재키는 "옷 입었잖아. 얘가 무슨 소리 하는 거야?"라고 말하고는 또 외국인의 별난 기벽이 나왔다는 듯 웃어 댔다. 그들은 체스트넛가(街)에 있는 남학생 사교 동아리 방에 갔는데 모두들 여기저기 흩어져 서서 보드카가 잔뜩 들어간 펀치를 플라스틱 컵에 담아 마시고 있었다. 이페멜루가 오늘 춤추는 시간이 없을 것임을 깨닫기까지는 시간이 좀 걸렸다. 이 나라에서 파티란 선 채로 술 마시는 걸 뜻했다. 파티에 온 학생들은 하나같이 해진 천과 늘어진 칼라의 추레한 차림새로, 모든 옷이 확실하게 낡아 보였다. (수년 뒤 이페멜루는 이런 블로그 포스트를 쓰게 될 것이다. 옷을 차려입는 걸로 말하자면, 미국 문화의 지나친 자기만족은 이 자기표현의 예법을 무시하는 데서 그치지 않고 이러한 무시를 미덕으로 바꿔 놓기에 이르렀다. "우리는 너무 우월하고/ 바쁘고/ 털털하고/ 고지식하지 않아서 남들한테 어떻게 보이는지에 신경 쓰지 않기 때문에 잠옷을 입고 학교에 가거나 속옷 바람으로 쇼핑몰에 갈 수도 있어.") 취기가 점점 오르면서 몇몇이 바닥에 드러눕자 다른 학생들이 사인펜을 가져와서 뻗은 애들의 몸에 글씨를 쓰기 시작했다. 나를 빨아 줘. 식서스[39] 파이팅.

"재키가 그러는데 넌 아프리카에서 왔다며?" 야구 모자를 쓴 남자애가 그녀에게 물었다.

"응."

"쩐다!" 그가 말했다. 이페멜루는 오빈제에게 이 얘기를 들려주는 것을, 자신이 이 남자애의 말투를 흉내 내는 것을 상상했다. 오빈제는 그녀가 하는 이야기의 세밀한 부분을 일일이 확인하고 추가 질문을 하며 샅샅이 파헤친 뒤에 때때로 웃곤 했는데 그럴 때면 그의 웃음소리가 수화기 저편에서 왕왕 울렸다. 한번은 이런 얘기를 한 적이 있었다. 앨리슨이 "야, 우리 뭣 좀 먹으러 갈 건데 너도 같이 가자!"라고 해서 이페멜루는 그것을 초대로 생각했고, 나이지리아에서처럼 앨리슨이나 다른 애들 중 한 명이 자기 밥값을 내 주리라고 기대했다. 하지만 웨이트리스가 계산서를 가져오자 앨리슨은 아무도 남의 몫을 대신 내지 않도록 누가 술을 몇 잔 주문했고, 누가 칼라마리 애피타이저를 먹었는지 따지기 시작했다. 오빈제는 이 얘기를 아주 재미있어하더니 마지막에 이렇게 말했다. "너한테 미국은 그런 곳이구나!"

---

39 미국 프로 농구 팀인 필라델피아 세븐티식서스를 가리킨다.

그녀는 세월이 흐른 뒤에야 비로소 이 이야기를 재미있다고 느끼게 됐다. 당시의 그녀는 미국인의 친절이 끝나는 경계선을 마주할 때마다 당혹감을 감추느라 힘들었고 팁 문화 역시 —총액의 15 내지 20퍼센트를 웨이트리스에게 주는— 일종의 뇌물이 아닌지, 강제적이면서도 효과적인 뇌물 공여 제도가 아닌지 의심스러웠다.

13

처음에 이페멜루는 자기가 다른 사람이라는 걸 잊고 있었다. 사우스필라델피아의 한 아파트에서 피곤한 얼굴을 한 여자가 문을 열고 그녀를 지독한 지린내 속으로 안내했다. 거실이 어둡고 답답해서 그녀는 이 건물 전체가 몇 달, 아니 몇 년 동안 오줌에 푹 젖어 있는 것을, 그리고 자신이 이 자욱한 오줌 증기 속에서 매일 일하는 것을 상상했다. 집 안쪽에서 낮고 으스스한 남자 신음 소리가 들려왔다. 신음만이 유일하게 스스로 할 수 있는 일인 사람이 내는 그 소리에 그녀는 두려움을 느꼈다.

"우리 아버지예요." 여자가 날카롭게 평가하는 눈으로 그녀를 쳐다보며 말했다. "그런데 힘은 세요?"

《시티 페이퍼》광고에는 힘세다는 말이 강조돼 있었다. 힘센 가정 간병인 구함. 현금 지급.

"이 일을 할 수 있을 정도는 돼요." 이페멜루는 당장 이 아파트에서 되돌아 나가 미친 듯이 달리고 또 달리고 싶은 충동과 싸웠다.

"악센트가 예쁘네요. 어디 출신이에요?"

"나이지리아요."

"나이지리아요. 거기 전쟁 중이지 않아요?"

"아닌데요."

"신분증 좀 볼 수 있을까요?" 여자가 신분증을 흘끗 보더니 덧붙였다. "이름을 어떻게 발음한다고요?"

"이페멜루요."

"네?"

이페멜루는 숨이 턱 막혔다. "응고지요. n은 콧소리를 강하게 내야 해요."

"그렇군요." 언제까지나 탈진 상태일 듯한 분위기를 풍기는 그 여자는 전혀 다른 두 개의 발음에 대해 따져 물을 기력도 없어 보였다. "입주할 수 있어요?"

"입주요?"

"네. 여기서 우리 아버지랑 같이 사는 거죠. 빈방이 하나 있어요. 일주일에 사흘 밤 일하면 돼요. 아침에 아버지를 씻겨야 하거든요." 여자가 잠시 말을 멈췄다. "당신은 상당히 말랐네요. 있죠, 면접 볼 사람이 두 명 더 있으니까 나중에 연락드릴게요."

"네. 감사합니다." 이페멜루는 자신이 떨어졌음을 알고 속으로 감사했다.

그다음에 시뷰 레스토랑에 면접 보러 가기 전에는 거울 앞에서 "제 이름은 응고지 오콘쿼입니다."를 반복 연습 했다. "그럼 고즈라고 불러도 될까요?" 지배인이 그녀와 악수한 후 이렇게 물었을 때 그녀는 좋다고 했지만 대답하기 전에 뜸을 들였고, 세상에서 제일 가볍고 짧은 침묵이었다 해도 침묵은 여전히 침묵이었다. 그녀는 이것 때문에 자신이 떨어진 건가 생각했다.

나중에 기니카가 말했다. "그냥 응고지는 네 부족 이름이고, 이페멜루는 정글 이름이고, 또 하나 아무거나 말하면서 네 영적 이름이라고 했으면 됐을 텐데. 아프리카에 관해서는 무슨 개소리를 해도 다 믿거든."

기니카가 카랑카랑한 소리로 웃었다. 그 농담을 완전히 이해하진 못했지만 이페멜루도 따라 웃었다. 갑자기 안개에 싸인 느낌, 자신이 하얀 거미줄을 뚫고 나가려 하고 있는 듯한 느낌이 들었다. 반(半)장님의 가을, 어리둥절함의 가을, 자신이 모르는 난해하고 다층적인 의미가 있음을 아는 상태에서 겪게 되는 경험들의 가을은 이미 시작되어 있었다.

세상은 거즈에 싸여 있었다. 그녀는 사물의 형태를 볼 수 있었지만 또렷이는, 절대 또렷이는 볼 수 없었다. 그녀는 오빈제에게 자신이 당연히 할 줄 알아야 하지만 모르는 것들, 자신의 영역으로 흡수했어야 했지만 하지 못한 세세한 것들이 있다고 말했다. 그러자 그는 그녀가 얼마나 빨리 적응하고 있는지를 상기시켜 줬다. 그의 목소리는 언제나 차분했고, 언제나 위안이 되었다. 그녀는 웨이트리스, 홀 안내원, 바텐더, 계산원 자리에 지원을 하고 연락이 오길 기다렸지만 연락은 절대 오지 않았고, 그녀는 이것을 자기 탓이라고 생각했다. 그녀가 뭔가를 잘못하고 있는 게 분명했지만 그것이 무엇인지는 알지 못했다. 이미 와 버린 가을은 축축했고 하늘은 회색이었다. 그녀의 변변찮은 계좌에서는 돈이 줄줄

새어 나가고 있었다. 할인 매장인 로스에서 제일 싼 스웨터도 깜짝 놀랄 만큼 비쌌고, 버스와 기차 푯값도 점점 쌓여 갔으며, 식료품값도 그녀의 잔고에 구멍을 숭숭 뚫었다. 매번 계산대 앞에 지키고 서서 총액이 올라가는 걸 보고 있다가 30달러가 되면 "그만요. 나머지는 취소할게요."라고 말했는데도 그랬다. 매일 집에 가면 부엌 식탁에 자신한테 온 편지가 있을 것만 같았다. 봉투 안에는 등록금 고지서가 들어 있고 그와 함께 이런 말이 대문자로 찍혀 있는 것이다. 본 통지서의 하단에 적힌 기일까지 등록금을 완납하지 않을 경우 귀하의 학적은 유예됩니다.

편지의 내용보다는 대문자의 강렬함이 더 두려웠다. 그녀는 일어날 수 있는 상황에 대해 막연하게, 하지만 계속해서 걱정했다. 등록금을 안 냈다고 해서 경찰에 체포될 거라고 생각하진 않았지만 미국에서 등록금을 안 냈을 때 무슨 일이 일어날지 어떻게 알겠는가? 오빈제는 아무 일도 없을 거라면서 일단 학교 회계 담당자한테 분할 납부를 신청하라고, 할 수 있는 일은 다 하라고 말했다. 그녀는 랭커스터로(路)의 주유소에 딸린, 북적이는 구멍가게에서 산 싸구려 전화 카드로 오빈제에게 자주 전화를 걸었다. 카드 번호를 알아내기 위해 은박 부분을 동전으로 긁는 것만으로도 마음에 기대감이, 오빈제의 목소리를 다시 들을 수 있다는 기대감이 흘러넘쳤다. 그는 그녀를 진정시켜 줬다. 그와 통화할 때는 자기 감정에 솔직할 수 있었고, 부모님과 통화할 때처럼 억지로 쾌활한 목소리를 내지 않아도 되었다. 부모님에게는 무조건 아주 잘 지낸다고, 곧 웨이트리스로 취직할 것 같다고, 수업에도 아주 잘 적응하고 있다고 말했다.

그녀가 가장 행복한 순간은 디케와 통화할 때였다. 전화할 때는 평소보다 톤이 높은 그의 목소리에 그녀의 마음이 따뜻해졌다. 디케는 자기가 좋아하는 텔레비전 프로그램에서 무슨 일이 있었다는 둥, 자기가 게임 보이의 게임에서 막 새로운 단계를 깼다는 둥의 이야기를 했다. "나 보러 언제 올 거야, 누나?" 그는 자주 묻곤 했다. "예전처럼 누나랑 있었으면 좋겠어. 브라운 양네 집에 가기 싫어. 그 집 욕실에서 냄새 난단 말이야."

　　그녀는 디케가 보고 싶었다. 때로는 그가 이해하지 못할 게 뻔한 얘기를 들려줬다. 학교에 어떤 교수가 있는데 그 사람은 점심 때 잔디밭에 앉아서 샌드위치를 먹고, 자기를 앨이라고 부르라고 하는가 하면, 징 박힌 가죽점퍼를 입고 오토바이를 탄다고 말해 주었다. 처음으로 광고 우편물을 받은 날에는 그에게 이렇게 말했다. "있지, 나 오늘 편지 받았다." 그녀가 어떤 신용 카드를 발급받을 자격이 된다는 그 안내문에는 그녀의 이름이 우아한 이탤릭체로, 철자도 맞게 적혀 있었다. 그 편지는 그녀의 기운을 북돋아 줬고, 그녀를 좀 덜 투명 인간 같게, 좀 더 존재감 있게 만들어 줬다. 그녀의 존재를 아는 누군가가 있었다.

14

그리고 크리스티나 토머스가 있었다. 모든 색채가 씻겨 나간 듯 옅은 하늘색 눈동자와 밝은 금발과 새하얀 피부의 소유자였던 크리스티나 토머스. 미소 띤 얼굴로 안내 데스크에 앉아 있던 크리스티나 토머스. 시체 다리처럼 보이게 만드는 희끄무레한 타이츠를 입고 있던 크리스티나 토머스. 어느 따뜻한 날, 이페멜루는 녹색 잔디밭에 대자로 누운 학생들을 지나 걸어갔다. "신입생 환영"이라는 글씨 밑에 발랄한 풍선이 바글바글 모여 있었다.

"안녕하세요. 여기가 등록하는 곳 맞나요?" 이페멜루가 크리스티나 토머스 — 그때는 이름을 몰랐지만 — 에게 물었다.

"네. 그런데. 당신은. 외국인. 학생. 인가요?"

"네."

"그러면. 먼저. 외국인. 학생. 지원과에. 가서. 서류를. 받아. 와야. 해요."

이페멜루는 동정심에 설핏 미소를 지어 보였다. 외국인 학생

지원과로 가는 길을 알려 줄 때 입술을 오므리고 짜부라뜨리며 그렇게 천천히 말하는 것으로 보아, 크리스티나 토머스에게 무슨 병이 있음이 분명했기 때문이다. 하지만 이페멜루가 서류를 가지고 돌아왔을 때에도 크리스티나 토머스가 "이제. 몇 가지. 서류를. 작성해. 주셔야. 돼요. 이거. 어떻게. 작성하는지. 알겠어요?"라고 말하자 그녀는 크리스티나 토머스가 자신 때문에, 자신의 외국식 악센트 때문에 그렇게 말하고 있음을 깨달았고, 순간 동작이 굼뜨고 침 흘리는 어린아이가 된 듯한 기분을 느꼈다.

"저 영어 할 줄 알아요." 그녀가 말했다.

"물론 그러시겠죠." 크리스티나 토머스가 말했다. "하지만 얼마나 잘하는지 제가 모르니까요."

이페멜루는 움츠러들었다. 서류를 받아 들기 전, 크리스티나 토머스와 눈이 마주치던 그 긴장되고 고요한 순간에 그녀는 움츠러들었다. 낙엽처럼 쪼그라들었다. 평생 영어를 써 왔고, 중등학교 때는 토론 동아리 회장을 맡았고, 미국식 발음은 뭔가의 미완성형 같다고 늘 생각했던 그녀가 오그라들거나 움츠러들어선 안 됐지만 움츠러들었다. 그리고 그 뒤로 몇 주간, 가을의 스산함이 내려앉는 동안에 미국식 악센트를 연습하기 시작했다.

미국 학교에 다니는 것은 쉬웠다. 과제는 이메일로 제출했고, 강의실에서는 에어컨 바람이 나왔으며, 교수들은 기꺼이 보충 시험을 보게 해 줬다. 하지만 교수들이 "참여"라고 부르는 행위는 불편했고, 왜 최종 점수에 포함돼야 하는지 이해할 수 없었다. 그것은 단지 학생들을 떠들고 또 떠들게 하고, 수업 시간을 뻔한 얘기와 공허한 얘기와 때로는 무의미한 얘기로 낭비하게 만들 뿐이었다. 미국인들은 초등학교 때부터 늘 수업 시간에 뭔가를 말하라고, 무슨 얘기든 떠들어 대라고 배웠음이 분명했다. 그래서 그녀는 충분한 지식을 갖춘 학생들, 수업 주제에 관한 지식이 아니라 수업 시간에 어떻게 있어야 하는가에 관한 지식을 충분히 갖췄기에 느긋하게 자기 자리에 앉아 있는 학생들에게 둘러싸인 채 홀로 잔뜩 굳어서 앉아 있었다. 그들은 절대 "모르겠습니다."라고 말하지 않았다. 그 대신 "기억이 잘 안 납니다."라고 말했다. 이 말은 마찬가지로 아무런 정보도 제공하지 않으면서도 학생이 해답을 알고 있을 여지를 남겼다. 그리고 그들, 이 미국인들은 꿈적꿈적 느릿느릿 걸어 다녔다. 그리고 직접적인 지시를 피했다. 그들은 "위층에 가서 물어보세요."라고 말하는 대신 "위층에 가서 물어보시는 편이 나을 거예요."라고 말했다. 누가 발이 걸려 넘어지거나, 사레들리거나, 불운을 당하면, 미국인들은 "유감이에요."라고 말하지 않았다. 뻔히 괜찮지 않은 상황에 그들은 "괜찮으세요?"라고 물었다. 그리고 그들이 사레들리거나 넘어지거나 불운을 당했을 때 "유감이에요."[40]라고 말하면 그들은 놀라서 눈을 크게 뜨고 "아, 당신 잘못이 아니에요."라고 대답했다. 또 그들은 '흥분된다'는 말을 남용했다. 교수는 새로 나온 책에 흥분했고, 학생은 수업 내용에 흥분했으며, 텔레비전에 나온 정치인은 법안에 흥분했다. 총체적으로 흥분이 너무 많았다. 그리고 그들이 매일같이 쓰는 표현 중에는 경악스럽고도 거슬리는 것들이 있었다. 이페멜루는 오빈제의

---

40 유감이라는 뜻으로 말한 "Sorry."를 "미안합니다."로 해석한 것이다.

어머니가 어떻게 생각할지 궁금했다. You shouldn't of done that. (너는 그러지 말았어야 했어.) There is three things.(세 가지가 있다.) I had a apple.(나는 사과 한 개를 먹었다.) A couple days.(이틀.) I want to lay down.(나는 눕고 싶다.)⁴¹ "미국인들은 영어를 못해, 오."라고 그녀는 오빈제에게 말했다. 처음 등교한 날 학교 보건소에 간 그녀는 한구석에 공짜 콘돔이 가득 든 통이 있는 것을 보고 놀라서 조금 지나치게 오래 쳐다보았다. 검진을 마친 후에 접수원이 그녀에게 "다 됐어요!"라고 말하자 그녀는 멍하니 서서 "다 됐어요!"가 무슨 뜻일지 한참 궁리하다가 자신이 해야 할 일을 다 했다는 뜻인가 보다고 추측했다.

그녀는 매일 아침 돈 걱정을 하며 잠에서 깼다. 필요한 교재를 다 사면 방세를 낼 수 없었으므로 수업 시간 중에 남의 교재를 빌려서 미친 듯이 베껴 쓰곤 했는데 나중에 다시 읽어 보면 무슨 말인지 알아볼 수 없을 때도 있었다. 새로 사귄 친구 서맨사는 "나는 피부가 잘 타."라는 말을 자주 하며 햇볕을 피해 다니는 마른 여자였는데 때때로 이페멜루에게 교재를 집에 가져가라고 빌려주었다. "가져가서 베낄 거 있으면 베끼고 내일 돌려줘."라고 말하곤 했다. "네가 얼마나 힘든지 알아. 나도 그래서 몇 년 전에 자퇴하고 취직했었거든." 서맨사는 다른 동기들보다 나이가 많아서 편하게 친구가 될 수 있었다. 언론 정보학과의 나머지 학생들처럼

---

41 모두 문법적으로 틀린 표현이다. 맞는 표현은 다음과 같다. You shouldn't have done that. There are three things. I had an apple. A couple of days. I want to lie down.

매사에 감탄하며 입을 쩍 벌리는 열여덟 살짜리가 아니었으니까. 그래도 이페멜루는 절대 하루 이상 책을 갖고 있진 않았고, 빌려주는 걸 거절할 때도 있었다. 남한테 사정해야 하는 자신의 처지에 화가 났기 때문이다. 그녀는 가끔 수업이 끝난 후 벤치에 앉아 학생들이 중정 가운데에 있는 커다란 회색 조각상 앞을 지나다니는 모습을 바라보곤 했다. 다들 자기가 원하는 형태의 삶을 사는 듯했고, 직장을 구하고 싶다면 구할 수 있을 것 같았다. 그들의 머리 위에서는 가로등에 묶인 작은 깃발들이 평화롭게 펄럭이고 있었다.

이페멜루는 미국에 관한 모든 것을 알고 싶어서, 뭐든 다 아는 듯한 가면을 당장 쓰고 싶어서 안달이 나 있었다. 슈퍼 볼[42]에서 응원하는 팀이 있고, 트윙키[43]가 무엇이며 스포츠에서 '로크아웃'[44]이 뭘 의미하는지 알고, 온스와 제곱피트로 계산하고, '머핀'[45]이 사실은 케이크라는 생각을 하지 않은 채 주문하고, "나 한 건 '올렸어'."라고 말하면서 스스로 바보 같다고 느끼지 않고 싶었다.

오빈제는 그녀에게 미국 책을, 소설책과 역사책과 전기를 읽으라고 제안했다. 그리고 처음으로 보낸 이메일에 ── 얼마 전 은

---

42 미국 프로 미식축구 선수권 대회.

43 미국의 과자 상표명. 안에 하얀 크림이 들어 있는 케이크.

44 구단주들과 선수들이 수익 배분 문제에서 합의에 이르지 못했을 때 선수들이 파업을 선언하여 정규 시즌 경기가 취소되는 것을 말한다.

45 이페멜루가 생각하는 것은 둥글넓적한 영국식 머핀으로, 미국식 머핀처럼 달지 않으며 대개 가로로 잘라서 버터를 발라 먹는다.

수카에 PC방이 생겼다. — 추천 도서 목록을 적어 보냈다. 첫 책은『다음에는 불을』[46]이었다. 그녀는 지루할 것을 각오하고 도서관 책장 옆에 서서 1장을 훑기 시작했지만 차츰 소파로 옮겨 앉아서 책 전체의 4분의 3 되는 부분까지 쉬지 않고 읽은 다음, 자리에서 벌떡 일어나 책꽂이에 있는 제임스 볼드윈의 책을 전부 꺼냈다. 그 뒤로 늘 자유 시간은 믿기 힘들 만큼 조명이 환한 도서관에서 보냈다. 선명한 컴퓨터 모니터, 깨끗하고 환기가 잘되는 널찍한 열람실, 마치 어서 오라고 말하는 듯한 모든 것의 환함은 거의 죄악에 가까운 퇴폐처럼 느껴졌다. 여태껏은 너무 여러 손을 거쳐서 중간중간에 페이지가 없거나 떨어지는 책을 읽는 데 익숙했는데 지금은 뼈대가 튼튼한 책들의 대열 안에 있었기 때문이다. 그녀는 세심하면서도 화려한 문체로 오빈제에게 자신이 읽은 책들에 관해 이야기했고 이 편지들은 그들 사이에 새로운 친밀의 영역을 열어 주었다. 마침내 그녀도 책이 오빈제에게 얼마나 큰 영향을 주는지를 이해하기 시작했던 것이다. 예전에는 「이바단」이라는 시 때문에 이바단 대학교에 가고 싶어 하는 그의 마음을 이해할 수 없었다. 어떻게 고작 몇 줄의 글이 생판 모르는 장소를 갈망하게 만들 수 있단 말인가? 하지만 가죽 냄새를 풍기며 미지의 즐거움을 약속하는 수많은 책들을 발견하고, 아래층 안락의자에 다리를 오므리고 앉거나 형광등 불빛이 책장에 반사되는 위층 책상에 앉아서 몇 주를 보낸 후, 그녀는 마침내 이해하게 되었다. 그리

---

46 미국의 흑인 작가 제임스 볼드윈(1924~1987)의 수필집. 미국 내의 인종과 종교 문제를 다뤘다.

고 오빈제가 추천한 책들을 다 읽고 난 뒤에도 책장에서 무작위로 책을 꺼내 1장만 읽어 보고 도서관에서 속독할 것인지 대출할 것인지를 결정했다. 책을 읽어 나갈수록 미국에 관한 신화들이 의미를 띠고, 미국의 파벌주의 — 인종, 이념, 지역에 따른 — 가 또렷하게 이해되기 시작했다. 그리고 그녀는 새로 얻은 지식에 위안을 받았다.

"너 방금 '흥분된다'고 한 거 알아?" 어느 날 오빈제가 재미있어하는 목소리로 그녀에게 물었다. "너 방금 대중 매체 수업이 흥분된다고 말했어."

"그래?"

새로운 말들이 그녀의 입에서 튀어나왔다. 주위를 둘러쌌던 안개 기둥들이 사라지고 있었다. 나이지리아에서였다면 그녀는 매일 밤 속옷을 빨아서 욕실 구석에 널었을 것이다. 하지만 지금은 바구니에 쌓아 두었다가 금요일 저녁이 되면 세탁기에 넣고 돌렸다. 이것을, 더러운 속옷을 쌓아 두는 행위를, 정상이라고 생각하게 된 것이다. 그녀는 수업 시간에도 책에서 얻은 자신감에 들떠서, 교수의 의견에 반대해도 교수가 버릇없다고 혼내는 대신 잘하고 있다는 뜻으로 고개를 끄덕인다는 사실이 짜릿해서, 곧잘 손들고 말하게 되었다.

"우리는 수업 시간에 영화도 봐." 그녀가 오빈제에게 말했다. "미국인들은 영화가 책만큼이나 중요한 것처럼 얘기해. 그래서 영화를 보고 감상문을 써 내면 거의 모두에게 A를 줘. 상상이 가? 미국인들은 진지하지가 않다니까, 오."

역사학과의 심화 토론 수업에서 무어 교수 — 친구가 없어서 감정적 영양실조에 걸린 듯한 외모의, 왜소하고 자신감 없어 보이는 여자 — 는 드라마 「뿌리」의 몇 장면을 보여 주었다. 어두운 강의실의 칠판 위에 밝은 영상이 비쳤다. 그녀가 프로젝터를 끄자 하얀 빛의 조각이 잠시 유령처럼 벽 위를 맴돌다 사라졌다. 이페멜루는 「뿌리」를 비디오로 처음 보았다. 오빈제랑 그의 어머니와 함께 은수카 집의 거실 소파에 푹 파묻혀 앉아서 봤다. 쿤타 킨테가 한참을 매 맞은 끝에 노예 이름을 받아들일 때 오빈제의 어머니가 벌떡 일어나더니 — 어찌나 갑작스럽게 일어났던지 하마터면 가죽 방석에 발이 걸려 넘어질 뻔했다. — 거실 밖으로 나가 버렸는데 그 짧은 순간에 이페멜루는 그녀의 붉어진 눈을 보았다. 오빈제의 어머니처럼 남의 시선에 아랑곳 않고 자기만족 안에 갇혀 사는 사람이 영화를 보다가 울 수도 있다는 사실에 그녀는 깜짝 놀랐다. 그런데 지금, 창문을 가렸던 블라인드가 올라가면서 강의실에 다시 한번 빛이 쏟아져 들어오자 이페멜루는 「뿌리」를 처음 봤던 토요일 오후를 떠올렸고 당시 오빈제의 어머니를 보면서 자신에게 뭔가가 결여됐다고 느꼈던 것, 자신도 울 수 있다면 얼마나 좋을까 하고 바랐던 것이 생각났다.

"자, 그럼 영화 속 역사 묘사에 대해 이야기해 봅시다." 무어 교수가 말했다.

그때 강의실 뒤편에서 단호한 여자 목소리가 외국식 악센트로 물었다. "왜 '깜둥이'라는 말이 삐 처리 됐나요?"

그러자 일동의 한숨이 작은 바람처럼 교실을 훑고 지나갔다.

"아, 지상파 방송을 녹화한 거라서 그래요. 이 수업에서 다뤘으면 하는 주제 중 하나가 '대중문화에서 역사가 어떻게 묘사되는 가.'인 만큼 그 단어의 사용도 확실히 중요한 부분이겠네요." 무어 교수가 말했다.

"전 이해가 되지 않아요." 단호한 목소리가 말했다. 이페멜루는 뒤돌아봤다. 릴랙서로 펴지 않은 그 여학생의 머리는 남자 머리처럼 짧았고, 이마가 넓고 살이 없는 예쁜 얼굴은 텔레비전에서 본, 장거리 경주 우승을 늘 독식하는 동아프리카인들을 생각나게 했다.

"제 얘기는 '깜둥이'가 이미 존재하는 말이라는 거예요. 사람들이 실제로 사용하고 있고 미국의 일부란 말이죠. 그런데 지금껏 많은 사람들한테 고통을 준 그 말을 삐 소리로 지우는 건 모욕이라고 생각해요."

"자……." 무어 교수가 도움을 청하듯 주위를 둘러봤다.

강의실 한가운데에서 걸걸한 목소리가 이에 답했다. "그 말이 그렇게 큰 고통을 줬기 때문에 쓰면 안 되는 거예요!" '안 되는'이란 말이 날카롭게 공기 중으로 퍼져 나갔다. 그 말을 한 사람은 고리 모양의 대나무 귀걸이를 한 아프리카계 미국인 여학생이었다.

"그러니까 그 말을 할 때마다 아프리카계 미국인들이 상처 받는다는 거죠." 앞쪽에 앉은 더벅머리 백인 남학생이 말했다.

이페멜루가 손을 들었다. 얼마 전에 읽은 윌리엄 포크너의 『8월의 빛』이 생각나서였다. "그 말이 늘 상처를 주는 건 아니라고 생각해요. 말한 의도와 사람에 따라 다르다고 생각합니다."

그러자 옆자리의 여학생이 새빨갛게 달아오른 얼굴로 뻑 소리를 질렀다. "아니에요! 누가 말하든 똑같아요."

"헛소리예요." 또다시 단호한 목소리였다. 그 목소리에는 두려움이 없었다. "우리 어머니가 나를 몽둥이로 때리는 거랑 모르는 사람이 때리는 거랑은 전혀 다르니까요."

이페멜루는 "헛소리"라는 말에 어떻게 반응하는지 보려고 무어 교수를 쳐다보았다. 그러나 교수는 그 말을 듣지 못한 듯했다. 되레 희미한 공포로 굳은 그녀의 얼굴에 점차 일그러진 미소가 번지고 있었다.

"아프리카계 미국인이 쓸 땐 의미가 다르다는 데에는 동의하지만 영화에서 사용돼선 안 된다고 생각해요. 그렇게 되면 그 말을 사용해선 안 되는 사람들이 사용해서 다른 사람들에게 상처를 줄 수 있기 때문이에요." 이 강의실 안에 있는 흑인 네 명 중 마지막 한 명인, 피부색이 옅은 아프리카계 미국인 여학생이 말했다. 그녀는 정신을 산란하게 만드는 꽃자주색 스웨터를 입고 있었다.

"하지만 그건 자기 부정과도 같아요. 현실에서 사용되고 있다면 작품에서도 그대로 쓰여야죠. 숨긴다고 해서 사라지진 않아요." 단호한 목소리였다.

"아 뭐, 당신들이 백인한테 우리를 팔아넘기지 않았더라면 지금 이런 얘기를 하고 있지도 않았겠죠." 걸걸한 목소리의 아프리카계 미국인 여학생이 말했다. 아까보다 낮은데도 모두에게 똑똑히 들리는 목소리였다.

강의실이 정적에 잠겼다. 그러나 잠시 후 단호한 목소리가 또다시 들려왔다. "미안하지만 동포를 팔아넘긴 아프리카인들이 없었더라도 대서양 노예 무역은 어차피 생겨났을 거예요. 유럽인들의 사업이었으니까. 유럽인들이 플랜테이션 농장에 필요한 노동

력을 찾아 나섰기 때문에 일어난 일이라고요."

그때 무어 교수가 작은 목소리로 끼어들었다. "자, 그럼 이제 역사가 재미를 위해 희생되는 경우에 대해 얘기해 봅시다."

수업이 끝난 후 이페멜루와 단호한 목소리는 자기도 모르게 서로를 향해 나아갔다.

"안녕. 나는 왐부이라고 해. 케냐에서 왔어. 너는 나이지리아인이지?" 그녀에겐 사람을 압도하는 분위기가 있었다. 세상의 모든 사람과 모든 것을 바로잡는 일을 필생의 사명으로 삼은 사람.

"응. 나는 이페멜루라고 해."

그들은 악수를 했다. 그 뒤로 몇 주에 걸쳐 그들은 오랫동안 지속될 우정을 쌓게 될 것이다. 왐부이는 아프리카인 학생 협회 (ASA)의 회장이었다.

"ASA를 모른다고? 다음 모임이 목요일에 있는데 너 꼭 와야 겠다." 그녀가 말했다.

모임은 휘턴 홀 지하의 컴컴하고 창문 없는 방에서 열렸다. 일회용 접시, 피자 상자와 탄산음료 병이 금속 탁자 위에 쌓여 있고 접의자가 찌그러진 반원형으로 놓여 있었다. 나이지리아인, 우간다인, 케냐인, 가나인, 남아공인, 탄자니아인, 짐바브웨인과 콩고인 한 명, 기니인 한 명이 둘러앉아 먹고 이야기하며 서로의 기운을 북돋아 주었다. 그물망처럼 겹겹이 쌓이는 다양한 악센트가 그리운 고향의 소리를 만들어 냈다. 그들은 미국인들이 하는 말을 우스꽝스럽게 흉내 냈다. 너 정말 영어 잘한다. 너네 나라 에이즈 감염률은 얼마나 심각해? 아프리카 사람들은 1달러도 안 되는 돈으로 하루를 산다니 정말 슬프다. 그리고 그들 스스로도 아프리카의 부조리와 아둔함에 관련된 일화를 주고받으면서 킥킥대고는 그렇게 조롱해도 괜찮다고 생각했다. 왜냐하면 그것은 그리움에서 비롯된 조롱, 공허한 장소가 다시 충만해지는 것을 보고 싶은 비통한 열망에서 비롯된 조롱이었기 때문이다. 이곳에서 이페멜루는 처음으로 돌아가 다시 시작하는 듯한 느낌을 받았다. 이곳에서는 자신을 설명할 필요가 없었다.

왐부이는 모두에게 이페멜루가 일자리를 찾고 있다고 미리 말해 두었다. 그래서 길게 땋은 머리를 한, 여성스러운 우간다인 도러시가 자신이 웨이트리스로 일하는 센터시티의 레스토랑에서 사람을 뽑고 있다고 말했다. 하지만 그 전에, 공학과 정치학을 복수 전공 하는 탄자니아인 므윔베키가 이페멜루의 이력서를 훑어보더니 나이지리아에서 삼 년 동안 대학에 다녔다는 얘기는 빼라고 했다. 미국인 고용주는 고학력자가 하위직으로 들어오는 걸 달가워하지 않기 때문이었다. 므윔베키의 편안한 분위기와 조용하지만 강인한 성품은 오빈제를 생각나게 했다. 그는 모임 때마다 모두를 웃게 만들었다. "나는 니에레레[47]의 사회주의 덕분에 초등교육을 아주 잘 받았다고." 므윔베키는 곧잘 말하곤 했다. "안 그랬으면 지금쯤 다르에스살람에서 못생긴 기린이나 깎아서 관광객한테 팔고 있었을걸." 가나인과 나이지리아인 학생이 새로 왔

---

47 줄리어스 니에레레(1922~1999). 탄자니아의 초대 대통령(집권 1964~1985). 사회주의 정책으로 탄자니아 국민의 교육 수준과 단결력을 높였으나 경제 개발에는 실패했다.

을 때 므웜베키는 스스로 환영사라 칭하는 얘기를 그들에게 들려 줬다.

"K마트 갔을 때 제발 한 벌에 5달러라는 데 혹해서 청바지 스무 벌 사지 마. 그 청바지 어디 도망 안 가. 개네들은 내일도 거기 있을 거고 가격도 더 내렸을 거야. 너희가 지금 있는 곳은 미국이니까 점심에 따뜻한 음식 먹을 생각 하지 마. 그런 아프리카식 취향은 버려야 해. 미국인은 자기 집에 찾아온 손님이 돈 몇 푼만 쥐여 주면 집 구경을 시켜 줘. 고향에서였다면 누가 안방 근처에만 와도 아버지가 버럭 화내셨으리란 사실은 잊어버려. 자고로 집 구경이란 거실로 끝나야 한다는 거, 정말 필요할 때에만 화장실도 보여 준다는 건 우리 모두 잘 알아. 하지만 미국인이 집 안 구석구석을 안내해도 얼굴에 계속 미소를 띤 채 따라다니도록 해. 다 둘러본 다음에는 모든 게 마음에 든다고 말하는 거 잊지 말고. 그리고 미국인 커플의 무분별한 스킨십에 충격받지 마. 카페테리아에서 줄 서 있을 때 여자애가 남자애의 팔을 만진다든지, 남자애가 여자애의 어깨에 팔을 두른다든지, 두 사람이 서로의 어깨와 등을 쓰다듬고 쓰다듬고 또 쓰다듬는다든지 해도 이런 행동을 절대 따라 해선 안 돼."

모두가 웃음을 터뜨렸다. 왐부이가 스와힐리어로 뭐라고 외쳤다.

"너희는 곧 미국식 악센트를 따라 하기 시작할 거야. 고객 센터 상담원이 계속 '네? 네?' 하고 묻는 게 싫어서. 그리고 여기 있는 우리 형제 코피처럼 완벽한 미국식 악센트를 구사하는 아프리카인을 우러러보기 시작하겠지. 코피는 두 살 때 가나에서 이민

왔지만 얘의 악센트에 속으면 안 돼. 집에서는 매일 켄키[48]를 먹고, 학교에서 C를 받아 왔을 때에는 아버지한테 따귀를 맞았거든. 얘네 집에서 미국식 횡수작은 통하지 않아. 가나에도 매년 간다고. 우리는 코피 같은 애들을 미국계 아프리카인이라고 불러. 아프리카계 미국인은 노예의 후손인 형제자매들을 부르는 말이니까."

"C가 아니라 B⁻였어." 코피가 끼어들었다.

"진정한 범아프리카주의 정신에 입각해서 아프리카계 미국인 형제자매들과도 친해지려고 해 봐. 하지만 아프리카인 동포들과도 계속 친구로 지내야 올바른 시각을 유지할 수 있을 거야. ASA 모임에는 항상 참석하되, 꼭 그래야 한다면 흑인 학생회(BSU)에도 한번 가 봐. 일반적으로 아프리카계 미국인은 BSU에 가고 아프리카인은 ASA에 간다는 거 명심해. 양쪽 다 가는 사람도 가끔 있지만 많지는 않아. BSU에 가는 아프리카인은 자신감이 없는 애야. 입을 여는 순간 케냐인인 게 확 티가 나는데도 '난 원래 케냐에서 왔어.'라고 얼른 말하는 애들이지. 우리 모임에 오는 아프리카계 미국인들은 어머니의 땅 아프리카에 대한 시를 쓰고, 모든 아프리카인이 누비아 사막의 여왕이라고 생각하는 애들이야. 하지만 너를 만딩고[49]나 파리 끈끈이라고 부르는 아프리카계 미국인은 네가 아프리카인이라는 이유로 욕하는 거야. 어떤 애들은 아프리카에 관한 짜증 나는 질문을 하겠지만 말이 통하는 애들도 있어. 그래

---

48 서아프리카 요리. 옥수숫가루 반죽을 시큼한 맛이 날 때까지 발효시켜 바나나 잎에 싸서 찐 다음 수프, 스튜, 고추 소스 등과 함께 먹는다.

49 말리 등 서아프리카 국가들에 거주하는 흑인종.

도 흑인이건 백인이건 미국인보다는 한국인, 인도인, 브라질인 같은 다른 외국인 학생과 친해지는 게 훨씬 쉽다는 사실을 알게 될 거야. 외국인 학생은 대부분 미국 비자를 받는 게 얼마나 힘든지 알기 때문에 그 동질감에서부터 우정이 싹트기 시작하거든."

또다시 웃음이 터졌다. 므웜베키도 자신의 농담을 지금 처음 들어 본다는 듯이 큰 소리로 웃어 댔다.

나중에 그 자리를 떠나며 이페멜루는 디케를 생각했다. 디케가 대학에 가면 ASA에 참석할까, BSU에 참석할까, 남들은 그를 미국계 아프리카인으로 생각할까, 아프리카계 미국인으로 생각할까 궁금했다. 그는 자신이 누구인지를 선택해야 할 것이다. 아니, 어쩌면 되레 남들이 그가 누구인지를 선택해 줄지도 모른다.

이페멜루는 도로시가 일하는 레스토랑에서 면접을 잘 봤다고 생각했다. 홀 안내원 자리 면접이었으므로 좋은 셔츠를 입고 따뜻한 미소를 띤 채 힘차게 악수를 했다. 여지배인은 주체할 수 없을 만큼 행복해 미치겠다는 듯이 깔깔대며 그녀에게 말했다. "좋아요! 수고하셨어요! 곧 연락드릴게요!" 그래서 그날 저녁 전화벨이 울렸을 때 그녀는 부디 합격 소식이길 바라며 낚아채듯 수화기를 집어 들었다.

"이페멜루, 케두?" 우주 고모였다.

우주 고모는 직장 구했냐는 전화를 너무 자주 걸었다. "고모, 구하게 되면 고모한테 제일 먼저 전화할게." 지난번 통화 때, 그러니까 바로 어제 그렇게 말했는데도 우주 고모는 지금 또 전화를 한 것이다.

"별일 없어." 이페멜루가 이렇게 말하고 "일자리는 아직 못 구했어."라고 덧붙이려는 순간, 우주 고모가 말했다. "디케한테 일이 있었어."

"뭐라고?" 이페멜루가 물었다.

"브라운 양이 디케가 어떤 여자애랑 옷장 안에 있는 걸 봤다고 그러더라. 여자애는 3학년이야. 아마 서로 은밀한 부위를 보여 주고 있었겠지."

침묵이 흘렀다.

"그게 다야?" 이페멜루가 물었다.

"무슨 말이야, 그게 다냐니. 디케는 아직 일곱 살도 안 됐다고! 이게 대체 무슨 일이니? 내가 이런 꼴 보려고 미국에 왔니?"

"사실 며칠 전 수업 시간에 이런 주제에 관한 글을 읽었어. 지극히 정상이야. 애들은 어렸을 때 그런 걸 궁금해하지만 제대로 이해하지는 못해."

"정상이라니, 콰? 절대 정상이 아니야."

"고모, 우리도 어렸을 때 그랬어."

"일곱 살 때는 아니야! **투피아콰!** 걔가 그런 걸 어디서 배웠겠니? 놀이방에서 배운 거지. 앨마가 그만둬서 브라운 양한테 맡기기 시작한 후로 애가 변했어. 가정 교육도 제대로 못 받은 야만스러운 애들한테서 못된 걸 배우고 있는 거라고. 나 이번 학기 끝나면 매사추세츠주로 이사 가기로 했다."

"안 돼 안 돼!"

"나는 전공의 과정을 거기서 마칠 거고, 디케는 지금보다 나은 학교랑 놀이방에 다니게 될 거야. 바살러뮤가 자기 사무소를 차리려고 보스턴에서 워링턴이라는 작은 마을로 이사한다니까 우리 둘 다 새 출발 하는 셈이지. 거기 초등학교가 아주 좋대. 그리고 그 동네 의사가 병원을 확장하려고 동업자를 구하고 있어. 얘기도 해 봤는데 내가 전공의 과정 마치고 그 병원에 간다니까 관심을 보이더라고."

"매사추세츠 촌구석에 가려고 뉴욕을 떠나겠다고? 전공의 과정 중간에 그렇게 그만둬도 돼?"

"당연하지. 러시아에서 온 내 친구 올가 기억나니? 걔도 다른 곳으로 가는데 옮긴 곳에서 일 년을 더 다녀야 한대. 걔는 피부과 개업을 하고 싶은데 여기 환자들은 대부분이 흑인이고, 걔 말로는 검은 피부에서는 피부병이 다르게 보인다는데 자기는 영원히 흑인 동네에서 개업의로 살다가 끝낼 생각이 없으니까 백인 환자들이 있는 곳으로 가고 싶다는 거지. 걔를 욕할 수도 없어. 내가 지금 있는 병원이 수준은 더 높지만 일자리는 작은 동네에 더 많을 수도 있거든. 게다가 내가 진지하지 않다고 바살러뮤가 오해하게 만들고 싶지 않아. 내가 어린 나이는 아니잖니. 이제 노력하고 싶어."

"정말 그 남자랑 결혼할 작정이구나."

우주 고모는 짐짓 화난 척하며 말했다. "이페멜루, 우리 그 단계는 이미 지나지 않았니? 일단 이사하고 나면 곧바로 법원에 가서 결혼할 거야. 그래야 바살러뮤가 디케의 법적 부모 노릇을 할 수 있지."

그때 이페멜루에게 다른 전화가 들어오고 있음을 알리는 삐삐 소리가 들렸다. "고모, 내가 나중에 다시 걸게." 그녀는 이렇게 말하고 고모가 뭐라 대꾸하기도 전에 전화를 끊어 버렸다. 전화

건 사람은 레스토랑 지배인이었다.

"미안해요, 응고지 씨." 그녀가 말했다. "이 자리에 더 적합한 사람을 채용하기로 했어요. 행운을 빌어요!"

이페멜루는 수화기를 내려놓고 어머니를, 어머니가 곧잘 악마를 탓하곤 하던 것을 생각했다. "악마는 거짓말쟁이야. 악마는 우리를 방해하려고 해." 그녀는 전화기를 한동안 쳐다보다가 눈을 돌려 탁자에 놓인 청구서를 바라보았다. 서서히 가슴이 죄어들면서 숨이 막혀 왔다.

15

사내는 키가 작고, 근육이 지나치게 발달하고, 햇볕에 탈색된 머리카락이 듬성듬성한 사람이었다. 그는 문을 열면서 냉정하게 평가하는 눈빛으로 그녀를 쓱 한번 훑어보고는 미소를 지으며 말했다. "들어와요. 내 사무실은 지하에 있어요." 살갗에 소름이 돋으면서 불안감이 엄습했다. 입술이 얇은 이 사내의 얼굴에는 어딘지 모르게 구린 데가 있었다. 그는 부패가 친숙한 남자의 분위기를 풍겼다.

"난 굉장히 바쁜 사람이에요." 그가 약간 꿉꿉한 냄새가 나는, 비좁은 사무실의 의자를 가리키며 말했다.

"광고 보고 짐작했어요." 이페멜루가 말했다. 아드모어에 거주 중인 바쁜 스포츠 코치의 개인 여비서 구함. 의사소통 및 대인 관계 기술 필수. 그녀는 의자에 앉았다. 끄트머리에 걸어앉다시피 했다. 《시티 페이퍼》 광고를 읽었던 기억을 떠올리자 불현듯 자신이 지금 미국의 낯선 집 지하실에 낯선 남자와 단둘이 있다는 사실이 생각났다. 그는 양손을 청바지 주머니 깊숙이 찔러 넣은 채 잰걸음으로 왔다 갔다 하면서 자신이 얼마나 오라는 데가 많은 테니스 코치인지를 이야기했고, 이페멜루는 그가 바닥에 쌓인 스포츠 잡지 더미에 걸려 넘어질 수도 있겠다고 생각했다. 그를 쳐다보고 있는 것만으로도 머리가 어지러웠다. 그는 말하는 속도도 걷는 속도만큼이나 빨랐고, 이상하게 신경이 곤두선 표정을 하고 있었다. 눈을 지나치게 크게 뜨고 너무 오랫동안 깜빡이지 않았다.

"자, 그럼 본론을 말할게요. 일자리는 두 가지예요. 하나는 사무직이고, 하나는 내 긴장을 풀어 주는 일이에요. 사무직은 이미 채용했어요. 어제 시작했는데 브린마 대학교 학생이고, 밀린 일 처리하는 데만 일주일은 족히 걸릴 거예요. 저기 어딘가에는 분명 뜯어보지도 않은 수표도 있을 테니까요." 그는 주머니에서 한 손을 빼내어 지저분한 책상을 가리켰다. "그러니까 나한테 필요한 건 긴장을 풀어 줄 사람이에요. 당신이 원하면 지금 바로 채용할게요. 하루에 100달러 줄 건데 나중에는 더 줄 수도 있고, 필요할 때만 일해요. 정해진 날에 하는 게 아니고."

100달러면 거의 한 달 치 방세에 해당하는 금액이었다. 그녀는 자세를 고쳐 앉았다. "그런데 '긴장을 풀어 준다'는 게 정확히 무슨 뜻인가요?"

그녀는 그를 빤히 쳐다보면서 설명을 기다렸다. 시외까지 나오느라 쓴 기찻삯을 생각하니 마음이 불편해지기 시작했다.

"이봐요, 당신도 어린애가 아니잖아요." 그가 말했다. "난 정말 열심히 일하는데 잠을 못 자요. 휴식을 취할 수가 없단 말이에요. 그런데 약도 안 하니까 긴장을 풀어 줄 사람이 있어야겠다고 생각한 거죠. 예를 들어 당신이 마사지 같은 걸 해 주면 그게 긴장을 푸는 것 아니겠어요? 전에 하던 여자는 얼마 전에 피츠버그로 이사 갔어요. 정말 괜찮은 일이라고, 적어도 그 여자는 그렇게 생각했죠. 대출받은 학자금을 갚는 데 큰 보탬이 됐으니까요." 그가 계산된 속도로 말하고 있는 것으로 보아 이 얘기를 많은 여자에게 해 봤음을 알 수 있었다. 그는 친절한 남자가 아니었다. 그의 말뜻을 정확히 알 수는 없었지만 그것이 무엇이든 간에 그녀는 여기 온 걸 후회했다.

그녀가 자리에서 일어나며 말했다. "좀 더 생각해 보고 전화드려도 될까요?"

"그러세요." 그가 어깨를 으쓱했다. 갑작스러운 짜증이 잔뜩 붙은 몸짓이었다. 이렇게 엄청난 행운을 몰라보다니 믿을 수 없다는 투였다. 그녀를 배웅할 때 그는 그녀의 마지막 말이었던 "감사합니다."에 대꾸도 않은 채 문을 확 닫았다. 그녀는 기찻삯을 아까워하며 역까지 걸어갔다. 나무들이 색채의 향연을 벌이고 있었다. 붉고 노란 잎들이 공기를 황금색으로 물들였다. 그녀는 얼마 전 어딘가에서 읽은 말을 떠올렸다. 자연의 첫 순(筍)은 황금색.[50] 향긋하고 건조해서 상쾌한 공기를 들이마시자 하마탄 철의 은수카가 떠오르면서 불현듯 향수가 가슴을 파고들었다. 너무 저릿하고 갑작스러워서 눈에 눈물이 차올랐다.

---

50 미국의 시인 로버트 프로스트(1874~1963)의 시 「황금색은 머물지 못한다」의 첫 구절.

그녀는 면접을 보러 가거나 구직 관련 전화를 걸 때마다 이번이 정말 마지막이 될 거라고 혼잣말하곤 했다. 이번에는 웨이트리스 자리가, 홀 안내원 자리가, 보모 자리가 자신의 것이 될 거라고 말이다. 하지만 그렇게 기원하는 동안에도 이미 마음속 한구석에서는 우울이 자라나고 있었다. "내가 뭘 잘못하고 있는 걸까?" 그녀는 기니카에게 물었고 기니카는 그녀에게 인내심을, 희망을 가지라고 말했다. 그녀는 이력서를 쓰고 또 썼고, 라고스에서 웨이트리스로 일한 경력을 지어냈으며, 기니카의 집에서 보모로 일했다고 썼고, 왐부이네 집주인을 추천인으로 적었으며, 면접을 볼 때마다 따뜻한 미소를 띤 채 힘차게 악수했다. 미국 직장에서 면접 보는 요령에 관한 책에 나온 건 전부 다 했다. 하지만 한 군데도 오라는 데가 없었다. 외국식 악센트 때문이었을까? 아니면 경험 부족 때문이었을까? 하지만 그녀의 아프리카인 친구들은 모두 직업이 있었고, 경험이라고는 전무한 학교 동기들도 직장만 잘 구했다. 한번은 체스트넛가(街) 근처 주유소에 간 적이 있었는데 덩치 큰 멕시코인이 시선을 그녀의 가슴에 고정한 채 말했다. "주유소에서 일하러 왔어요? 당신이라면 다른 일거리를 줄 수도 있을 것 같은데." 그러고는 음흉한 눈길을 거두지 않은 채 미소 띤 얼굴로 이미 사람을 구했다고 말했다. 그녀는 어머니가 말한 악마에 대해 더 많이 생각했다. 악마가 이 일에 관여하고 있는지도 모른다고 상상하기 시작했다. 그녀는 자신에게 필요한 이력이 무엇이고 필요 없는 이력이 무엇인지 가늠하며 끝없이 이력서에 뭔가를 추가하고 빼길 반복했고, 일주일에 한 번 쌀과 콩을 요리해 놓고 점심, 저녁 때마다 일인분씩 전자레인지에 데워 먹었다. 오빈제는 그녀에게 돈을 좀 보내 주겠다고 제안했다. 런던 사는 사촌이 다녀가면서 파운드화를 좀 주고 갔다는 것이었다. 에누구에 가서 달러로 환전해 오겠다고 했다.

"어떻게 나이지리아에 있는 네가 나한테 돈을 보낼 수가 있어? 그 반대가 되어야지." 그녀가 말했다. 하지만 그는 그래도 그녀에게 돈을 보냈다. 100달러가 조금 넘는 돈을 세심하게 카드에 싸서.

기니카는 밤늦게 끝나는 인턴 일과 법학 대학원 시험공부를 병행하느라 바빴지만 이페멜루에게 자주 전화해서 구직 활동이 어떻게 되어 가는지 물었고, 이페멜루를 희망을 향해 몰아세우기라도 하려는 것처럼 늘 특유의 낙천적인 목소리로 말했다. "킴벌리라고, 내가 예전에 인턴으로 일했던 자선 재단 이사장이 있는데 그 여자가 나한테 전화해서는 자기네 보모가 그만두기로 해서 새사람을 찾고 있대. 내가 네 얘기를 했더니 만나 보고 싶다더라고. 그 집에서는 너한테 주는 돈, 세무 신고 안 할 거니까 너도 남의 이름 안 써도 돼. 너 내일 몇 시에 끝나? 내가 면접 보는 데까지 따라가 줄게."

"내가 이번에 취직되면 첫 월급은 너한테 준다." 이페멜루가 이렇게 말하자 기니카는 웃음을 터뜨렸다.

기니카는 부티가 줄줄 흐르는 집의 원형 진입로에 차를 세웠다. 단단한 석조 건물의 외관은 고압적인 분위기를 풍겼고 현관에는 하얀 기둥 네 개가 거들먹거리며 솟아 있었다. 킴벌리가 현관문을 열었다. 그녀는 날씬하면서도 허리가 꼿꼿했고 양손을 사용해서 풍성한 금발을 뒤로 넘겼다. 마치 한 손으로는 그 많은 머리칼을 도저히 감당할 수 없다는 듯이.

"만나서 정말 반가워요." 악수를 할 때 그녀가 미소를 지으며 이페멜루에게 말했다. 그녀의 손은 작고 앙상하고 연약했다. 터무니없이 가는 허리에 벨트를 두른 황금색 스웨터를 입고 풍성한 금발을 늘어뜨린 채 황금색 아파트에 앉아 있는 그녀는 마치 햇빛처럼 비현실적으로 보였다.

"이쪽은 우리 언니 로라인데 잠깐 놀러 왔어요. 우리는 거의 매일 서로의 집에 놀러 가거든요! 옆집에 사는 거나 다름없으니까. 애들은 외할머니랑 포코노산(山)에 여행 가서 내일 와요. 애들이 없을 때 보는 게 좋을 것 같아서요."

"안녕하세요." 로라가 말했다. 그녀는 킴벌리처럼 마르고 꼿꼿하고 금발이었다. 이페멜루는 나중에 그들의 외모를 오빈제에게 묘사할 때 킴벌리가 가늘고 부러지기 쉬운 뼈를 가진 작은 새 같은 인상이었던 반면 로라는 부리가 뾰족하고 성격이 음침한 매를 떠올리게 했다고 말하게 될 것이다.

"안녕하세요. 이페멜루라고 해요."

"정말 아름다운 이름이네요." 킴벌리가 말했다. "뭔가 의미가 있는 이름인가요? 저는 다문화권 이름을 좋아해요. 거기에는 멋지고 풍요로운 문화에서 유래한, 멋진 의미가 담겨 있거든요." 킴벌리는 "문화"가 자신에겐 낯선, 유색인들의 다채로운 보고(寶庫)라고, 반드시 "풍요로운"이라는 형용사의 수식을 받아야 한다고 생각하는 사람 특유의 다정한 미소를 짓고 있었다. 그녀는 절대 노르웨이가 "풍요로운 문화"를 가졌다고 생각하지는 않을 것이었다.

"뭘 뜻하는지는 잘 모르겠어요." 이페멜루는 이렇게 말하면서 기니카의 얼굴에 재밌어하는 표정이 스치는 것을, 눈으로 보진 않았지만 느꼈다.

"차 좀 드실래요?" 킴벌리가 반짝이는 크롬과 화강암과 널찍한 공간으로 이루어진 부엌을 향해 앞장섰다. "우리는 홍차를 마시거든요. 하지만 물론 다른 음료도 있어요."

"홍차 좋아요." 기니카가 말했다.

"이페멜루, 당신은요?" 킴벌리가 물었다. "제가 분명 엉망으로 발음하고 있겠지만 정말 아름다운 이름이에요. 정말 아름다워요."

"아니에요, 제대로 발음하셨어요. 저는 물이나 오렌지 주스 마실게요." 이페멜루는 나중에 알게 될 것이다. 킴벌리가 "아름다운"이라는 말을 특수한 의미로 사용한다는 사실을. 킴벌리는 "대학원에서 알게 된 아름다운 친구를 만나러 가요." 혹은 "도심 개발 프로젝트에서 이 아름다운 여자분과 함께 일하고 있어요."라는 식으로 말하곤 했는데 나중에 알고 보면 그녀가 가리키는 여자들은 항상 굉장히 평범하게 생긴 흑인이었다. 그해 늦겨울의 어느 날, 이페멜루가 킴벌리와 함께 거대한 부엌 식탁에서 차를 마시며 할머니와 여행 간 아이들이 돌아오길 기다릴 때 킴벌리가 말했다. "어머, 이 아름다운 여자 좀 봐요." 그러고는 잡지 속의 평범하게 생긴 모델을 가리켰다. 그 모델의 두드러진 특징이라곤 굉장히 까만 피부뿐이었다. "정말 눈부시지 않아요?"

"아뇨, 안 그런데요." 이페멜루가 잠시 쉬었다 말했다. "있잖아요, 그냥 '흑인'이라고 말해도 돼요. 모든 흑인이 다 아름답진 않아요."

킴벌리는 깜짝 놀랐다. 무언의 뭔가가 그녀의 얼굴 위로 퍼져 나갔고 그 뒤에 그녀가 미소를 지었다. 훗날 이페멜루는 이때를 그들이 진정한 친구가 된 순간으로 생각하게 될 것이다. 하지만 처음 만났던 날에도 그녀는 킴벌리가, 그녀의 부서질 듯한 미모가, 그녀의 보라색 눈동자 — 오빈제가 자기가 좋아하는 사람들을 묘사할 때 자주 쓰던 표현인 **오비 오차**로 가득한 — 가 마음에 들었다. **오비 오차**는 깨끗한 마음이란 뜻이었다. 킴벌리는 이페멜루의 보모 경력에 대해 이것저것 묻더니 자기가 정말로 듣고 싶은 건 '이페멜루가 무엇을 말하지 않는가.'인 양 주의 깊게 경청했다.

"이 사람은 심폐 소생술 자격증이 없잖아, 킴벌리." 로라가 이렇게 말하며 이페멜루를 돌아봤다. "심폐 소생술 배울 생각 있어요? 아이들을 돌볼 거라면 아주 중요한 문제예요."

"그럼요."

"기니카가 그러는데, 교수들이 계속 파업을 해서 나이지리아를 떠나온 거라면서요?" 킴벌리가 물었다.

"네."

로라가 다 안다는 듯이 고개를 주억거렸다. "끔찍해, 아프리카에서 일어나는 일들은."

"미국에서 살아 보니 소감이 어때요?" 킴벌리가 물었다.

이페멜루는 자신이 처음 슈퍼마켓에 갔을 때 느꼈던 현기증에 대해 이야기했다. 고향에서도 자주 먹었던 콘플레이크를 사려고 해당 칸으로 갔는데 갑자기 수백 가지 콘플레이크 상자를 맞닥뜨리자 색깔과 그림이 한꺼번에 소용돌이치기 시작해서 어지럼증과 싸워야 했다고 말이다. 그녀가 이 이야기를 한 이유는 그것이

미국인의 자존심을 건드리지 않으면서도 재밌다고 생각했기 때문이었다.

로라가 깔깔대고 웃었다. "정말 그랬을 것 같네요!"

"맞아요, 이 나라에서는 모든 게 과잉 생산 되고 있어요." 킴벌리가 말했다. "나이지리아에서는 분명 훌륭한 유기농 식품과 채소를 많이 먹었겠지만 여기는 다르다는 걸 알게 될 거예요."

"킴벌리, 이페멜루가 나이지리아에서 훌륭한 유기농 식품만 먹었으면 뭐 하러 미국에 왔겠니?" 로라가 물었다. 어린 시절, 로라는 동생의 멍청함을 폭로하는 언니 역할을 했을 것이 분명했다. 늘 친절하고 명랑하고, 친척 어른들 사이에서 더 사랑받는 그런 언니.

"양적으로는 부족했더라도 아마 다 유기농 채소였을 거라는 얘기지. 여기 있는 것 같은 유전자 조작 식품은 하나도 없었을 거 아냐." 킴벌리가 말했다. 이페멜루는 뾰족뾰족한 가시가 두 사람 사이를 떠다니고 있음을 느꼈다.

"텔레비전 얘기도 해야지." 로라가 이렇게 말하며 이페멜루를 돌아봤다. "킴벌리의 애들은 아무거나 보지 않아요. PBS[51]만 봐요. 그러니까 이 집에서 일하게 되면 늘 곁에 붙어 앉아서 애들이 뭘 보나 감시해야 해요. 특히 모건을요."

"알았어요."

"나는 보모를 안 써요." 로라가 말했다. 그녀의 "나는"은 자랑스러운 강조로 빛났다. "나는 뭐든 직접 하는 전업주부예요. 처음

---

51   미국의 공영 텔레비전 방송국.

엔 어시나가 두 살이 되면 복직할 생각이었지만 애랑 떨어질 수가 없더라고요. 킴벌리도 대부분 직접 하지만 자선 재단에서 훌륭한 일을 하느라 바쁠 때도 있어서 늘 보모가 걱정이에요. 이번에 관둔 마사는 정말 좋은 사람이었는데 그 전에 있던 여자는, 이름이 뭐더라, 모건이 부적절한 프로를 보게 놔두지 않았나 의심스러웠어요. 우리 딸은 텔레비전을 절대 못 보게 해요. 폭력이 너무 많이 나오는 것 같아서요. 조금 더 크면 애니메이션 정도는 보게 해 줄까 해요."

"하지만 애니메이션에도 폭력은 나와요." 이페멜루가 말했다.

로라가 짜증스러운 표정을 지었다. "그래 봤자 애니메이션이에요. 애들은 실사를 보면 충격받는다고요."

기니카가 이페멜루에게 눈짓을 했다. 눈썹을 찌푸린 그 표정은 이렇게 말하고 있었다. 그냥 내버려 둬. 초등학교 때 이페멜루는 로런스 아니니[52]가 총살당하는 장면을 봤다. 그녀는 그의 무장 강도 행각과 관련된 전설, 그가 신문사에 경고 편지를 보냈다는 둥, 자신이 훔친 것을 가난한 자들에게 나눠 줬다는 둥, 경찰이 들이닥쳤을 때 공기로 변해서 사라졌다는 둥의 이야기에 매혹되어 있었다. 어머니는 "네 방 가. 애들은 보면 안 되는 거야."라고 말하긴 했지만 건성으로, 심지어 이페멜루가 총살 장면을 거의 다 본 후에 그렇게 말했다. 기둥에 거칠게 묶인 아니니의 몸이 총알을 맞을 때마다 움찔움찔하더니 결국엔 가위표 모양으로 두른 밧줄

---

52 1960년경~1987. 나이지리아의 조직폭력배. 1980년대에 베닌시티에서 악명을 떨치다 체포되어 처형당했다.

위로 푹 수그러졌다. 지금 돌이켜 보니 그 장면은 굉장히 인상적이면서도 지극히 평범해 보였었다.

"집을 안내해 줄게요, 이페멜루." 킴벌리가 말했다. "내가 맞게 발음했나요?"

그들은 방에서 방으로 차례차례 이동했다. 딸 방에는 분홍색 벽과 주름 잡힌 침대보가 있었고, 아들 방에는 드럼 세트가 있었으며, 서재에는 피아노가 있었는데 그 반들거리는 나무 뚜껑 위에 가족사진이 잔뜩 놓여 있었다.

"저건 인도에 갔을 때 찍은 사진이에요." 킴벌리가 말했다. 그들은 티셔츠 차림으로 빈 인력거 옆에 서 있었다. 금발을 뒤로 묶은 킴벌리, 키 크고 마른 남편, 작달막한 금발의 막내아들, 빨간 머리의 큰딸이 모두 물병을 들고 웃고 있었다. 그들은 배를 타거나 등산을 하거나 여행지를 방문했을 때 찍은 모든 사진 속에서 편안하게 늘어뜨린 팔다리와 하얀 이를 드러낸 채 미소 지으며 서로 껴안고 있었다. 이페멜루에게 그들은 텔레비전 광고를 연상시켰다. 늘 화사한 조명 아래서 살고, 어질러 놓은 잡동사니까지도 미학적으로 아름다운 사람들 같았다.

"우리가 만난 어떤 사람들은 가진 게 아무것도, 정말 아무것도 없는데도 진심으로 행복해했어요." 킴벌리가 말했다. 그녀가 복잡한 피아노 뚜껑 뒤쪽에서 집어 든 것은 그녀의 딸과 인도인 여자 둘이 함께 찍은 사진이었는데 그들의 피부는 풍파에 찌든 갈색이었고 미소 짓는 입술 사이로 빠진 이가 보였다. "정말 멋진 사람들이었죠." 킴벌리가 말했다.

이페멜루는 훗날 알게 될 것이다. 킴벌리의 눈에 빈민들은 죄가 없다는 것을. 가난은 빛나는 것이었다. 가난이 빈민들을 성스럽게 만들어 줬기 때문에 그녀는 그들을 사악하거나 더럽다고 생각할 수 없었다. 그중에서도 가장 위대한 성인은 외국인 빈민들이었다.

"모건이 정말 좋아하는 거예요. 아메리칸 인디언이죠. 하지만 테일러는 무섭대요!" 킴벌리가 사진 사이에 놓인 조각상을 가리키며 말했다.

"아." 이페멜루는 갑자기 어느 쪽이 아들이고 어느 쪽이 딸인지 기억이 나지 않았다. 모건도, 테일러도 그녀에게는 이름이 아니라 성처럼 들렸다.

이페멜루가 막 떠나려는 찰나, 킴벌리의 남편이 집에 왔다.

"아이고, 안녕들 하세요!" 그가 부엌으로 미끄러지듯 들어오며 말했다. 키가 크고 구릿빛 피부를 가진 그는 기민해 보였다. 다소 긴 머리 기장과 옷깃에 닿는 머리끝이 완벽에 가까운 곡선을 그리는 것으로 보아, 그가 자기 머리를 세심하게 관리한다는 사실을 알 수 있었다.

"당신이 나이지리아에서 온, 기니카의 친구군요." 그가 자신의 매력에 대한 자신감이 넘치는 미소를 지으며 말했다. 그는 사람들의 눈을 똑바로 쳐다봤다. 정말로 그들에게 관심이 있어서가 아니라 그렇게 해야 자기가 그들에게 관심 있는 것처럼 보인다는 사실을 알기 때문이었다.

그가 등장하자 킴벌리의 호흡이 약간 가빠졌다. 목소리도 변했다. 이제는 남의 시선을 의식하는 여자처럼 높은 톤으로 말했다. "돈, 여보, 일찍 왔네." 그녀가 그와 키스하며 말했다.

돈이 이페멜루의 눈을 들여다보면서 세후 샤가리가 대통령에 당선된 직후에 자신이 나이지리아에 갈 뻔했던 이야기를 했다. 당시 그는 국제 부동산 개발 회사의 컨설턴트로 일했는데 마지막 순간에 출장이 취소돼서 아쉬웠다고 했다. 본국에 가서 펠라의 공연을 관람하길 고대하고 있었기 때문이다. 그는 펠라의 이름을 스스럼없이, 친근하게 언급했다. 마치 그것이 자신과 이페멜루의 공통점, 그들이 공유하는 비밀인 것처럼. 그의 이야기하는 태도에는 자신의 유혹이 성공할 거라는 확신이 담겨 있었다. 이페멜루는 그를 똑바로 쳐다보았지만 말을 거의 하지 않고 유혹을 거부했다. 로라 같은 언니, 이런 남편과 함께 살아야 하는 킴벌리에게 묘한 연민을 느꼈다.

"돈과 저는 말라위에 있는 정말 좋은 자선 단체와 결연을 맺고 있어요. 사실 저보다 돈이 훨씬 더 열심히 활동하죠." 킴벌리가 돈을 쳐다보자 그가 얼굴을 찌푸리며 말했다. "뭐, 최선을 다하고는 있지만 우리가 구세주가 아니라는 건 잘 알아요."

"정말 당장이라도 방문 계획을 세워야 하는데. 말라위에 있는 고아원이거든요. 우린 아직 한 번도 아프리카에 가 보지 못했어요. 우리 재단이 아프리카에서 뭔가 훌륭한 일을 했으면 좋겠는데."

킴벌리의 표정이 부드러워지면서 눈가가 촉촉해졌다. 이페멜루는 잠시 동안 자신이 아프리카에서 온 것에 대해, 이 아름다운 여인 ─ 하얗게 미백한 치아와 풍성한 머리칼을 가진 ─ 에게 저런 동정과 절망을 안겨 준 데 대해 미안함을 느꼈다. 그녀는 킴벌리의 기분이 좋아지길 바라며 밝게 미소 지었다.

"한 명만 더 만나 보고 나서 연락할게요. 하지만 이페멜루가 우리와 아주 잘 맞는 것 같아요." 킴벌리가 이페멜루와 기니카를 현관으로 안내하며 말했다.

"감사합니다." 이페멜루가 말했다. "저도 댁에서 꼭 일하고 싶어요."

다음 날 기니카가 가라앉은 목소리로 자동 응답기에 메시지를 남겼다. "이페멜루, 이런 소식 전하게 돼서 미안해. 킴벌리가 다른 사람을 고용했지만 너를 잊지 않겠대. 곧 다른 일자리 구할 수 있을 테니까 너무 걱정하지 마. 나중에 전화할게."

이페멜루는 수화기를 집어 던지고 싶었다. 잊지 않겠다고? 기니카는 왜 '잊지 않겠다' 같은 무의미한 말까지 나한테 전달하는 걸까?

늦가을이 됐다. 나무에서 사슴뿔이 자라나고 때로는 마른 낙엽이 아파트 안까지 딸려 들어오는 가운데, 집세 내는 날이 다가왔다. 부엌 식탁 위에 차곡차곡 쌓인, 룸메이트들의 수표는 하나같이 가장자리에 꽃무늬를 두른 분홍색 종이였다. 이페멜루는 미국에서 쓰이는 꽃무늬 수표가 불필요하게 장식적이라고 생각했다. 그것 때문에 수표가 가진 무게감이 거의 다 휘발되어 버렸다. 수표 옆에 놓인 쪽지에는 재키의 어린애 같은 글씨체로 이렇게 적혀 있었다. 이페멜루, 집세가 거의 일주일이나 늦었어. 수표를 써 주고 나면 그녀의 잔고는 바닥날 것이었다. 어머니는 그녀가 라고스를 떠나기 전날, 작은 멘소래담 병을 주면서 이렇게 말했다. "네 가방 안에 넣어 둬라. 추울 때 요긴할 거야." 그녀는 여행 가방을 뒤져서 그 병을 찾고, 뚜껑을 열어 냄새를 맡고, 손끝으로 찍어서 코 밑에 문질렀다. 그 냄새 때문에 울고 싶어졌다. 자동 응답기에 메시지가 있음을 뜻하는 불이 깜빡거렸지만 확인하지 않았다. 우주 고모가 맨날 남기는 메시지 중 하나였을 것이기 때문이다. "아무 데서도 전화 안 왔니? 가까운 맥도날드랑 버거킹에는 가 봤어? 모집 공고 안 붙여 놨어도 채용할 때가 있단 말이야. 다음 달까지는 나도 너한테 보내 줄 돈이 없구나. 잔고가 한 푼도 없거든. 솔직히 전공의는 노역이나 다름없어."

구인 광고에 동그라미를 친 신문들이 바닥에 흩어져 있었다. 그녀는 한 장을 집어 들고 자신이 이미 본 광고들을 또 훑어봤다. "데이트 서비스"가 또 그녀의 눈을 사로잡았다. 예전에 기니카가 말했다. "데이트 서비스는 잊어버려. 그놈들은 매춘이 아니라고 하지만 매춘 맞아. 제일 나쁜 건 네가 번 돈의 4분의 1 정도밖에 못 받는다는 거야. 나머지는 소개소에서 다 가져가거든. 1학년 때 그 일 했던 애를 안다니까." 이페멜루는 그 광고를 읽고 나서 전화할까 하는 마음이 또 들었지만 하지 않았다. 마지막으로 면접 본 곳 ─ 월급 없이 팁만 받는, 작은 식당의 웨이트리스 자리 ─ 에서 연락이 오길 바랐기 때문이다. 합격일 경우에는 그날 중으로 전화해 준다고 했다. 그녀는 밤늦게까지 기다렸지만 전화는 오지 않았다.

그리고 엘리나의 개가 그녀의 베이컨을 먹었다. 이페멜루는 키친타월에 베이컨 한 쪽을 얹어서 데운 다음 식탁 위에 놓고 냉장고를 열기 위해 뒤돌아서 있었다. 그런데 개가 베이컨을 키친타월째 삼켜 버렸다. 그녀는 베이컨이 있던 자리를 쳐다보다가 개를 처다보았다. 의기양양한 표정의 녀석을 보자 그동안 쌓인 인생의 모든 짜증이 머릿속에서 끓어올랐다. 내 베이컨을 먹는 개. 직업이 없는 나의 베이컨을 먹는 개.

"네 개가 방금 내 베이컨을 먹었어." 그녀가 엘리나에게 말했다. 엘리나는 부엌 반대편 끝에서 바나나를 썰고 있었고, 바나나 조각들이 하나씩 콘플레이크 그릇 속으로 떨어졌다.

"넌 그냥 내 개가 싫은 거야."

"훈련 좀 똑바로 해. 사람이 먹으려고 식탁에 둔 음식을 개가 먹으면 안 되는 거잖아."

"그래도 부두교 주술로 내 개를 죽이지는 않는 게 좋을 거야."

"뭐?"

"농담이야!" 엘리나가 말했다. 엘리나가 히죽히죽 웃고, 그녀의 개가 꼬리를 흔들고, 이페멜루는 혈관이 뜨거워지는 것을 느꼈다. 그녀는 한 손을 들고 엘리나의 얼굴을 후려칠 준비를 한 채 다가가다가 동작을 우뚝 멈추고는 발길을 돌려 위층으로 올라갔다. 그리고 침대 위에 올라앉아서 무릎깍지를 끼었다. 그녀는 자신의 반응에, 자신의 분노가 그토록 빨리 치솟았다는 데 충격을 받았다. 아래층에서는 엘리나가 전화기에 대고 소리를 지르고 있었다. "하늘에 대고 맹세하는데 그년이 방금 나를 치려고 했다니까!" 이페멜루가 방종한 룸메이트의 따귀를 때리려고 했던 이유는 군침흘리는 개가 그녀의 베이컨을 먹었기 때문이 아니라 그녀가 세상과 전쟁 중이었기 때문에, 아침마다 얼굴 없는 적의 무리를 상상하며 멍든 가슴으로 잠에서 깼기 때문이었다. 내일을 마음속에 그릴 수 없다는 사실에 그녀는 공포를 느꼈다. 그녀는 부모님이 자동 응답기에 남긴 메시지를 저장해 두었다. 그것이 마지막으로 듣는 부모님의 목소리가 아니라고 확신할 수가 없었다. 이곳에 있는 것, 언제 다시 집으로 돌아갈 수 있을지 모른 채 외국에서 사는 것은 사랑이 불안으로 변해 가는 모습을 지켜보는 것과 같았다. 어머니의 동료인 분미 아줌마에게 전화했을 때 전화벨이 아무리 울려도 끝까지 아무도 받지 않기라도 하면 그녀는 겁에 질려서, 아버지가 세상을 떠났는데 분미 아줌마가 자신한테 어떻게 말해야 할지 몰라서 안 받는 건 아닐까 걱정했다.

잠시 후 앨리슨이 방문을 두드렸다. "이페멜루? 잊어버린 모양인데 네 방세가 식탁에 없거든. 벌써 날짜가 많이 지났어."

"알아. 지금 쓰는 중이야." 그녀는 침대에 누워 있었다. 방세로 속 썩이는 룸메이트가 되고 싶지는 않았다. 지난주에 슈퍼에서 기니카가 대신 계산해 줬던 일을 생각하니 화가 났다. 아래층에서는 재키의 격앙된 목소리가 들려왔다. "우리가 어떡해야 돼? 빌어먹을, 우리가 재 부모는 아니잖아."

그녀는 수표책을 꺼냈다. 수표를 쓰기 전에 우주 고모한테 전화해서 디케를 바꿔 달라고 했다. 그리고 디케의 순수함에 기분이 나아진 그녀는 아드모어의 테니스 코치에게 전화를 했다.

"언제부터 시작할 수 있나요?" 그녀가 물었다.

"지금 바로 올래요?"

"좋아요." 그녀가 말했다.

그녀는 겨드랑이 털을 밀고, 라고스를 떠난 후로 한 번도 쓰지 않았던 립스틱을 끄집어냈다. 그 립스틱의 대부분은 공항에서 오빈제의 목에 비벼 없애고 왔다. 테니스 코치를 만나면 어떤 일이 벌어질까? 그는 "마사지"라고 말했지만 그의 태도와 말투는 다른 무언가를 암시했다. 어쩌면 그는 신문에서 본, 이상한 취향을 가진 백인 남자인지도 몰랐다. 여자가 자기 등을 깃털로 쓸어내리거나 몸 위에 소변을 봐 주길 원하는 사람. 100달러 받고 남자 몸 위에 소변을 보는 일 정도는 당연히 할 수 있었다. 그런 생각을 하니 우스워서 그녀는 설핏 쓴웃음을 머금었다. 무슨 일이 일어나건, 제일 예쁘게 꾸미고 가서 자신이 넘지 않을 선이 있음을 분명하게 밝힐 작정이었다. 처음부터 "당신이 바라는 게 섹스라면 나는 도와줄 수 없어요."라고 말할 수도 있고 아니면 좀 더 미묘하게, 보다 암시적으로 "끝까지 가는 건 부담스럽네요."라고 말할 수도 있었다. 그녀의 상상이 지나친 건지도 몰랐다. 그는 그냥 마사지를 원하는 것일 수도 있었다.

그녀가 그의 집에 도착하자 그는 퉁명스러운 태도로 그녀를 맞이했다. "올라와요." 그는 이렇게 말하고는 앞장서서 침실로 향했다. 침실에는 침대와 벽에 걸린 커다란 토마토 수프 캔 그림 외에는 아무것도 없었다. 그는 그녀에게 뭐 마시겠냐고 물었지만, 아니라는 대답을 기대하고 있음을 드러내는 형식적인 말투였다. 그는 셔츠를 벗고 침대에 누웠다. 1절도 없이 바로 본론인가? 그녀는 그가 좀 더 천천히 했더라면 좋았을 거라고 생각했다. 아까 전화로 했던 말은 진심이 아니었다.

"이리 와요." 그가 말했다. "날 따뜻하게 해 줘요."

그녀는 지금 떠나야 했다. 힘의 균형이 남자 쪽으로 기울었다. 그녀가 이 집에 걸어 들어온 순간부터 그쪽으로 기울어 있었다.

떠나야 했다. 그녀가 벌떡 일어났다.

"섹스는 할 수 없어요." 그녀의 목소리에는 확신이 없었고 쉿소리가 났다. "나는 당신과 섹스 할 수 없어요." 그녀가 같은 말을 반복했다.

"오, 아니에요. 그럴 생각은 없어요." 그가 너무 빨리 대꾸했다.

그녀는 문을 향해 천천히 움직였다. 문이 잠겨 있을까, 그가 아까 잠갔을까, 그리고 그에게 총이 있을까 생각했다.

"그냥 이리 와서 누워요." 그가 말했다. "나를 따뜻하게 해 줘요. 당신을 조금 만지긴 하겠지만 불편하게는 안 해요. 그냥 사람과 접촉을 해야 긴장이 풀려서 그래요."

그의 표현과 말투에는 완벽한 자신만만함이 있었다. 그녀는 자기가 졌다고 느꼈다. 그녀가 가지 않으리라는 걸 이미 아는 낯선 사람과 여기 있다는 건 얼마나 추잡한 일인가. 그는 그녀가 제 발로 왔기 때문에 가지 않으리란 걸 알았다. 그녀는 이미 여기에 있었고, 이미 더럽혀져 있었다. 그녀는 신발을 벗고 침대 위로 올라갔다. 그녀는 여기 있고 싶지 않았고, 그의 적극적인 손가락이 자기 다리 사이로 들어오길 원하지 않았으며, 그의 한숨 혹은 신음이 귓가에 와 닿는 걸 원하지 않았지만, 그럼에도 자기 몸이 반응해서 기분 나쁘게 축축해지는 것을 느꼈다. 일이 다 끝나고 난후 그녀는 몸을 웅크리고 숨죽인 채 가만히 누워 있었다. 그는 그녀에게 강요하지 않았다. 그녀가 제 발로 찾아왔다. 그녀가 그의 침대에 누웠고, 그가 그녀의 손을 자기 다리 사이로 가져갔을 때 손을 오므리고 손가락을 움직인 사람 또한 그녀였다. 손을 깨끗이 씻고 나서, 그가 준 빳빳하고 얇은 100달러짜리 지폐를 쥐고 있는 지금도 손가락이 끈적끈적한 것만 같았다. 더 이상 자기 몸의 일부가 아닌 것 같았다.

"일주일에 두 번 괜찮아요? 차비도 줄게요." 그가 기지개를 켜면서 무시하는 투로 말했다. 그는 이제 그녀가 가기를 바라고 있었다.

그녀는 아무 말도 하지 않았다.

"문 닫고 가요." 그는 이렇게 말하고 등을 돌렸다.

그녀는 기차역까지 걸어갔다. 몸은 무겁고 둔했으며, 마음은 진흙으로 꽉 막혀 있었다. 창가 자리에 앉아서 그녀는 울기 시작했다. 자신이 홀로 세상 속을 떠다니는 작은 공이 된 것만 같았다. 세상은 넓디넓은데 너무나 작고 하찮은 그녀는 공허하게 그 안을 데굴데굴 굴러다니고 있었다. 아파트에 돌아온 후 너무 뜨거운 물로 손을 씻는 바람에 데어서 엄지손가락에 작은 물집이 생겼다. 그녀는 옷을 전부 벗어서 공처럼 뭉친 뒤, 구석에 던져 놓고 한동안 쳐다보았다. 다시는 그 옷들을 입지도, 만지지도 않을 것이다. 그녀는 벌거벗은 채 침대에 앉아서 자신의 삶을 바라보았다. 곰팡이 핀 카펫이 깔린 이 작은 방, 탁자 위의 100달러 지폐, 그리고 혐오감으로 들썩이는 자신의 몸. 거기 가지 말았어야 했다. 나와 버렸어야 했다. 샤워를 하고 싶고, 몸을 박박 씻고 싶었지만 자기 몸을 만질 엄두가 나지 않았다. 그래서 조심조심, 손이 최대한 몸에 닿지 않게 조심하면서 잠옷을 입었다. 그녀는 짐을 싸고 어떻게든 비행기 표를 사서 라고스로 돌아가는 상상을 했다. 그리고 침대 위에서 웅크리고 울었다. 자기 몸속에 손을 집어넣어서 방금 일어난 일의 기억을 끄집어낼 수 있었으면 좋겠다고 생각했다. 자동 응답기의 램프가 깜빡이고 있었다. 아마 오빈제일 것이다. 하지만 지금은 차마 그를 생각할 수가 없었다. 기니카에게 전화를 걸까 생각했다. 하지만 결국은 우주 고모에게 전화했다.

"오늘 교외에 가서 어떤 남자를 위해 일했어. 100달러를 주더라고."

"그래? 그거 잘됐네. 하지만 안정적인 일을 계속 찾도록 해. 방금 기막힌 사실을 알게 됐는데 내가 가기로 한 매사추세츠 병원의 의료 보험이 디케를 피보험인으로 등록 안 해 줘서 내가 따로 보험에 가입해야 한대. 보험료가 얼마나 비싸던지 아직도 충격이 가시질 않네."

"내가 무슨 일을 했는지는 안 물어볼 거야, 고모? 그 남자한테서 100달러를 받기 전에 내가 뭘 했는지는 안 물어볼 거냐고." 이페멜루가 물었다. 또다시 분노가 온몸으로 퍼져 나가 손끝까지 다다라서 손가락이 부들부들 떨렸다.

"뭘 했는데?" 우주 고모가 심드렁하게 물었다.

이페멜루는 전화를 끊었다. 그리고 자동 응답기의 "새 메시지" 버튼을 눌렀다. 첫 번째 메시지는 어머니였는데 통화료를 줄이려고 빨리 말하고 있었다. "이페멜루, 잘 있니? 네가 잘 지내나 궁금해서 걸었다. 한동안 소식이 없어서 말이야. 연락 좀 해 다오. 우리는 잘 지낸단다. 하느님이 축복하시길."

그다음은 오빈제의 목소리였다. 그의 말이 공중으로 둥실 떠올라 그녀의 머릿속으로 흘러들었다. "사랑해, 이페멜루." 마지막에 이렇게 말하는 그의 목소리가 갑자기 다른 시공의 일부처럼 멀게 느껴졌다. 그녀는 경직된 채 침대에 누워 있었다. 잠을 잘 수도,

머릿속의 생각을 떨쳐 낼 수도 없었다. 그녀는 테니스 코치를 죽이는 상상을 하기 시작했다. 도끼로 그의 머리를 내리치고 또 내리친다. 그의 근육질 가슴에 칼을 찔러 넣는다. 그는 혼자 살았고, 손톱을 물어뜯은 그의 뭉툭한 손가락 앞에서 다리를 벌리러 침실에 찾아오는 다른 여자들이 아마 있을 터였다. 그러니 그중 누가 그랬는지 아무도 모를 것이다. 그녀는 그의 가슴에 칼을 꽂아 둔 채 서랍을 뒤져서 100달러짜리 뭉치를 찾아낼 것이다. 그러면 그 돈으로 방세와 등록금을 낼 수 있을 터였다.

그날 밤 눈이 내렸다. 그녀에겐 첫 눈이었다. 다음 날 아침 그녀는 창밖의 세상을, 밤새 쌓인 눈 때문에 이상한 모양의 덩어리로 변한 자동차들을 바라보았다. 너무 일찍 어둠이 내리고, 모두들 무거운 코트를 짊어지고 걸어 다니고, 빛의 부재로 인해 평평해진 세상 속에서 그녀는 핏기 없이 홀로 괴리된 채 떠다녔다. 하루하루가 서로를 향해 흘러들어 뒤섞였고 상쾌한 공기가 들이마시기 고통스러울 정도로 쌀쌀한 공기로 바뀌었다. 오빈제가 여러 번 전화했지만 그녀는 받지 않았고 그의 음성 메시지도, 이메일도 확인하지 않고 삭제했다. 그리고 자신이 가라앉는다고, 빠르게 가라앉고 있지만 스스로 끌어 올릴 수가 없다고 느꼈다.

그녀는 매일 아침 무기력하게 잠에서 깼다. 슬픔으로 둔해진 가운데서도 자기 앞에 놓인 하루가 영원히 끝나지 않을 것처럼 보여서 겁이 났다. 모든 것이 두꺼워져 있었다. 그녀는 끈적이는 안개에 집어삼켜져 그 안에서 길을 잃었고 무(無)의 늪에 빠졌다. 그녀가 느껴야 하는 것과 그녀 사이에 간극이 있었다. 그녀는 아무

것에도 신경 쓰지 않았다. 신경 쓰고 싶었지만 어떻게 하는 건지 더 이상 알 수가 없었다. 신경 쓰는 능력이 기억에서 빠져 버린 것만 같았다. 때때로 힘없이 팔다리를 버둥거리다 잠에서 깨면 앞에서도, 뒤에서도, 주위의 어떤 방향에서도 순수한 절망이 보였다. 자신이 여기 있는 의미, 살아 있는 의미가 없음을 알았지만 구체적인 자살 방법을 생각할 기력은 없었다. 그녀는 침대에 누워서 책만 읽을 뿐 아무런 생각도 하지 않았다. 어떤 때는 끼니 챙기는 걸 잊기도 했고, 어떤 때는 룸메이트들이 각자 방으로 돌아가는 자정까지 기다렸다가 음식을 데워 먹고 더러워진 접시는 침대 밑에 두어서 남은 밥과 콩의 기름기 주위로 푸르스름한 곰팡이가 부풀어 오르기도 했다. 밥 먹거나 책 읽는 도중에 왈칵 눈물이 나면서 목구멍이 아플 때까지 흐느끼는 일도 잦았다. 전화기의 플러그는 이미 뽑아 버린 뒤였다. 학교에도 더 이상 가지 않았다. 정적과 눈[雪]이 그녀의 날들을 고요하게 했다.

앨리슨이 또다시 방문을 두들겼다. "안에 있니? 전화받아! 긴급 사태래. 미치겠네, 정말! 너 거기 있는 거 다 알아. 방금 변기 물 내리는 소리 들었다고!"

둔탁한 쾅쾅 소리 — 앨리슨은 손마디가 아니라 손바닥으로 문을 두드리고 있는 듯했다. — 에 이페멜루는 불안해졌다. "문을 안 열어." 앨리슨이 누군가에게 이렇게 말하는 소리가 들리고 나서 드디어 갔나 보다고 생각한 순간, 두들김이 다시 시작됐다. 이페멜루는 드러누워서 소설책 두 권을 한 장(章)씩 번갈아 읽던 침대에서 일어나 무거운 발걸음으로 문을 향해 걸어갔다. 빠르게,

정상적으로 걷고 싶었지만 그럴 수가 없었다. 두 발이 달팽이로 변해 있었던 것이다. 그녀가 문을 열었다. 앨리슨이 쏘아보면서 문틈으로 수화기를 찔러 넣었다.

"고마워." 그녀는 기운 없이 대답하곤 더 낮은 소리로 웅얼대며 "미안해."라고 덧붙였다. 말하는 것, 단어를 목구멍에서 끌어 올려 입 밖으로 나오게 하는 것만으로도 진이 빠졌다.

"여보세요?" 그녀가 수화기에 대고 말했다.

"이페멜루! 어떻게 된 거야? 무슨 일 있니?" 기니카가 물었다.

"아무 일 없어." 그녀가 말했다.

"네 걱정을 얼마나 했다고. 네 룸메이트 전화번호를 찾아서 천만다행이지! 오빈제가 계속 나한테 전화했어. 네가 걱정돼서 거의 제정신이 아니더라." 기니카가 말했다. "우주 고모까지 전화해서 나한테 너 만났냐고 묻더라니까."

"바빴어." 이페멜루가 모호하게 대답했다.

침묵이 흘렀다. 기니카의 말투가 부드러워졌다. "이페멜루, 네가 도움이 필요할 땐 언제나 내가 있다는 거 알지?"

이페멜루는 전화를 끊고 침대로 돌아가고 싶었다. "응."

"좋은 소식이야. 킴벌리가 전화해서 네 번호를 물었어. 보모가 또 그만둬서 너를 고용하고 싶대. 월요일부터 와 줬으면 하더라고. 사실 자기는 처음부터 너를 쓰고 싶었는데 로라한테 설득당해서 다른 사람을 고용했다는 거야. 그러니까 이페멜루, 너한테도 직장이 생겼어! 현금이야, 현금! 세금도 안 떼고! 이페멜루, 이건 굉장한 일이야. 일주일에 250달러씩 주겠대. 지난번 보모보다 더 많이 주는 거지. 세금 한 푼 안 떼고 전부 현금으로! 킴벌리는 정말 좋은 사람이야. 내가 내일 그 집까지 너를 태워다 줄게."

이페멜루는 아무 말도 않은 채 상황을 이해하려 애썼다. 기니카가 한 말의 의미를 파악하는 데 아주 긴 시간이 걸렸다.

다음 날 기니카가 한참 동안 방문을 두드리자 마침내 이페멜루가 문을 열어 주었다. 기니카의 등 뒤로, 층계참에 서서 호기심 어린 눈길로 이쪽을 쳐다보는 앨리슨의 모습이 보였다.

"이미 늦었으니까 빨리 옷 입어." 기니카가 반대의 여지라곤 없어 보이는, 단호하고 권위적인 투로 말했다. 이페멜루는 청바지를 꿰입었다. 기니카의 시선이 느껴졌다. 차 안에서는 기니카가 튼 록 음악이 그들 사이의 침묵을 메웠다. 그들이 랭커스터로(路)를 달리고 있을 때였다. 판자를 둘러친 건물들이 있고 햄버거 포장지가 길거리를 굴러다니는 웨스트필라델피아에서, 티끌 하나 없고 나무가 우거진 교외인 메인라인으로 넘어가는 순간 기니카가 말했다. "내가 볼 때 너는 지금 우울증을 앓고 있는 것 같아."

이페멜루는 고개를 저으며 차창 쪽으로 돌렸다. 우울증이란 모든 것을 병으로 돌림으로써 자신의 책임을 회피하려는 미국인들에게만 있는 것이었다. 그녀는 우울증을 앓는 게 아니었다. 단지 조금 피곤하고 둔해진 것뿐이었다. "난 우울증이 아니야." 그녀가 말했다. 몇 년 뒤 그녀는 블로그에 "비미국인 흑인들이 앓고 있지만 인정하지 않으려는 병에 대하여"라는 글을 올리게 될 것이다. 어느 콩고 여자가 여기에 긴 댓글을 달았다. 그녀는 킨샤사에서 버지니아주로 이민을 왔는데 대학교 첫 학기가 시작되고 몇 달 후부터 아침마다 어지럽고, 심장이 몸 밖으로 튀어 나갈 것처럼 쿵광쿵광 뛰고, 속이 메슥거리고, 손끝이 따끔거리기 시작했다. 그녀는 병원을 찾아갔다. 그리고 의사가 준 설문지에 있는 모든 증상에 "예"라고 표시했으면서도 자신에게 공황 장애가 있다는 진단을 받아들이지 않았다. 왜냐하면 공황 장애는 미국인만 걸리는 병이었기 때문이다. 킨샤사에는 공황 장애를 앓는 사람이 아무도 없었다. 그 병이 다른 이름으로 불리는 것이 아니라 아예 이름 자체가 없었다. 그러니까 이름이 없는 것은 존재하지도 않는 것인가?

"이페멜루, 그건 많은 사람들이 겪는 일이야. 낯선 곳에 적응하기도 벅찬데 직장까지 안 구해지니 네가 많이 힘들었을 거 알아. 나이지리아에서는 우울증 같은 것에 대해 얘기하지 않지만 그건 실제로 존재해. 보건소에 한번 찾아가 봐. 상담사가 늘 있으니까."

이페멜루는 계속 창밖만 바라보았다. 그때 또다시 울고 싶은 충동이 밀려왔고 그녀는 심호흡을 하면서 그것이 사라지길 바랐다. 처음부터 기니카에게 테니스 코치에 대해 말했어야 했다고, 그날 바로 기차를 타고 기니카의 아파트로 갔어야 했다고 생각했지만 너무 늦은 후회였다. 자기혐오가 그녀 안에 굳게 박혀 있었기 때문이다. 이제는 절대로 그 얘기를 말로 표현할 수 없을 것이었다.

"기니카, 고마워." 그녀가 말했다. 쉰 목소리였다. 솟구치는 눈물을 주체할 수가 없었다. 기니카는 주유소에 차를 세우고 그녀에게 화장지를 건넨 다음 흐느낌이 잦아들 때까지 기다렸다가 다시 시동을 걸고 킴벌리의 집으로 향했다.

16

킴벌리는 그것을 첫 출근 기념 보너스라고 불렀다. "요즘 힘든 일이 있었다고 기니카한테 들었어요." 킴벌리가 말했다. "거절하지 말아 줘요."

킴벌리가 그 말을 하지 않았다면 이페멜루는 수표를 거절하는 상상조차 하지 않았을 것이다. 이제 그녀는 밀린 대금을 지불하고 고향의 부모님께 선물도 보낼 수 있었다. 어머니는 그녀가 지난번에 보낸, 술이 달리고 코가 뾰족한 구두, 교회에 신고 갈 수 있는 구두를 맘에 들어 했다. "고맙다." 그리고 수화기 너머로 깊은 한숨 소리가 들린 뒤에 어머니가 이렇게 덧붙였다. "오빈제가 날 찾아왔더라."

이페멜루는 아무 말도 하지 않았다.

"무슨 문제가 있든 그 애와 상의하렴." 어머니가 말했다.

이페멜루는 "알았어."라고 대답하곤 다른 얘기를 하기 시작했다. 이 주 동안 전기가 들어오지 않았다는 어머니의 이야기가 문득 낯설게 들렸고 고향도 머나먼 곳처럼 느껴졌다. 촛불에만 의지해 저녁을 보낸다는 게 어떤 느낌인지 더 이상 기억나지 않았다. 그녀는 이제 Nigeria.com의 뉴스를 읽지 않았다. 어떤 기사 제목을 봐도, 가장 상관없어 보이는 것을 봤을 때조차도 예외 없이 오빈제가 생각났기 때문이다.

처음에는 한 달만 기다리자고 생각했다. 자기혐오가 사라지도록 한 달 동안 기다렸다가 그 후에 오빈제에게 전화하자고 마음먹었다. 하지만 한 달이 지난 뒤에도 그녀는 최대한 그를 생각하지 않기 위해 계속해서 오빈제를 침묵 속에 가둬 두고 자기 마음에 재갈을 물렸다. 여전히 그의 이메일을 읽지 않은 채로 삭제했다. 그에게 이메일을 쓰려고 했던 적은 많다. 하지만 공들여 쓰다가도 중간에 문득 그만두고 지워 버렸다. 무슨 일이 있었는지 말해야 했지만 그에게 말한다는 생각만으로도 견딜 수가 없었기 때문이다. 수치스러웠다. 자기가 망쳤다고 생각했다. 기니카는 뭐가 문제냐고, 왜 오빈제와 연락을 안 하는 거냐고 계속 물었지만 그녀는 아무것도 아니라고, 그냥 숨 쉴 공간이 필요할 뿐이라고 말했고 그러자 기니카는 입을 딱 벌리고 믿을 수 없다는 표정으로 쳐다봤다. 숨 쉴 공간이 필요할 뿐이라고?

초봄에 오빈제에게서 편지가 왔다. 그의 이메일을 삭제하는 것은 클릭 한 번으로 충분했고 첫 번째 클릭이 어려웠지 그 후로는 쉬웠다. 첫 번째 이메일을 읽지 않은 채로 두 번째 이메일을 읽는 것은 상상할 수 없었기 때문이다. 하지만 편지는 달랐다. 그것은 한 번도 느껴 보지 못한 크나큰 슬픔을 그녀에게 안겨 주었다. 그녀는 편지 봉투를 손에 쥔 채 침대 위에 주저앉았다. 그 냄새를 맡고 익숙한 필체를 바라보았다. 그녀는 그가 남자 기숙사에 있는 자기 방의 책상 앞에, 낮게 윙윙거리는 작은 냉장고 옆에 앉아서 특유의 차분한 태도로 편지 쓰는 모습을 상상했다. 편지를 읽고 싶었지만 차마 봉투를 뜯을 용기가 나지 않았다. 그녀는 편지를 탁자 위에 놓았다. 일주일 뒤에 읽을 작정이었다. 충분한 힘을 끌어모으려면 일주일은 필요했다. 답장도 쓸 거야, 하고 생각했다. 전부 다 털어놓을 거야. 하지만 일주일 뒤에도 편지는 여전히 그곳에 놓여 있었다. 그녀는 그 위에 책 한 권, 그리고 또 한 권을 올려놓았고 어느 날엔가는 수많은 파일과 책으로 뒤덮어 버렸다. 그녀는 결국 편지를 읽지 않았다.

테일러는 알기 쉬운, 애다운 애였다. 때로는 너무 순진해서 이페멜루가 조금 미안하지만 멍청한 애라고 생각할 정도로 까불대는 아이였다. 하지만 모건은 겨우 세 살 위인데도 이미 십 대 청소년의 음침한 분위기를 띠고 있었다. 그녀는 자기 또래보다 성적이 훨씬 좋았고, 어려운 수업에 흠뻑 빠져 있었으며, 어른들의 삶 속에 감춰진 어둠에 대해 잘 안다는 듯이 가늘게 뜬 눈으로 그들을 쳐다보았다. 처음에 이페멜루는 모건을 싫어했다. 모건이 품은 것처럼 보였던 반감이 거슬릴 정도로 크다고 생각했기 때문이었다. 그래서 처음 몇 주 동안은, 콧등에 자주색 주근깨가 있는 이 버릇없고 뺀질뺀질한 아이가 제멋대로 하게 두지 않겠다고 단단히 결심하고는 모건에게 냉정하게, 때로는 냉담하게 대하기까지 했다. 하지만 몇 달이 지나자 모건을 좋아하게 되었다. 그리고 그 감정을 모건에게 들키지 않도록 조심하면서 겉으로는 되레 단호하고 중립적으로 대했다. 모건이 빤히 쳐다보면 자기도 빤히 쳐다봤다. 어쩌면 그래서 모건이 이페멜루의 말을 잘 듣는지도 몰랐다. 차갑고 무심하고 마뜩잖은 태도였지만 시키는 대로 하긴 했다. 반면 자기 엄마 말은 늘 무시했다. 그리고 아빠를 주시하는 음울한 시선에서는 독기마저 느껴졌다. 돈은 집에 오면 미끄러지듯 서재로 향하면서 모든 사람이 자신을 위해, 하던 일을 멈추길 기대했다. 실제로도 모든 사람이 하던 일을 멈췄다. 오직 모건만 무슨 일을 하건 멈추지 않았다. 킴벌리는 부산스러우면서도 열정적으로 그에게 오늘 하루가 어땠느냐고 묻고, 그가 자신에게 돌아왔다는 사실이 믿기지 않는다는 듯 그를 기쁘게 하고 싶어 안달했다. 테일러는 돈의 품에 몸을 던졌다. 하지만 모건이 텔레비전 또는 책 또는 게임에서 시선을 들어 다 꿰뚫어 본다는 듯이 쳐다보면 돈은 그녀의 따가운 시선 앞에서 당황하지 않는 척했다. 이페멜루는 때때로 궁금했다. 돈이 무슨 잘못을 했나? 돈이 바람피운 사실을 모건이 알아냈나? 돈 같은 남자, 돈처럼 음란한 분위기를 가진 남자를 보면 누구든 가장 먼저 떠올릴 것이 바람이었다. 하지만 그는 아마도 그런 분위기를 풍기는 것만으로 만족할 듯했다. 대놓고 추파를 던지지만 그 이상은 하지 않을 것 같았다. 왜냐하면 외도도 어느 정도의 노력을 필요로 하는데 그는 받기만 하고 주지는 않는 유의 사내였기 때문이다.

이페멜루는 자신이 그 집에 온 지 얼마 되지 않았을 때의 어느 오후를 자주 떠올렸다. 킴벌리는 집에 없었고, 테일러는 놀고 있었고, 모건은 서재에서 책을 읽고 있었다. 갑자기 모건이 책을 내려놓고 차분하게 계단을 올라가더니 자기 방의 벽지를 잡아 뜯고, 서랍장을 넘어뜨리고, 침대보를 벗겨 내고, 커튼을 뜯어냈다. 이페멜루가 말리려고 뛰어갔을 때에는 바닥에 무릎을 꿇고 앉아서 강력 본드로 붙어 있는 카펫을 잡아당기고 잡아당기고 또 잡아당기고 있었다. 모건은 자유로워지려고 몸부림치는 작은 강철 로봇 같았고 이페멜루는 그 힘이 두려웠다. 이 아이는 어쩌면 나중에 커서 연쇄 살인범이 될지도 몰랐다. 텔레비전 범죄 다큐멘터리에 나오는 여자들처럼 반쯤 벌거벗다시피 하고 어두운 밤길에 서서 트럭 운전수를 유혹한 다음에 목 졸라 죽이는 연쇄 살인범 말이다. 이페멜루가 마침내 잠잠해진 모건을 죄고 있던 팔을 천천히 풀고 놓아주었을 때 모건은 다시 아래층으로 내려가서 책을 읽었다.

나중에 킴벌리가 눈물을 흘리며 모건에게 물었다. "아가, 도대체 뭐가 문제인지 말해 보렴."

그러자 모건이 말했다. "난 이제 온 방을 분홍색으로 꾸밀 만큼 어린애가 아니야."

요즘 킴벌리는 모건을 일주일에 두 번, 발라킨우드에 있는 상담사에게 데려갔다. 그녀도, 돈도 상담사 앞에서는 더 자신감이 없었고 상담사의 비난하는 듯한 시선 앞에서 위축됐다.

하루는 모건이 학교 백일장에서 상을 타서 돈이 축하 선물을 사 왔다. 킴벌리가 걱정스러운 얼굴로 계단 밑에 서 있는 동안 돈은 반짝이는 포장지로 싼 선물을 주려고 계단을 올라갔다. 잠시 후에 그가 내려왔다.

"선물을 쳐다도 안 봐. 그냥 일어나서 화장실에 들어가더니 안 나오네." 그가 말했다. "침대 위에 놓고 나왔어."

"괜찮아, 여보. 나중에 보겠지." 킴벌리는 그를 끌어안고 등을 쓰다듬었다.

나중에 킴벌리가 낮은 목소리로 이페멜루에게 말했다. "모건은 아빠한테 너무 가혹해요. 그이는 노력하는데 아이가 마음을 열지 않아요. 그냥 밀어 내죠."

"모건은 아무에게도 마음을 열지 않아요." 이페멜루가 말했다. 돈은 자신이 아닌 모건이 애라는 사실을 기억할 필요가 있었다.

"당신 말은 듣잖아요." 킴벌리가 조금 슬픈 듯 말했다.

이페멜루는 "저는 그 애에게 선택의 여지를 별로 주지 않거든요."라고 말하고 싶었다. 킴벌리가 그렇게 완전히 굴복하지 않길 바랐기 때문이다. 어쩌면 모건은 그저 자기 엄마가 반격할 수 있다는 것 정도만 알 필요가 있는 건지도 몰랐다. 하지만 이페멜루는 이렇게 말했다. "제가 가족이 아니어서 그래요. 사랑하지 않으니까 여러 가지 복잡한 감정을 느끼지 않는 거죠. 기껏해야 성가신 존재일 뿐인 거예요."

"내가 뭘 잘못하고 있는지 모르겠어요." 킴벌리가 말했다.

"일시적인 거예요. 곧 지나갈 테니 두고 보세요." 그녀는 킴벌리에게 보호 본능을 느꼈고 킴벌리를 보호해 주고 싶었다.

"그 애가 정말 좋아하는 사람은 내 사촌 커트뿐이에요. 커트를 엄청 좋아하거든요. 가족 모임이 있을 때 커트가 없으면 토라지죠. 혹시 우리 집에 와서 모건이랑 얘기해 줄 수 있는지 커트한테 물어봐야겠어요."

로라가 잡지책 한 권을 가져왔다.

"이거 봐요, 이페멜루." 그녀가 말했다. "나이지리아는 아니지만 가까운 곳이에요. 유명인들이 변덕스럽긴 해도 이 여자는 좋은 일을 하고 있는 것 같네요."

이페멜루와 킴벌리는 그 페이지를 함께 보았다. 마른 백인 여자가 검은 피부의 아프리카인 아기를 품에 안은 채 카메라를 향해 웃고 있고 그녀 주위에는 검은 피부의 조그만 아프리카인 아이들이 펼쳐진 양탄자처럼 둘러앉아 있었다. 킴벌리는 어떤 반응을 보여야 할지 모르겠다는 듯 으으으음 하는 소리를 냈다.

"굉장한 미인이죠." 로라가 말했다.

"그러네요." 이페멜루가 말했다. "게다가 이 애들만큼 말랐고요. 유일한 차이점은 이 여자는 자기가 원해서 마른 거고, 애들은 원해서 마른 게 아니라는 거죠."

그러자 로라가 큰 소리로 웃음을 터뜨렸다. "당신은 정말 재미있어요! 되바라진 게 매력이라니까요!"

킴벌리는 웃지 않았다. 그녀는 나중에 이페멜루와 단둘이 있게 되었을 때 이렇게 말했다. "언니가 한 말 내가 대신 사과할게요. 나는 '되바라지다'라는 말이 참 싫더라고요. 어떤 사람들한테는 쓰고, 어떤 사람들한테는 안 쓰는 말이잖아요." 이페멜루는 어깨를 으쓱하면서 씩 웃어 보이고는 화제를 바꿨다. 그녀는 로라가 왜 그렇게 열심히 나이지리아에 관한 정보를 찾고, 그녀한테 419 사기[53]에 대해 묻고, 미국의 나이지리아인들이 매년 본국에 보내는 금액

---

53 우리나라의 세금 환급 사기와 비슷한 수법. 여기에 사용된 우편물이나 이메일의 발송지가 나이지리아였던 경우가 많아서 "나이지리아 사기"로도 불린다. 나이지리아 형사법 419조가 사기죄에 관한 내용이기 때문에 이런 별명이 붙었다.

얘기를 하는 건지 이해할 수가 없었다. 그것은 공격적이고 적대적인 관심이었다. 자신이 좋아하지도 않는 것에 그 정도의 관심을 쏟는 것은 정말 이상한 일이었다. 어쩌면 그 관심은 킴벌리 때문인지도 몰랐다. 로라는 킴벌리가 사과하게 만들 말을 함으로써 비뚤어진 방식으로 자기 동생을 겨냥하는 것이었다. 비록 노력에 비해 성과는 보잘것없어 보이긴 했지만. 이페멜루는 처음에는 킴벌리의 사과가, 불필요한 경우에조차 상냥한 행동이라고 생각했지만 시간이 지날수록 욱하는 감정이 생기기 시작했다. 왜냐하면 킴벌리의 반복적인 사과가 자기만족을 바탕으로 했기 때문이다. 그녀는 자신이 사과를 하면 세상의 모든 우툴두툴한 표면이 매끄러워지리라고 믿는 듯했다.

이페멜루가 아이들을 돌보기 시작한 지 몇 달이 지났을 때 킴벌리가 물었다. "우리 집에 들어와 사는 게 어때요? 지하실이 방 하나짜리 아파트처럼 생겼거든요. 입구도 따로 있고요. 집세는 물론 무료예요."

이페멜루는 이제 수입이 충분해졌기 때문에 하루빨리 룸메이트들로부터 벗어나고 싶어서 이미 원룸을 알아보는 중이었던 데다 이 이상 터너가(家) 사람들과 엮이고 싶지도 않았지만 킴벌리의 목소리에서 애원하는 기색이 느껴졌으므로 승낙할까 생각해 보았다. 하지만 결국은 그들과 같이 살 수 없다는 결론을 내렸다. 그런데 그녀가 거절하자 킴벌리가 이번에는 자기한테 안 쓰는 자동차가 있다며 가져다 쓰라고 했다. "그러면 수업 끝나고 여기 올 때 훨씬 편할 거예요. 오래된 차라 어차피 남한테 줄 생각이었어요. 길에서 서지나 말아야 할 텐데." 그녀는 산 지 몇 년밖에 안 됐고 긁힌 데 하나 없는 그 혼다가 정말로 길에서 서기라도 할 것처럼 말했다.

"제가 차를 반드시 이 집에 가져온다는 보장이 어디 있어요? 제가 어느 날 갑자기 사라져 버리면 어떡할 거예요?" 이페멜루가 말했다.

킴벌리가 웃었다. "그리 값나가는 차도 아닌데요, 뭘."

"미국 운전면허는 있는 거죠?" 로라가 물었다. "내 말은, 법적으로 이 나라에서 운전해도 되는 거죠?"

"당연히 있지, 언니." 킴벌리가 말했다. "안 그러면 왜 이페멜루가 차를 쓰겠다고 하겠어?"

"그냥 확인하는 거야." 로라가 미국 시민이 아닌 사람한테 물어야 하는 예민한 질문은 킴벌리한테 믿고 맡길 수 없다는 듯이 말했다. 이페멜루는 그토록 외모도 닮고, 불행한 것까지도 닮은 두 사람을 쳐다보았다. 하지만 킴벌리의 불행은 스스로 인식하지 못하는, 내적인 것이었고 모든 일이 순리대로 되길 바라는 그녀의 욕망과 희망에 가려 있었다. 그녀는 다른 사람들의 행복을 믿었다. 그래야 자신도 언젠가는 행복해질 수 있었기 때문에. 그러나 로라의 불행은 그와 달리 가시가 돋쳐 있었다. 그녀는 자신이 영원히 불행하리라고 확신했기 때문에 주위 사람들도 모두 불행하길 바랐다.

"네, 미국 운전면허 있어요." 그리고 이페멜루는 자기가 면허를 따기 전에 브루클린에서 들었던 교통안전 수업과 떡 진 밀짚색 머리를 한, 마른 백인 강사가 쓴 속임수 이야기를 하기 시작했다. 외국인들로 가득 찬 어두운 지하실 — 더 어두운 좁은 계단을 내려가야 들어갈 수 있는 — 에서 그 남자 강사는 교통안전에 관한 비디오를 벽에 영사하기 전에 수업료를 전부 현금으로 걷었다. 그리고 중간중간에 아무도 이해하지 못하는 농담을 하고는 혼자 쿡쿡 웃었다. 이페멜루는 그 영상이 약간 의심스럽다고 생각했다. 차가 그렇게 천천히 부딪쳤는데 어째서 그렇게 많이 부서지고 운전자의 목이 부러진단 말인가? 상영이 끝난 후 강사는 시험지를 나누어 주었다. 이페멜루에게는 쉬운 문제였으므로 그녀는 연필로 빠르게 정답에 칠해 나갔다. 옆자리의 쉰 살쯤 돼 보이는 작달막한 남아시아인 사내가 자꾸 그녀의 시험지를 커닝하면서 애원하는 눈길을 보냈지만, 그가 도움을 청하고 있다는 사실을 못 알아챈 척했다. 강사는 시험지를 걷고 나서 흙색 지우개를 꺼내더니 답들 중 일부를 지우고 다른 곳에 칠하기 시작했다. 결과는 전원 합격이었다. 많은 이들이 강사와 악수를 하며 다양한 악센트로 "고맙습니다, 고맙습니다."를 연발하고는 발을 질질 끌면서 밖으로 나갔다. 이제 그들은 미국 운전면허 시험에 응시할 수 있었다. 이페멜루는 로라를 괴롭히기 위해서가 아니라 순수한 호기심에서 하는 말이라는 듯이 짐짓 솔직한 척하며 이렇게 말했다.

"저한테는 이상한 순간이었어요. 그 전까지는 미국에선 아무도 속임수를 쓰지 않는 줄 알았거든요."

킴벌리가 말했다. "저런, 세상에."

"브루클린에서 그랬다고요?" 로라가 물었다.

"네."

로라가 그런 일은 당연히 브루클린에서나 일어날 뿐 자기가 사는 미국에서는 일어나지 않는다는 듯 어깨를 으쓱했다.

문제가 된 것은 오렌지였다. 그 둥근 불꽃색 오렌지는 이페멜루가 껍질을 까서 사 등분 한 후 지퍼락에 밀봉해서 점심과 함께 싸 가지고 온 것이었다. 그녀가 그것을 부엌 식탁에서 먹는 동안 테일러는 옆에 앉아서 숙제를 했다.

"테일러, 너도 먹을래?" 그녀가 물으며 한 조각을 내밀었다.

"고맙습니다." 그가 오렌지를 입속에 집어넣었다. 그의 얼굴이 일그러졌다. "이거 썩었어요! 안에 뭐가 있어요!"

"씨네." 그가 손바닥에 뱉어 낸 것을 보고 그녀가 말했다.

"씨요?"

"그래, 오렌지 씨."

"오렌지 속에는 아무것도 안 들었는데."

"아니야, 있어. 테일러, 그건 쓰레기통에 버려. 내가 학습 비디오 틀어 줄게."

"오렌지 속에는 아무것도 안 들었는데." 그가 똑같은 말을 반복했다.

그는 평생 동안 씨 없는 오렌지, 완벽한 주황색에 껍질은 반질반질하고 씨가 하나도 없는 오렌지만 먹어서, 여덟 살이나 되었는데도 씨 있는 오렌지라는 게 있다는 사실조차 모르는 것이었다. 그가 서재로 달려가 모건에게 말했다. 그러자 모건은 책에서 시선을 들더니 느리고 지루한 손짓으로 빨간 머리를 귀 뒤로 넘겼다.

"당연히 오렌지에도 씨가 있지. 엄마가 씨 없는 종류를 사는 것뿐이야. 이페멜루는 잘못된 종류를 산 거고." 그녀가 자신이 가진 여러 가지의 비난하는 눈빛 중 하나로 이페멜루를 쳐다보았다.

"모건, 나한테는 이 오렌지가 맞는 종류야. 나는 씨 있는 오렌지를 먹고 자랐으니까." 이페멜루가 비디오를 틀면서 말했다.

"알았어요." 모건이 어깨를 으쓱했다. 킴벌리에게였다면 아무 말도 안 하고 쏘아보기만 했을 것이다.

초인종이 울렸다. 카펫 청소부가 틀림없었다. 킴벌리와 돈은 다음 날 친구의 후원금 모금을 위한 칵테일파티를 열 예정이었는데 돈이 그 친구에 대해 "하원 의원 출마라니 진짜 자아도취지, 당선은 턱도 없어."라고 말하는 것을 듣고 이페멜루는 돈처럼 자기 자신밖에 볼 줄 모르는 사람이 다른 사람들의 자아를 인식하는 듯한 발언을 했다는 사실에 깜짝 놀랐다. 그녀는 현관문을 열었다. 건장하고 얼굴이 붉은 남자가 청소 도구를 들고 서 있었다. 어깨에도 뭔가가 둘러메져 있고, 다리에도 잔디 깎이처럼 생긴 것이 기대져 있었다.

그녀를 본 순간 그의 표정이 굳어졌다. 놀라움이 먼저 스쳐 지나간 뒤에 얼굴이 딱딱해지면서 적대적인 표정이 되었다.

"카펫 청소 부르셨나요?" 그가 그녀의 대답에 관심 없다는 듯이, 그녀가 마음을 바꿔도 된다는 듯이, 그녀가 마음을 바꿨으면 좋겠다는 듯이 물었다. 그녀는 비웃음이 담긴 시선으로 그를 쳐다보면서 온갖 추측이 난무하는 순간을 길게 늘렸다. 그는 그녀가 집주인이라고 생각하고 있었다. 그녀는 하얀 기둥들이 있는 이 웅장한 석조 저택에서 그가 만나게 되리라고 기대한 인물이 아니었다.

"네." 갑자기 피곤해진 그녀가 마침내 말했다. "터너 부인이 당신이 올 거라고 하셨어요."

그러자 마법의 주문을 왼 것처럼 그의 적대감이 순식간에 사라졌다. 그의 얼굴에 미소가 퍼져 나갔다. 그녀 역시 도우미였던 것이다. 우주가 다시 질서를 되찾았다.

"안녕하세요? 어디부터 시작하라고 하시던가요?" 그가 물었다.

"2층요." 그녀는 그를 집 안에 들이면서 아까는 저런 쾌활함이 그의 몸속 어디에 숨어 있었던 걸까 생각했다. 그녀는 트고 갈라진 입술에 마른 살 껍질이 붙어 있던 그 사내를 영원히 잊지 않을 것이다. 그리고 "때때로 미국에서는 인종과 계층이 동의어다."라는 포스트를 그의 극적인 태도 변화 이야기로 시작해서 다음과 같은 문장으로 끝낼 것이다. 내가 돈이 얼마나 많은지는 그에게 중요하지 않았다. 적어도 그가 보기에 내 외모는 그 위풍당당한 저택의 주인에게 적합한 것이 아니었다. 미국의 공적 담론에서 '흑인'이라는 집합 명사는 '가난한 백인'과 곧잘 짝을 이룬다. '가난한 흑인과 가난한 백인'이 아니다. '흑인과 가난한 백인'인 것이다. 실로 신기한 일이 아닐 수 없다.

테일러가 잔뜩 들떴다. "같이 해도 돼요? 같이 해도 돼요?" 그가 카펫 청소부에게 물었다.

"고맙지만 괜찮아." 그가 말했다. "나 혼자서도 충분해."

"내 방부터 하지 않았으면 좋겠어요." 모건이 말했다.

"왜?" 이페멜루가 물었다.

"그냥 안 그랬으면 좋겠어요."

이페멜루는 킴벌리에게 카펫 청소부 얘기를 하고 싶었지만 킴벌리가 허둥대며 자기 잘못도 아닌 일을 사과할지도 모른다는 생각이 들었다. 그녀가 자주, 너무 자주, 로라 대신 사과하는 것처럼.

킴벌리가 옳은 일을 하려고 안달하면서 정작 뭐가 옳은 일인지는 모른 채 휘청대는 모습을 지켜보는 것은 상당히 난감한 일이었다. 킴벌리에게 카펫 청소부에 대해 말할 경우 그녀가 어떤 반응을 보일지 예측하기란 불가능했다. 웃을 수도, 사과할 수도, 수화기를 집어 들고 청소 회사에 전화해서 항의할 수도 있었다.

그래서 이페멜루는 그 대신 테일러와 오렌지 이야기를 했다.

"씨가 있다고 상한 줄 알았대요? 정말 재밌네요."

"물론 모건이 곧바로 정정해 줬죠." 이페멜루가 말했다.

"아, 그랬겠네요."

"제가 어렸을 때 어머니는 오렌지 씨를 삼키면 머리에서 오렌지 나무가 자라날 거라고 말씀하시곤 했어요. 그래서 아침에 일어나자마자 걱정스럽게 거울 앞으로 달려갔던 날이 얼마나 많았는지 몰라요. 테일러는 적어도 그런 정신적 외상 없이 자라게 됐으니 다행이죠."

킴벌리가 웃었다.

"나 왔어!" 로라가 어시나와 함께 뒷문으로 들어오면서 말했다. 그 왜소한 아이는 머리카락이 너무 가늘어서 창백한 두피가 다 들여다보였다. 말라깽이. 어쩌면 로라가 먹이는 각종 채소와 엄격한 식단이 아이를 영양실조로 만들었는지도 몰랐다.

로라가 식탁 위에 꽃병을 놨다. "내일이 되면 끝내주게 멋있을 거야."

"예쁘네." 킴벌리가 허리를 굽혀 어시나의 머리에 입 맞췄다. "그게 출장 요리사의 메뉴야. 돈은 전채 요리가 너무 간소하다던데 난 잘 모르겠어."

"가짓수를 늘리래?" 로라가 메뉴를 훑어보며 말했다.

"그냥 좀 간소한 것 같다고, 꼭 바꾸라거나 그런 투는 아니었어."

그때 서재에서 어시나가 울기 시작했다. 로라가 서재로 가고 곧 일련의 협상이 이어졌다. "이거 갖고 싶니, 아가? 노란색, 파란색, 빨간색 중에서 어느 것으로 줄까? 어느 걸 갖고 싶어?"

그냥 아무거나 하나만 줄 것이지, 하고 이페멜루는 생각했다. 네 살짜리 아이한테 선택이라는 부담을 주는 것, 결정이라는 무거운 짐을 지우는 것은 어린 시절의 행복을 빼앗는 일이었다. 어차피 그 아이가 더 암울하고 암울한 선택들을 해야만 할 성년기가 이미 성큼 다가와 있는 마당에.

"오늘 애가 통통 부어 있네." 로라가 부엌으로 돌아오면서 말했다. 어시나의 울음은 진압되었다. "아까 애 귓병이 다 나았나 확인차 소아과에 갔다 왔는데 그때부터 종일 심술이야. 아, 오늘 정말 매력적인 나이지리아 남자를 만났어. 병원에 갔더니 새로 온 의사가 나이지리아인이라는데 그 사람이 우리한테 와서 인사를 건네는 거야. 그 사람을 보니까 당신 생각이 나더라고요, 이페멜루. 미국 이민자 중에서 나이지리아인의 교육 수준이 가장 높다는 기사를 인터넷에서 봤거든요. 물론 당신 고향에서 하루에 1달러도 안 되는 돈으로 사는 수백만 명에 대한 얘기는 일언반구도 없었지만. 어쨌든 그 의사를 보니까 그 기사랑 당신이랑 이 나라에 사는 아프리카인 특권층이 생각났어요." 로라가 잠시 말을 멈추자 이페멜루는 평소에 자주 그랬듯 로라가 뭔가 할 말이 더 있는데 참고 있다는 느낌을 받았다. 특권층이라고 불리는 것은 어색했다. 특권층이란 카요데 다실바처럼 비자 인지가 너무 많이 붙어 있어서 여권이 묵직하고, 여름 방학은 런던에서 보내고 수영할 때는 이코이 클럽에 가고, 아무렇지도 않게 "아이스크림 먹으러 프렌치스에나 가자."라고 말하면서 일어서는 사람들에게나 해당되는 말이었다.

"제 평생 특권층이란 말은 한 번도 못 들어 봤어요!" 이페멜루가 말했다. "기분 좋네요."

"어시나 주치의를 그 사람으로 바꿀까 봐요. 아주 괜찮더라고요, 외모도 멀끔하고 말투도 세련되고. 호프먼 박사가 다른 데로 가고 나서 바뀐 빙엄 박사는 어차피 별로 마음에 안 들었거든요." 로라가 다시 메뉴를 집어 들었다. "대학원 다닐 때 이 의사랑 비슷한 아프리카인 여학생이 있었어요. 아마 우간다 출신이었던 것 같아요. 그 친구도 아주 괜찮은 사람이었는데 우리 반의 아프리카계 미국인 여학생이랑은 사이가 나쁘더라고요. 그 미국인 친구처럼 사회에 불만이 많지 않아서 그랬나 봐요."

"어쩌면 아프리카계 미국인의 아버지가 흑인이라서 투표권이 없을 때 우간다인의 아버지는 국회 의원 선거에 출마하거나 옥스퍼드를 다녔을지도 모르죠." 이페멜루가 말했다.

로라가 짐짓 당황한 척하는 표정을 지으며 그녀를 똑바로 쳐다봤다. "잠깐만요, 내가 뭐 잘못 알아들은 건가요?"

"지나치게 단순화된 비교라고 생각할 뿐이에요. 역사 공부 좀 더 하셔야겠어요." 이페멜루가 말했다.

로라의 입이 떡 벌어졌다. 그녀는 잠시 휘청였지만 곧 마음을 다잡았다.

"아, 그럼 난 우리 딸 데리고 도서관에 가서 역사책이나 찾아

봐야겠네요. 내가 역사책이 어떻게 생겼는지 구분이나 할 수 있으면 말이에요!" 로라는 그렇게 말하고 부엌을 나가 버렸다.

이페멜루의 귀에 킴벌리의 심장이 쿵쾅거리는 소리가 들리는 듯했다.

"죄송해요." 이페멜루가 말했다.

킴벌리가 고개를 저으며 웅얼거렸다. "언니가 사람을 욱하게 만드는 경향이 있긴 하죠." 그녀의 눈은 자기가 섞고 있는 샐러드에 고정되어 있었다.

이페멜루가 서둘러 로라를 따라 2층으로 올라갔다.

"죄송해요. 방금 한 말은 무례했어요. 사과할게요." 하지만 이페멜루는 단지 킴벌리 때문에, 그녀가 샐러드를 곤죽으로 만들 것처럼 우악스럽게 섞기 시작한 것을 보고 미안하다고 생각했을 뿐이었다.

"괜찮아요." 로라가 딸의 머리를 손빗으로 매만지며 콧방귀를 뀌었다. 이페멜루는 로라가 자신이 부상자임을 뜻하는 캐시미어 숄을 그 후로도 오랫동안 벗지 않을 것임을 알았다.

다음 날 파티에서 로라는 딱딱하게 "안녕하세요." 라고 인사한 것을 제외하곤 이페멜루에게 말을 걸지 않았다. 집은 부드러운 목소리들의 속삭임으로 가득 찼고, 손님들은 와인글라스를 입술에 갖다 댔다. 그들은 하나같이 비슷했다. 옷차림도 세련되면서 안전하고, 유머 감각도 세련되면서 안전하고, 다른 중상류층 미국인들처럼 '훌륭하다'는 말을 너무 자주 썼다. "이페멜루, 내일 와서 파티 여는 거 도와줄 거죠, 네?" 전날 킴벌리는 이페멜루에게, 집에서 모임이 열릴 때마다 늘 하던 부탁을 했다. 요리는 출장 요리사가 하고 애들은 일찍 자는데 자기가 뭘 돕는다는 건지 알 수 없었지만 이페멜루는 킴벌리의 가볍게 부탁하는 말투에서 뭔가 절박함에 가까운 것을 느꼈다. 그녀가 완전히 이해할 수는 없는 미묘한 방식으로 그녀의 존재가 킴벌리를 진정시키는 듯했다. 어쨌든 킴벌리가 그녀의 참석을 바란다면 이페멜루는 당연히 참석할 것이었다.

"이쪽은 우리 집 보모이자 내 친구인 이페멜루예요." 킴벌리가 그녀를 손님들에게 소개했다.

"정말 미인이시네요." 어느 미소 띤 사내가 부자연스럽게 하얀 이를 드러내며 그녀에게 말했다. "아프리카 여성들은 매력적이에요. 특히 에티오피아인들이요."

한 부부는 탄자니아에 사파리 여행을 갔던 경험을 들려줬다. "지난번에 갔을 때 안내인이 너무 훌륭해서 지금은 우리가 그 집 첫딸 학비를 대 주고 있다니까요." 또 다른 두 여자는 말라위의 훌륭한 우물 파기 단체와 보츠와나의 훌륭한 고아원과 케냐의 훌륭한 소액 금융 협동조합에 기부한 이야기를 했다. 이페멜루는 그들을 빤히 쳐다보았다. 그들의 자선심에는 그녀가 동조할 수도 없고, 가지고 있지도 않은 사치스러움이 있었다. '자선'을 당연하게 여기는 것, 자신이 알지도 못하는 사람들에게 흥청망청 자선을 베푸는 행동은 아마 자신에게 어제가 있었고, 오늘이 있고, 내일이 있을 거라는 확신에서 나온 듯했다. 그 점에서 그녀는 그들이 부러웠다.

형광 분홍색 재킷을 입은 자그마한 여자가 말했다. "나는 가나

자선 단체의 이사장이에요. 우리는 시골 여성들과 일하고 항상 아프리카인 직원을 찾고 있어요. 현지 인력을 쓰지 않는 NGO가 되고 싶지는 않거든요. 그러니까 졸업 후에 일자리가 필요하고 아프리카로 돌아가서 일하고 싶거든 나한테 전화해요."

"감사합니다." 이페멜루는 문득 미친 듯이 강한 열망을 느꼈다. 받는 사람들의 나라가 아니라 주는 사람들의 나라 출신이고 싶었고, 가진 것이 많아서 남한테 베푸는 축복을 누려 온 사람 중한 명이고 싶었고, 넘치는 연민과 동정심을 가질 만큼 여유 있는 사람 중 한 명이고 싶었다. 그녀는 신선한 바람을 쐬러 베란다로 나갔다. 산울타리 너머로, 옆집 아이들의 자메이카인 보모가 자동차 진입로를 걸어가는 모습이 보였다. 그녀는 늘 이페멜루의 시선을 피했고 인사를 하기 싫어했다. 그때 베란다 반대쪽 끝에서 사람 기척이 들렸다. 돈이었다. 그에게서 뭔가를 감추려는 듯한 기색이 보이자 그녀는 그가 방금 전화를 끊었음을, 눈으로 보진 못했지만 짐작했다.

"근사한 파티죠?" 그가 말했다. "킴벌리랑 나한테는 그냥 친구들을 초대할 구실일 뿐이에요. 로저 녀석이 정말 허파에 바람 든 거죠. 녀석한테도 직접 말했지만, 당선은 턱도 없다니까……."

돈은 계속 이야기를 이어 나갔다. 그가 너무 친밀한 투로 말해서 그녀는 목구멍에 뭐가 걸린 것만 같았다. 그녀와 돈은 이런 식으로 얘기하는 사이가 아니었다. 불필요한 정보였고, 불필요한 대화였다. 그녀는 그의 통화 내용 중에 설사 들을 만한 내용이 있었다 해도 전혀 듣지 못했고, 자기는 아무것도 모르며 알고 싶지도 않다고 말하고 싶었다.

"사람들이 사장님 찾고 있을 거예요." 그녀가 말했다.

"그래요, 우리 이만 들어가죠." 그가 마치 두 사람이 함께 나왔던 것처럼 말했다. 안으로 들어가 보니 킴벌리가 서재 한가운데에, 친구들로부터 살짝 떨어져 선 모습이 눈에 들어왔다. 돈을 찾고 있었던 것이다. 그를 발견하자 그녀의 시선은 그에게 머물렀고, 걱정이 사라진 듯 표정이 부드러워졌다.

이페멜루는 파티장을 일찍 나왔다. 디케가 자기 전에 통화하고 싶었기 때문이다. 우주 고모가 전화를 받았다.

"디케 자?" 이페멜루가 물었다.

"지금 이 닦고 있어." 고모가 목소리를 낮추더니 이렇게 덧붙였다. "얘가 또 자기 성에 대해 묻기 시작했어."

"그래서 뭐라고 했어?"

"똑같이 얘기했지. 근데 여기 이사 오기 전에는 한 번도 물어본 적 없었거든."

"바살러뮤도 있고, 환경도 바뀌어서 그런지도 모르지. 엄마를 독차지하는 데 익숙할 거 아냐."

"이번에는 왜 자기가 내 성을 따른 거냐고 묻는 게 아니라 아빠가 자길 사랑하지 않아서 내 성을 따른 거냐고 묻더라니까."

"고모, 이젠 디케한테 고모가 둘째 부인이 아니었다고 말할 때가 된 거 아니야?" 이페멜루가 물었다.

"그래도 사실상 둘째 부인이나 다름없었지." 우주 고모의 말투는 반항적이다 못해 거의 심통 사나울 정도여서 마치 자기 이야기를 주먹으로 꽉 틀어쥔 것만 같았다. 그녀는 지금껏 디케에게 그의 아버지가 군사 정부 요인이었고, 자신이 그의 둘째 부인이었으며, 디케를 보호하기 위해 ── 정부 인사 중에 그의 아버지를 제외한 몇몇 사람이 나쁜 짓을 했기 때문에 ── 자기 성을 따르게 한 거라고 말해 왔다.

"이제 디케 바꿔 줄게." 고모가 다시 평상시 목소리로 말했다.

"누나, 안녕! 오늘 축구 경기, 누나가 봤으면 좋았을 텐데!" 디케가 말했다.

"넌 어쩜 내가 없을 때만 그렇게 골을 잘 넣니? 혹시 꿈꾼 거 아냐?" 이페멜루가 물었다.

디케가 웃었다. 그는 요즘도 쉽게 웃었고 유머 감각도 여전했지만 매사추세츠로 이사 간 후로는 속을 알 수 없게 되었다. 뭔가가 그를 둘러싸서 마음을 읽기 힘들었다. 그는 언제나 게임 보이를 향해 고개를 숙인 채 가끔가다 한 번씩 엄마와 세상을 보기 위해, 아이치고는 너무 피로한 얼굴로 시선을 들곤 했다. 성적도 떨어지고 있었다. 우주 고모는 예전보다 자주 아이를 을렀다. 이페멜루가 지난번 그 집에 갔을 때 우주 고모가 디케한테 "너 한 번만 더 그러면 나이지리아로 돌려보낼 줄 알아!"라고 이보어로 말했는데, 고모는 정말로 화났을 때만 이보어로 말했으므로, 이페멜루는 디케가 이보어를 갈등의 언어로 기억하게 될까 봐 걱정됐다.

변한 건 우주 고모도 마찬가지였다. 처음에는 새로운 삶에 대한 기대와 호기심으로 가득 차 있었다. "이 동네는 너무 하얘." 그녀가 말했다. "쇼핑몰이 삼십 분 거리에 있어서 빨리 립스틱 하나 사려고 동네 화장품 가게에 갔는데 너무 밝은색만 있지 뭐니? 하지만 안 팔리는 색깔을 가져다 놓을 수도 없겠지! 그래도 이 동네는 조용하고 평화롭긴 해. 수돗물도 안심하고 마실 수 있고. 브루 클린에서는 절대 시도조차 하지 않았을 일이지.”

그러나 한 달, 한 달이 지남에 따라 서서히 그녀의 말투도 삐딱해졌다.

“디케네 선생이 애가 공격적이래.” 어느 날 학교에 불려 가서 교장을 만나고 온 후에 그녀가 이페멜루에게 말했다. “하고많은 것 중에 공격적이라니. 그러면서 특수 학급으로 옮기라는 거야. 거기는 애를 혼자 교실에 넣어 놓고, 문제아를 전문적으로 다루는 사람이 가르치는 덴데. 그래서 내가 그 여자한테, 공격적인 사람은 내 아들이 아니라 당신 아버지라고 말했지. 내 아들을 봐요. 외모가 다르다는 이유만으로, 다른 꼬맹이들이 하는 짓을 똑같이 해도 공격적이라는 거 아닌가요? 그러니까 교장이 이러데. ‘디케는 다른 아이들과 똑같아요. 저희 눈에는 디케가 남들과 전혀 다르지 않아요.’ 그게 무슨 위선이야? 나는 그 여자한테 내 아들을 보라고 말했어. 전교에 흑인이라곤 달랑 두 명뿐이에요. 다른 한 명은 혼혈인데 피부가 하얘서 멀리서 보면 흑인인 걸 알 수도 없죠. 당연히 내 아들만 도드라져 보이는데 어떻게 전혀 달라 보이지 않는다고 말할 수 있어요? 난 디케를 특수 학급에 넣으라는 제안을 단칼에 거절했어. 우리 애는 전교생을 다 합친 것보다 더 똑똑하다고. 놈들은 벌써부터 애한테 낙인을 찍고 싶어 해. 케미가 이런 일이 있을 거라고 미리 경고해 줬어. 인디애나에서도 놈들이 걔 아들한테 똑같이 하려고 했대.”

나중에 우주 고모의 불평은 자기가 전공의 과정을 밟고 있는 병원으로 옮아갔다. 그곳이 정말로 작고 구식이라고, 차트를 아직도 수기로 기록하고 먼지 쌓인 파일에 넣어서 보관한다고 말했다. 그리고 전공의 과정을 끝낸 뒤에는 선심 쓰듯 자신한테 진료받는 환자들에 대해 불평했다. 바살러뮤 얘기는 거의 하지 않았다. 마치 매사추세츠의 호숫가 집에 디케와 단둘이 사는 것 같았다.

17

이페멜루는 7월의 어느 화창한 날, 블레인을 처음 만난 바로 그날에, 미국식 악센트를 흉내 내는 걸 그만두기로 했다. 그녀의 악센트는 꽤 그럴듯했다. 친구들과 뉴스 앵커들을 주의 깊게 관찰한 끝에 t를 흐릿하게 발음하기, r를 부드럽게 굴리기, 문장을 "그래서"로 시작하기, 자연스럽게 "아, 정말요?"라고 대꾸하기까지는 완벽하게 익혔지만 악센트는 지나친 긴장 탓에 삐걱거렸다. 그것은 의식적인 행동이었고 입술 찌부러뜨리기, 혀 말기 같은 노력을 필요로 했다. 만약 집에 불이 나서 당황하거나 겁에 질리거나 갑자기 잠에서 깬다면 미국식으로 발음하는 법을 기억하지 못할 것이었다. 그래서 그녀는 그 여름날, 디케의 생일이 끼어 있던 주말에 그만두기로 결심했다. 계기가 된 것은 어느 통신 판매원의 전화였다. 그날 그녀는 스프링가든가(街)에 위치한 자신의 아파트, 미국에서 처음으로 갖게 된 그녀의, 그녀만의 소유물인 아파트에 있었다. 수도꼭지는 물이 새고, 히터는 시끄러운 소음을 내는 원룸이었다. 처음 이사 오고 나서 몇 주 동안 그녀는 발걸음이 가벼웠고 행복감에 싸여 있었다. 왜냐하면 냉장고 문을 열 때 그 안의 모든 음식이 자기 것임을 알았고, 욕조를 청소할 때 수챗구멍에서 외국인 룸메이트의 머리카락 뭉치를 발견하는 당황스러운 일이 없을 것임을 알았기 때문이다. 아파트 관리인 자말은 "진짜 우범 지대는 공식적으로 두 블록 떨어진 곳에 있어요."라며 때때로 총소리가 들릴 수도 있다고 했지만 매일 저녁 창문을 열어 놓고 귀 기울여 봐도 들리는 소리라곤 늦여름의 소리들, 즉 지나가는 차에서 흘러나오는 음악, 뛰노는 아이들의 활기찬 웃음소리, 엄마들의 고함 소리뿐이었다.

7월의 그날 아침에 그녀가 매사추세츠에서 주말을 보내기 위해 짐을 다 싸 놓고 스크램블드에그를 만들고 있을 때 전화벨이 울렸다. 발신 번호가 뜨지 않아서 나이지리아에서 부모님이 건 전화인가 보다고 생각했다. 하지만 그것은 통신 판매원, 더 좋은 장거리 전화와 국제 전화 요금제를 제안하는 젊은 미국인 남자였다. 평소에는 통신 판매 전화를 곧바로 끊는 그녀였지만 그의 목소리에는 가스 불을 줄이고 계속 수화기를 들고 있게 만드는 뭔가가 있었다. 아찔할 정도로 어리고 경험 없고 검증되지 않은 무언가, 아주 미세한 떨림, 서비스업 종사자 특유의, 전혀 공격적이지 않은데 공격적인 친절함이 있었다. 훈련받은 대로 말하면서도 그녀의 심기를 거스를까 봐 죽을 만큼 걱정하는 것 같았다.

그는 그녀에게 기분이 어떠냐고, 그쪽 날씨는 어떠냐고 묻고, 피닉스 날씨는 굉장히 덥다고 말했다. 어쩌면 오늘이 그의 출근 첫날이고, 헤드셋이 불편하게 그의 귀를 찌르고 있고, 그는 사람들이 집에 없어서 자기 전화를 받지 않기를 반쯤 바라고 있는지도 몰랐다. 그에게 묘한 측은함을 느낀 그녀는 나이지리아에 일 분에 57센트보다 더 싸게 걸 수 있는 요금제가 있냐고 물었다.

"그러면 제가 나이지리아를 찾아보는 동안 기다려 주세요." 그가 이렇게 말하자 그녀는 다시 스크램블드에그를 뒤적이기 시작했다.

그가 돌아와서 나이지리아는 가격이 똑같으니 또 다른 나라에 전화 걸 일 없냐고 물었다. 멕시코? 캐나다?

"음, 가끔 런던에 전화해요." 그녀가 대답했다. 기니카가 여름 동안 런던에 가 있었기 때문이다.

"알았어요, 그럼 제가 프랑스를 찾아보는 동안 기다리세요." 그가 말했다.

그녀는 웃음을 터뜨렸다.

"뭐 재밌는 일이라도 있나요?" 그가 물었다.

그녀는 더 큰 소리로 웃었다. 그리고 웃긴 것은 국제 전화 요금제를 판매한다는 사람이 런던이 어디 있는지도 모른다는 사실이라고 대놓고 말하려다 뭔가가 마음에 걸렸다. 아마 나이는 열여덟에서 열아홉 살 정도에, 뚱뚱하고, 얼굴이 붉고, 여자 앞에서 쭈뼛거리고, 비디오 게임을 좋아하고, 세상이라는 짜증 나는 모순 덩어리에 대한 지식이라고는 전혀 없는 그의 모습이었다. 그래서 그녀는 "텔레비전에서 웃긴 옛날 코미디를 하네요."라고 말했다.

"아, 그래요?" 그는 이렇게 말하고 자기도 웃었다. 그의 순진함에 그녀는 마음이 아팠다. 그가 다시 돌아와서 프랑스 요금을 말했을 때 그녀는 고맙다고 한 뒤에 지금 사용 중인 요금제보다 낫다며 통신사 바꾸는 것을 고려해 보겠다고 말했다.

"그러면 제가 언제쯤 전화드리는 게 편하세요? 그래도 괜찮으시다면 말입니다만……." 그가 말했다. 그녀는 통신 판매원들이 실적에 따라 돈을 받는 건지 궁금했다. 그녀가 통신사를 바꾸면 그의 봉급이 더 많아질까? 금전적인 손해만 없다면 그럴 용의가 있었다.

"저녁요."

"성함을 여쭤 봐도 될까요?"

"제 이름은 이페멜루예요."

그는 과장되게 조심하며 그녀의 이름을 되뇌었다. "프랑스 이름인가요?"

"아뇨. 나이지리아요."

"가족이 그곳 출신이신가 봐요?"

"네." 그녀는 달걀을 떠서 접시에 담았다. "저도 거기서 자랐어요."

"아, 정말요? 미국에 오신 지는 얼마나 되셨어요?"

"삼 년요."

"우아. 대단하시네요. 발음이 정말 미국인 같아요."

"고마워요."

그녀는 전화를 끊고 난 뒤에야 부끄러움이 솟아올라 얼룩처럼 온몸으로 퍼져 나가는 것을 느끼기 시작했다. 그에게 고맙다고 한 것, '발음이 미국인 같다'는 말을 열심히 화환으로 만들어 자기 목에 건 것이 수치스러웠다. 미국인처럼 말한다는 게 어째서 찬사 받을 만한 업적이란 말인가? 그녀는 이겼다. 크리스티나 토머스,

눈빛만으로 그녀를 작고 의기소침한 짐승처럼 움츠러들게 만들었던 허연 얼굴의 크리스티나 토머스도 이제는 그녀에게 정상적으로 이야기할 터였다. 그녀는 정말로 이겼지만 그것은 무의미한 승리였다. 그녀의 짧은 승리가 사라진 자리에는 광대하고 공허한 공간이 남았다. 그녀가 너무 오랫동안 자기 것이 아닌 옷을 입고, 자기 것이 아닌 목소리로 말했기 때문이다. 그래서 그녀는 달걀을 다 먹은 다음, 미국식 악센트 흉내 내는 것을 그만두기로 결심했다. 처음으로 미국식 악센트 없이 말한 것은 그날 오후 서티스 스트리트 역에서 앰트랙 창구 뒤에 앉은 여자를 향해 몸을 기울였을 때였다.

"헤이브릴행 왕복권 부탁합니다. 일요일 오후에 돌아오는 걸로요. 학생 우대(advantage) 카드 있어요." 그녀는 '어드밴티지'에서 t를 온전히 발음하고, '헤이브릴'에서 r를 굴리지 않을 때 기쁨이 물밀듯 밀려오는 것을 느꼈다. 이것이 진정 그녀였다. 이것이 지진 때문에 깊은 잠에서 깼을 때 그녀가 사용할 악센트였다. 하지만 만약 앰트랙 여직원이 그녀의 악센트를 듣고 바보한테 말하듯 너무 천천히 대답한다면 지나치게 격식을 차려서 세심하게 발음하는 '아그보 선생님 악센트'를 사용하기로 결심했다. 그것은 중등학교 토론 동아리에서 수염 기른 아그보 선생님이 해진 넥타이를 잡아당기며 BBC 녹음 테이프를 들려주고는, 활짝 웃으며 "맞았어!"라고 할 때까지 학생 전원에게 발음 연습을 시키고 또 시킨 탓에 익힌 말투였다. 또 아그보 선생님 악센트를 사용하면 그녀가 '거만한 외국인 자세'라고 생각하는 것을 취하며 눈썹을 약간 추켜세울 수도 있었다. 하지만 앰트랙 여직원이 평범하게 말했기 때문에 이 중 어느 것도 필요치 않았다. "신분증 좀 볼 수 있을까요?"

그래서 그녀는 아그보 선생님 악센트를 사용할 필요가 없었다. 블레인을 만나기 전까지는.

기차 안은 북적였다. 그녀가 보기에는 블레인의 옆자리가 그 차량에서 유일한 빈자리였고 거기 놓인 신문과 주스 병은 그의 것 같았다. 그녀가 멈춰 서서 그 자리를 손으로 가리켜 보였지만 그는 차분히 앞만 바라보았다. 그녀 뒤에서는 어떤 여자가 무거운 여행 가방을 끌고 오고 있었고, 승무원이 빈자리에 있는 소지품을 모두 치우라고 방송하고 있었지만, 블레인은 그녀가 거기 서 있는 것을 보고도 ― 어떻게 못 봤을 수가 있단 말인가? ― 여전히 아무것도 하지 않았다. 그래서 그녀의 아그보 선생님 악센트가 출현했다. "실례합니다. 이거 선생님 물건인가요? 부탁인데 좀 치워 주시겠어요?"

그녀는 가방을 선반 위에 올리고 나서 잡지책을 손에 쥔 채 뻣뻣하게 자리에 앉았다. 몸을 통로 쪽으로 기울여서 그에게서 멀찍이 떨어져 앉았다. 그런데 열차가 움직이기 시작할 때 그가 "서 계신 걸 못 봐서 정말 죄송해요."라고 말했다.

그의 사과에 그녀는 깜짝 놀랐다. 그의 표현이 너무 진지하고 진실해서 훨씬 더 심한 잘못을 한 사람이 하는 말 같았다. "괜찮아요." 그녀가 미소 지었다.

"불편하신 데 없죠?" 그가 물었다.

그녀는 노래하듯 "그으러엄요다앙시인은요?"라고 미국식으로 말하는 법을 익혔지만 지금은 "네, 없어요. 감사합니다."라고 말했다.

"제 이름은 블레인이에요." 그가 손을 내밀어 악수를 청했다.

그는 키가 커 보였다. 생강 쿠키 색 피부와 어떤 제복을 입어도 완벽하게 어울릴 듯한 날씬하고 비율 좋은 몸을 가진 남자였다. 그녀는 곧바로 그가 카리브해 출신도 아니고, 아프리카 출신도 아니고, 그 두 곳 출신 이민자의 자식도 아닌, 아프리카계 미국인임을 알아보았다. 그녀가 늘 맞힐 수 있었던 것은 아니다. 한번은 택시 기사가 가나 출신이라고 확신하고는 다 안다는 듯한 친근한 말투로 "그런데 어디서 오셨어요?"라고 물어봤는데 그가 어깨를 으쓱하며 "디트로이트요."라고 대답한 적도 있었다. 하지만 미국에서 지낸 시간이 길어질수록 점점 더 정확해졌다. 때로는 외모와 걸음걸이에서, 하지만 대부분은 태도와 행동에서, 문화가 사람에게 남기는 미세한 징표를 보았다. 블레인에 대해서는 자신이 있었다. 그는 수백 년 동안 미국에서 살아온 흑인 남자들과 여자들의 자손이었다.

"이페멜루예요. 만나서 반가워요." 그녀가 말했다.

"나이지리아인인가요?"

"네, 맞아요."

"나이지리아 부르주아네요." 그가 미소 지었다. 그는 놀랄 만큼 친근하게 그녀를 특권층이라 부르며 놀렸다.

"피차일반이죠." 그녀가 말했다. 그들은 이제 대놓고 서로 추파를 던지는 단계에 들어서 있었다. 그녀는 말없이 그를 위아래로 훑어보았다. 옅은 카키색과 남색이 섞인 셔츠는 적당한 정도의 고민 끝에 선택된 복장이었다. 거울을 보긴 하지만 너무 오래 보지는 않는 남자. 그는 나이지리아인에 대해 안다고 말했다. 예일 대학교 조교수인 그의 주된 관심 분야는 남아프리카였지만 그렇다고 어떻게 나이지리아인을 모를 수 있겠는가? 어디를 가도 나이지리아인이 있는데.

"아프리카인 다섯 명 중 한 명은 나이지리아인, 정도 될까요?" 그가 여전히 웃으며 물었다. 그의 말투는 비꼬는 듯하면서도 정중했다. 그들 사이에 말로 표현할 필요 없는, 그들만의 농담이 있다고 믿는 것 같았다.

"네, 우리 나이지리아인들은 많이 돌아다녀요. 그럴 수밖에 없어요. 사람은 너무 많고 공간은 부족하거든요." 그녀가 말했다. 그리고 문득 그들이 얼마나 가까이 앉아 있는지를 — 겨우 팔걸이 하나를 사이에 두고 있음을 — 깨닫고 깜짝 놀랐다. 그가 구사하는 영어는 그녀가 조금 전부터 쓰지 않기로 한 미국 영어, 전화 여론 조사원들이 들으면 백인 고학력자라고 추정할, 그런 영어였다.

"그러면 전공이 남아프리카인 건가요?" 그녀가 물었다.

"아뇨. 비교 정치학요. 이 나라 대학원 정치학과에서는 아프리카만 전공할 수가 없어요. 아프리카를 폴란드나 이스라엘과 비교할 수는 있지만 아프리카에만 초점을 맞춘다? 그들이 허락하지 않죠."

그는 '우리' 대신 "그들"이라고 말했다. '우리'라는 말은 그들 두 사람을 가리키는 것이었기 때문이다. 그의 손톱은 깨끗했다. 결혼반지는 끼고 있지 않았다. 그녀는 그와 사귀는 상상을 하기 시작했다. 겨울날 아침에 두 사람이 잠에서 깨는 것, 새하얀 아침 햇살 속에서 서로 끌어안고 있는 것, 잉글리시 브렉퍼스트를 마시는 것. 그녀는 그가 홍차를 좋아하는 미국인이길 바랐다. 앞 좌석

뒤 주머니에 욱여넣은 병에 든 그의 주스는 유기농 석류 주스였
다. 갈색 단색 레이블이 붙은 갈색 단색 병. 세련되면서도 친환경
적이었다. 주스 속에는 화학 물질이 없었고, 레이블을 장식하느라
낭비된 잉크도 없었다. 어디서 샀을까? 기차역에서 파는 유는 아
니었다. 어쩌면 그는 철저한 채식주의자고, 대기업을 불신해서 농
산물 직판장에서만 장을 보며, 그 유기농 주스를 집에서 가져왔는
지도 몰랐다. 그녀가 참을 수 없는 기니카의 친구 대부분이 그랬
다. 그들의 도덕적 정당성 앞에서 그녀는 짜증과 자괴감을 동시에
느꼈지만 블레인의 경건함은 얼마든지 용서할 준비가 되어 있었
다. 그는 도서관에서 빌린 양장본을 들고 있었는데 제목은 보이지
않았고 주스 병 옆에는 《뉴욕 타임스》가 꽂혀 있었다. 그가 자신이
든 잡지를 흘끗 보았을 때 그녀는 돌아오는 기차에서 읽을 작정이
었던 에시아바 이로비의 시집을 들고 있을 걸 그랬다고 생각했다.
이제 그는 그녀를 가벼운 패션 잡지만 읽는 사람으로 볼 것이 분
명했다. 그녀는 자신의 실수를 만회하기 위해 갑자기 그에게 자기
가 유세프 커무냐카의 시를 얼마나 좋아하는지 말하고 싶은 비이
성적인 충동을 느꼈다. 그녀는 우선 손바닥으로 표지 모델의 입술
에 발린 새빨간 립스틱을 가렸다. 그런 다음 팔을 뻗어서 잡지를
앞 좌석 뒤 주머니에 꽂고는 약간 코웃음을 치면서 여성지들이 다
양한 골격과 다양한 민족으로 이루어진 여자들에게 가는 골격과
작은 가슴을 가진 백인 여자들의 이미지를 모방하라고 강요하는
것은 정말 어처구니없는 일이라고 말했다.

　"하지만 그래도 계속 읽어요." 그녀가 말했다. "흡연 같은 거
죠. 나쁜 줄 알면서도 계속하는."

"다양한 골격과 다양한 민족이라." 그가 재미있다는 듯 말했다. 그의 따뜻한 시선은 그녀에 대한 관심을 노골적으로 드러냈다. 그가 관심 있는 여자 앞에서 멋있는 척, 관심 없는 척하는 유의 남자가 아니라는 사실에 그녀는 매력을 느꼈다.

"대학원생인가요?" 그가 물었다.

"웰슨 대학교 3학년이에요."

그녀가 잘못 본 건가? 아니면 방금 그의 얼굴이 정말로 실망해서, 놀라서 시무룩해진 건가? "정말요? 좀 더 나이가 많을 줄 알았는데."

"맞아요. 여기 오기 전에 나이지리아에서 대학을 다니다 왔거든요." 그녀는 확실한 추파 단계에서 물러서기로 결심하고는 자세를 고쳐 앉았다. "당신이야말로 교수라기엔 너무 젊어 보이는데요. 학생들이 누가 교수인지 헷갈리겠어요."

"학생들이야 그것 말고도 헷갈리는 게 많을 거예요. 강의한 지는 이제 겨우 이 년째인데요 뭐." 그가 잠시 뜸을 들이다가 물었다. "대학원에 갈 생각이에요?"

"네, 하지만 대학원을 졸업하고 나면 영어를 못하게 될까 봐 걱정이에요. 친구의 친구가 대학원에 다니는데 그 여자가 말하는 걸 듣고만 있어도 소름이 끼치거든요. '상호 텍스트적 근대성의 기호학적 변증법'이라나 뭐라나. 도대체 말이 안 되는 소리잖아요. 어떨 때는 그 사람들이 학계라는 평행 우주에 살면서 영어 대신 학계어로 말하고 실세계에서는 무슨 일이 일어나는지도 모르는 것 같다고 느껴지기도 해요."

"그거 꽤 강한 의견인데요."

"강하지 않은 의견은 가질 줄 몰라서요."

그가 웃었다. 그녀는 자기가 그를 웃게 했다는 사실이 기뻤다.

"하지만 저도 동의해요." 그가 말했다. "제 연구 대상에는 사회 운동, 독재 정체의 정치 경제학, 미국의 투표권과 대의권, 인종과 민족의 정치적 역할, 선거 자금 조달도 포함되거든요. 제가 늘 늘어놓는 장광설이죠. 대부분 헛소리지만요. 강의하면서도 이 중에 하나라도 애들이 관심 있는 게 있을까 궁금하다니까요."

"당연히 있을 거예요. 저도 하나 수강하고 싶은걸요." 그녀의 말투가 너무 열렬했다. 그녀가 원한 것은 이런 투가 아니었다. 잠재적 수강생 역할에 무의미하게 자신을 내던진 꼴이었다. 그는 대화의 방향을 간절히 바꾸고 싶어 하는 듯했다. 그도 그녀의 선생님이 되고 싶지는 않은 모양이었다. 그는 워싱턴에서 친구들을 만나고 뉴헤이븐으로 돌아가는 길이라고 말했다. "당신은 어디로 가세요?" 그가 물었다.

"워링턴요. 보스턴에서 차 타고 좀 가야 되는 곳이에요. 고모가 거기 사시거든요."

"그러면 코네티컷에 올 일은 전혀 없나요?"

"별로 없죠. 뉴헤이븐에는 한 번도 안 가 봤어요. 스탬퍼드랑 클린턴에 있는 쇼핑몰에는 가 봤지만요."

"아, 네, 쇼핑몰요." 그의 입술 양 끝이 약간 밑으로 내려갔다.

"쇼핑몰 싫어하세요?"

"영혼 없고 지루하다는 걸 빼면요? 진짜 괜찮은 곳이죠."

그녀는 쇼핑몰을 싫어하는 사람들, 어느 쇼핑몰에 가건 완벽하게 똑같은 가게를 찾을 수 있다는 개념을 싫어하는 사람들을 지금껏 이해하지 못했었다. 그녀는 쇼핑몰의 천편일률성에서 편안함을 느꼈다. 게다가 세심하게 선택된 그의 옷으로 미루어 보건대 그 역시 분명 어디선가 쇼핑을 하지 않았겠는가?

"그러면 당신은 면을 직접 재배해서 옷을 직접 만들어 입나요?" 그녀가 물었다.

그도 웃었고, 그녀도 웃었다. 그녀는 두 사람이 손을 잡고 스탬퍼드의 쇼핑몰에 가는 상상을 했다. 그녀가 그들이 처음 만난 날 했던 대화를 상기시키며 그를 놀리고, 고개를 들어 그에게 키스한다. 그녀는 원래 대중교통에서 모르는 이에게 말 거는 사람이 아니었지만 —— 몇 년 뒤에 블로그를 시작하고 나서는 좀 더 자주 하게 된다. —— 그에게 얘기하고 또 얘기했다. 어쩌면 자신의 새로운 악센트 때문이었는지도 몰랐다. 대화를 하면 할수록 그녀는 자꾸만 이게 우연이 아니라고 속으로 되뇌었다. 본래의 악센트를 되찾은 날 이 남자를 만난 것은 그녀에게 큰 의미가 있는 일이었다. 그녀는 웃긴 부분을 빨리 말하고 싶어 안달 난 사람처럼 웃음을 꾹 참으면서 런던이 프랑스에 있는 줄 아는 통신 판매원 이야기를 했다. 그러자 그는 웃는 대신 고개를 내저었다.

"통신 판매원들을 전혀 교육하지 않아서 그래요. 틀림없이 의료 보험이나 수당도 못 받는 임시직이었을 거예요."

"네." 그녀는 자신의 잘못을 깨달았다. "그 사람이 안됐더라고요."

"몇 주 전에 저희 과가 다른 건물로 이사를 했어요. 학교 측에서는 포장 이사 전문 업체를 불러서 지금 사무실에 있는 모든 물건을 새 사무실에서도 정확히 똑같은 자리에 놓으라고 지시했지요. 그들은 그렇게 했어요. 제 책이 전부 제자리에 꽂혀 있었죠. 하지만 나중에 뭘 발견했는 줄 알아요? 수많은 책이 위아래가 거꾸로 꽂혀 있더라고요." 그는 같은 깨달음을 공유하려는 듯 그녀를 쳐다보았지만 그녀는 잠시 동안 이야기의 내용을 정확히 이해하지 못한 채 멍하니 있었다.

"아, 짐꾼들이 글을 못 읽었군요." 한참 후에 그녀가 말했다.

그가 고개를 끄덕였다. "왠지 모르게 제 마음이 굉장히 불편하더라고요……" 그가 말끝을 흐렸다.

그녀는 그가 침대에서 어떨지 상상하기 시작했다. 그는 감정적 만족을 사정만큼이나 중요하게 생각하는 친절하고 배려심 많은 연인일 것이고, 그녀의 처진 살을 비난하지도 않을 것이며, 매일 아침 평온한 기분으로 잠에서 깰 것이다. 그녀는 그가 자기 마음을 읽을까 두려워 황급히 눈길을 돌렸다. 그렇게 깜짝 놀랄 만큼 상상 속 이미지가 생생했던 것이다.

"맥주 한잔하실래요?" 그가 물었다.

"맥주요?"

"네. 식당차에서 맥주를 팔거든요. 당신도 드실래요? 제가 사 올게요."

"네. 고맙습니다."

그녀는 남들의 시선을 의식하며 자리에서 일어나 그에게 길을 비켜 주었다. 그리고 그에게서 나는 향기를 맡으려 했지만 아무 냄새도 나지 않았다. 그는 향수를 뿌리지 않았던 것이다. 어쩌면 직원들을 부당하게 대우하는 향수 제조업체들에 대해 불매 운동을 벌이고 있는지도 몰랐다. 그녀는 그가 복도를 걸어가는 모습을 쳐다봤다. 자기가 보고 있다는 사실을 그도 아는 것이 분명했다. 그녀는 그의 맥주 제안이 마음에 들었다. 아까는 그가 유기농 석류 주스만 마시는 사람일까 봐 걱정했지만 지금은, 그가 맥주도 마신다면, 유기농 석류 주스를 마시는 것도 나쁘지 않았다. 그는 맥주와 플라스틱 컵을 가지고 돌아와서 요란스럽게 그녀의 맥주를 따랐는데 그런 행동이 그녀에게는 굉장히 낭만적으로 느껴졌다. 그녀는 원래 맥주를 전혀 좋아하지 않았다. 거칠고 품위 없는, 남자들의 술이라 생각하며 자랐기 때문이다. 그런데 지금 블레인 옆에 앉아서 그가 대학교 신입생 때 처음으로 인사불성이 되도록 취했던 얘기를 들으며 웃는 동안 그녀는 자신이 맥주를, 맥주의 거친 풍만함을 좋아하게 될 수도 있음을 깨달았다.

그는 계속해서 학부 시절 이야기를 들려줬다. 남학생 사교 동아리 신고식 때 정액 샌드위치를 먹었던 바보 같은 이야기, 3학년 여름 방학에 아시아를 여행할 때 중국 사람들이 자신을 계속해서 마이클 조던이라고 부르더라는 이야기, 졸업식이 끝난 후 일주일도 안 돼 어머니가 암으로 세상을 떠난 이야기.

"정액 샌드위치요?"

"선배들이 피타 빵에 자위를 해서 주면 한 입 깨물어야 하는 거예요. 하지만 삼키지는 않아도 돼요."

"맙소사."

"뭐, 젊었을 때 멍청한 짓을 한 사람은 나이 먹어서는 그러지 않길 바라야죠." 그가 말했다.

다음 역이 뉴헤이븐이라는 안내 방송이 나오자 이페멜루는 저릿한 상실감을 느꼈다. 그녀는 잡지 페이지를 한 장 찢어서 자기 전화번호를 적었다. "명함 있으세요?" 그녀가 물었다.

그가 주머니를 더듬어 보더니 말했다. "지금은 한 장도 없네요."

그가 물건을 챙기는 동안은 침묵이 감돌았다. 그러고 나서 끼익 하는 기차 브레이크 소리가 났다. 그녀는 자기 생각이 틀리길 바랐지만, 그가 전화번호를 주고 싶어 하지 않는다는 느낌을 받았다.

"혹시 기억나시면 당신 전화번호 좀 적어 주실래요?" 그녀가 말했다. 썰렁한 농담이었다. 그녀의 입에서 그런 말이 튀어나온 것은 다 맥주 때문이었다.

그는 그녀의 잡지에 자기 번호를 적어 주었다. "잘 지내요." 그가 말했다. 그는 떠나면서 그녀의 어깨에 한 손을 살짝 얹었는데 그 눈빛에서 뭔가 다정하면서도 슬픈 기색이 엿보여서 그녀는 그가 주저한다고 느꼈던 게 착각이었나 보다고 생각하게 됐다. 그는 벌써 그녀를 그리워하고 있었다. 그녀는 그의 자리로 옮아 앉아 그의 몸이 남기고 간 온기를 즐기면서 창문 너머로 그가 플랫폼을 따라 걸어가는 모습을 쳐다보았다.

우주 고모의 집에 도착해서 그녀가 가장 먼저 하고 싶었던 일은 그에게 전화하는 것이었다. 하지만 몇 시간은 기다리는 게 좋겠다고 생각했다. 한 시간 뒤 그녀는 에라 모르겠다 하고 전화를 했다. 자동 응답기였다. 그녀는 음성 메시지를 남겼다. 그리고 조금 이따 다시 걸었다. 또 자동 응답기였다. 그녀는 걸고 걸고 또 걸었다. 여전히 자동 응답기였다. 그녀는 자정에도 전화를 걸었다. 이번에는 메시지를 남기지 않았다. 주말 내내 그녀는 전화를 걸고 또 걸었고 그는 한 번도 전화를 받지 않았다.

워링턴은 나른해지는 마을, 굉장히 자기만족적인 마을이었다. 구불구불한 길들은 하나같이 울창한 숲 속으로 사라졌고 — 도시에서 외지인들이 찾아올까 두려워서 넓히지 않는 주도로조차도 좁고 구불구불했다. — 께느른한 집들은 나무 뒤에 숨어 있었으며, 주말이 되면 푸른 호수에 배들이 점묘법으로 그린 그림처럼 점점이 떠 있었다. 우주 고모네 집의 식당 창문에서 보면 희미하게 반짝이는 호수의 푸름이 너무 고요해서 시선을 사로잡았다. 이페멜루가 창가에 서 있는 동안 우주 고모는 식탁에 앉아 오렌지 주스를 마시면서 마치 보석을 자랑하듯 자신의 불만을 늘어놓았다. 그것은 이페멜루가 올 때마다 치르는 일과가 되었다. 우주 고모는 모든 불만을 비단 주머니에 모은 다음 잘 갈고 닦아서 품고 있다가 이페멜루가 오는 토요일이 되면, 바살러뮤는 외출하고 디케는 2층에 있을 때, 식탁 위에 쏟아 놓고 이쪽저쪽으로 뒤집어 가며 햇빛이 잘 반사되게끔 했다.

때로는 똑같은 이야기를 두 번 할 때도 있었다. 일전에 공공 도서관에 갔는데 핸드백에서 반납할 책 꺼내는 걸 깜빡했더니 수위가 "당신들은 뭐 하나 제대로 하는 게 없다니까."라고 하더라는 이야기, 그녀가 진찰실에 들어갔는데 환자가 "선생님은 금방 오시나요?"라고 물어서 자기가 의사라고 말했더니 환자의 얼굴이 구운 진흙처럼 변하더라는 이야기.

"그날 오후에 그 여자가 전화해서 의사 바꿔 달라고 한 거 아니? 이게 도대체 말이나 돼?"

"바살러뮤는 이 모든 것에 대해서 어떻게 생각한대?" 이페멜루가 이 방과 호수의 경치와 마을 전체를 포괄하는 듯한 몸짓을 하며 물었다.

"그쪽은 사업 때문에 너무 바빠. 매일 아침 일찍 나가서 밤늦게 들어온다고. 어떨 때는 디케가 그 사람을 일주일 내내 한 번도 못 볼 때도 있다니까."

"난 고모가 아직도 여기 있는 게 놀라워." 이페멜루가 조용히 말했다. 그녀가 말하는 "여기"가 워링턴만 뜻하는 게 아니라는 건 두 사람 다 알고 있었다.

"난 아이를 하나 더 갖고 싶어. 노력 중이야." 우주 고모가 창가로 와서 이페멜루 옆에 섰다.

그때 나무 계단에서 달그락거리는 발소리가 나더니 디케가 빛바랜 티셔츠와 반바지 차림으로 게임 보이를 든 채 부엌에 들어왔다. 디케는 볼 때마다 키는 커지고 말수는 주는 것 같았다.

"캠프에 그 티셔츠 입고 갈 거니?" 우주 고모가 물었다.

"응, 엄마." 그가 손에 쥔, 껌벅이는 화면에서 눈을 떼지 않은 채 말했다.

우주 고모가 오븐 안을 보러 갔다. 그녀는 오늘 아침에 디케의 여름 캠프 첫날을 기념해서 치킨너깃을 주기로 약속했던 것이다.

"누나, 이따가 나랑 축구 할 거지?" 디케가 물었다.

"그래." 이페멜루가 대답했다. 그녀는 그의 접시에서 치킨너깃 하나를 집어 자기 입속에 넣었다. "아침에 치킨너깃을 먹는 것도 충분히 이상한데 이거 닭고기니, 아니면 플라스틱이니?"

"매운맛 플라스틱이야." 그가 말했다.

그녀는 디케를 버스까지 바래다주고 그가 올라타는 모습, 창가에 앉은 다른 아이들의 하얀 얼굴, 그녀에게 지나칠 정도로 쾌활하게 손을 흔드는 버스 기사를 쳐다보았다. 그날 오후 버스가 디케를 다시 데려왔을 때에도 그녀는 같은 곳에 서서 기다리고 있었다. 그런데 디케의 얼굴에는 조심스러운 표정, 거의 슬픔에 가까운 뭔가가 서려 있었다.

"무슨 일 있었어?" 그녀가 그의 어깨에 팔을 두르며 물었다.

"아무것도 아니야." 그가 말했다. "지금 축구 해도 돼?"

"무슨 일이 있었는지 나한테 말해 주고 나서."

"아무 일도 없었다니까."

"내가 볼 때 넌 지금 설탕이 필요한 것 같다. 어차피 내일 되면 네 생일 케이크 때문에 설탕을 너무 많이 먹게 되겠지만 지금 쿠키 하나만 먹자."

"누나가 봐 주는 애들한테도 단걸 뇌물로 줘? 와, 걔들 좋겠네."

그녀는 웃으며 냉장고에서 오레오 상자를 꺼냈다.

"누나가 봐 주는 애들하고도 축구 해?" 디케가 물었다.

"아니." 그녀가 대답했다. 사실은 지나치게 넓고 나무가 우거진 그 집 뒤뜰에서 가끔 테일러랑 공을 주고받았지만. 디케가 때때로 그녀가 돌보는 애들에 대해 물으면 그녀는 그 애들의 장난감과 생활에 대해 이야기해 주면서 그의 어린애다운 호기심을 충족해 줬지만 자신이 그 애들을 많이 소중히 여기는 것처럼 보이지는 않도록 조심했다.

"그래, 캠프는 어땠니?"

"좋았어." 침묵. "우리 조장이, 이름이 헤일리였나? 걔가 모두한테 선크림을 나눠 줬는데 나한테만 안 줬어. 나는 필요 없대."

그녀는 그의 얼굴을 쳐다보았다. 약간 으스스할 정도로 무표정한 얼굴이었다. 그녀는 뭐라고 말해야 할지 몰랐다.

"걔는 네 피부가 검으니까 선크림이 필요 없다고 생각한 거야. 하지만 사실은 필요해. 피부가 검은 사람도 선크림이 필요하다는 걸 모르는 사람이 많아. 네 건 내가 사다 줄 테니까 걱정하지 마." 그녀는 자기가 옳은 말을 하고 있는지, 혹은 뭐라고 말하는 게 옳은지도 모른 채 너무 빨리 말하고 있었다. 디케가 표정을 감추지 못할 정도로 속상해하고 있다는 사실이 걱정됐기 때문이었다.

"괜찮아." 그가 말했다. "사실 좀 웃겨. 내 친구 대니는 막 웃었어."

"네 친구는 그게 왜 웃기다고 생각했어?"

"웃기니까!"

"사실은 너도 선크림을 받고 싶었던 거지?"

"그런 것 같아." 그가 어깨를 으쓱하며 말했다. "난 그냥 평범하고 싶어."

그녀는 그를 끌어안았다. 그리고 나중에 가게에 가서 선크림을 큰 병으로 사다 주었다. 하지만 다음번에 고모네 집에 갔을 때 그것이 한 번도 쓰지 않은 채로 그의 서랍장 위에 팽개쳐져 있는 것을 보았다.

비미국인 흑인을 위한 미국 안내서: 미국의 종족주의

미국에는 종족주의가 분명히 존재한다. 종류는 네 가지. 계급, 이념, 지역, 인종. 첫째, 계급. 굉장히 쉽다. 부유한 사람과 가난한 사람을 말한다.

둘째, 이념. 진보주의자와 보수주의자. 이들은 정치적 문제에서만 의견이 다른 것이 아니라 서로를 악이라고 생각한다. 종족 간 결혼은 만류되지만 드물게 성사될 경우 놀라운 일로 간주된다. 셋째, 지역. 북부와 남부. 남북 전쟁도 치른 바 있는 두 지역에는 아직도 전쟁의 상흔이 남아 있다. 북부는 남부를 깔보고, 남부는 북부를 아니꼬워한다. 마지막은 인종이다. 미국에는 인종 계층에 따른 사다리가 있다. 백인, 특히 와스프로 알려진 앵글로·색슨계 백인 프로테스탄트가 늘 맨 위에 위치하며, 미국인 흑인은 늘 맨 밑에 위치한다. 중간에 위치하는 인종은 시간과 장소에 따라 다르다.(혹은 이런 말도 있다. 백인이면 괜찮아. 황인이면 기다려. 흑인이면 돌아가!) 미국인들은 모든 세상 사람들이 자기네 종족주의를 이해할 거라고 생각한다. 하지만 그것을 완전히 파악하는 데는 시간이 걸린다. 내가 학부에 다닐 때 초청 강사가 온 적이 있었는데 한 여학생이 친구에게 "세상에, 저 사람 정말 유대인같이 생겼다."라고 속삭이더니 부르르하고 실제로 몸서리를 쳤다. 마치 유대인인 게 나쁜 일이기라도 한 것처럼. 이해할 수 없었다. 내 눈에 그 남자는 백인이었고, 그 여학생과 별로 달라 보이지 않았다. 내게 유대인이란 모호한 존재, 성경에 나오는 사람일 뿐이었다. 하지만 나는 금방 알게 됐다. 미국의 인종 사다리에서 유대인은 백인에 속하지만 백인보다 몇 칸 밑에 있다는 사실을. 하지만 어느 주근깨투성이 금발 여자도 자기가 유대인이라고 말했기 때문에 조금 혼란스러웠다. 미국인들은 유대인을 어떻게 알아보는 걸까? 그 여학생은 강사가 유대인 줄 어떻게 알았을까? 그런데 어디선가 이런 글을 읽었다. 예전에 미국 대학들은 지원자가 유대인이 아니라는 걸 확실히 하기 위해 어머니의 성을 물었다고 한다. 당시에는 대학들이 유대인 학생의 입학을 불허했기 때문이다. 그렇다면 이것이 구분법인가? 사람들의 성을 보고 아는 것인가? 이곳에서 오래 살수록 더욱더.많이 이해하게 된다.

18

마리아마의 새로운 손님은 풀로 붙인 듯 엉덩이에 딱 달라붙는 청 반바지에, 밝은 분홍색 운동화와 같은 색깔의 상의를 입고 있었다. 커다란 링 귀걸이가 그녀의 얼굴을 스쳤다. 그녀는 거울 앞에 서서 자신이 원하는 콘로의 종류를 설명하고 있었다.

"옆에, 바로 여기에서 가르마를 타서 지그재그로 가는데 처음에는 붙임 머리를 섞지 말고 땋다가 포니테일 부분까지 가면 그때 넣어요." 그녀가 천천히, 과장되게 또박또박 발음하면서 말했다. "무슨 말인지 알아들어요?" 그녀는 마리아마가 이해 못 했다고 이미 확신하는 투로 덧붙였다.

"알아들었어요." 마리아마가 조용히 대답했다. "사진 보실래요? 제 앨범에 그 스타일 사진이 있어요."

손님은 앨범을 획획 넘겨 보더니 마침내 만족해서 자리에 앉았다. 해진 비닐천을 그녀의 목에 두르고 의자 높이를 조절하는 동안 마리아마는 시종일관 꾹 참는 듯한 미소를 얼굴에 머금고 있었다.

"지난번에 갔던 미장원에서는요, 그 미용사도 아프리카 사람이었는데, 아 글쎄, 내 머리를 태우려고 하지 뭐예요! 그 여자가 라이터를 꺼내길래 나는 '숀테이 화이트, 저 여자가 저 물건을 네 머리 근처에도 갖고 오게 하면 안 돼.'라고 생각했죠. 그래서 물었어요. '그건 뭐하려고요?' 그러자 그 여자가 말했어요. '손님 머리를 깔끔하게 하려고요.' 그래서 내가 그랬죠. '뭐라고요?' 그랬더니 그 여자가 나한테 보여 주려고, 내 땋은 머리 한 가닥을 잡고 라이터로 지지려고 해서 내가 미친 듯이 퍼부어 줬죠."

마리아마가 고개를 가로저었다. "아, 그러면 안 되는데. 태우는 건 안 좋아요. 우리는 그렇게 안 해요."

또 다른 손님이 들어왔다. 밝은 노란색 두건을 쓴 여자였다.

"안녕하세요." 그녀가 말했다. "머리 좀 땋으려고요."

"어떤 스타일을 원하세요?" 마리아마가 물었다.

"그냥 보통 박스 땋기요, 중간 굵기로요."

"기장은 길게요?" 마리아마가 물었다.

"너무 길지는 않게요. 어깨 길이 정도?"

"알았어요. 앉으세요. 저 친구가 해 드릴 거예요." 마리아마가 할리마를 가리키며 말했다. 할리마는 뒤쪽에 앉아서 텔레비전에 시선을 고정하고 있었다. 그녀가 자리에서 일어나더니 일하기 싫은 티를 내려는 듯이 조금 지나치게 오랫동안 기지개를 켰다.

여자가 의자에 앉더니 DVD 더미를 가리켰다. "나이지리아 영화 파세요?" 그녀가 마리아마에게 물었다.

"전에는 그랬는데 공급자가 그만둬서요. 사고 싶으세요?"

"아뇨. 그냥 많아 보여서요."

"진짜 괜찮은 것도 있어요." 마리아마가 말했다.

"전 그런 거 못 보겠더라고요. 편견인 것 같긴 해요. 우리 남아공에서는 나이지리아인을 신용 카드 훔치고 마약 하고 그런 미친 짓거리를 하는 사람들이라고 생각하거든요. 그래서 영화도 그런 내용일 것 같아서요."

"남아공 출신이세요? 그런데 악센트가 전혀 없네요!" 마리아마가 소리쳤다.

여자가 어깨를 으쓱했다. "여기 온 지 오래돼서요. 별로 차이도 없어요."

"아니에요." 할리마가 갑자기 생기를 띠며 여자 뒤에 와서 섰다. "내가 아들이랑 여기 올 때 아프리카 악센트 때문에 학교에서 애들이 아들 때려요. 뉴어크에서요. 내 아들 얼굴 보면요? 양파처럼 자주색이에요. 애들이 걔를 때리고 때리고 때려요. 흑인 애들이 걔를 이렇게 때려요. 이제 악센트 없으니까 문제 없어요."

"그것 참 유감이네요." 여자가 말했다.

"고마워요." 할리마가 미소 지었다. 그녀는 미국식 악센트라는 놀라운 업적 때문에 여자를 좋아하게 된 것이다. "네, 나이지리아 아주 부패해요. 아프리카에서 제일 부패한 나라예요. 나, 영화는 보지만, 아니, 나이지리아 안 가요!" 그녀가 허공에서 손을 내저으려다 그만두었다.

"저는 나이지리아 남자랑 결혼하지도 않을 거고 우리 가족 중 누구도 나이지리아인이랑 결혼하지 못하게 할 거예요." 마리아마는 이렇게 말하곤 이페멜루에게 사과하는 눈빛을 던졌다. "다 그런 건 아니지만 대다수가 나쁜 짓을 해요. 돈 때문에 살인도 한다니까요."

"음, 그건 잘 모르겠는데요." 손님이 심드렁하게 차분한 투로 말했다.

아이샤는 약삭빠르게 말없이 구경만 하다가 나중에 수상쩍다는 표정으로 이페멜루에게 속삭였다. "당신 여기 십오 년 있어요. 그런데 미국 악센트 없어요. 왜요?"

이페멜루는 아이샤의 말을 무시한 채 다시 한번 진 투머의 『사탕수수』를 펼쳤다. 그리고 글자를 뚫어져라 들여다보면서 문득 시간을 되돌려서 귀향을 연기할 수만 있다면 얼마나 좋을까 생각했다. 어쩌면 자신이 성급했는지도 모른다. 아파트를 팔지 말았어야 했다.《레털리》잡지에서 그녀의 블로그를 사고 고료를 줄 테니 계속 포스트를 올리라고 했을 때 그 제안을 받아들였어야 했다. 라고스로 돌아간 후에 귀향이 실수였다는 걸 깨달으면 어떡하나? 언제든 미국으로 돌아올 수 있다는 사실도 그녀가 바라는 만큼 위안을 주진 않았다.

영화가 끝나서 미용실 안에 정적이 흐르는 가운데 마리아마의 손님이 불쑥 "여기가 울퉁불퉁한데요."라며 자신의 두피를 갈지자로 가로지르는 가느다란 콘로 중 한 가닥을 만지면서 말했다. 그녀의 목소리는 필요 이상으로 컸다.

"걱정 마세요. 다시 해 드릴게요." 마리아마가 말했다. 그녀는 친절하고 사탕발림을 잘했지만 그 손님을 골칫덩이로 생각하고 있음을 이페멜루는 알 수 있었다. 콘로에는 아무 이상도 없었다. 하지만 열정적인 고객 서비스와 빛나는 거짓으로 만들어진 가면은 그녀가 개발한 미국식 자아의 일부였다. 그녀는 그것을 수용하고 흡수했다. 그 손님이 가고 나면 그녀는 어깻짓 한 번으로 미국식 자아를 털어 버리고 할리마와 아이샤에게 미국인들이 얼마나 버릇없고 유치하고 거들먹거리는지에 대해 불평하겠지만 다음 손님이 들어오면 또다시 완전무결한 미국식 자아로 변신할 것이다.

손님은 마리아마에게 돈을 지불하면서 "예쁘네요."라고 말했다. 그녀가 가고 잠시 후에 젊은 백인 여자가 들어왔다. 유연한 몸에 구릿빛 피부, 머리는 뒤로 빗어 넘겨 느슨하게 묶은 포니테일이었다.

"안녕하세요!" 그녀가 말했다.

마리아마도 "안녕하세요."라고 말하고는 양손을 반바지 앞에 닦고 또 닦으면서 기다렸다.

"머리 땋고 싶은데요, 제 머리도 땋을 수 있죠?"

마리아마가 지나치게 의욕적인 미소를 지었다. "네, 저희는 못 하는 거 없이 다 해요. 일반적인 땋기를 원하세요, 콘로를 원하세요?" 그녀는 이제 의자를 격렬하게 닦고 있었다. "앉으세요."

여자가 앉으면서 콘로를 원한다고 말했다. "보 데릭이 영화에서 했던 머리 같은 거요. 「텐」이라는 영화 아시죠?"

"네, 그럼요." 마리아마가 대답했다. 이페멜루는 그녀가 정말로 그 영화를 아는지 의심스러웠다.

"내 이름은 켈시예요." 여자가 미용실 전체에 다 들리라는 듯이 말했다. 그녀는 공격적으로 사교적인 유형이었다. 그녀는 마리아마에게 어디 출신이냐고, 미국에서 산 지는 얼마나 됐냐고, 자식은 있냐고, 장사는 잘되냐고 물었다.

"잘됐다 안 됐다 하는데 그냥 열심히 하는 거죠 뭐." 마리아마가 말했다.

"하지만 고향에서는 이런 가게를 차릴 수조차 없었잖아요? 당신이 미국에 와서 이젠 아이들이 더 나은 삶을 살게 됐다는 게 멋지지 않아요?"

마리아마는 놀란 듯했다. "네."

"그 나라에서도 여성에게 투표권이 있나요?" 켈시가 물었다.

아까보다 더 긴 침묵. "네."

"무슨 책 읽으세요?" 켈시가 이페멜루에게 물었다.

이페멜루는 그녀에게 표지를 보여 주었다. 그녀는 대화를 시작하고 싶지 않았다. 특히 켈시와는 더 그랬다. 그녀는 켈시에게서, 자기는 틈만 나면 미국을 비판하지만 외국인이 그러는 것은 좋아하지 않는 진보 성향 미국인들의 민족주의를 알아챘다. 그들은 외국인 이민자가 군말 없이 고마워하기만 기대했고, 그가 어디서 왔건 미국이 그의 고국보다 얼마나 더 좋은 곳인가를 늘 상기시키려 했다.

"재미있어요?"

"네."

"소설책이죠? 뭐에 관한 내용이에요?"

왜 사람들은 소설이 오직 한 가지에 관한 내용이어야만 한다는 듯이 "뭐에 관한 내용이에요?"라고 물을까. 이페멜루는 그 질문이 맘에 들지 않았다. 우울한 불안감에 덧붙여서 두통까지 시작되지 않았더라도 그 질문은 맘에 들지 않았을 것이다. "당신이 취향이 뚜렷한 사람이라면 좋아하지 않을 수도 있는 책이에요. 산문과

운문이 섞여 있거든요."

"악센트가 아주 멋지네요. 어디서 오셨어요?"

"나이지리아요."

"와, 근사하네요." 켈시는 손가락이 가느다랬다. 반지 광고에 안성맞춤일 듯했다. "이번 가을에 아프리카에 가요. 콩고랑 케냐에 갈 건데 탄자니아에도 가 볼까 하고요."

"잘됐네요."

"그래서 여행 준비 삼아 책을 읽고 있어요. 다들 치누아 아체베의 『모든 것이 산산이 부서지다』를 추천하는데 그건 고등학교 때 읽었거든요. 정말 좋은 책이지만 좀 오래됐잖아요? 그러니까 지금의 아프리카를 이해하는 데는 도움이 안 됐다는 말이에요. 그런데 얼마 전에 정말 훌륭한 책을 읽었어요. V. S. 나이폴의 『거인의 도시』요. 그 책을 읽고 현재의 아프리카가 어떤 곳인지 진정으로 이해하게 됐어요."

이페멜루는 코웃음과 콧노래의 중간쯤 되는 소리를 냈지만 아무 말도 하지 않았다.

"정말 정직한 책, 내가 읽은 아프리카에 관한 책 중에 가장 정직한 책이었어요." 켈시가 말했다.

이페멜루는 자세를 고쳐 앉았다. 켈시의 아는 척하는 말투가 거슬렸다. 두통도 더 심해지고 있었다. 그녀는 그 소설이 절대 아프리카에 관한 이야기가 아니라고 생각했다. 그것은 유럽 혹은 유럽에의 동경에 관한 소설, 아프리카에서 태어난 인도인의 비뚤어진 자아상에 관한 소설이었다. 그는 유럽인 — 그들이 가진 창조력 때문에 주인공이 선망하는 인종의 구성원 — 으로 태어나지 못했다는 이유로 너무나 상처 입고 위축돼서, 자기가 생각하는 자신의 단점들을 아프리카에 대한 성마른 경멸로 바꿨다. 그는 아프리카인들을 향해 잘난 척하는, 거만한 태도를 취함으로써 잠깐이나마 유럽인이 될 수 있었던 것이다. 그녀는 의자에 깊숙이 기대앉아 침착한 투로 그렇게 말했다. 켈시는 당황한 표정이었다. 갑자기 짧은 강의를 듣게 되리라곤 예상치 못했기 때문이다. 잠시 후에 그녀는 친절하게 말했다. "아, 뭐, 당신이 왜 그런 소설을 읽는지 알겠네요."

"나는 당신이 왜 그 소설을 그런 식으로 이해했는지 알겠어요." 이페멜루가 말했다.

켈시가 눈썹을 치켜세웠다. 그녀는 피하는 게 상책인, 약간 머리가 돈 사람을 보듯 이페멜루를 쳐다보았다. 이페멜루는 눈을 감았다. 머리 위로 구름이 몰려드는 듯한 기분이 들었다. 현기증이 느껴졌다. 더위 때문인지도 몰랐다. 그녀는 불행하지 않았던 연애를 끝냈고, 자신이 좋아하던 블로그를 관뒀으며, 지금은 자기 자신한테조차 명확하게 설명할 수 없는 뭔가를 쫓고 있었다. 블로그를 관두지 않았더라면 켈시에 대해서도 쓸 수 있었을 것이다. 다른 사람들은 모두 감정적으로 책을 읽지만 자신만은 책을 읽을 때 믿을 수 없을 만큼 중립적이라고 믿는 여자.

"머리를 쓸까요?" 마리아마가 켈시에게 물었다.

"머리요?"

마리아마가 투명한 플라스틱 포장에 들어 있는 붙임 머리를 들어 보였다. 켈시가 눈을 크게 뜨고 빠르게 주위를 둘러보았다. 그녀는 아이샤가 한 가닥 땋을 때마다 조금씩 떼어 쓰고 있는 붙임 머리 상자와 할리마가 방금 뜯기 시작한 상자를 보았다.

"어머나 세상에. 그런 거였구나. 나는 땋은 머리를 한 아프리카계 미국인 여자들이 다들 숱이 엄청나게 많은 줄 알았어요!"

"아니에요, 붙임 머리를 쓰는 거예요." 마리아마가 웃으며 말했다.

"다음에요. 오늘은 그냥 제 머리로만 할게요." 켈시가 말했다.

그녀의 머리는 오래 걸리지 않았다. 콘로가 일곱 가닥이었는데 머리카락이 너무 가늘어서 벌써 땋은 것이 풀리기 시작하고 있었다. "멋있네요!" 머리가 완성되자 그녀가 말했다.

"감사합니다." 마리아마가 말했다. "다음에 또 오세요. 다음번에는 다른 스타일로 해 드릴게요."

"그럴게요!"

이페멜루는 거울에 비친 마리아마를 쳐다보면서 자신의 미국식 자아들에 관해 생각했다. 그녀가 거울 속에서 자신의 다른 자아를 보고 처음으로 솟아오르는 성취감을 느꼈던 것은 커트와 함께였을 때였다.

커트는 첫 웃음에 반한 사랑이라고 말하길 좋아했다. 사람들이 두 사람은 어떻게 만났냐고 물을 때마다, 잘 모르는 사람들에게까지도, 킴벌리가 메릴랜드에서 온 사촌인 '그'와 킴벌리가 그토록 많이 얘기하던 나이지리아인 보모인 '그녀'를 어떻게 소개해 줬으며, 그가 그녀의 깊은 목소리와 고무줄 밖으로 삐져나와 있던 땋은 머리에 어떻게 반했는지 얘기하곤 했다. 하지만 그가 정말로 사랑에 빠진 순간은 테일러가 파란 망토와 속옷 차림으로 서재에 뛰어 들어오면서 "나는 팬티 선장이다!"라고 외치는 것을 보고 그녀가 고개를 젖히며 웃었을 때였다. 어깨를 들썩이고 가슴을 내밀면서 웃는 그녀의 웃음은 정말로 생기가 넘쳤다. 그것은 진심으로 웃는 여자의 웃음이었다. 이후에도 단둘이 있다가 그녀가 웃을 때면 그는 때때로 놀리듯이 말하곤 했다. "바로 거기에 내가 반한 거야. 내가 무슨 생각을 한 줄 알아? 저렇게 웃는 여자가 다른 건 어떻게 할까?" 그는 이런 말도 했다. 그가 자신에게 홀딱 반했다는 사실을 그녀가 알고 있었지만 — 어떻게 모를 수 있단 말인가? — 백인 남자를 원하지 않았기 때문에 모르는 척했다는 것이다. 사실 그녀는 그의 관심을 눈치채지 못했다. 원래는 남자들의 욕정을 늘 알아챌 수 있었지만 커트는 아니었다. 적어도 처음엔 몰랐다. 그녀는 그때까지도 블레인을 생각하고 있었고 뉴헤이븐 기차역 플랫폼을 걸어가는 그의 모습을, 가망 없는 갈망으로 그녀의 마음을 채우는 유령을 보았다. 그녀는 블레인에게 단순히 끌리기만 한 것이 아니라 완전히 마음을 빼앗겼고, 그녀의 머릿속에서 그는 자신이 절대 가질 수 없는 완벽한 미국인 남자 친구가 됐다. 하지만 그녀는 그 후에도 여러 번 짝사랑에 빠졌으며 — 번개를 맞은 듯했던 기차에서의 만남에 비하면 사소한 것들이었지만 — 윤리학 수업을 같이 듣는 에이브를 향한 짝사랑에서 이제 막 벗어난 참이었다. 백인인 에이브, 그녀를 꽤 좋아하는 에이브, 그녀가 똑똑하고 재미있고 심지어 매력적이라고도 생각하지만 여자로는 보지 않는 에이브. 그녀는 에이브에 대해 알고 싶었고, 그에게 관심이 있었지만 그녀가 한 모든 유혹의 행동은 그에겐 단지 친절에 불과했다. 만약 에이브에게 흑인 친구가 있었다면 그는 그녀를 그 친구에게 소개해 주었을 것이다. 에이브에게 그녀는 투명 인간이었다. 이 사실이 그녀의 짝사랑을 깨뜨렸고 어쩌면 그래서 그녀가 커트를 보지 못했는지도 몰랐다. 그녀가 테일러와 캐치볼을 하던 어느 날 오후 테일러가 공을 높이, 너무 높이 던져서 공이 옆집 벚나무 근처의 덤불 속으로 떨어지기 전까지는.

"저 공은 이제 못 찾겠다." 이페멜루가 말했다. 그 전주에도 원반이 그 속으로 사라졌기 때문이었다. 그때 커트가 테라스 의자에서 일어나(자신은 처음부터 그녀의 일거수일투족을 지켜보고 있었노라고 그가 나중에 말했다.) 덤불 속으로 성큼성큼, 거의 수영장에 다이빙하듯 걸어 들어가더니 노란 공을 갖고 나타났다.

"와! 커트 아저씨!" 테일러가 말했다. 하지만 커트는 공을 테일러에게 주지 않았다. 그 대신 이페멜루에게 내밀었다. 그녀는 그의 눈에서, 그녀가 보았으면 하고 그가 바라는 것을 보았다. 그녀는 미소를 지으며 말했다. "고마워요." 나중에 그녀가 테일러에게 비디오를 틀어 주고 나서 부엌에서 물 한 잔을 마시고 있을 때 그가 말했다. "지금이 제가 당신을 저녁 식사에 초대해야 하는 순간이겠지만 이 시점에서는 뭐든 당신이 하자는 걸 할게요. 저랑 술 한잔, 아니면 아이스크림, 아니면 식사, 아니면 영화 어때요? 오늘 저녁이 좋아요? 아니면 이번 주말, 제가 메릴랜드로 돌아가기 전이 좋아요?"

그는 고개를 약간 숙인 채 경이로움이 가득한 눈빛으로 그녀를 쳐다봤고 그녀는 마음속에서 뭔가가 스르르 풀리는 것을 느꼈다. 누군가가 자신을 그토록 원한다는 것은 얼마나 감격스러운 일인가. 하물며 그 사람이 손목에 멋있는 금속 팔찌를 한, 백화점 카

탈로그에 나오는 모델처럼 턱 가운데가 옴폭 들어간 미남이라면 말이다. 그녀는 그가 자신을 좋아했기 때문에 그를 좋아하기 시작했다. "당신은 정말 우아하게 먹네요." 첫 데이트 때 올드시티에 있는 이탈리아 식당에서 그가 그녀에게 말했다. 그녀가 포크를 들어서 자기 입으로 가져가는 방식에는 특별히 우아한 점이 없었지만 그가 그렇게 생각한다는 점이 좋았다.

"그래, 나는 포토맥에서 온 백인 부자예요. 하지만 사람들이 상상하는 것만큼 재수 없는 놈은 아니에요." 그녀는 그의 말투에서 그가 전에도 이 말을 한 적이 있으며, 그때 사람들의 반응이 좋았음을 느낄 수 있었다. "로라 누나는 늘 우리 어머니가 하느님보다 더 부자라고 하지만 난 잘 모르겠어요."

그는 그녀가 자신에 대해 알아야 할 모든 것을 오늘 다 말하기로 작정한 것처럼 열성적으로 자기 얘기를 했다. 그의 집안은 백 년 동안 호텔을 경영해 왔다. 그는 가족에게서 벗어나기 위해 캘리포니아에 있는 대학에 갔다. 졸업 후에는 라틴 아메리카와 아시아를 여행했다. 그런데 뭔가가 그를 집으로 끌어당기기 시작했다. 그것이 아버지의 죽음이었는지, 아니면 불행한 연애였는지는 모른다. 그래서 일 년 전 다시 메릴랜드로 돌아왔고, 가업을 잇지 않기 위해 소프트웨어 사업을 시작했으며, 볼티모어에 있는 아파트를 샀고, 매주 일요일마다 포토맥에 가서 어머니와 브런치를 함께 했다. 그는 단순 명료하게 자기 얘기를 하면서 자신이 즐기고 있다는 이유만으로 그녀도 자기 얘기를 즐겁게 듣고 있으리라 추측했다. 그의 아이 같은 열정이 그녀를 사로잡았다. 그녀의 아파트 앞에서 작별 인사를 하기 위해 포옹을 할 때 그의 몸은 긴장으로 뻣뻣하게 굳어 있었다.

"지금부터 정확히 삼 초 후에 당신한테 키스를 할 거예요." 그가 말했다. "이 키스를 하고 나면 절대 돌이킬 수 없게 될 테니까 당신이 원치 않는다면 지금 그만두는 게 좋을 거예요."

그녀는 그만두지 않았다. 키스는 짜릿했다. 미지의 것이 늘 짜릿한 것처럼. 키스가 끝나고 나자 그가 다급하게 말했다. "킴벌리한테 말해야 돼요."

"킴벌리한테 뭘 말해요?"

"우리가 사귄다고요."

"우리 사귀어요?"

그도 웃었고 그녀도 웃었다. 비록 그녀는 농담한 것이 아니었지만. 그는 솔직했고 감정 표현이 과했다. 그에게 냉소란 존재하지 않았다. 그녀는 이런 점에 매혹되었고 그의 감정에 덩달아 휩쓸려서 거의 속수무책 상태가 되었다. 어쩌면 그들은 키스 한 번 이후로 정말 사귀는 사이가 됐는지도 몰랐다. 그가 그렇다고 확신했으니까.

다음 날 킴벌리가 그녀에게 한 인사말은 "어서 와요, 사랑에 빠진 아가씨."였다.

"그럼 사촌 동생이 도우미에게 데이트 신청한 걸 용서하는 거예요?" 이페멜루가 물었다.

킴벌리가 깔깔 웃은 다음에 한 행동은 이페멜루를 놀라게 한 동시에 감동시켰다. 킴벌리가 그녀를 껴안았던 것이다. 그들은 어색하게 몸을 떼었다. 서재의 텔레비전에는 오프라 윈프리가 나오고 있었고 관객들이 우레와 같이 박수 치는 소리가 들렸다.

"아, 뭐." 킴벌리가 방금 전의 포옹에 스스로도 약간 놀란 듯한 표정으로 말했다. "난 그냥…… 두 사람이 잘돼서 정말 기쁘다고 말하고 싶었어요."

"고마워요. 하지만 겨우 데이트 한 번 했을 뿐이고 잠자리도 안 했는걸요."

킴벌리가 키득키득 웃었다. 잠시 동안 그들이 남자 얘기를 하며 시시덕대는 여고생이 된 것만 같았다. 이페멜루는 때때로, 기름 친 듯 잘 굴러가는 것처럼 보이는 킴벌리의 삶 이면에서, 그녀가 현재 원하는 것뿐 아니라 과거에 원했지만 갖지 못했던 것들에 대한 아쉬움이 스쳐 지나가는 것을 느끼곤 했다.

"오늘 아침에 커트가 어땠는지 봤어야 해요." 킴벌리가 말했다. "걔가 그러는 건 처음 봐요! 정말 들떴더라고요."

"뭣 때문에요?" 모건이 물었다. 그녀는 부엌 입구에 서 있었는데 아직 2차 성징이 나타나지 않은 몸이 적대감으로 뻣뻣해져 있었다. 그 뒤에서는 테일러가 작은 플라스틱 로봇의 접힌 다리를 펴려고 애쓰고 있었다.

"음, 아가, 그건 커트 아저씨한테 물어봐야 할 것 같구나."

그때 커트가 쑥스러운 듯 웃으면서 살짝 젖은 머리를 하고, 상쾌하고 가벼운 향수 냄새를 풍기며 부엌으로 들어왔다. "안녕." 그가 말했다. 그는 전날 밤에 그녀에게 전화해서 잠이 안 온다고 말했었다. "정말 진부한 말인 건 알지만 머릿속이 당신으로 가득 찼어요. 당신을 숨 쉬고 있는 것 같다고요, 내 말 알겠어요?" 그는 그렇게 말했고 그녀는 연애 소설 작가들의 생각이 틀렸다고, 진정한 낭만주의자는 여자가 아니라 남자라고 생각했다.

"모건이 네가 왜 그렇게 들떴는지 궁금하대." 킴벌리가 말했다.

"음, 모건, 아저씨가 들뜬 이유는 새 여자 친구가 생겼기 때문이야. 정말 특별한 사람인데 네가 아는 사람일지도 몰라."

이페멜루는 커트가 자신의 어깨에 두른 팔을 치웠으면 했다. 그들은 약혼 발표를 하고 있는 것이 아니었기 때문이다. 모건은 그들을 노려보고 있었다. 이페멜루는 모건의 눈을 통해 커트를 보았다. 세계 여행을 하고 추수 감사절 저녁때 정말 웃긴 농담을 들려주던 근사한 외당숙, 자기를 이해할 수 있을 만큼 젊으면서도 엄마에게 자기를 이해시킬 만큼 어른인 멋진 외당숙.

"이페멜루가 아저씨 여자 친구야?" 모건이 물었다.

"그래." 커트가 말했다.

"역겨워." 모건이 정말 역겨워하는 표정으로 말했다.

"모건!" 킴벌리가 말했다.

모건은 홱 뒤돌아서 성큼성큼 2층으로 올라갔다.

"자기가 짝사랑하는 커트 아저씨인데 갑자기 보모가 자기 영역을 침범했잖아요. 받아들이기 힘들 거예요." 이페멜루가 말했다.

그때 이 소식과 더불어 로봇의 다리를 펴는 데도 성공해서 두 배로 기쁜 테일러가 말했다. "그러면 아저씨랑 이페멜루랑 결혼해서 아기 낳는 거야?"

"음, 당장은 아주 많은 시간을 같이 보낼 거란다. 서로에 대해 잘 알기 위해서 말이야."

"그래? 알았어." 테일러는 살짝 실망한 듯했지만 돈이 집에 오자 아빠 품으로 뛰어들며 말했다. "이페멜루랑 커트 아저씨가 결혼해서 아기 낳을 거래!"

"그래?" 돈이 말했다.

그의 놀라는 반응에 이페멜루는 윤리학 수업의 에이브를 떠올렸다. 돈은 그녀도 매력적이고 재미있는 사람이라고 생각했고, 커트도 매력적이고 재미있는 사람이라고 생각했지만 두 사람이 연애라는 섬세하고 복잡한 실타래에 함께 얽힐 수도 있다는 사실은 상상조차 하지 못했던 것이다.

커트는 이제껏 한 번도 흑인 여자를 사귀어 본 적이 없다고 말했다. 꼭대기 층에 위치한 볼티모어의 고급 아파트에서 이페멜루와 첫 잠자리를 가진 후에, 마치 오래전에 했어야 하는 일인데 어쩌다 보니 빠뜨렸다는 듯이 자조적으로 고개를 젖히면서.

"그럼 역사적인 사건을 기념하며 건배." 그녀가 잔을 드는 시늉을 하며 말했다.

예전에 도로시가 새로 사귄 네덜란드인 남자 친구를 ASA 모임에 데려와서 소개했을 때 왐부이는 이렇게 말했다. "나는 백인 남자와는 할 수 없어. 그 남자가 벌거벗은 모습, 그 허연 몸을 보기가 겁나. 피부를 아주 심하게 태운 이탈리아인이라면 모를까. 아니면 유대인, 피부색이 어두운 유대인 말이야." 이페멜루는 커트의 밝은 머리와 밝은 피부, 등에 있는 빨간 점들, 군데군데 퍼져 있는 가느다란 금색 가슴 털을 보면서 이 순간 자신이 얼마나 강하게 왐부이의 의견에 반대하는가 생각했다.

"당신은 정말 섹시해." 그녀가 말했다.

"당신이 더 섹시해."

그는 자신이 이토록 강하게 여자에게 끌린 것은, 이렇게 아름다운 몸과 완벽한 가슴과 완벽한 엉덩이를 본 것은 처음이라고 말했다. 오빈제가 납작 궁둥이라고 부르던 것을 그가 완벽한 엉덩이라고 생각한다는 사실이 그녀는 기뻤다. 그리고 자신의 가슴은 보통 큰 가슴, 그것도 이미 처지기 시작한 가슴이라고 생각했지만 그의 말을 들으면 별로 필요 없는 호화로운 선물을 받은 것처럼 기분이 좋았다. 그는 그녀의 손가락을 빨고 싶어 했고, 그녀의 젖꼭지에 바른 꿀을 핥고 싶어 했으며, 그녀의 배에 아이스크림을 문지르고 싶어 했다. 마치 맨살과 맨살을 맞대고 눕는 것만으로는 부족하다는 듯이.

나중에 그가 역할극을 하고 싶어 했을 때 ——"당신이 폭시 브라운[54]을 하는 게 어때?"라고 그는 말했다. —— 그녀는 그의 연기력, 그토록 완전히 역할에 몰입할 수 있는 능력이 사랑스럽다고 생각했기에 그의 기분을 맞춰 주고 그의 기쁨에 기뻐하며 거기에 동참했다. 그것이 왜 그렇게 그를 흥분시키는지는 이해할 수 없었지만 말이다. 그녀는 그의 곁에 벌거벗고 누워 있다가 문득 자신이 오빈제를 생각하고 있었음을 깨달을 때가 많았다. 그녀는 커트의 손길과 오빈제의 손길을 비교하지 않으려 애썼다. 커트에게 중등학교 때 남자 친구인 모페 얘기는 했지만 오빈제에 대한 얘기는 한마디도 하지 않았다. 오빈제 이야기를 하는 것은, 그를 '전 남자 친구' —— 아무런 뜻도, 의미도 없는 그 경박한 단어 —— 로 지칭하는 것은 신성 모독처럼 여겨졌다. 그들 사이에 침묵의 한 달이 지나

---

54 당대의 섹스 심벌이었던 미국의 흑인 여배우 팸 그리어가 주연한 1974년작 영화의 제목이자 주인공 이름.

갈 때마다 그녀는 침묵 자체가 석회화되는 것을, 딱딱하고 거대해서 절대 이길 수 없는 조각상이 되어 가는 것을 느꼈다. 요즘도 그녀는 자주 그에게 편지를 쓰기 시작했지만 늘 중간에 멈췄고, 늘 이메일을 보내지 않기로 결정했다.

커트와 사귀면서 그녀의 상상 속 자신의 모습은 근심 걱정 없는 여자, 햇살 받은 딸기의 맛을 입안에 머금은 채 빗속을 달리는 여자가 됐다. 모히토와 마티니, 쌉쌀한 백포도주와 과일 향 물씬 풍기는 적포도주 같은 '술 한잔'은 그녀의 생활을 구성하는 일부분이 되었다. 그녀는 그와 함께 등산을 갔고, 카약을 탔고, 그의 가족 별장 근처에서 캠핑을 했다. 하나같이 전에는 자신이 하게 될 거라고 한 번도 상상해 보지 않았던 일들이었다. 그녀는 더 가볍고 날씬해졌다. 자신을 돋보이게 하는, 아끼는 드레스를 입듯 '커트의 여자 친구'라는 역할 안으로 미끄러져 들어갔다. 그가 워낙 자주 웃었기 때문에 그녀는 전보다 많이 웃었다. 그의 낙관주의가 그녀를 눈멀게 했다. 그에게는 늘 넘치도록 많은 계획이 있었다. "나한테 좋은 생각이 있어!"라고 그는 자주 말했다. 그녀는 그를 아이의 모습으로 상상했다. 너무 많은 알록달록한 장난감에 둘러싸인 아이, 늘 "프로젝트"를 실행하라고 격려받는 아이, 평범한 아이디어를 내도 늘 굉장하다는 얘기를 듣는 아이.

"내일 파리에 가자!" 그가 어느 주말에 말했다. "정말 진부한 건 아는데 당신이 한 번도 안 가 봤다니까 내가 당신한테 파리 구경을 시켜 주면 진짜 멋질 것 같아!"

"그렇게 자다 벌떡 일어나서 파리에 갈 순 없어. 나는 나이지리아 여권을 갖고 있잖아. 그러니까 비자 신청을 해야 해. 은행 잔고 증명서랑 의료 보험 등등 내가 거기 눌러앉아서 유럽에 짐이 되지 않을 거라는 온갖 증거를 제출해야 한다고.”

“그래, 그걸 깜빡했네. 좋아, 그럼 다음 주말에 가자. 이번 주에는 비자 문제를 처리하는 거야. 내가 내일 잔고 증명서 떼 올게.”

“커티스.” 그녀는 그를 이성적으로 만들기 위해 조금 근엄하게 그의 이름을 불렀지만 그렇게 높은 곳에 서서 도시의 전경을 내려다보고 있다 보니 실은 그녀도 이미 흥분의 소용돌이에 휩쓸려 있었다. 그는 낙천적이었다. 아주 끈질기게, 오직 그와 같은 부류의 미국인에게만 가능한 방식으로 그랬다. 그 낙천주의의 어린애 같은 특징이 그녀는 감탄스러우면서도 혐오스러웠다. 어느 날 그들은 사우스가(街)를 걷고 있었다. 그가 필라델피아에서 가장 멋진 장소라고 한 그곳에 그녀가 한 번도 가 본 적이 없었기 때문이었다. 그러다가 문신 가게들과 분홍색 머리를 한 남자애 무리 앞을 지나칠 때 그가 슬쩍 그녀의 손을 잡았다. 그리고 콘돔 킹덤이라는 가게 근처에서 그녀를 잡아끌고 자그마한 타로 가게로 쑥 들어갔다. 검은 베일을 쓴 여자가 “두 사람의 앞날에 빛과 오래오래 지속될 행복이 보이네요.”라고 말하자 커트는 “우리도 보여요!”라고 대꾸하더니 10달러를 더 얹어 주었다. 훗날 그의 격정이 아주 지긋지긋한 화창함이 되어 이페멜루가 그것을 후려치고 부숴 버리고 싶어질 때, 여름 기운이 완연하던 어느 날 사우스 가의 타로 가게에 있던 그의 모습은 그녀가 커트에 대해 간직한 가장 아름다운 기억 중 하나가 될 것이다. 그토록 잘생기고, 그토록 행복하고, 진정한 믿음을 가졌던 사람. 그는 좋은 징조와 긍정적인 생각과 영화의 해피엔드를 믿었다. 깊이 생각한 뒤에 믿기로 결정하는 것이 아니었으므로 근심 걱정 없는 믿음이었다. 그저 무조건 믿을 뿐이었다.

19

커트의 어머니는 냉혹한 우아함을 지닌 여성이었다. 윤기 흐르는 머리칼, 잘 관리된 피부, 고상하고 비싸 보이게 만들어진 고상하고 비싼 옷. 그녀는 팁에 인색한 유의 부자처럼 보였다. 커트가 그녀를 부르는 "어머니"라는 호칭은 딱딱하고 예스러운 징표였다. 커트와 이페멜루는 일요일마다 그녀와 브런치를 먹었다. 이페멜루는 옷을 잘 차려입은 사람들, 손자들과 함께 온 은발의 노부부, 옷깃에 브로치를 단 중년 여자들로 가득한, 화려한 호텔 식당에서 식사를 하는 이 일요 의식이 마음에 들었다. 그곳에서 그녀를 제외한 흑인은 빳빳한 옷을 입은 웨이터뿐이었다. 그녀는 푹신푹신한 달걀과 얇게 썬 연어와 초승달 모양으로 자른 신선한 멜론을 먹으면서 둘이 똑같이 눈부신 금발을 가진 커트와 그의 어머니를 쳐다보았다. 커트가 얘기를 하면 그의 어머니는 푹 빠져서 들었다. 그녀는 아들을 몹시 사랑했다. 자신이 아직도 아기를 가질 수 있을지 확신할 수 없었던 늦은 나이에 낳은 아이, 매력적인 아이, 늘 그녀에게서 원하는 것을 얻어 내는 아이였기 때문이다. 그는 그녀의 모험가였다. 지금은 이국적인 종(種)과 함께 돌아오곤 하지만 — 그는 예전에 일본 여자, 베네수엘라 여자와도 사귀었다. — 때가 되면 자기한테 맞는 짝과 정착할 아이. 그녀는 그가 좋아하는 여자라면 누구든 참아 줄 용의가 있었지만 그들을 좋아해야 할 의무는 없다고 생각했다.

"나는 공화당원이에요. 우리 집안 전체가 그렇죠. 우리는 복지 정책에 굉장히 반대하지만 공민권 운동[55]은 강하게 지지했어요. 나는 아가씨가 우리 집안이 어떤 유의 공화당원인지 알았으면 해요." 그녀는 처음 만났을 때 이페멜루에게 이렇게 말했다. 마치 그것이 우선적으로 처리해야 하는 가장 중요한 일인 것처럼.

"그러면 어머님도 제가 어떤 유의 공화당원인지 알고 싶으신가요?" 이페멜루가 물었다.

그의 어머니는 처음엔 놀란 얼굴이었다가 곧 표정이 풀어지면서 뻣뻣한 미소를 지었다. "농담을 잘하네요." 그녀가 말했다.

한번은 그의 어머니가 이페멜루에게 "속눈썹이 예쁘네요."라고 한 적이 있었다. 갑작스럽고 기대하지 못했던 말이었다. 그러고 나서 그녀는, 놀란 이페멜루가 "감사합니다."라고 말하는 것을 못 들은 양, 벨리니 칵테일을 홀짝였다.

볼티모어로 돌아오는 차 안에서 이페멜루가 말했다. "속눈썹이 예쁘다고? 칭찬할 거리를 찾느라 정말 고심하셨나 봐!"

커트가 웃었다. "로라 누나 말로는, 우리 어머니가 예쁜 여자

---

55 미국의 흑인들이 백인과 동등한 법적 권리를 얻기 위해 펼친 민권 운동.

를 안 좋아한대."

그리고 어느 주말에, 모건이 왔다.

킴벌리와 돈이 아이들을 플로리다에 데려가고 싶어 했는데 모건이 가기 싫다고 했다. 그래서 커트는 그녀에게 주말을 볼티모어에서 보내지 않겠냐고 물었다. 그는 보트 여행을 계획했고 이페멜루는 그가 모건과 둘만의 시간을 좀 보내야 한다고 생각했다. "이페멜루는 같이 안 가요?" 모건이 풀 죽은 표정으로 물었다. "우리 셋이 같이 가는 줄 알았는데." 그 "같이"라는 말은 이페멜루가 이제껏 모건에게서 들은 어떤 단어보다도 더 활기가 넘쳤다. "물론 나도 가고말고." 그녀가 말했다. 마스카라와 립글로스를 바르는 그녀의 모습을 모건이 쳐다보고 있었다.

"이리 와, 모건." 그녀는 모건의 입술에 립글로스를 발랐다. "입술을 빠끔빠끔해 봐. 좋아. 당신은 어쩜 그렇게 예쁜가요, 미스 모건?" 모건이 웃었다. 부두에서 이페멜루와 커트는 모건의 손을 각각 한쪽씩 잡고 걸었고, 모건은 두 사람과 손잡아서 행복해했다. 그때 이페멜루는 때때로 뇌리를 스치는 생각, 커트와 결혼하는 상상을 했다. 그들의 삶에는 안락이 아로새겨져 있을 것이고, 그는 그녀의 가족 및 친구들과 잘 어울릴 것이며, 그녀는 그의 어머니를 제외한 가족 및 친구들과 잘 어울릴 것이다. 그들은 결혼에 관해 농담하곤 했다. 그녀가 신붓값 전달 의식에 대해 — 이보족은 신랑이 먼저 신붓값을 치르고 나서 처가에 술을 가져오고 그 다음에 교회에서 결혼을 한다고 — 말한 뒤부터 그는 자기가 신붓값을 치르러 나이지리아에 가서 조상 대대로 내려온 집에 도착한

다음, 그녀의 아버지와 숙부들과 마주 앉아서 그녀를 공짜로 데려가겠다고 우기겠다고 농담을 했다. 그러면 그녀는 자신이 버지니아의 교회에서 결혼 행진곡에 맞춰 행진하는 동안 그의 친척들은 공포에 질려서 그녀를 쳐다보며 왜 가정부가 웨딩드레스를 입고 있는 거냐고 서로 귓속말할 거라고 응수했다.

그들은 소파 위에서 서로 부둥켜안고 있었다. 그녀는 소설책을 읽고 그는 스포츠 중계를 봤다. 그녀는 그가 집중해서 가늘게 뜬 눈을 깜빡이지도 않은 채 경기에 그토록 몰입하는 것이 사랑스럽다고 생각했다. 중간 광고가 나오는 동안 그녀는 그를 놀렸다. 왜 미식축구에는 아무런 논리가 없고 그냥 과체중인 남자들이 서로 올라타기만 해? 왜 야구 선수들은 그렇게 한참 동안 침만 뱉고 있다가 갑자기 이해할 수 없는 달리기를 해? 그는 웃으면서 홈런과 터치다운의 의미를 다시 한번 설명하려 했지만 그녀는 관심이 없었다. 자신이 이해하게 되면 더 이상 그를 놀릴 수 없었기 때문이다. 그래서 그녀는 다시 소설책을 훑어보면서 다음 광고 때 그를 놀릴 준비를 했다.

소파는 부드러웠다. 그녀의 피부에선 광채가 났다. 그녀는 학교에서 수강 과목 수를 늘렸고 학점도 올랐다. 높은 거실 창문 밑으로 펼쳐진 이너하버에서는 수면이 아른거렸고 불빛들이 반짝였다. 그녀는 자족감에 휩싸였다. 자족감, 안락함이라는 이 선물은 커트가 그녀에게 준 것이었다. 그녀는 놀라울 정도로 빠르게 새로운 삶에 익숙해졌다. 비자 도장이 가득 찍힌 여권, 1등석 승무원들의 세심한 배려, 그들이 묵는 호텔의 깃털 이불, 그녀가 챙겨 오는 작은 물건들. 아침 식사에 딸려 나오는 잼 병, 린스가 든 작은 유리 병, 천 슬리퍼, 특별히 부드러울 경우에는 작은 세면용 수건까지도 챙겼다. 그녀는 예전의 자신이라는 껍데기에서 벗어났다. 그리고 겨울을, 차 지붕 위에 얇게 내려앉은 반짝이는 성에를, 커트가 사 준 캐시미어 스웨터의 호사스러운 따뜻함을 거의 좋아하게 되었다. 가게에 가면 그는 그녀와 달리 가격표부터 보지 않았다. 그는 그녀에게 식료품과 교재를 사 줬고, 백화점 상품권을 보내 주었으며, 그녀를 직접 쇼핑에 데려가기도 했다. 그는 그녀에게 보모 일을 관두라고 했다. 그녀가 매일 일하지 않게 되면 더 많은 시간을 함께 보낼 수 있었기 때문이다. 하지만 그녀는 거절했다. "난 직업이 있어야 해."라고 그녀는 말했다.

그녀는 돈을 저축했고, 전보다 많은 금액을 집에 보냈다. 그녀는 부모님이 새 아파트로 이사하길 바랐다. 옆 아파트 단지에서 무장 강도 사건이 있었기 때문이었다.

"더 좋은 동네에 있는 더 큰 집으로 옮겨." 그녀가 말했다.

"우리는 여기도 괜찮다." 어머니가 말했다. "그리 나쁘지 않아. 거리에 새 철문을 만들고 저녁 6시 이후에는 **오카다** 통행을 금지해서 안전해."

"철문?"

"그래, 신문 가판대 옆에."

"무슨 가판대?"

"가판대 기억 안 나?" 어머니가 물었다. 이페멜루는 아무 말도 하지 않았다. 기억에 세피아 필터가 씐 것만 같았다. 가판대가 기억나지 않았다.

아버지는 마침내 새로 생긴 은행의 인사부 차장으로 취직했다. 그리고 휴대 전화를 샀다. 어머니 차 타이어도 새것으로 갈았다. 그리고 서서히 나이지리아에 대한 독백을 다시 늘어놓기 시작했다.

"오바산조를 좋은 사람이라고 할 수는 없지만 나라에 이로운 일도 했다는 건 인정해야지. 기업가 정신이 꽃피고 있잖아." 그가 말했다.

이페멜루는 부모님에게 직통 전화를 거는 것이, 신호 두 번 만에 "여보세요?" 하는 아버지의 목소리를 듣는 것이 어색했다. 그녀의 목소리가 들리면 아버지는 국제 전화를 할 때마다 그러듯 거의 소리치다시피 목청을 높이곤 했다. 그리고 어머니는 이웃들이 확실히 들을 수 있도록 전화기를 들고 베란다로 나가는 것을 좋아했다. "이페멜루, 미국 날씨는 어떠니?"

어머니는 경쾌한 질문을 하고 경쾌한 답변을 받았다. "별일 없니?" 라는 그녀의 질문에 이페멜루는 그렇다고 대답할 수밖에 없었다. 아버지는 그녀가 언급했던 강의들을 기억했다가 꼬치꼬치 캐물었다. 그녀는 커트에 관한 얘기가 나오지 않도록 말을 잘 가려서 했다. 부모님에게는 커트 얘기를 하지 않는 게 편했다.

"네 취업 전망은 어떠냐?" 아버지가 물었다. 졸업도 다가왔고, 그녀의 비자도 만료되어 갔기 때문이다.

"진로 상담사를 배정받아서 다음 주에 만나기로 했어요." 그녀가 말했다.

"졸업생은 누구나 상담사를 한 명씩 배정받니?"

"네."

아버지가 감탄과 존경이 담긴 소리를 냈다. "미국은 체계적인 곳이야. 취업 기회도 넘치도록 많지."

"네. 덕분에 좋은 일자리를 구한 학생이 많대요." 이페멜루가 말했다. 사실은 아니지만 아버지가 듣고 싶어 하는 이야기였다. 파일 더미가 책상 위에 쓸쓸히 쌓여 있는 답답한 공간인 취업 정보 센터는 학생들의 이력서를 살펴보곤 서체나 양식을 바꾸라는 말이나 하고, 메시지를 남겨 봤자 절대로 전화해 주지 않을 사람의 옛 연락처나 주는 상담사들로 가득한 것으로 유명했다. 이페멜루가 처음 그곳에 갔을 때 캐러멜색 피부를 가진 아프리카계 미국인 상담사 루스가 물었다. "정말로 하고 싶은 게 뭐예요?"

"저는 직장을 원해요."

"그래요. 그런데 어떤 종류요?" 루스가 약간 믿음이 안 간다는 투로 물었다.

이페멜루는 탁자 위에 놓인 자신의 이력서를 쳐다보았다. "언론 정보학을 전공했으니까 언론 쪽 일이면 무엇이든 상관없어요."

"야망이나 꿈꾸는 직업 있어요?"

이페멜루는 고개를 저었다. 그녀는 야망이 없다는 것, 자신이 뭘 하고 싶은지에 대한 확신이 없다는 사실에 스스로 초라하다고 느꼈다. 그녀의 관심사는 잡지 출판, 패션, 정치, 텔레비전 방송 등 모호하고 다양했지만 그중 어느 것도 확실한 형태를 띠지는 않았다. 그녀는 학교 취업 박람회에 참석했다. 학생들이 어색한 정장을 입고 심각한 표정을 하고는 진짜 직업을 가질 자격이 있는 어른처럼 보이려고 애쓰는 곳이었다. 그들 자신도 대학을 졸업한 지 얼마 안 된 신입 사원 모집자들, 젊은이들을 데려오라고 파견된 젊은이들은 그녀에게 "성장 기회"와 "적임자"와 "복리 후생"에 관해 이야기했지만 그녀가 미국 시민권자가 아니라는 사실을 안 뒤부터는 모호한 태도를 취했다. 그녀를 채용하면 이민 서류 작업이라는 어두운 나락 속으로 내려가야만 했기 때문이다. "공학 같은 걸 전공할 걸 그랬어." 그녀가 커트에게 말했다. "언론 정보학 전공자는 널리고 널렸더라고."

"내가 아버지랑 거래하던 사람들을 좀 아는데 그 사람들이 당신을 도와줄 수 있을 거야." 커트가 말했다. 그리고 얼마 후 볼티모어 중심가에 있는 회사의 홍보부에 면접을 잡아 놨다고 말했다. "면접만 잘 보면 합격은 따 놓은 당상이야." 그가 말했다. "사실 더 큰 데에도 아는 사람이 있지만 이 회사의 좋은 점은 당신 노동 비자를 발급받아 주고 거기다 영주권 신청 절차까지 밟아 줄 거라는 거지."

"뭐? 대체 어떻게 한 거야?"

그가 어깨를 으쓱했다. "전화 몇 통 돌렸어."

"커트, 진짜, 뭐라고 감사해야 할지 모르겠어."

"나한테 좋은 생각이 있지." 그가 아이처럼 기뻐하며 말했다.

물론 그것은 좋은 소식이었지만 그녀는 정신이 번쩍 들었다. 지금 왐부이는 영주권을 받기 위해 위장 결혼 할 아프리카계 미국인 남자한테 줘야 하는 5,000달러를 모으느라 세금 신고하지 않는 일을 세 가지나 하고 있고, 므웜베키는 임시 비자밖에 없는 자신을 고용해 줄 회사를 필사적으로 찾고 있는 데 반해, 그녀는 자신의 것이 아닌 힘에 의해 꼭대기로 두둥실 떠올라 가는, 한없이 가벼운 분홍색 풍선이었다. 그녀는 고마운 가운데서도 약간 분했다.

커트가 전화 몇 통으로 세상을 재배치하고 자신이 원하는 자리에 뭔가를 쓱 밀어 넣을 수 있다는 사실에 대해.

그녀가 루스에게 볼티모어의 면접에 대해 얘기하자 루스가 말했다. "내가 할 수 있는 유일한 충고는요, 땋은 머리를 풀고 릴랙서로 펴라는 거예요. 이런 말은 아무도 해 주지 않지만 중요해요. 우리는 당신이 그 자리를 얻길 원하니까요."

예전에 우주 고모가 비슷한 말을 했을 때 이페멜루는 웃었다. 하지만 이제는 그 말에 웃을 만큼 어리석지 않았다. "고맙습니다." 그녀가 루스에게 말했다.

그녀는 미국에 온 후로 매번 긴 붙임 머리를 섞어서 머리를 땋았고, 매번 그 비싼 가격에 놀라곤 했다. 그래서 두피가 참을 수 없을 만큼 가렵고, 땋은 머리가 새로 자란 부분 때문에 부스스해질 때까지 석 달에서 심지어는 넉 달 동안 참다가 미장원에 갔다. 따라서 머리를 펴는 것은 새로운 모험이었다. 그녀는 두피에 있는 피지가 파마 약으로부터 피부를 보호하도록 긁어 내지 않게 조심하면서, 땋은 머리를 풀었다. 화장품 가게에 가 보니 릴랙서도 종류가 다양해져서 "유색인 모발" 코너에는 믿을 수 없을 만큼 곧고 빛나는 머리를 가진 흑인 여자의 웃는 얼굴 옆에 부드러운 머릿결을 보장하는 "식물성"과 "알로에" 같은 단어들이 적힌 상자가 끝없이 진열돼 있었다. 그녀는 녹색 상자에 들어 있는 제품을 샀다. 그리고 욕실에서 손에 비닐장갑을 끼고 보호용 젤을 머리카락 주위의 피부에 조심스럽게 바른 다음, 머리를 구획별로 나눠서 릴랙서 크림을 바르기 시작했다. 그러자 중등학교 때 화학 실험 시간을 연상시키는 냄새가 나서, 잘 안 열릴 때가 많은 욕실 창문을 열지 않을 수 없었다. 그녀는 주의 깊게 시간을 재다가 정확히 이십 분 후에 파마 약을 씻어 냈지만 머리는 여전히 꼬불꼬불하고 빽빽했다. 약이 듣지 않은 것이다. 웨스트필라델피아의 미용사가 바로 그 '듣다'라는 단어를 썼다. "이건 전문가의 손길이 필요한 일이에요, 손님." 미용사가 파마 약을 한 통 더 바르면서 말했다. "사람들은 집에서 하면 돈을 절약할 수 있다고 생각하지만 실제로는 그렇지 않다고요."

처음에는 약간의 화끈함만 느껴졌지만 미용사가 파마 약을 씻어 낼 때, 즉 이페멜루가 플라스틱 세면대 위로 머리를 젖히고 있을 때, 두피의 이곳저곳에서 바늘 수백 개가 찌르는 듯한 통증이 동시다발적으로 늘어나더니 몸의 이곳저곳으로 내려갔다가 다시 머리로 올라왔다.

"조금 따가울 거예요." 미용사가 말했다. "하지만 얼마나 예쁜지 봐요. 와, 손님, 진짜 백인처럼 찰랑거리는 머리가 됐어요!"

그녀의 머리카락은 위로 서 있는 것이 아니라 아래로 늘어져 있었고, 곧고 윤이 났으며, 옆 가르마를 타서 턱께에서 약간 안으로 말려 있었다. 생기가 사라지고 없었다. 그녀는 자신의 모습을 알아볼 수 없었고 거의 침통한 기분으로 미용실을 나왔다. 미용사가 평평한 고데로 머리끝을 지질 때 나던 탄내, 죽어서는 안 되는 어떤 성분이 죽어 가는 그 냄새에 상실감을 느꼈다. 그녀를 본 커트는 잘 모르겠다는 표정을 지었다.

"자기는 마음에 들어?" 그가 물었다.

"당신 마음에 안 든다는 건 알겠네." 그녀가 말했다.

그는 아무 말도 하지 않았다. 그리고 그녀의 머리를 쓰다듬으면 자기가 그 머리를 좋아하게 될지도 모른다는 듯이 그녀의 머리를 쓰다듬으려고 손을 뻗었다.

그녀는 그를 밀어 냈다. "아야. 조심해. 파마 약 때문에 아프단 말이야."

"뭐라고?"

"심한 건 아니야. 나이지리아에 있을 때는 맨날 그랬는데 뭐. 여길 봐."

그녀는 그에게 귀 뒤의 흉터를 보여 주었다. 중등학교 때 우주 고모가 뜨겁게 달군 빗으로 그녀의 머리를 펴 줄 때 생긴, 빨갛게 부은 흉터였다. "귀 좀 앞으로 젖혀." 우주 고모가 이렇게 말하면 이페멜루는 긴장하고 숨죽인 채 자기 귀를 잡곤 했다. 방금 가스 레인지에서 가져온, 빨갛게 달아오른 빗에 델까 봐 두려우면서도 찰랑거리는 곧은 머리를 갖게 된다는 생각에 흥분해 있었다. 그러던 어느 날 그녀는 정말로 데었다. 그녀가 약간 움직이고 우주 고모의 손도 약간 움직였을 때 뜨거운 금속이 그녀의 귀 뒤쪽 피부를 그슬렸다.

"세상에." 커트가 눈을 똥그랗게 뜨며 말했다. 그는 그녀의 두피가 얼마나 상했는지 알게 살짝만 보겠다고 우겼다. "세상에."

공포에 질린 그의 모습을 보자 그녀는 평소보다 더 걱정이 됐다. 그리고 이때만큼 그를 가깝게 느꼈던 적이 없었다. 그가 그녀의 곧게 펴진 머리카락을 조심스럽게 가르고 두피를 들여다보는 동안 침대에 가만히 앉아서 그의 셔츠에 얼굴을 묻고 섬유 유연제의 향기를 맡고 있었을 때.

"왜 이런 짓을 해야 되는 거야? 당신 머리는 땋았을 때 예뻤는데. 저번에 땋은 머리를 풀고 그냥 놔뒀을 땐가? 그때는 더 예뻤어. 아주 풍성하고 멋있었다고."

"내 풍성하고 멋있는 머리는 재즈 밴드 코러스 면접을 볼 때나 좋지. 이번 면접에서는 프로다워 보여야 해. 프로다워 보이는 데는 곧게 편 머리가 최고지만 구불구불하더라도 최소한 백인처럼 느슨하게, 아니면 나선형으로 구불거리기라도 해야지, 흑인 머리처럼 뽀글뽀글하면 안 돼."

"당신한테 이런 짓을 하게 만드는 빌어먹을 세상이 잘못된 거야."

그녀는 아프지 않게 베개를 벨 수 있는 자세를 찾느라 밤새 뒤척였다. 그리고 이틀 후 두피에 딱지가 생겼다. 사흘 후에는 거기에서 고름이 나왔다. 커트는 그녀가 병원에 가길 바랐지만 그녀는 웃어넘겼다. 저절로 나을 거라고 말했고 실제로 그랬다. 나중에 면접이 순조롭게 끝난 뒤에 여자 면접관이 그녀와 악수를 하면서 그녀가 그 자리에 "적임자"일 것 같다고 말했을 때 그녀는 자기가 굵고 뽀글뽀글한 머리를 그대로 둬서, 하느님이 주신 후광인 아프로 머리를 하고 사무실에 걸어 들어왔어도 저 여자가 똑같이 말했을까 생각했다.

그녀는 자신이 어떻게 일자리를 얻었는지 부모님에게 말하지 않았다. 아버지는 "네가 잘할 거라고 믿어 의심치 않는다. 미국은 사람이 번창할 수 있는 기회를 만들지. 나이지리아는 정말 많이 보고 배워야 돼."라고 말한 반면, 어머니는 그녀가 몇 년 뒤에 미국 시민권자가 될 수 있을 거라고 말하자 노래를 부르기 시작했다.

비미국인 흑인을 위한 미국 안내서: 와스프는 무엇을 열망할까?

훈남 교수의 동료 중에 초빙 교수 한 사람이 있다. 이 유대인 사내는 국민 대부분이 아침 식사 때 반유대주의를 한 잔씩 마실 법한 유럽 국가의 악센트를 강하게 쓴다. 어느 날 훈남 교수가 시민권에 대해 얘기하는데 유대인이 말한다. "흑인들은 유대인들만큼 고통받지 않았잖소." 이에 훈남 교수가 대답한다. "에이, 이게 무슨 탄압 올림픽이라도 됩니까?"

유대인이 모르는 사실은, 미국의 진보주의 지식인들이 상대방을 바보 만들고 싶을 때, 입 닥치게 하고 싶을 때 "탄압 올림픽"이라는 표현을 쓴다는 것이다. 하지만 탄압 올림픽은 '실제로' 열리고 있다. 미국의 소수 민족 — 흑인, 히스패닉, 아시아인, 유대인 — 은 모두 백인에게 갈굼을 당한다. 종류는 다 다르지만 갈굼은 갈굼이다. 각 집단은 마음속으로 자신들이 가장 심하게 갈굼을 당한다고 생각한다. 그러므로 국제 피탄압자 연맹 같은 것은 없다. 하지만 흑인을 제외한 나머지 집단들은 자신들이 흑인보다는 우월하다고 생각한다. 왜냐하면, 음, 흑인이 아니기 때문이다. 릴리를 예로 들어 보자. 커피색 피부와 검은 머리를 가졌고 에스파냐어를 사용했던 이 여자는 뉴잉글랜드[56]에 사는 우리 고모의 집을 청소하는 사람이었다. 그녀는 대단히 거만했다. 그뿐 아니라 불손하고 청소를 더럽게 했으며 요구가 많았다. 고모는 릴리가 흑인을 위해 일하는 것을 싫어한다고 생각했다. 그리고 마침내 릴리를 해고하기 전에 이렇게 말했다. "멍청한 여자 같으니라고. 자기가 백인인 줄 알아." 따라서 하

---

56 1620년에 메이플라워호를 타고 온 초기 정착민들이 거주했던 미국 북동부 여섯 개 주 — 메인, 뉴햄프셔, 버몬트, 매사추세츠, 로드아일랜드, 코네티컷 — 를 가리키는 말.

얀 피부는 모든 이가 열망하는 것이다. 물론 모두가 그렇지는 않지만(여러분, 제발 뻔한 얘기는 하지 맙시다.) 많은 소수 민족은 와스프의 하얀 피부, 혹은 더 정확히 말하면, 와스프의 하얀 피부가 가져다주는 특권에 대해 이율배반적인 열망을 갖고 있다. 그들이 진심으로 자기 얼굴이 하얘지길 바라지는 않겠지만 자신이 가게에 들어갈 때 보안 요원이 뒤를 졸졸 따라다니지 않길 분명 바랄 것이다. 위대한 필립 로스의 표현처럼 "이교도를 증오하면서 먹기도 하는"[57] 것이다. 그러니 미국에 사는 모든 이가 와스프가 되길 열망한다면 와스프가 열망하는 것은 무엇일까? 아는 사람 없나?

---

[57] 필립 로스의 장편 소설 『포트노이의 불평』 중 한 구절. 여기서 '먹다'는 '성교하다'를 뜻한다.

20

이페멜루는 볼티모어를 — 그 산만한 매력, 빛바랜 영광의 거리, 주말마다 다리 밑에서 열리는, 녹색 채소와 알찬 과일과 고결한 영혼으로 북적이는 농산물 직판장 때문에 — 사랑하게 됐다. 비록 역사를 부드럽게 싸쥐고 있는 도시, 그녀의 첫사랑 필라델피아만큼은 아니었지만. 하지만 단순히 커트를 만나러 온 것이 아니라 자신이 거기서 살게 되리라는 것을 아는 상태에서 볼티모어에 도착했을 때에는 그 도시가 쓸쓸하고 무정하게 느껴졌다. 줄지어 늘어선 건물들은 멀어질수록 점차 흐릿해지고 낮아지면서 서로 합쳐졌고, 허름한 모퉁이에서는 불룩한 웃옷을 입은 구부정한 사람들, 검거나 창백한 얼굴을 가진 사람들이 버스를 기다리고 있었는데 우울한 분위기가 그 주위를 안개처럼 둘러싸고 있었다. 기차역 밖에서 기다리는 택시 기사들은 대부분 에티오피아인 아니면 인도 펀자브 지방 출신이었다.

그녀가 탄 택시의 기사는 에티오피아인이었다. "어디 악센트인지 모르겠네요. 어디서 오셨어요?"

"나이지리아요."

"나이지리아요? 아프리카 사람처럼 안 보이는데요."

"제가 왜 아프리카인 같지가 않아요?"

"블라우스가 너무 꽉 째잖아요."

"꽉 째지 않아요."

"트리니다드 토바고나 뭐 그런 데서 오신 줄 알았어요." 그는 반 감과 걱정이 담긴 눈빛으로 백미러를 쳐다보았다. "조심하지 않으 면 미국 물이 들게 될 거예요." 몇 년 후 "미국에 거주하는 비미국인 흑인 집단 내의 분파에 관하여"라는 포스트를 블로그에 올릴 때 그 녀는 자신이 아프리카인인지 카리브해 출신인지 드러나지 않도록 조심하며 이 택시 기사 이야기를 다른 사람의 경험인 것처럼 썼다. 왜냐하면 독자들은 그녀가 어디 출신인지 몰랐기 때문이다.

그녀는 커트에게 택시 기사에 대해, 그의 정직함에 자신이 얼 마나 분개했는지에 대해, 그리고 자신의 분홍색 긴팔 블라우스가 정말로 꽉 째는지 보기 위해 기차역 화장실에 갔었다는 이야기를 했다. 커트는 계속해서 웃어 댔다. 그것은 그가 친구들에게 들려 주기 좋아하는 많은 이야기 중 하나가 됐다. 이페멜루가 블라우스를 보려고 정말 화장실에 갔다니까? 그의 친구들은 커트처럼 모든 일의 밝은 면만 보고 사는, 명랑하고 부유한 사람들이었다. 그녀는 그 들을 좋아했고, 그들이 자신을 좋아한다는 것을 느꼈다. 자기 생 각을 직설적으로 얘기한다는 점에서 그녀는 그들에게 흥미롭고 특이한 사람이었다. 그녀가 외국인이었기 때문에 그들은 그녀에 게 어떤 것은 기대하고, 어떤 것은 용서했다. 한번은 그들과 함께 바에 앉아서 커트가 브래드에게 얘기하는 것을 듣고 있는데 커트가 "허풍선이"[58]라는 말을 했다. 그녀는 그 단어와 그 구제 불능일 정도로 미국적인 성질에 충격받았다. "허풍선이"라니. 그녀로서는 상상도 할 수 없는 말이었다. 이 일을 납득하고 나자 자신이 어떤 방면에서는 영영 커트와 그의 친구들을 완전히 이해할 수 없으리라는 사실을 깨달았다.

그녀는 낡은 마루가 깔린, 방 하나짜리 아파트를 찰스빌리지에 얻었다. 사실상 커트와 같이 사는 거나 다름없긴 했지만. 그녀의 옷 대부분은 사방에 거울이 붙은, 커트의 옷 방에 있었다. 이제 그를 주말에만 만나는 것이 아니라 매일 보게 되자 전에는 몰랐던 새로운 면을 알게 되었다. 예를 들면 그에게 가만있는 것, 다음엔 뭘 할지 생각하지 않고 그냥 가만있는 것이 얼마나 힘든 일인지, 또 바지를 바닥에 벗어 둔 채로 가정부가 올 때까지 며칠씩 그대로 놔두는 것이 얼마나 익숙한 일인지 같은 것이었다. 그들의 생활은 그가 세운 계획 — 하룻밤만 멕시코 코수멜섬[島]에 다녀오거나 주말 연휴 동안 런던에 다녀오는 등 — 으로 점철되어 있어서 때로는 금요일 저녁에 퇴근하자마자 택시를 타고 공항으로 향하기도 했다.

"정말 멋지지 않아?"라고 그가 물으면 그녀는 정말 멋지다고 대답하곤 했다. 그는 언제나 다음엔 뭘 할까를 생각하고 있었지만 그녀는 그에게 자신은 그래 본 적이 거의 없노라고, 뭔가를 하기보다는 살기에만 급급했기 때문이라고 말했다. 그리고 재빨리, 하

---

58 blowhard라는 명사의 뜻은 '허풍선이'지만 blow hard라는 동사구의 뜻은 '펠라티오를 하다'이다.

지만 그와 함께 하는 모든 일이 좋다고 덧붙였다. 실제로도 좋아했을 뿐만 아니라 그가 그 말을 얼마나 필요로 하는지도 알았기 때문이다. 그는 잠자리에서 늘 조바심을 냈다.

"이렇게 하는 게 좋아? 나 잘하고 있어?" 그는 자주 물었다. 그녀는 그렇다고 — 그게 사실이었으니까 — 말했지만 그가 항상 자신의 말을 믿지는 않는다는 것을, 혹은 믿는다 해도 그녀의 확언을 다시 들어야만 할 때가 오기 전까지뿐임을 깨달았다. 그의 마음속에는 자아보다 가볍지만 불안보다 어두운 무엇, 끊임없이 갈고닦고 매만져 줘야만 하는 뭔가가 있었다.

그리고 그녀의 귀밑머리가 빠지기 시작했다. 그녀는 관자놀이에 유분이 많은 린스를 듬뿍 바르고 앉아서 물방울이 목을 타고 흘러내릴 때까지 증기를 쐈다. 하지만 그녀의 머리는 하루가 다르게 계속해서 벗어졌다.

"화학 약품 때문이야." 왐부이가 말했다. "릴랙서에 뭐가 들어 있는지 알아? 그 약 때문에 죽을 수도 있어. 너, 머리를 자르고 생머리로 놔둬야 돼."

왐부이가 지금 하고 있는 짧은 머리는 이페멜루의 마음에 들지 않았다. 그녀는 왐부이의 머리가 숱이 없고 바보 같아 보이고 왐부이의 예쁜 얼굴에 어울리지 않는다고 생각했다.

"드레드록은 하고 싶지 않아." 그녀가 말했다.

"꼭 드레드록일 필요는 없어. 아프로 머리를 하든지 전처럼 땋으면 돼. 생머리로 할 수 있는 게 얼마나 많은데."

"그냥 무턱대고 머리를 자를 순 없어." 그녀가 말했다.

"릴랙서로 머리를 펴는 건 감옥에 있는 것과 같아. 그 안에 갇히는 거지. 머리에 지배당하는 거야. 네가 오늘 커트랑 조깅 하러 가지 않은 이유는 땀 때문에 머리가 꼬불꼬불해질까 봐서잖아. 나한테 보낸 보트 여행 사진에서도 머리에 물이 튈까 봐 두건을 쓰고 있었던 거고. 너는 네 머리가 원래 할 수 없는 것을 억지로 하게 만들려고 애쓰고 있어. 그냥 생머리로 두고 관리만 잘하면 지금처럼 빠지지 않을 거야. 지금 당장 내가 자르는 거 도와줄게. 깊게 생각할 필요 없다니까."

왐부이의 말은 아주 확신에 차 있었고 설득력이 있었다. 이페멜루가 가위를 찾아냈다. 왐부이는 그녀의 머리를, 릴랙서를 한 후에 새로 자란 5센티미터 정도만 남기고 모두 잘라 냈다. 이페멜루는 거울을 봤다. 큰 눈과 큰 머리밖에 안 보였다. 좋게 말하면 남자애처럼 보였고, 심하게 말하면 곤충 같아 보였다.

"너무 못생겨서 무서울 정도야."

"넌 충분히 예뻐. 얼굴 골격이 살아났잖아. 네가 네 모습에 익숙지 않아서 그래. 곧 익숙해질 거야." 왐부이가 말했다.

이페멜루는 여전히 자기 머리를 쳐다보고 있었다. 내가 무슨 짓을 한 거지? 그녀의 머리는 미완성처럼 보였다. 짧고 뭉뚝한 머리가 자기를 보라고, 뭔가를 해 달라고, 뭐라도 더 하라고 요구하는 것만 같았다. 왐부이가 가고 나서 그녀는 커트의 야구 모자를 쓰고 화장품 가게에 갔다. 그리고 여러 가지 기름과 포마드를 사서 젖은 머리에, 또 마른 머리에 겹겹이 발랐다. 유례없는 기적이 일어나길 바라면서. 자기 머리를 좋아하게 만들어 줄 무언가, 아주 작은 일이라도 제발 일어났으면 했다. 가발을 살까 하는 생각도 했지만 가발은 항상 머리에서 벗겨질 가능성이 있어서 불안했다. 텍스처라이저로 똘똘 말린 머리를 느슨하게 하고 뽀글뽀글한 머리를 좀 펼까 하는 생각도 했지만 텍스처라이저도 사실 약간 순한 릴랙서에 불과하기 때문에 비를 맞으면 안 되는 건 마찬가지일 터였다.

커트가 그녀에게 말했다. "스트레스 받지 마, 자기야. 정말 멋있고 대담한 스타일인걸."

"난 대담한 머리 하고 싶지 않아."

"내 말은, 세련되고 개성 있다는 얘기지." 그가 잠시 쉬었다 말했다. "당신은 아름다워."

"난 지금 남자애 같아 보인다고."

커트는 아무 말도 하지 않았다. 그의 얼굴에는 그녀가 왜 그렇게 언짢은지 이해할 수 없지만 그 말은 하지 않는 편이 낫겠다는 듯 재미있어하는 표정이 숨어 있었다.

다음 날 그녀는 회사에 아파서 못 간다고 전화를 한 후 다시 침대로 기어들었다.

"그러니까 당신은 버뮤다 제도에 하루 더 있으려고 병가를 낸 게 아니라 머리 때문에 병가를 낸 거지?" 커트가 등을 베개로 받치고 앉은 채 웃음을 꾹 참으며 물었다.

"이러고 밖에 나갈 순 없어." 그녀는 숨으려는 것처럼 이불 속으로 파고들었다.

"당신이 생각하는 만큼 흉하진 않아." 그가 말했다.

"드디어 흉하다는 걸 인정하는구나."

커트가 웃었다. "내 말뜻 알잖아. 이리 와."

그는 그녀를 껴안고 입 맞추더니 아래쪽으로 내려가서 그녀의 발을 마사지하기 시작했다. 그녀는 따듯하게 누르는 힘이, 그의 손길이 좋았다. 하지만 마음이 풀리진 않았다. 아까 욕실 거울을 보았을 때 그녀는 머리 때문에 소스라치게 놀랐다. 자다 깨서 힘없이 눌린 머리카락은 마치 머리 위에 얹힌 털 뭉치처럼 보였다. 그녀는 휴대 전화로 손을 뻗어서 왐부이에게 문자를 보냈다. 내 머리 정말 싫어. 오늘 출근 못했어.

몇 분 뒤 왐부이에게서 답장이 왔다. 인터넷에 접속해 봐. HappilyKinkyNappy.com[59]이라고 흑인 생머리 동호회인데 너한테 도움이 될 거야.

그녀는 커트에게 문자를 보여 주었다. "사이트 이름 한번 바보 같지?"

"그래, 하지만 좋은 생각 같아. 언제 한번 들어가 봐."

"지금 하지 뭐." 이페멜루가 일어나면서 말했다. 책상 위에 놓인 커트의 노트북이 켜져 있었기 때문이다. 그런데 그녀가 책상으로 다가가자 커트에게서 어떤 변화가 느껴졌다. 갑작스럽고 긴장된 재빠른 움직임. 노트북을 향한 당황하고 사색이 된 몸짓.

"왜 그래?" 그녀가 물었다.

"아무 뜻도 없어. 아무 뜻 없는 이메일이라고."

그녀는 그를 빤히 쳐다보면서 머리를 굴리려고 애썼다. 그는 그녀가 자기 컴퓨터를 쓰리라고 예상하지 못했다. 그런 적이 거의 없었기 때문이다. 그는 바람을 피우고 있었던 것이다. 한 번도

---

59 '행복한 곱슬머리'라는 뜻.

의심하지 않았다니, 얼마나 이상한 일인가. 그녀가 노트북을 집어 들고 단단히 쥐었지만 그는 뺏으려는 시도조차 하지 않았다. 그냥 서서 쳐다보고만 있었다. 대학 농구 관련 내용이 떠 있는 창 옆에 야후 이메일 창이 최소화되어 있었다. 그녀는 이메일 몇 통을 읽었다. 첨부 사진도 보았다. 여자의 이메일은 ─ ID는 '톡톡튀는파올라123'이었다. ─ 대놓고 유혹하는 내용이었지만 커트의 이메일은 그녀가 계속하게끔 유도하는 정도였다. 여자가 난 딱 달라붙는 빨간 드레스에 아찔한 하이힐을 신고 당신한테 저녁을 요리해 줄 거야, 당신은 포도주 한 병만 가져오면 돼라고 쓰자 커트는 당신은 빨간색이 잘 어울릴 것 같아라고 답장했다. 여자는 커트 또래였지만 그녀가 보낸 사진에서는 절박한 분위기가 느껴졌다. 황동색 도는 금발로 염색한 머리, 파란 아이섀도를 너무 두껍게 바른 눈, 가슴이 깊게 파인 윗옷. 커트가 그녀를 매력적이라고 생각했다는 게 놀라웠다. 그가 전에 사귀었던 백인 여자 친구는 상큼한 얼굴을 한, 전형적인 사립 학교 졸업생이었기 때문이다.

"델라웨어에서 만났어." 커트가 말했다. "내가 같이 가자고 했던 강연회 기억나? 그 여자가 나를 처음 본 순간부터 유혹하기 시작하더라고. 그 후로 계속 추파를 던져. 절대 나를 가만 놔두지 않을 거야. 여자 친구가 있다는 것도 알아."

이페멜루는 사진 한 장을 뚫어져라 들여다봤다. 옆모습을 찍은 흑백 사진인데 뒤젖힌 여자의 머리에서 길고 탐스러운 머리카락이 등 위로 흘러내리고 있었다. 스스로 자기 머리카락을 좋아하고, 커트도 그러리라고 생각하는 여자였다.

"아무 일도 없었어." 커트가 말했다. "정말 요만큼도. 이메일뿐이야. 정말 귀찮은 여자야. 당신 얘기도 했는데 그만두질 않아."

그녀는 그를 쳐다봤다. 방금 한 자기 합리화가 옳다는 확신에 찬, 티셔츠와 반바지 차림의 남자. 그는 그럴 자격이 있었다. 어린 아이가 그렇듯이, 그냥 무조건.

"당신도 이메일을 보냈잖아." 그녀가 말했다.

"그 여자가 계속 보내서 그랬지."

"아니, 당신이 원해서 보낸 거야."

"아무 일도 없었어."

"중요한 건 그게 아냐."

"미안해. 당신이 화난 건 알지만 상황을 악화시키고 싶진 않아."

"당신 여자 친구들은 다들 머리가 길고 찰랑거렸어." 그녀가 비난하는 기색이 가득 담긴 투로 말했다.

"뭐?"

그녀는 억지를 쓰고 있었지만 그 사실을 안다고 해서 달라지는 건 없었다. 예전에 보았던, 그의 전 여자 친구들 사진이 그녀를 괴롭혔다. 긴 생머리를 빨갛게 염색했던 날씬한 일본 여자, 나선형으로 구불거리는 머리가 어깨까지 내려왔던 올리브색 피부의 베네수엘라 여자, 적갈색 머리가 파도처럼 넘실거렸던 백인 여자. 그리고 외모는 이페멜루의 마음에 안 들지만 길고 곧은 머리를 가진 지금 이 여자. 그녀는 노트북을 닫았다. 자신이 작고 못생기게 느껴졌다. 커트는 이렇게 말하고 있었다. "다시는 연락하지 말라고 할게. 다시는 이런 일 없을 거야, 자기야. 약속할게." 그가 자신의 책임이 아니라 그 여자의 책임인 것처럼 말하고 있다고 그녀는 생각했다.

그녀는 돌아서서 커트의 야구 모자를 쓰고 가방에 물건들을 던져 넣은 후 그곳을 나왔다.

나중에 커트가 꽃다발을 들고 찾아왔다. 그녀가 현관문을 열었는데 꽃다발이 너무 커서 그의 얼굴이 거의 보이지 않을 정도였다. 그녀는 자신이 그를 용서하리라는 것을 알고 있었다. 그를 믿었기 때문이다. 톡톡 튀는 파올라는 그의 수많은 작은 모험 중 하나였을 뿐이다. 그 여자와 그 이상 진도를 나가지는 않았겠지만 그녀가 계속 추파를 던지도록 부추기기는 했을 것이다. 자기가 질릴 때까지. 톡톡 튀는 파올라는 초등학교 때 선생님이 그의 숙제 공책에 붙여 주던 별 스티커 같은 것이었다. 짧고 시시한 기쁨의 원천 말이다.

그녀는 외출을 하고 싶지도 않았지만 그와 오붓하게 집에 있고 싶지도 않았다. 아직 신경이 예민한 상태였다. 그래서 그녀는 두건을 두르고 그와 함께 산책을 나갔다. 커트는 그녀를 몹시 배려하면서 이런저런 맹세들을 늘어놓았고, 두 사람은 서로 약간 떨어져 선 채로 나란히 걸어서 찰스가(街)와 유니버시티파크웨이의 교차로까지 갔다가 다시 그녀의 아파트로 돌아왔다.

그녀는 사흘 동안 병가를 냈다. 그러고 나서 마침내 출근할 때는 기름을 덕지덕지 바르고 빗으로 부득부득 빗어서 만든, 굉장히 짧은 아프로 머리를 하고 갔다. "뭔가가 달라졌네요." 그녀의 동료들이 하나같이 조금 머뭇거리면서 말했다.

"뭔가 의미가 있는 건가요? 예를 들면, 정치적인?" 에이미가 물었다. 에이미는 자기 칸막이에 체 게바라 포스터를 붙여 놓은 여자였다.

"아뇨." 이페멜루가 대답했다.

구내식당에서는 카운터를 보는, 가슴 큰 아프리카계 미국인 여자—수위 두 명과 이페멜루를 제외하면 이 회사의 유일한 흑인인—마거릿 양이 물었다. "아이고, 머리는 왜 잘랐어? 아가씨 레즈비언이야?"

"아뇨, 마거릿 양, 적어도 아직은 아니에요."

몇 년 뒤 회사를 그만두던 날, 이페멜루는 마지막 점심을 먹으러 구내식당에 갔다. "그만둔다고?" 마거릿 양이 풀 죽어 물었다. "아이고, 섭섭하네. 이 회사는 사람들 대우를 좀 잘해야 할 텐데 말이야. 아가씨 머리도 문제였던 것 같긴 하지?"

HappilyKinkyNappy.com에 접속하자 밝은 노란색 배경 위로 게시물이 넘치도록 많은 게시판이 뜨고 화면 상단에서는 흑인 여자들의 섬네일 사진이 깜빡이고 있었다. 그들은 긴 드레드록, 작은 아프로, 큰 아프로, 꼰 머리, 땋은 머리, 커다랗게 부풀린 꼬불꼬불한 머리와 돌돌 말린 머리를 하고 있었다. 그들은 릴랙서를 "마약 크림"이라고 불렀다. 그리고 백인 같은 머리를 가진 척하는 것을 그만뒀고, 비를 피해 달아나는 것과 땀이 날 때마다 움찔하는 것을 그만두었다. 그들은 서로의 사진을 칭찬했으며, 댓글 끝에 꼭 "파이팅"을 붙였다. 또 생머리를 한 흑인 여성의 사진을 절대 싣지 않는 흑인 잡지에 대해, 광물유가 너무 많이 들어 있어서 생머리에 수분 공급을 못하는 화장품에 대해 불평했다. 그들은 모발 제품 제조법을 공유했다. 그리고 자신들의 똘똘 말리고, 뽀글뽀글하고, 꼬불꼬불하고, 부스스한 머리가 정상인 가상 세계를 만들었다. 이페멜루는 격한 고마움을 느끼며 그 세계에 빠져들었다. 그녀처럼 짧은 머리를 가진 여자들은 '아주 작은 아프로'를 뜻하는 TWA라고 불렸다. 그녀는 기나긴 충고 글을 올리는 여자들로부터 실리콘이 함유된 샴푸를 피하고, 젖은 머리에 바르고 씻어 내지 않는 린스를 쓰고, 새틴 스카프로 머리를 싸고 자라고 배웠다. 이런 제품을 직접 만들어 쓰는 여자들에게 주문을 하면 다음과 같은 주의 사항이 붙어서 왔다. "즉시 냉장 보관 할 것. 보존제 미함유." 커트는 냉장고를 열 때마다 "모발용 버터"라는 레이블이 붙은 통을 들고 묻곤 했다. "이거 내 토스트에 발라도 돼?" 커트는 이 모든 것을 몹시 흥미로워하며 찬동했다. 심지어 HappilyKinkyNappy.com에 있는 게시물도 읽었다. "이거 굉장한 것 같아!" 그가 말했다. "일종의 흑인 여성 운동 같은걸."

하루는 농산물 직판장에서 그녀가 커트와 손을 잡고 사과 판매대 앞에 서 있는데 한 흑인 남자가 옆을 지나가면서 우물거렸다. "까치둥지 같은 머리를 한 당신을 그 남자가 왜 좋아하는지 한 번이라도 생각해 봤어?" 그녀는 자기가 잘못 들은 건가 잠시 헷갈려서 우뚝 멈췄다가 다시 그 남자를 쳐다봤다. 너무 박자를 타면서 걷는 모습으로 보아 다소 변덕스러운 성격의 소유자일 거라는 생각이 들었다. 전혀 신경 쓸 가치가 없는 남자. 하지만 그의 말은 그녀를 괴롭혔고 새로운 의심을 향한 문을 비틀어 열었다.

"저 남자가 한 말 들었어?" 그녀가 커트에게 물었다.

"아니, 뭐라 그랬는데?"

그녀는 고개를 저었다. "아무것도 아니야."

그녀는 의기소침해져서 그날 저녁 커트가 운동 경기를 시청하는 동안 차를 몰고 화장품 가게에 가서는 부드러운 촉감의 곧은 머리 가발 묶음을 손가락으로 쓸어내렸다. 그 순간 자밀라1977이 올린 글 ― 저는 곧은 머리 가발을 사랑하는 자매들도 사랑하지만 다시는 제 머리에 말총을 달지 않을 거예요. ― 이 생각나면서 얼른 집에 가서 로그인을 하고 글을 올리고 싶어졌다. 그녀는 이렇게 썼다. 자밀라 님의 글 덕분에 하느님이 제게 주신 것보다 더 아름다운 건 없다는 사실이 기억났어요. 사람들은 엄지를 세운 이모티콘과 함께 댓글을 달았고 그녀가 올린 사진이 얼마나 마음에 드는지 이야기했다. 그녀는 이제껏 하느님에 대해 그토록 많이 얘기해 본 적이 없었다. 그 사이트에 글을 올리는 건 교회에서 간증하는 것과 같았다. 메아리치는 동의의 함성이 그녀에게 생기를 되찾아 줬다.

아무 특별할 것 없는 초봄의 어느 날 ― 그날은 특별한 빛에 의해 구릿빛으로 물들지도 않았고, 아무런 중요한 일도 일어나지 않았다. 어쩌면 단지 그 시간이, 가끔 그렇듯이, 그녀의 의심을 바꾸어 놓았는지도 모른다. ― 그녀는 거울을 보면서 빽빽하고 폭신하고 눈부시게 아름다운 자신의 머리카락을 손가락으로 쓸어 넘겼다. 이 머리를 다르게 바꾸는 건 상상도 할 수 없었다. 그렇게 간단하게, 그녀는 자기 머리와 사랑에 빠졌다.

왜 피부색이 어두운 흑인 여자들은―미국인과 비미국인 모두―버락 오바마를 사랑하는가 많은 미국인 흑인은 자신이 '아메리칸 인디언' 혼혈이라는 말을 자랑스럽게 한다. 이 말은 '하느님 저를 순혈 흑인이 아니게 해 주셔서 감사합니다.'라는 뜻이다. 이 말은 그들의 피부가 너무 까맣지는 않다는 뜻이다.(정확히 말해, 백인이 까맣다고 하면 그리스인이나 이탈리아인 정도를 뜻하지만 흑인이 까맣다고 할 때는 그레이스 존스[60] 정도를 의미한다.) 미국인 흑인 남자는 반(半)중국인이나 약간의 체로키족처럼 외국 혈통이 좀 섞인 흑인 여자를 원한다. 그들은 자기 여자가 하얗길 바란다. 하지만 미국인 흑인이 무엇을 '하얗다'고 생각하는지 주의해라. 이 '하얀' 사람 중 일부는, 비미국인 흑인의 나라에서는, 그냥 백인으로 불린다. (아, 그리고 까만 미국인 흑인 남자는 하얀 흑인 남자를 싫어한다. 그들이 여자를 쉽게 꾀기 때문이다.)

그러나 나의 동지, 비미국인 흑인들이여, 우쭐해하지 마라. 왜냐하면 이 웃기는 현상이 카리브해 국가와 아프리카 국가에도 존재하기 때문이다. 미국인 흑인만큼 심하지는 않다고? 그럴지도 모른다. 하지만 존재하는 건 사실이다. 그런데 에티오피아인들이 자기가 흑인이 아니라고 생각하는 건 도대체 어찌된 노릇인가? 그리고 서인도 제도인들이 자기 조상이 '혼혈'이라고 열심히 말하고 다니는 건 또 뭔가? 하지만 주제에서 너무 벗어나면 안 된다. 그런고로 하얀 피부는 미국인 흑인 사회에서 높이 평가된다는 얘기다. 하지만 요즘은 다들 그렇지 않은 척한다. 종이봉투 테스트[61](이게 뭔지는 직접 찾아봐라.)의 시대는 끝났으니 다음 단계로 나

---

60 1948~ . 자메이카 출신의 모델, 배우, 가수.
61 아프리카계 미국인들이 어떤 행사를 개최할 때 갈색 종이봉투보다 피부색이 어두운 사람만 들여보냈다는 데에서 유래한 명칭으로, 흑인에 의한 흑인 차별의 사례로 꼽힌다.

아가자고 말한다. 하지만 오늘날 연예인이나 공인으로 성공한 미국인 흑인은 대부분 피부가 하얗다. 여자는 특히 더 그렇다. 그리고 성공한 미국인 흑인 남자 대다수는 백인과 결혼한다. 마지못해 흑인 여자와 결혼하더라도 피부가 하얀(또는 '아주 노랗다'고 일컬어지는) 여자와 한다. 이것이 피부가 까만 흑인 여자들이 버락 오바마를 사랑하는 이유다. 그는 틀을 깼다! 그녀들처럼 까만 여자와 결혼한 것이다. 그는 세상이 모르는 것처럼 보이는 사실, 까만 흑인 여자가 완전히 매력적이라는 것을 안다. 그들은 오바마가 이기길 바란다. 그러면 마침내 아름다운 초콜릿색 피부의 여배우가, 뉴욕의 예술 극장 세 곳이 아니라 전국 극장에서 개봉하는 고예산 로맨스 코미디 영화에 캐스팅될지도 모르기 때문이다. 자고로 미국 대중문화에서 아름다운 까만 여자는 투명 인간이다.(또 다른 투명 인간 집단으로는 아시아인 남자가 있다. 하지만 적어도 이들은 엄청나게 똑똑한 것으로 나온다.) 영화에서 까만 흑인 여자는 뚱뚱하고 성격 좋은 유모 또는 힘세고 건방지고 가끔은 무섭기까지 한, 지원군처럼 늘 주인공 옆에 서 있는 조수로 나온다. 이들이 폼 잡으며 지혜를 나눠 주는 동안 백인 여자들은 사랑을 쟁취한다. 하지만 이들은 절대 섹시하고 아름답고 남자들한테 인기 많은 등등의 여자가 되지 못한다. 그래서 까만 흑인 여자들은 오바마가 그걸 바꿔 놓길 바란다. 아, 그리고 까만 흑인 여자들은 워싱턴 물갈이랑 이라크 철군인지 뭔지 그런 것도 지지한다.

21

　우주 고모가 날카롭게 신경이 곤두서서 전화를 한 것은 일요일 아침이었다.

　"네 동생 좀 봐! 얘가 얼마나 어처구니없는 옷을 입고 교회에 가려고 하는지, 와서 좀 보라고. 내가 꺼내 준 옷은 입기 싫대. 너도 알겠지만, 걔가 제대로 차려입고 가지 않으면 사람들이 꼬투리를 잡을 거야. 자기들이 추레한 건 괜찮아도 우리가 추레한 건 문제가 된다고. 그래서 학교에서도 얌전히 좀 있으라고 그렇게 얘기했건만. 얼마 전에는 사람들이 얘가 수업 중에 떠들었다는 거야. 근데 저는 자기가 할 걸 다 했기 때문에 떠든 거래. 사람들이 항상 고깝게 보니까 조용히 지내야 하는데 얘는 이해를 못해. 네가 동생한테 얘기 좀 해 줘!"

　이페멜루는 디케에게 전화기를 가지고 제 방으로 가라고 말했다.

　"엄마가 나더러 진짜 이상한 셔츠를 입으래." 그의 말투는 단조롭고 냉정했다.

"디케, 나도 그 셔츠가 얼마나 별로인지는 아는데 그래도 엄마를 위해서 입어, 응? 교회 갈 때만. 오늘만 입으라고."

그것은 그녀도 아는 셔츠였다. 바살러뮤가 디케에게 사 준, 멋없는 줄무늬 셔츠. 딱 바살러뮤가 살 법한 셔츠였다. 그 셔츠를 생각하면 어느 주말에 만났던 바살러뮤의 친구들이 떠올랐다. 메릴랜드에서 잠시 다니러 온 나이지리아인 부부였는데 그들 옆에 뻣뻣하게 앉아 있던 두 아들은 단추를 목까지 채운 채 이민자 부모의 기대가 가져온 답답함 속에 갇혀 있었다. 그녀는 디케가 그 애들처럼 되길 원하진 않았지만 낯선 지역에서 성공하려고 애쓰는 우주 고모의 걱정도 이해했다.

"교회에서 아는 사람 만날 일은 아마 없을 거야." 이페멜루가 말했다. "그리고 내가 엄마한테, 다음에 또 입으라고 하지는 말라고 할게." 그녀가 계속해서 달랜 끝에 디케도 엄마가 신으라는 끈묶는 구두 대신 운동화를 신는 조건으로 마침내 동의했다.

"나 이번 주말에 너네 집에 가." 그녀가 말했다. "내 남자 친구커트랑 같이 갈 거야. 드디어 너도 그 사람을 만나게 되는 거지."

커트가 우주 고모를 어찌나 능숙하게 배려하면서 매력적으로 굴던지 이페멜루는 약간 당황했다. 얼마 전 왐부이를 비롯한 친구 몇 명과 저녁 식사를 함께 했을 때에도 커트는 팔을 뻗어서 이쪽의 술잔을 채워 주고, 저쪽의 물컵을 채워 주고 했다. "매력 있다"고, 나중에 한 친구는 말했다. 네 남자 친구 참 매력 있다. 그때 이페멜루에게 떠오른 생각은 자신이 매력을 좋아하지 않는다는 것이었다. 상대방을 매혹하거나 남에게 보여 주기 위한, 커트 같은 유의 매력은 좋아하지 않았다. 그녀는 커트가 더 조용하고 내성적이었으면 했다. 그가 엘리베이터 안에서 사람들과 대화하기 시작할 때 혹은 낯선 사람을 침이 마르도록 칭찬할 때 그녀는 그가 얼마나 관심 끌기 좋아하는 사람인지 그들이 눈치챌 거라고 확신하며 숨죽이고 기다렸다. 하지만 사람들은 늘 미소 지으며 대꾸했고 커트가 계속 구애하도록 내버려 두었다. 우주 고모도 마찬가지였다. "커트, 수프 안 먹어 볼래요? 이페멜루가 한 번도 안 끓여 줬어요? 튀긴 플랜틴은 먹어 봤어요?"

디케는 가다가 한 번씩 예의 바르게 적절한 말만 하면서 그들을 지켜보았던 반면, 커트는 디케에게 농담도 던지고 스포츠 얘기도 하면서 너무 필사적으로 호감을 사려고 해서 이페멜루는 커트가 저러다 공중제비까지 돌지나 않을까 두려웠다. 마침내 커트가 물었다. "우리 농구나 할까?"

디케가 어깨를 으쓱했다. "그러죠 뭐."

우주 고모는 그들이 나가는 뒷모습을 쳐다봤다.

"네가 손대는 모든 것에서 향기가 난다는 듯이 행동하는 것 좀 봐라. 널 정말 좋아하는 거야." 우주 고모가 얼굴을 찌푸리며 덧붙였다. "네 머리가 그 모양인데도 말이지."

"고모, **비코**, 내 머리 얘기는 하지 마." 이페멜루가 말했다.

"꼭 삼베 같아." 우주 고모가 이페멜루의 아프로 머리 속으로 손을 쑥 집어넣었다.

이페멜루가 고개를 뒤로 뺐다. "고모가 펼치는 모든 잡지와 고모가 보는 모든 영화에 삼베 같은 머리를 한 미인만 나오면 어떨 것 같아? 지금 내 머리가 예쁘다고 할걸?"

우주 고모가 비웃었다. "그래, 떠들고 싶은 대로 떠들어. 난 진실을 말하고 있을 뿐이야. 생머리는 지저분하고 단정하지가 않다고." 우주 고모가 잠시 말을 멈췄다. "네 동생이 쓴 에세이는 읽어 봤니?"

"응."

"걔는 어떻게 자기가 누군지 모르겠다고 할 수가 있니? 언제부터 내적 갈등을 느꼈다는 거야? 게다가 자기 이름이 어렵다고?"

"디케랑 직접 얘기해 봐, 고모. 걔가 그렇게 느낀다면 그렇게 느끼는 거야."

"내가 볼 땐 여기서 애들한테 그렇게 가르치기 때문에 걔가 그런 글을 쓴 거야. 누구나 내적 갈등이 있다느니, 정체성이 이러니저러니. 살인을 하고서도 자기가 세 살 때 엄마가 안아 주지 않아서 그랬다거나, 나쁜 짓을 하고서도 자기가 앓는 어떤 병 때문이라고 하겠지." 우주 고모가 창밖을 내다봤다. 커트와 디케가 농구공을 드리블하고 있는 뒷마당 너머로 멀리 빽빽한 숲이 시작되는 것이 보였다. 이페멜루는 지난번에 왔을 때 아침에 일어나자마자 부엌 창밖으로 우아하게 뛰어가는 사슴 한 쌍을 봤다.

"난 지쳤어." 우주 고모가 낮은 목소리로 말했다.

"무슨 소리야?"라고 물었지만 이페멜루는 또 바살러뮤에 대한 불평일 것임을 알고 있었다.

"우린 둘 다 일해. 둘 다 같은 시간에 집에 오는데 바살러뮤가 뭘 하는지 아니? 거실에 앉아서 텔레비전을 켜고 나한테 저녁 메뉴가 뭐냐고 물어." 우주 고모가 얼굴을 찌푸리자 이페멜루는 고모의 몸무게가 늘었음을 알아챘다. 겹턱이 생기기 시작했고 코에는 새로 생긴 빨간 뾰루지가 있었다. "그 사람은 내가 내 월급을 자기한테 주길 바라. 상상이 가니? 자기가 이 집의 가장이니까 당연히 그래야 하고, 내가 자기 허락 없이 고향에 있는 오빠한테 돈을 보내도 안 되고, 자기 차 할부금도 내 월급에서 내야 한대. 나는 디케가 공립 학교에서 하도 어처구니없는 일을 계속 당하니까 사립 학교를 알아보고 싶은데 바살러뮤는 사립 학교가 너무 비싸대. 너무 비싸다니! 자기 자식들은 죄다 캘리포니아에서 사립 학교 나왔는데 말이야. 그 사람은 디케네 학교에서 일어나는 온갖 지저분한 일에 신경도 안 써. 얼마 전에 내가 학교에 갔는데 보조 교사가 복도 저쪽에서 나한테 소리를 지르는 거야. 상상이 되니? 그렇게 무례할 수가 없었어. 다른 부모한테는 그런 식으로 소리 지르지 않거든. 그래서 그 여자를 쫓아가서 야단쳤지. 여기 인간들 앞에서는 내 존엄성만 지키고 싶어도 공격적이 되어야 해." 우주 고모가 고개를 내저었다. "바살러뮤는 디케가 아직도 자기를 아저씨라고 부르는데도 신경도 안 써. 디케를 타일러서 아빠라고 부르게 하라고 말했지만 귓등으로도 안 들어. 그 사람이 원하는 건 그저 내가 내 월급을 다 자기한테 갖다 주고 토요일마다 자기가 위성 방송으로 유럽 경기를 보는 동안 매운 닭똥집 볶음을 해 주는 것뿐이야. 내가 왜 자기한테 내 월급을 줘야 돼? 자기가 내 학비라도 대 줬어? 그 사람은 회사를 차리고 싶은데 은행에서 대출을 안 해 주니까 인종 차별로 고소할 거래. 자기는 신용 등급이 그렇게 낮지 않은데 우리 교회 다니는 사람 중에 자기보다 훨씬 신용 등급이 낮은데도 대출받은 사람을 봤다고. 자기가 대출 못 받는 게 내 잘못이니? 누가 자기더러 억지로 이 동네로 오래? 여기 흑인이 우리밖에 없을 거라는 거 몰랐대? 그게 자기한테 이익일 것 같아서 여기 온 거 아니었어? 돈, 돈, 돈밖에 몰라. 그 사람은 계속 내 일과 관련된 결정을 자기가 하고 싶어 해. 회계사가 의학에 대해 뭘 아는데? 난 그저 편안하게 살고 싶을 뿐이야. 내 자식 대학 등록금을 대 주고 싶을 뿐이라고. 오직 돈을 모으기 위해서 초과 근무 할 필요는 없어. 내가 미국인들처럼 보트를 사려고 하는 것도 아니잖아." 우주 고모는 창가에서 물러나 부엌 탁자에 앉았다. "내가 여기 왜 왔나 몰라. 며칠 전에는 약사가 내 악센트를 알아들을 수가 없다는 거야. 상상이 되니? 내가 약을 요청했는데 그 여자가 정말로 내 악센트를 알아들을 수가 없다고 했다고. 그리고 같은 날에, 마치 누가 시키기라도 한 것처럼 어떤 환자가, 온몸이 문신으로 뒤덮인 쓸모없는 양아치가 나더러 너네 고향으로 돌아가라고 하더라. 그 인간이 아프다고 거짓말하길래 내가 진통제 처방을 안 해 줬더니 그러는 거야. 내가 왜 이런 꼴을 당해야 돼? 이게 다 부하리[62]랑 바방기다랑 아바차가 나이지리아를 망쳐 놨기 때문이야."

우주 고모가 예전 국가 원수들에 대해서는 곧잘 얘기하면서 — 그 이름을 들먹일 때는 늘 비난이 뒤따랐지만 — 한 번도 장군님을 언급하지 않는 것은 참으로 이상한 일이었다.

커트와 디케가 부엌으로 들어왔다. 약간 땀에 젖은 디케가 눈을 반짝이고 말이 많아진 걸 보니 바깥에서 농구를 하는 동안 커트에게 반한 것이 분명했다.

---

62 무함마두 부하리(1942~). 나이지리아의 군사 독재자(집권 1983~1985).

"물 좀 드실래요, 커트?" 디케가 물었다.

"커트 아저씨라고 불러." 우주 고모가 말했다.

커트가 웃었다. "아니면 커트 형이라고 불러. 형아는 어때?"

"하지만 진짜 형 아니잖아요." 디케가 미소 지으며 말했다.

"내가 네 누나랑 결혼하면 형 맞지."

"그건 신붓값을 얼마나 내냐에 달렸어요!" 디케가 말했다.

모두가 웃음을 터뜨렸다. 우주 고모는 흐뭇해 보였다.

"나 먼저 나가 있을 테니까 마실 것 갖고 따라올래, 디케?" 커트가 물었다. "승부는 아직 끝나지 않았다고!"

커트는 밖으로 나가기 전에 이페멜루의 어깨를 부드럽게 잡으면서 괜찮냐고 물었다.

"오 나에지 기 카 아콰." 우주 고모가 감탄하는 투로 말했다.

이페멜루는 미소 지었다. 고모 말마따나 커트는 정말로 그녀를 달걀 쥐듯 조심스럽게 잡았다. 그녀는 그와 함께 있으면 자신이 연약하고 소중한 존재가 된 것 같다고 느꼈다. 나중에 고모네 집을 떠날 때 그녀는 그의 손을 슬쩍 잡아서 꼭 쥐었다. 그녀는 그가 자랑스러웠고, 자신이 그의 연인이란 것이 자랑스러웠다.

어느 날 아침 우주 고모는 잠에서 깨어 화장실에 갔다. 바살러뮤가 막 이를 닦은 직후였다. 우주 고모는 칫솔을 집으려다 세면대 안에 떨어진 커다란 치약 덩어리를 보았다. 한 사람이 이를 다 닦을 수 있는 양이었다. 그 치약 덩어리는 그렇게, 배수구에서 한참 떨어진 곳에서 물에 녹아 흐물흐물해져 있었다. 그녀는 구역질이 났다. 도대체 어떻게 이를 닦아야 그렇게 많은 치약을 세면대 안에 남길 수 있단 말인가? 그는 이걸 못 봤을까? 치약이 세면대에 떨어졌을 때 새로 짰을까? 아니면 치약이 거의 없는 채로 그냥 이를 닦았을까? 그렇다면 그의 이는 깨끗하지 않을 터였다. 하지만 우주 고모는 그의 치아 상태에 관심이 없었다. 세면대에 있는 치약 덩어리에만 관심이 있었다. 오늘과 똑같은 일이 있었던 수많은 아침에 그녀는 치약을 치우고 세면대를 헹궜었다. 하지만 오늘 아침은 아니었다. 오늘 아침에 그녀는 한계에 다다랐다. 그녀는 그의 이름을 큰 소리로 부르고 또 불렀다. 그는 그녀에게 무슨 일이냐고 물었다. 그녀는 그에게 세면대에 치약이 있다고 말했다. 그는 그녀를 쳐다보더니 급해서 그랬다고, 이미 출근 시간에 늦었다고 우물거렸고 그녀는 자신도 출근해야 하는 건 마찬가지고, 그가 잊었나 본데, 자기가 그보다 돈도 더 많이 번다고 말했다. 따지고 보면 그의 차 할부금을 내고 있는 사람은 그녀였으니까. 그는 홱 돌아서서 계단을 내려갔다. 이 부분에서 우주 고모가 잠시 이야기를 멈추자 이페멜루는 앞에 흉한 다트가 있는 바지를 배까지 추어올리고 그 위에는 옷깃만 색깔이 다른 셔츠를 입은 바살러뮤가 화가 나서 X 다리로 어정거리며 가 버리는 모습을 상상했다. 수화기 너머로 들리는 우주 고모의 목소리는 평소와 달리 침착했다.

"윌로[63]라는 동네에 아파트를 구했어. 출입 통제도 되는, 대학교 근처의 좋은 아파트야. 디케랑 나랑 이번 주말에 이사 나가." 우주 고모가 말했다.

"아니 아니! 고모, 그렇게 빨리?"

---

63 '버드나무'라는 뜻.

"할 만큼 했어. 더 이상은 못 참아."

"디케는 뭐래?"

"숲에서 사는 게 쭉 싫었대. 바살러뮤 얘기는 한마디도 안 하더라. 걔한테는 월로가 훨씬 잘 맞을 거야."

이페멜루는 '월로'라는 이름이 마음에 들었다. 방금 짠 주스처럼 상쾌한 출발에 알맞은 동네처럼 들렸기 때문이다.

나의 벗, 비미국인 흑인들에게 : 미국에서 당신은 흑인이다

비미국인 흑인이여, 당신이 미국에 오기로 결정하는 순간, 당신은 흑인이 된다. 왈가왈부할 것 없다. 자기는 자메이카인이라는 둥, 가나인이라는 둥 하지 마라. 미국은 신경 쓰지 않는다. 당신이 고국에서 '흑인'이 아니었던들 무슨 상관인가? 당신은 지금 미국에 있다. 우리는 모두 '한때 니그로로 불렸던 사람의 무리'에 처음 편입되는 순간을 경험한다. 내 경우는 학부 수업 중에 흑인의 시각을 제시하라는 질문을 받았을 때였다. 나는 그것이 무엇인지 몰랐다. 그래서 아무렇게나 지어냈다. 인정해라. 당신이 "나는 흑인이 아니야."라고 말하는 이유는 흑인이 미국의 인종 사다리에서 가장 밑에 있음을 알기 때문이다. 당신은 그것을 원치 않는 것이다. 이제 부인하지 마라. 백인으로 살 때 누리는 모든 특권을 흑인으로 살 때 누릴 수 있다면 어떨까? 그래도 "나를 흑인이라고 부르지 마. 나는 트리니다드 토바고에서 왔다고."라고 할 텐가? 아닐 줄 알았다. 그러니까 당신은 흑인이다. 흑인이 되면 다음 사항들을 지켜야 한다. 우선 '수박'[64]

---

64 아프리카계 미국인에 관한 인종 모욕적인 속설 중에는 그들이 비정상적일 정도로 수박과 프라이드치킨을 좋아한다는 이야기가 있다.

이나 '타르아기'[65] 같은 단어가 농담에 쓰였을 때 무슨 소리인지 도통 모르더라도 불쾌감을 느껴야 한다. 당신이 비미국인 흑인인 이상, 영영 모를 가능성이 높다. (학부 때 어떤 백인 학생이 나에게 수박을 좋아하냐고 물어서 내가 그렇다고 대답했더니 다른 학생이 어떻게 그렇게 인종 차별적인 말을 할 수 있냐고 해서 혼란에 빠진 적이 있었다. "잠깐, 그게 왜?") 백인 초과 지역에서 흑인이 당신에게 고개를 끄덕이면 당신도 마주 끄덕여야 한다. 그것은 '흑인의 끄덕임'으로, 흑인들이 "당신은 혼자가 아니에요. 나도 여기 있어요."라고 말하는 방법이다. 당신이 존경하는 흑인 여자를 묘사할 때는 항상 '강하다'라는 단어를 사용해라. 미국에서 흑인 여자는 당연히 강하다고 생각되기 때문이다. 만약 당신이 여자라면 고국에서 하던 것처럼 자기 생각을 솔직하게 말해선 안 된다. 미국에서 주관이 뚜렷한 흑인 여자는 '무서운 존재'이기 때문이다. 그리고 당신이 남자라면 지나치다 싶을 정도로 사근사근해야 하고 절대 흥분해선 안 된다. 그러지 않으면 당신이 곧 총을 뽑아 들까 봐 사람들이 걱정할 것이기 때문이다. 혹 텔레비전을 보다가 "인종 차별적인 욕"이 사용됐다는 얘기가 나오면 당신은 즉시 불쾌해야 한다. 설령 속으로는 '왜 정확히 무슨 말이 사용됐는지 말해 주지 않는 거야?'라고 생각하더라도 말이다. 당신이 얼마나 불쾌해야 하는지, 혹은 애초에 불쾌할 필요가 있는지 없는지를 스스로 결정하고 싶더라도 어쨌든 당신은 굉장히 불쾌해야 한다.

범죄 사건이 보도되면 범인이 흑인이지 않기를 기도해라. 그리고 범

---

65 아프리카계 미국인의 민담에 등장하는, 타르로 만든 아이 모양의 인형. 이 아이를 혼내 주려던 토끼가 도리어 타르에 몸이 엉겨 붙어 고생을 한다. 그래서 오늘날에는 '해결하려 할수록 오히려 더 꼬여 가는 상황'을 뜻하는 표현으로 쓰인다.

인이 흑인인 것으로 밝혀지면 그 사건이 일어난 동네를 몇 주 동안 피해 다녀라. 안 그랬다간 인상착의가 비슷하다고 불심 검문을 받을 수 있다. 흑인 계산원이 흑인이 아닌, 당신 앞 손님에게 불친절하게 대하면 그 손님의 구두 같은 것을 칭찬해서 계산원의 불친절을 보상해야 한다. 왜냐하면 당신에게도 그 계산원의 잘못에 대한 책임이 있기 때문이다. 당신이 아이비리그 대학교를 다니는데 공화당 청년 당원이 당신은 순전히 소수자 우대 정책 덕분에 들어온 거라고 말한다면 당신의 완벽한 고등학교 성적표를 꺼내 들지 마라. 그 대신 소수자 우대 정책의 가장 큰 수혜자는 백인 여성임을 차분히 지적해라. 식사를 하러 식당에 갔을 때는 팁을 넉넉히 줘라. 그러지 않으면 다음에 들어오는 흑인 손님이 형편없는 서비스를 받게 된다. 웨이터들은 안 그래도 흑인 손님이 앉은 테이블을 맡기 싫어한다. 알다시피 흑인은 팁을 안 주는 유전자를 갖고 있다. 그러니까 제발 그 유전자를 극복해라. 당신이 겪은 인종 차별을 흑인이 아닌 사람한테 얘기할 때는 흥분하지 않도록 주의해라. 불평해선 안 된다. 용서하듯 말해야 한다. 가능하다면 유머로 승화해라. 무엇보다도 화를 내선 안 된다. 미국인들은 흑인이 인종 차별에 대해 화를 내선 안 된다고 생각한다. 따라서 화를 내면 공감을 얻지 못한다. 그나마 이것도 백인 진보주의자들에게만 해당되는 얘기다. 백인 보수주의자에게는 당신이 겪은 인종 차별에 대해 한마디도 꺼내지 마라. 보수주의자는 '당신이야말로' 진짜 인종 차별주의자라고 말할 것이고 당신은 충격으로 입을 다물지 못하게 될 테니까.

22

어느 토요일에 화이트마시의 쇼핑몰에서 이페멜루는 카요데 다실바를 만났다. 비가 내려서 입구 안쪽에 서서 커트가 차를 가져오길 기다리는데 카요데가 거의 달려들다시피 했던 것이다.

"이페멜루!" 그가 말했다.

"어머나 세상에. 카요데!"

그들은 포옹하며 인사하고 나서 서로의 외모를 한 번씩 훑어본 후에 오랫동안 못 만났던 사람들이 하는 모든 얘기를 하는 동안 둘 다 나이지리아식 악센트와 나이지리아식 자아로 퇴행하여 더 큰 소리로, 더 흥분해 떠들면서 문장 끝에 '오'를 붙였다. 그는 중등학교를 졸업하자마자 인디애나주에 있는 대학교에 진학해서 벌써 몇 년 전에 졸업했다고 했다.

"피츠버그에 있는 회사에 다니다가 얼마 전에 직장을 옮기면서 실버스프링으로 이사 왔어. 난 메릴랜드가 정말 마음에 들어. 슈퍼에서도, 쇼핑몰에서도, 어딜 가든 나이지리아 사람을 꼭 만나거든. 마치 고향에 돌아온 것 같아. 물론 너도 이미 알고 있겠지만."

"맞아." 모르는 얘기였지만 그녀는 그렇게 대답했다. 그녀의 메릴랜드는 커트의 미국인 친구들로 이루어진 작고 제한된 세계였다.

"안 그래도 널 찾을 작정이었는데." 그는 그들이 만난 이야기를 남한테 들려줄 때에 대비해서 기억해 두려는 듯, 그녀의 온몸 구석구석을 빨아들일 듯이 뚫어져라 쳐다보았다.

"정말?"

"얼마 전에 제트랑 얘기하다가 네 얘기가 나왔는데 걔가 네가 볼티모어에 산다는 얘기를 들었다면서 내가 근처에 사니까 널 찾아가서 잘 지내나 보고 지금은 어떤 모습인지 말해 달라더라고."

그녀의 몸이 순식간에 굳어졌다. 그녀가 우물거렸다. "아, 너희 아직도 연락해?"

"응. 작년에 걔가 영국으로 가면서 다시 연락이 닿았어."

영국! 오빈제가 영국에 있다니. 그녀는 자기가 먼저 거리를 두고, 그의 연락을 무시하고, 이메일 주소와 전화번호를 바꿨으면서도 이 소식에 깊은 배신감을 느꼈다. 그의 삶에 변화가 생겼는데도 그녀는 전혀 알지 못했다. 그는 영국에 있었다. 겨우 몇 달 전에 그녀와 커트는 글래스턴베리 페스티벌에 가기 위해 영국에 갔었고 그 후 이틀 동안 런던에 머물렀다. 오빈제가 거기 있었을지도 몰랐다. 그녀가 옥스퍼드가(街)를 걷다가 그와 마주쳤을 수도 있었다.

"그래, 무슨 일이 있었던 거야? 솔직히, 너희가 더 이상 연락

안 한다는 얘기를 들었을 때 믿을 수가 없더라. 아니 아니, 우린 다들 청첩장 받을 날만 기다리고 있었다고, 오!" 카요데가 말했다.

이페멜루는 어깨를 으쓱했다. 그녀의 마음속에서 뭔가가 산산이 부서져서 다시 그러모아야만 했다.

"그래, 그동안 어떻게 지냈어? 잘 살고 있니?" 카요데가 물었다.

"응." 그녀가 차갑게 대답했다. "남자 친구가 차 가지러 가서 기다리는 중이야. 근데 저기 온 것 같다."

그때 카요데는 태도에서 활기를 거둬들이고 온정의 군대를 불러들였다. 그녀가 자신과의 사이에 선을 긋기로 결심했음을 분명하게 느꼈기 때문이다. 그녀는 이미 저쪽으로 걸어가고 있었다. 어깨 너머로 그녀는 그에게 말했다. "잘 지내." 그녀는 그와 전화번호를 교환하고, 좀 더 오래 이야기하고, 그런 상황에서 기대되는 모든 방식으로 행동해야 마땅했다. 하지만 그녀 안에서는 온갖 감정이 아우성치고 있었다. 그리고 그녀는 이것을 카요데가 오빈제 소식을 알았던 탓, 오빈제를 다시 데려온 탓이라고 생각했다.

"나이지리아 살 때 알던 옛 친구를 우연히 만났어. 고등학교 졸업한 후로 한 번도 못 봤었는데." 그녀가 커트에게 말했다.

"아, 정말? 그거 잘됐네. 여기 산대?"

"아니, 워싱턴에."

커트는 그녀가 좀 더 얘기해 주길 기다리며 쳐다봤다. 그는 카요데에게 술 한잔 같이 하자고 말하고 싶었을 것이고, 그녀의 친구와 친해지고 싶었을 것이며, 늘 그렇듯이 너그럽게 굴고 싶었을 것이다. 그리고 이것, 기대감에 찬 그의 표정에 그녀는 짜증이 났다. 그녀는 정적을 원했다. 라디오 소리마저도 신경에 거슬렸다. 카요데는 오빈제에게 뭐라고 할까? 그녀가 BMW 쿠페를 모는 잘생긴 백인 남자와 사귀더라고, 그녀의 머리는 아프로였고 귀 뒤에 빨간 꽃을 꽂았더라고 하겠지. 오빈제가 어떻게 생각할까? 그는 영국에서 뭘 하는 걸까? 어느 화창한 날의 기억 — 하지만 오빈제에 대한 기억 속에서는 늘 해가 빛나고 있어서 그녀는 사실이 아니라고 생각했다. — 이 선명하게 떠올랐다. 친구 오쿠디바가 그의 집에 비디오테이프를 가져왔는데 오빈제가 이렇게 말했다. "영국 영화라고? 그건 시간 낭비야." 그에게 볼 만한 가치가 있는 것은 오직 미국 영화뿐이었다. 그런데 지금 그는 영국에 있었다.

커트가 그녀를 쳐다보며 물었다. "그 사람 만나서 기분 상했어?"

"아니."

"당신 예전 남자 친구야?"

"아니야." 그녀가 창밖을 내다보며 말했다.

그날 저녁, 그녀는 오빈제의 핫메일 주소로 이메일을 보낼 것이다. 천장, 어디서부터 말해야 할지 모르겠어. 오늘 쇼핑몰에서 우연히 카요데를 만났어. 소식을 끊어서 미안하다고 하는 건 내가 듣기에도 바보 같은 말이지만 정말 미안해. 내가 정말 바보 같았어. 무슨 일이 있었는지 전부 얘기할게. 네가 보고 싶었고 지금도 보고 싶어. 하지만 그는 답장하지 않을 것이다.

"당신 스웨덴식 마사지 예약해 놨어." 커트가 말했다.

"고마워." 그녀가 말했다. 그리고 그에게 짜증 낸 것이 미안해서 작은 소리로 덧붙였다. "당신은 참 자상한 사람이야."

"난 자상한 사람 따위 되고 싶지 않아. 당신의 빌어먹을 반쪽이 되고 싶다고." 커트의 강한 어조에 그녀는 깜짝 놀랐다.

(2권에서 계속)

옮긴이 **황가한**
서울대학교에서 불어불문학과 언론정보학을 복수전공한 후 출판사에서 편집자로 근무하
였으며 이화여자대학교 통역번역대학원에서 한영번역학으로 석사 학위를 받았다. 옮긴
책으로 『엄마는 페미니스트』, 『보라색 히비스커스』, 『아메리카나』, 『숨통』, 『제로 K』, 『사
랑 항목을 참조하라』, 『순수한 인생』, 『울지 마, 아이야』, 등이 있다.

아메리카나 1

1판 1쇄 펴냄	2015년 6월 22일
2판 1쇄 펴냄	2019년 6월 18일
2판 2쇄 펴냄	2022년 3월 30일

지은이	치마만다 응고지 아디치에
옮긴이	황가한
발행인	박근섭·박상준
펴낸곳	(주)민음사

출판등록	1966. 5. 19. 제16-490호
주소	(06027) 서울시 강남구 도산대로 1길 62(신사동)
	강남출판문화센터 5층
대표전화	02-515-2000	팩시밀리 02-515-2007
홈페이지	www.minumsa.com

한국어 판 © (주)민음사, 2015, 2019. Printed in Seoul, Korea

ISBN	978-89-374-4132-5 (04840)
	978-89-374-4187-5 (세트)